Catherine Bybee
Am Dienstag getraut

Aus der Reihe:
Eine Braut für jeden Tag

AF198386

Das Buch

»Am Dienstag getraut« ist der fünfte romantisch-spannende Band von Catherine Bybees Bestseller-Reihe »Eine Braut für jeden Tag«.

Die junge College-Absolventin Judy Gardner träumt davon, Architektin zu werden. Kurzentschlossen zieht sie zusammen mit ihrer besten Freundin Meg nach L.A. In der Hollywoodvilla ihres berühmten Bruders will sie sich ganz auf die Arbeit konzentrieren. Doch das fällt der dunkelhaarigen Schönheit nicht leicht, als Rick, der durchtrainierte Bodyguard mit den grünen Augen, der Judy seit dem vergangenen Sommer Herzklopfen bereitet, plötzlich wieder in ihr Leben tritt. Gerade als die beiden beginnen einander näherzukommen, wird Judy von einem mysteriösen Unbekannten überfallen und Rick muss alles daran setzen, die Frau seines Herzens zu beschützen.

Die Autorin

Catherine Bybee sagt über sich selbst: Zuerst und vor allem bin ich Ehefrau und Mutter. Danach kommt das Schreiben – über alles, was prickelnd und romantisch ist. Wenn es kein Happy End hat, will ich nichts damit zu tun haben. Seien wir ehrlich: Das Leben ist voller ... na ja ... Leben. Nach einem Jahrzehnt als Krankenschwester in städtischen Notaufnahmen möchte sie in eine schönere Welt abtauchen, wenn sie ein Buch in die Hand nimmt. Inzwischen erschafft sie selbst solche Welten, solche kleinen Fluchten vom Alltag.

Catherine Bybee

Am Dienstag getraut

Roman

Aus dem Amerikanischen
von Teresa Hein

 Montlake
Romance

Die amerikanische Ausgabe erschien 2014 unter dem Titel »Taken by Tuesday« bei Montlake Romance, Seattle.

Deutsche Erstveröffentlichung bei
Montlake Romance, Amazon Media E.U. S.á r.l.
5 Rue Plaetis, L-2338 Luxembourg
April 2017
Copyright © der amerikanischen Ausgabe 2014
By Catherine Bybee
All rights reserved.
Copyright © der deutschsprachigen Ausgabe 2017
By Teresa Hein

Die Übersetzung dieses Buches wurde durch AmazonCrossing ermöglicht.

Umschlaggestaltung: bürosüd⁰ München, www.buerosued.de
Umschlagmotiv: © Scott Stulberg / Getty; © Nicolesa / Shutterstock;
© PhIllStudio / Shutterstock; © Elena Schweitzer / Shutterstock
Lektorat: Daphne Grossmann
Korrektorat: Manuela Tiller/DRSVS
Printed in Germany
By Amazon Distribution GmbH
Amazonstraße 1
04347 Leipzig, Germany

ISBN: 978-1-611-09817-4

www.montlake-romance.de

Für Tante Joan. Einfach, weil ich dich liebe.

KAPITEL 1

Judy tippte auf den roten *Raid*-Button. Sie hoffte, dass sie ihren Gegner in dem blöden Online-Spiel nicht falsch eingeschätzt hatte. Ihr fehlten nur noch fünf Punkte für das nächste Level, und die Batterieanzeige auf ihrem Tablet blinkte. Der Akku war fast leer.

»Großer Gott, was tust du da?« Ihre Mitbewohnerin Meg stand in knappen Trainingsshorts in der Tür. Seit vier Jahren wohnten und studierten sie zusammen.

»Ich drücke mich vor der Arbeit.« Mist. Sie hatte sich verrechnet. Der Überfall ging in die Hose und sie war wieder auf demselben Stand wie vor einer halben Stunde. »Doofes Spiel.«

Meg ließ ihre Sporttasche fallen und betrat die Küche der kleinen Wohnung in der Nähe des Campus. »Du hast gesagt, du könntest heute nicht mit mir durch die Hölle gehen, weil du unglaublich viel zu tun hättest. Und jetzt komme ich heim, und was sehe ich? Anstatt zu zeichnen, verschwendest du deine Zeit mit Ballerspielen.«

»Ich brauche eben mal eine Pause.« *Durch die Hölle gehen* nannten sie die brutalen Trainingseinheiten mit James im Fitness-Studio. Mit seinem speziellen Zirkeltraining brachte er jeden Muskel des menschlichen Körpers an seine Belastungsgrenze. Es war tatsächlich die Hölle, und hinterher konnte man sich weder auf einen Stuhl noch auf die Toilette setzen, ohne James zu verfluchen. Trotzdem ließen sie sich Tag für Tag von ihm malträtieren.

Heute hatte Judy allerdings geschwänzt. Die letzte Zeichnung für ihre Abschlussarbeit trieb sie in den Wahnsinn. Morgen früh um sieben musste alles fertig sein. Sich kurz vor der Zielgeraden mit einem zusätzlichen Hauptfach zu belasten, war eine Schnapsidee gewesen. Mal ganz abgesehen von den weiteren fünfzehntausend Dollar, um die sich ihr Studentendarlehen dadurch erhöht hatte. Aber auf die kam es nun auch nicht mehr an.

Sie vergrub den Kopf in den Händen. »Ich bin am Arsch.«

»Bist du nicht.« Meg nahm eine Flasche Wasser aus dem Kühlschrank.

»Ich hab's einfach nicht drauf. Mein Entwurf taugt nichts. Er hat keine Dynamik, nichts daran sagt: ›Ich bin das Beste, was ihr auf der Welt bauen könnt. Fangt an.‹ Nichts.«

Meg machte eine ungeduldige Handbewegung. »Du grübelst zu viel und setzt dich zu sehr unter Druck. Ein netter Abend oder eine heiße Nacht würden Wunder wirken.«

Judy verdrehte die Augen. »Für so was habe ich keine Zeit. Ich muss die Arbeit morgen abgeben.« Abgesehen davon hatte sie schon seit einigen Semestern keine Lust mehr auf schnelle Abenteuer. Selbst die jungen, attraktiven Professoren erschienen ihr weniger interessant, seit …

Seit …

»Trotzdem musst du lockerer werden«, beharrte Meg. »Du bist total blockiert.« Solche Sprüche waren typisch für sie. Ihre tiefenentspannten Hippieeltern hatten sich mit dem Kinderkriegen viel Zeit gelassen und dann doch noch Meg bekommen. Den Hang zu freier Liebe und ihre Protesthaltung gegen das Establishment hatte Meg mit der Muttermilch eingesogen. Ein Wunder, dass sie es ohne größere Zwischenfälle durch die Schule und das Studium geschafft hatte. Die University of Washington würde sie mit einem Abschluss in Betriebswirtschaftslehre verlassen. Zwar mit ziemlich mittelmäßigen Noten, aber immerhin.

Dass Meg ausgerechnet Betriebswirtschaftslehre studierte, hatte Judy anfangs verwundert. Kunst hätte besser zu ihr gepasst. Doch Meg war überzeugt, dass Kunstabsolventen ihr Leben lang kellnern mussten und im Alter am Hungertuch nagten. Judy bezweifelte, dass Meg als Betriebswirtin glücklich werden würde, aber das musste die Zeit zeigen.

Judy hatte alle Betriebswirtschaftsseminare in Rekordzeit hinter sich gebracht, um als zweites Hauptfach noch Architektur anhängen zu können. Ihr Vater war darüber nicht erbaut gewesen. Dabei hatte er sich eigentlich nicht beklagen können, denn sie hatte zusätzlich zu den Lehrveranstaltungen Online- und Semesterferienkurse belegt und würde die Uni mit einem doppelten Abschluss verlassen.

Was sie nicht davon abhielt, ihre Zeit jetzt mit einem hirnrissigen Computerspiel zu verschwenden, anstatt ihre letzte große Hausarbeit fertigzustellen.

»Ich treffe mich später mit ein paar Leuten im Bergies. Ein Drink würde dir vielleicht helfen, wieder einen klaren Kopf zu kriegen.«

Judy legte das Tablet mit dem Online-Spiel, ihren E-Mails und tausend anderen Dingen beiseite und stand auf. »Erst mal muss ich unter die Dusche.«

* * *

»Einsatzort erreicht«, murmelte Rick, als er auf dem Campus der University of Washington ankam. Fast wäre er an der Boise State University gelandet, weil Karen ihm gesagt hatte,

Judy würde dort studieren. Das Ticket nach Idaho hatte er wegwerfen können.

Er erkundete das Auditorium, in dem die Abschlussfeier stattfinden würde, und sah sich den VIP-Bereich an. Hier würden die prominenten Zuschauer sitzen, wenn ihre Söhne und Töchter, oder wie in diesem Fall eine Schwester, feierlich einzogen.

Michael Wolfe, der Freund und Promi, den Rick schützen sollte, war der Elvis des modernen Kinos, nur ohne Gitarre und Schmelzstimme. Michael Wolfe war sein Künstlername. Seine Angehörigen und Freunde nannten ihn einfach Mike. Seine gesamte Familie, seine Eltern und Geschwister, sogar seine Exfrau würden zu Judys Abschlussfeier kommen. Rick rechnete mit Paparazzi, aber nicht mit größeren Problemen. Trotzdem wollte er auf alles vorbereitet sein.

Lächelnd dachte er an seine kleine, abenteuerlustige Elfe.

Mit dem Auditorium als Veranstaltungsort war er zufrieden. Die einzigen Einfallstore für die Medien waren die beiden Haupteingänge. Wenn er dort zwei bis drei Mann postierte, konnten Mike und seine Familie die Abschlussfeier in Ruhe genießen. Vielleicht würde er noch einen vierten Mann anfordern, damit auch er zuschauen konnte, wie Judy ihr Zeugnis verliehen bekam.

»Ist alles zu Ihrer Zufriedenheit, Mr Evans?«

Rick hatte Pete, den Sicherheitsbeauftragten des Campus, der ihn herumführte, fast vergessen.

»Wie viele Leute haben Sie bei der Feier im Einsatz?«

»Etwa ein Dutzend.«

»Alle vertrauenswürdig? Niemand käuflich?« Man hatte schon von Wachleuten gehört, die gegen ein paar Scheine wegsahen, wenn Medienleute sich Zugang verschafften.

»Auf meine Mannschaft ist Verlass.« Pete wirkte fast ein wenig gekränkt.

»Wo treiben sich die angehenden Absolventen denn zwei Wochen vor der Abschlussfeier so rum?«

Rick war nie auf dem College gewesen, sondern kurz nach der Highschool zu den Marines gegangen. Er war kein Bücherwurm und hielt nicht viel vom Büffeln. Stattdessen hatte er das Abenteuer gesucht und eine Überdosis davon abbekommen. Einige seiner Kameraden hatten dabei ihr Leben gelassen. Auch er war verletzt worden und hatte Narben davongetragen. Es hieß zwar, einmal Marine, immer Marine, aber mit einunddreißig verspürte er keinen übermächtigen Drang, noch einmal in den Militärdienst zurückzukehren.

Er bereute seine Militärzeit nicht, aber manchmal war ihm, als hätte er sein Leben im Standby-Modus gelebt, während alle anderen an ihm vorbeigezogen waren. Spätestens seit auch sein letzter Marine-Kamerad geheiratet hatte und Vater geworden war, hatte er das Gefühl, dass in seinem Leben etwas Wichtiges fehlte.

Wenn die Nächte zu lang wurden und er keinen Schlaf fand, schlichen seine Gedanken sich immer zur selben Person ... Utah-Girl.

Herrgott, dieses Mädchen war frech und unerschrocken, sinnlich und klug, alles zugleich. Eigentlich gehörte er nicht in ihre Welt. Aber sie ging ihm nicht aus dem Kopf.

* * *

Die Kneipe war ein Stück von den trendigen Schuppen in Campusnähe entfernt, in denen das hippe Jungvolk abhing. Hier im Bergies trafen sich die älteren Studenten, um es am Ende ihres Uni-Lebens noch einmal krachen zu lassen.

Trotz des leichten Nieselregens standen die Fenster weit offen. Es war erst neun, aber die Bar war proppenvoll und die Musik wummerte. Die perfekte Umgebung, um mal an

11

gar nichts zu denken, zu trinken und zu flirten. Rick glaubte nicht, dass er Utah-Girl hier finden würde.

Aber sie hatte ihn schon öfter überrascht.

Er betrat die Bar und ließ die Tür hinter sich zufallen. Der Schuhabtreter triefte vor Nässe. Das Schuhabputzen konnte er sich sparen. Er ging am nicht mehr ganz nüchternen Türsteher vorbei. Dem Kerl fiel gar nicht auf, dass Rick mit mehr als nur einer Waffe in seinen Zuständigkeitsbereich eingedrungen war. Selbstverständlich beabsichtigte Rick nicht, die Waffen offen zu zeigen. Zumindest nicht die körperfremden.

»Na, schöner Mann? Was darf's denn sein?«

Die viel zu dünne Bedienung befand sich offenbar im Jagdmodus. Sie hatte ihn schon im Visier, bevor er das schale Bier roch. Ihre Frage klang, als könnte er außer einem Getränk noch andere Dinge von ihr bekommen.

Ein Bier reichte ihm vollauf.

»Heineken.«

Sie zwinkerte ihm zu. »Für dich immer.« Sie warf sich das hellblond gebleichte Haar aus dem Gesicht und ging mit wiegenden Hüften davon.

Nicht sein Typ.

Das Lächeln, das wie üblich um seine Lippen spielte, brachte ihm ein paar interessierte Blicke ein. Aber weil er sie nicht erwiderte, wandten die Frauen sich schnell wieder ihren Gesprächen mit anderen Gästen zu.

Blondie balancierte das Bierglas zu ihm. Als sie es ihm reichte, huschte ihre Zungenspitze über ihre Lippen. Er fischte einen Zehner aus seiner Geldbörse. »Stimmt so.«

Der Schein verschwand in der winzigen Tasche ihres kurzen Rocks. »Ich mache um Mitternacht Schluss.«

»Und ich suche hier nach einer bestimmten Person.«

Sie zog einen kleinen Schmollmund. »Falls du es dir anders überlegst …« Sie zwinkerte und ging davon.

Träum weiter, Schätzchen.

Rick begab sich in den hinteren Teil der Bar. An den Pooltischen warteten dort Leute mit Queues in den Händen, bis sie an der Reihe waren.

Ein kehliges Lachen ließ ihn aufhorchen.

Er erkannte es sofort wieder.

Ricks Lächeln hatte jetzt eine tiefere Ursache. Sein Blick schweifte suchend umher. Bei ihrem nächsten Auflachen entdeckte er sie. Obwohl sie mit dem Rücken zu ihm stand, gab es keinen Zweifel. Utah-Girl. Sie zeigte mit dem Queue in die Ecke eines Tisches. »Schaut gut zu und fangt schon mal an zu weinen.«

Mit einem beherzten Stoß versenkte sie die Kugel, die jungen Kerle am Tisch stöhnten auf. Eine kurzhaarige Blondine hob die Hand und rieb die Fingerspitzen aneinander. »Zahltag, Jungs!«

Utah-Girl legte lachend den Queue beiseite und griff nach ihrer Bierflasche. Sie trug eng anliegende Jeans, dazu ein ärmelloses Top, das ihre Taille appetitlich betonte, und darüber eine Jeansjacke, die Rick sich gut über dem Lenker seines Motorrads vorstellen konnte.

»Ich glaube, sie hat uns gerade das Fell über die Ohren gezogen«, sagte ein Junge. Er griff nach seiner Geldbörse, um die Spielschulden zu bezahlen.

»Ich habe euch gewarnt.«

Judys Freundin ließ die Scheine schneller verschwinden als zuvor die Bedienung. »Der Nächste, bitte! Mindesteinsatz ein Zwanziger und eine Runde Drinks.«

Das könnte spaßig werden.

Rick machte einen Schritt nach vorn und sagte laut: »Erhöhe auf hundert.«

Utah-Girl erstarrte, drehte sich aber nicht um. Er hätte gern gewusst, ob sie seine Stimme erkannte. Hatte sie in den vergangenen Monaten an ihn gedacht? Seit der Scheidungs-party ihres Bruders hatte er sie nicht mehr gesehen. Außer in ein, zwei Träumen.

Die Blonde fuhr herum wie eine Schlange zu ihrer Beute. Sie musterte Rick von oben bis unten. Das passierte ihm öfter. Sein Anblick war ganz erträglich, und sein Shirt füllte er aus, wie es sich für einen Marine gehörte. Die massigen Schultern und der muskulöse Hals wiesen ihn eindeutig als Elitesoldaten aus oder als Linebacker. In der Highschool hatte er ein biss-chen Football gespielt.

»Wer zum Teufel bist du?«, murmelte die Blonde.

Rick grinste.

Judy drehte sich langsam zu ihm um. Um ihm ins Gesicht sehen zu können, musste sie den Kopf in den Nacken legen. »Grünauge.«

»Hey Utah-Girl.«

»Du kennst den Typen?« Die Blonde schob sich neben Judy und knuffte sie in die Seite.

Himmel, Judy war noch bezaubernder als in seiner Er-innerung. Sein Blick hielt ihren fest. Eine leichte Röte stieg ihr in die Wangen und ließ ihre Sommersprossen aufschimmern. Sicher hatte sie schon einen schnippischen Kommentar auf den Lippen. Rick hätte weitere hundert Dollar darauf gesetzt, dass ihre nächsten Worte die Umstehenden schockieren wür-den.

»Sind in Kalifornien die Steroide alle?«

Die Blonde fing an zu lachen.

Rick rückte so nahe an Judy heran, dass er sie fast berührte. Sein Lächeln saß bombenfest. »Steroide sind nichts für mich. Hab gehört, sie würden das beste Stück schrumpfen lassen.«

So als könnte sie nicht anders, glitt Judys Blick an ihm hinunter. Jetzt musste Rick lachen. Er trat an den Pooltisch und streifte Judy dabei wie zufällig. »Wie sieht's aus, Utah-

Girl?« Er nahm den Queue vom Tisch. »Du darfst gern eröffnen. Ladys first.«

Rick wusste, dass sie alle Blicke auf sich zogen. Aber ihr Geplänkel war zu prickelnd. Es ließ die Funken stieben, die sie beide wie eine Aura umgaben. Was andere Leute dachten, war im Moment zweitrangig.

»Hundert Mäuse sind eine Menge Geld, Judy«, gab die Blonde zu bedenken.

»Keine Sorge, Meg. Rick reißt gern den Mund ein bisschen auf. Er hat keine Ahnung, was ich draufhabe.«

Rick schüttelte den Kopf und schnalzte missbilligend mit der Zunge. »Ich bitte dich. Legst du die Karten immer gleich auf den Tisch?«

»Sie ist wirklich gut, Kumpel«, sagte der Junge, den Judy gerade um zwanzig Dollar erleichtert hatte.

Rick senkte die Stimme. »Sei nett zu mir, Babe.«

Judy hatte sich wieder ein wenig gefangen. Sie machte einen Schritt von ihm weg. »Vergiss es. Und ich bin nicht dein *Babe.*«

Das sehen wir dann.

Er konnte nicht aufhören zu lächeln.

* * *

Nicht lächeln. Nicht lächeln. Okay, innerlich lächelte sie längst. Der Mann konnte hochgradig irritierend sein, aber er war einfach zum Anbeißen. Gegen ihn wirkten die anderen Kerle in der Bar wie kleine Jungs.

»Wer ist das?«, flüsterte Meg an Judys Ohr.

Judy rieb Kreide auf ihren Queue. »Mikes Bodyguard«, flüsterte sie zurück.

»Der Typ von letztem Sommer?«

Ja, der Typ, der geholfen hatte, Becky Applegate zu fin-

15

den und ihren gewalttätigen Vater dingfest zu machen. Ricks Spitzname war Smiley. Aber wenn jemand ihm dumm kam, verschwand sein Lächeln im Nullkommanichts. Sie hatte ihn in Aktion erlebt. Er war ein Tornado ohne Unwetterwarnung. Oder war das wilde Pochen ihres Herzens als Warnsignal gedacht?

»Prrrr!« Meg schnurrte wie eine Katze.

»Du kannst ihn dir ruhig krallen.«

Meg kicherte. »Er schaut nicht mich an, Süße.«

Judy hob den Kopf und verfing sich in Ricks durchdringendem Blick. Sie trank ihr Bier aus und gab der Bedienung ein Zeichen. »Okay. Hundert Dollar und eine Runde.«

»Was immer die Lady möchte.«

»Noch eine Runde, Cindy. Und bring ihm auch was mit.«

Rick schwenkte sein Bierglas, dann verschränkte er die Arme vor der Brust. Judy bedauerte, dass in dieser Kneipe kein Champagner ausgeschenkt wurde, sonst hätte sie testen können, ob Ricks Geldbörse ihr gewachsen war. Viel Ahnung von teurem Schaumwein hatte sie nicht, aber wenn sie ihren Bruder besuchte, gab es immer sehr exquisite Tropfen.

»Können wir loslegen, Babe?«

Die Umstehenden schlossen bereits eigene Wetten ab. Was Rick wirklich draufhatte, wusste hier keiner. Aber einige Barbesucher schienen seine Statur als Hinweis auf sein Können zu nehmen. Und Judy musste sich eingestehen, dass sein Selbstvertrauen sie ein klitzekleines bisschen einschüchterte.

Sie legte die weiße Kugel auf den Tisch und beugte sich vor. Rick stand ihr gegenüber und wartete auf den Break. Pool hatte ziemlich viel mit Winkeln, Linien und Geraden zu tun. Damit beschäftigte Judy sich Tag für Tag in ihrem Studium. Wenn sie spielte, unterteilte sie den Tisch gedanklich in Felder mit zahllosen Kombinationsmöglichkeiten. Mit ihrem Können besserte sie ihr Taschengeld auf. Damit gönnten sie und Meg sich hin und wieder einen schönen Abend. Gegner musste sie sich nicht suchen. Das erledigten ihre Freunde für sie. Neulinge wurden gewarnt, und die Einsätze waren nicht hoch. Es ging nur um ein paar Drinks und ein bisschen Spielgeld.

Das machte Spaß und alle kamen auf ihre Kosten.

Judy nahm Maß und konzentrierte sich auf die Kugeln. »Ich habe dir schon mal gesagt ...« Mit dem ersten Stoß versenkte sie eine volle und eine halbe Kugel in gegenüberliegenden Ecken. Ein Blick auf den Tisch, und sie sah die nächsten drei Stöße vor sich. Die vollen Kugeln waren ihre, ganz klar. Sie ging zu Ricks Seite des Tisches, beugte sich vor und beendete ihren Satz. »... ich bin nicht dein Babe.« Sie versenkte die Vier und richtete sich grinsend auf. Mit dem Zeigefinger schob sie Rick aus dem Weg und drehte ihm das Hinterteil zu, während sie die nächste Kugel in einem Eckloch verschwinden ließ.

So schamlos hatte sie noch nie geflirtet. Dabei hatte sie keinerlei Absicht, diesem Balzverhalten auch Taten folgen zu lassen. Mit Rick zu flirten, machte zwar riesigen Spaß. Aber der Mann war eine Gefahrenzone, und Gefahren ging sie aus dem Weg.

Beim nächsten Schuss würde sie über die Bande spielen müssen, und ihre Kugel würde auf dem Weg ins Loch vermutlich den halben Zehner streifen. Aber wenn das im richtigen Winkel passierte, war alles bestens. Während Judy den Queue ausrichtete, wurde es still um den Tisch.

Sie spürte Ricks bohrenden Blick, stieß die Kugel an und sah zu, wie die Kettenreaktion ihren Lauf nahm. Kurz vor dem Loch blieb die Kugel beinahe liegen. Dann polterte sie in die Tiefe. Judy seufzte und richtete sich grinsend auf.

»Verdammt, Utah-Girl. Du bist wirklich gut.« Ricks Lächeln war unverrückbar.

»Sag ich doch.« Jerry gab wieder mal den Schlaumeier.

Weitere erfolgversprechende Stöße sah Judy im Augenblick nicht. Deshalb hinterließ sie die weiße Kugel in einer Position, in der sie Rick Kopfzerbrechen bereiten würde.

Rick ging um den Tisch und wog seine Chancen ab. »Sollen wir den Einsatz erhöhen, Babe?«

Judy knirschte mit den Zähnen. *Babe* hatte sie sich noch nie gern nennen lassen.

»Und woran hast du gedacht?«

»Wenn du gewinnst, höre ich auf, dich Babe zu nennen.«

»Und wenn du gewinnst?«

»Kriege ich ein Date. Wann und wo ich will.« Er schaute sie nicht einmal an.

»Ein Date?«

Er kalkte seinen Queue. »Zeit und Ort bestimme ich.«

»Die Abschlussprüfungen fangen bald an.«

»Darauf nehme ich selbstverständlich Rücksicht.«

Judy warf einen Blick auf den Tisch.

»Hört sich nach einer Win-win-Situation an«, lachte Meg. Sie saß auf einem Barhocker und nippte an ihrem Wodka-Tonic.

Judy verdrehte die Augen.

»Okay, schlimmer Mann, von mir aus.«

Am Tresen brandete Lärm auf. Es gab Streit wegen des Spiels auf dem gigantischen Monitor. Judy schaute kurz hinüber. Als sie sich wieder zum Pooltisch drehte, versenkte Rick gerade die Elf. Diese Möglichkeit hatte sie nicht gesehen. »Der Name *Babe* geht dir wirklich gegen den Strich.«

»Utah-Girl ist mir lieber.«

Die Vierzehn wäre leichte Beute gewesen. Doch Rick spielte über die Bande und versenkte die Neun gleich mit.

Unter den Zuschauern wechselten erste Scheine die Besitzer.

Ricks nächster Stoß ging daneben.

Judy zog die Jacke aus und reichte sie Meg. Ihr Gegner wollte es anscheinend wissen.

Um die Sieben vom Tisch zu bekommen, brauchte man fast einen Winkelmesser. Aber sie verschwand im Loch und Ricks Augenbrauen schnellten in die Höhe. Judys nächster Stoß ging daneben, aber sein nächster auch.

Dann versenkte sie die Zwei und wollte sich gerade freuen, als Rick mit einem Stoß zwei Kugeln loswurde. Schon wieder.

Verdammt!

»Bei den Marines spielt man wohl öfter mal Pool?«, fragte sie.

Er lachte. »Eigentlich nicht.« Er setzte zu seinem letzten Stoß an und schlenzte die Kugel lässig ins Loch. Judys Herzschlag beschleunigte sich. Hundert Dollar hatte sie nicht in der Tasche. Sie war noch nicht lange in der Bar und hatte erst ein paar Spiele für sich entschieden. Wenn sie jetzt verlor, gewann Rick ein Date, bei dem er sie ganz bestimmt ununterbrochen Babe nennen würde.

»Und wo hast du gelernt, so zu spielen?«

Er hielt inne und schaute ihr in die Augen. »Mit siebzehn war ich ständig in irgendwelchen Pool-Hallen und habe dabei recht gut verdient.«

Verdammtes Pech.

Hinter ihnen wurde es lauter. Ein Betrunkener schien die Meinung des Schiedsrichters nicht zu teilen und ging auf einen anderen Gast los.

Judy konzentrierte sich auf den Tisch. Die Acht lag in ihrer ganzen schwarzen Pracht bereit. Rick hätte schon blind sein müssen, um die Kugel nicht zu versenken. Sie konnte schon mal *Babe* auf ihre Handtücher sticken lassen.

»Was ist los, Babe? Warum guckst du so betroffen?«

»Wie ich aussehe, wenn ich betroffen bin, kannst du gar

nicht wissen. Dazu kennst du mich nicht gut genug.«

Rick beugte sich lachend vor und setzte zum Stoß an.

Am Tresen zersprang klirrend ein Glas auf dem Fußboden. Judy fuhr herum und sah einen Hocker durch die Luft fliegen. Noch bevor sie sich ducken konnte, schlangen sich starke Arme um ihre Taille und rissen sie aus der Schusslinie.

Sie landete auf dem Boden. Die Luft wurde aus ihrer Lunge gepresst, sie fühlte sich benommen.

Rick drückte ihren Kopf an seine starke Schulter. Im selben Moment spürte sie den Ruck, der durch seinen Köper ging. Irgendwo splitterte Holz. Judy hörte Meg aufschreien und riskierte einen Blick. In der Bar tobte eine ausgewachsene Schlägerei. Kurz nach ihrem einundzwanzigsten Geburtstag war das schon mal passiert, aber das war Jahre her.

»Alles in Ordnung?«

Grüne Augen, ernstes Gesicht. Ricks Lächeln war wie weggewischt. Sein Körper bedeckte sie vom Kopf bis zu den Knien. Er fühlte sich unglaublich hart an.

»Ja.«

Plötzlich schob er sie noch weiter unter sich. Scherben regneten auf sie beide herab.

Aus dem Augenwinkel sah Judy Meg und ihre Freunde durch die Hintertür ins Freie flüchten.

Lärm erfüllte den Raum. Das Geräusch von Fäusten, die auf Fleisch prallten, ließ Judy zusammenzucken.

Ricks Arm legte sich wie ein Schraubstock um ihre Taille. Er stand auf und zog sie mit sich hoch. Mit dem Ellbogen wehrte er den Fausthieb eines Betrunkenen ab und stieß den Kerl mit dem Fuß beiseite.

»Hintertür?«

Judy zeigte in die Richtung, in die ihre Freunde verschwunden waren. Rick rannte mit ihr aus der Bar.

Sie stolperten in die dunkle Gasse. Draußen schlug Judy die kalte Frühlingsluft ins Gesicht.

Ohne dass sie es wollte, stahl sich ein Lächeln auf ihre Lippen. Der Ellbogen, den sie sich angeschlagen hatte, fing an zu stechen. Aber lieber unsanft auf dem Boden landen, als einen Hocker auf den Kopf bekommen.

»Alles in Ordnung?«

Sie fing an zu lachen.

»Judy?«

Die Hände auf die Knie gestützt, lachte sie weiter. Dann schnappte sie nach Luft und versuchte, sich zu fassen. »Ist dir schon mal aufgefallen, dass immer, wenn wir uns sehen, etwas Verrücktes passiert?«, glucks te sie.

Es dauerte einen Moment, bis Rick in ihr Lachen mit einstimmte. »Das muss an dir liegen.«

»Weil du nur zu Besuch bist?«

Sie richtete sich auf und rieb sich den Ellbogen. Dann fiel ihr ein, dass ihre Lieblingsjeansjacke noch in der Bar war. »Ach, Mist.«

»Was ist?«

»Nichts. Meine Jacke … nicht so wichtig.« Die Jacke war es nicht wert, sich noch einmal ins Getümmel zu wagen.

»Judy?«, rief Meg von der Straße her.

»Wir sind hier.«

Zwei Gäste platzten durch die Hintertür. Rick zog Judy erneut aus der Reichweite fliegender Fäuste. Die Schlägerei schien sich ins Freie zu verlagern.

Zusammen joggten sie ein Stück von dem Chaos weg bis zu Meg und zwei Freunden der Mädchen.

»So kann man den Abend auch beenden!«

Judy schnaubte. »Ich muss mich sowieso noch mal an die Arbeit machen. Wie spät ist es?«

»Noch nicht mal zehn.«

Judy musterte Rick genauer. Der Mann war der Widerspruch in Person. Sanfte grüne Augen, knallharte Muskelpakete, ein entspanntes Lächeln, ein hochentwickelter Beschützerinstinkt.

»Das ist es!« Sie wusste, was ihrem Entwurf fehlte. Weiche Linien und starke Balken. Die Lösung stand direkt vor ihr. Ihr Entwurf würde brillant werden. Okay, vielleicht nicht brillant, aber doch ganz und gar einzigartig und nie da gewesen. Das hoffte sie zumindest.

»Utah-Girl?«

Judy hatte nicht gemerkt, dass sie mit der Hand an Ricks Arm entlanggestrichen hatte. Warm, weich und doch so stark. Erschrocken zog sie die Finger zurück. Rick glaubte, sie stützen zu müssen, und hielt sie am Arm fest.

»Hast du dir den Kopf angeschlagen?«

Kopfschmerzen hatte sie tatsächlich. Aber das lag vermutlich an dem Lärm in der Bar und an ihrer Aufregung, weil ihr nun endlich der rettende Einfall für ihre Abschlussarbeit gekommen war.

»Nein, alles in Ordnung. Meg?« Sie drehte sich zu ihrer Freundin. »Wir müssen los. Meine Hausarbeit … ich weiß jetzt, wie mein Entwurf aussehen muss.«

Meg schüttelte lachend den Kopf.

Judy wollte lossprinten, aber Rick hielt sie fest. »Was ist mit meinem Date?«

Judy zog die Hand weg und zeigte mit dem Finger auf ihn. »Du hast nicht gewonnen, Grünauge.«

»Aber auch nicht verloren, *Babe*.«

Judy lachte. Herrje, dieser Mann nervte. Aber auf eine ganz und gar unnachahmliche Weise. »Dann müssen wir das Spiel wohl wiederholen.« Meg zog sie mit sich weg. »Danke, dass du meinen Kopf vor größeren Schäden bewahrt hast!«, rief Judy zum Abschied über die Schulter.

Rick stand im Nieselregen in der dunklen Gasse. Inzwischen war auch hier draußen die Schlägerei in vollem Gang. In der Ferne heulten Sirenen auf. »Gern geschehen, Utah-Girl.«

Judy rannte zusammen mit Meg durch den Regen nach Hause. Sie wusste, dass Ricks wachsamer Blick ihr folgte.

KAPITEL 2

Mike hatte einen kleinen Saal gemietet und ein paar Kisten Dom Pérignon für Judy, ihre Freunde und die Familie mitgebracht.

Judy schwebte wie auf Wolken. Sie hatte ihre Abschlussprüfungen mit Auszeichnung bestanden, trug die traditionellen, mit Quasten versehenen Ehrenschnüre für herausragende Leistungen um den Hals und ein absolut unerschütterliches Lächeln im Gesicht.

Meg betrat den Saal zusammen mit ihren Eltern.

Judy rannte zu ihr und umarmte ihre Freundin zum x-ten Mal an diesem Tag. »Wir haben es geschafft.«

»Krieg dich wieder ein, Gardner. Das wissen wir schon seit letzter Woche.« Meg grinste.

»Hallo Mr und Mrs Rosenthal.« Judy begrüßte Megs Eltern mit Wangenküssen.

»Wenn du unsere Nachnamen benutzt, fühle ich mich uralt, Judy.«

Judy zuckte die Achseln. Megs Eltern bei ihren Vornamen zu nennen, kam für sie nicht infrage. »So bin ich nun mal erzogen. Haben Sie meine Eltern schon kennengelernt?« Sie winkte Janice und Sawyer her und stellte ihnen Megs Eltern vor. Als die vier anfingen, sich zu unterhalten, zog Judy Meg beiseite.

»Komm, wir brauchen ein paar Fotos.«

Sie wollte mit Mike anfangen, musste ihn aber erst von ihren Freundinnen wegzerren, die an ihm klebten und Autogramme wollten.

Sie umarmte ihren Bruder. Mike hob sie hoch und wirbelte sie herum. »Da ist ja die glorreiche Absolventin.« Er küsste sie auf die Wange.

»Danke für die Party.«

»Wozu hat man einen stinkreichen großen Bruder, wenn nicht für solche Fälle?« Mike wusste, dass er noch viel mehr für sie war.

»Das ist übrigens Meg.«

Im Gegensatz zu Judys anderen Freundinnen geriet Meg nicht sofort in Verzückung. »Ich habe schon viel von dir gehört, Mike«, sagte sie freundlich, aber gelassen.

Mike hob eine Augenbraue. Vermutlich, weil sie den Namen verwendet hatte, mit dem ihn sonst nur seine Familie ansprach. »Und ich habe gehört, dass ihr beide in eine Kneipenschlägerei verwickelt wart und mit euren Poolkünsten ahnungslosen Opfern das Geld aus der Tasche zieht.«

Meg zuckte die Achseln. »Eine Schlägerei hat es tatsächlich gegeben. Aber ahnungslose Opfer um ihr Geld zu bringen, würde uns nie einfallen.«

Mit den Gedanken an den Abend in der Bar kamen die Gedanken an Rick. Bei der Zeugnisverleihung hatte Judy ihn im VIP-Zuschauerbereich gesehen. Aber seither war er abgetaucht.

»Kannst du ein Foto von uns machen?«, bat Judy eine ihrer Freundinnen.

Judy zog Mike zwischen sie und Meg und blinzelte, als das Blitzlicht aufflackerte. Das zweite Foto war perfekt und sie postete es gleich bei Facebook.

»Wir müssen unbedingt ein Familienfoto machen, solange noch alle hier beieinander sind«, sagte sie zu ihrem Bruder.

»Mom lässt uns garantiert nicht ohne eines hier weg.«

Eine Bedienung brachte ihnen Champagnerflöten und sie stießen auf den Freudentag an.

»Ist es dir wirklich recht, dass Meg und ich bei dir wohnen, wenn wir in L. A. sind?« Judy hatte einen Praktikumsplatz bei Benson & Miller Designs ergattert, und Meg wollte sehen, was Kalifornien ihr zu bieten hatte. Ohne erst auf Wohnungssuche gehen zu müssen, würde der Neustart in der fremden Stadt sicher viel einfacher werden. Mikes Villa in Beverley Hills war geräumig, aber Judy wollte sich dort nicht allzu lange breitmachen. Nur bis sie einen Teilzeitjob gefunden hatte und sie und Meg sich etwas Eigenes mieten konnten.

»Ich bin ja kaum zu Hause, Judy. Es ist gut, wenn die Villa bewohnt ist, während ich am Filmset bin. Frag mal Karen.«

Karen war Mikes Exfrau und inzwischen mit Zach, Judys anderem Bruder, verheiratet. Die genauen Zusammenhänge waren ein Familiengeheimnis. Mike hatte Karen nur auf dem Papier geheiratet, weil seine Produzenten gemeint hatten, eine Ehefrau wäre gut für sein Image. Er und Karen waren nie mehr als Freunde gewesen, und als Karen und Zach einander begegnet waren, hatte es sofort gefunkt. Judy war froh über das Happy End der Geschichte, denn sie mochte Karen. Sie wollte die Frau nicht hassen müssen, weil sie das Herz ihres Bruders gebrochen hatte. Ganz gleich, welches Bruders.

Judys jüngere Schwester Hannah schlich sich mit ihrem Handy an. Meg machte Fotos von allen, aber bald zog jemand Judy fort.

Ihre Robe und den Doktorhut hatte sie schon abgelegt, als der DJ zu Tanzmusik wechselte. Die Gäste hatten ihren Spaß, und Mike wusste, wie man eine Party in Gang hielt. Zach und Karen waren zusammen mit Judys älterer Schwester Rena und deren Ehemann gekommen. Das Familienfoto wurde gemacht, bevor die ganze Sippschaft zu zerzaust aussah.

Nach einer ausgelassenen Stunde auf der Tanzfläche ging Judy vor die Tür, um frische Luft zu schnappen. Die letzten Sonnenstrahlen färbten die Wölkchen am Himmel orange und pink. Seattle meinte es an diesem Freudentag gut mit ihnen. So freundlich war das Wetter hier nicht oft. Der Mount Rainier leuchtete noch einmal in der Ferne auf. Judy wusste, dass ihr sein Anblick in L. A. fehlen würde. Aber sie war froh, dass sie das Praktikum ergattert hatte.

Als sie hinter sich Schritte hörte, wandte sie sich um.

In einem dunklen Anzug kam Rick auf sie zu. Er neigte den Kopf und sprach in ein Mikrofon. »Ich habe sie gefunden. Alles in Ordnung.«

Judy hob ungläubig die Hände. »Wollte mich jemand entführen?«

Ricks Blick blieb ernst. »Um an das Geld deines Bruders zu kommen, würden manche Leute alles Mögliche tun.«

Wow! Wer hätte gedacht, dass Rick seinen Job so ernst nahm? Sonst lächelte er auch noch in den widrigsten Situationen.

»Ich schnappe nur ein bisschen frische Luft, Grünauge.«

Seine Schultern wurden lockerer. Trotz des Anzugs ähnelte er jetzt wieder dem entspannten Typen, als den sie ihn kannte. »Ich habe dich den ganzen Abend nicht gesehen. Woher hast du denn gewusst, dass ich den Saal verlassen habe?«

»Wenn du mich nicht siehst, heißt das noch lange nicht, dass ich nicht da bin und dich nicht im Auge habe.«

Du lieber Himmel, wenn sie ihn nicht gekannt hätte – zumindest ein bisschen –, wäre ihr das fast ein wenig unheimlich gewesen. »Du bist ein Stalker?« Sie wusste, dass Rick kein verklemmter Freak war, der sie verfolgte.

»Als Sicherheitsmann hat man die Lizenz zum Stalken.« Jetzt lächelte er doch.

»Dann ...« Sie hielt inne und holte Luft. »Dann warst du wohl neulich abends auch im Einsatz?«

Sie erwartete eine unverbindliche Antwort, nicht die Wahrheit.

»Nein. Das war rein persönlich.« Das Lächeln rutschte tatsächlich von seinen Lippen und seine Augen sahen sie an wie noch nie zuvor.

»P...persönlich.« Die kühle Luft, die sie umwehte, schien sich aufzuheizen.

Er legte den Kopf schief, als müsste er über seinen nächsten Satz nachdenken. »Ich nehme mal an, du hast deine Prüfungen bestanden.«

»Sonst wäre ich nicht bei der Zeugnisverleihung gewesen. Aber sag mal, diese persönliche ...«

Rick zuckte mit den Schultern. »Ich wollte sehen, ob das Mädchen, das ich letztes Jahr in Utah kennengelernt habe, immer noch so viel Feuer hat. Und dann habe ich es dabei ertappt, wie es beim Pool-Spielen Leute abzockt.«

»Um Geld zu spielen, hat nichts mit Abzocke zu tun. Außerdem hast du das selbst früher gemacht.«

Rick nickte. »Ja, richtig. Aber Spiele mit Einsätzen von über hundert Dollar könnte man schon als Abzocke bezeichnen.«

Sie richtete den Zeigefinger auf ihn. »Der Vorschlag mit den hundert Mäusen kam von dir. Ich hatte nicht mal so viel bei mir.«

Rick schloss die Augen und schüttelte den Kopf. »Du hättest deine Spielschulden nicht bezahlen können? Das ist sträflich.«

»Ich hatte keine Spielschulden. Du hast nicht gewonnen.«

»Hätte ich aber.«

Ja, schön, hätte er. Aber zugeben würde sie das um keinen Preis. »Unter einem unterentwickelten Ego leidest du nicht, oder?« Judy lehnte sich an einen Pfeiler der Veranda. Rick ließ ihre Frage unbeantwortet stehen.

»Soweit ich gehört habe, wirst du bei deinem Bruder wohnen, bis du in L. A. eine eigene Wohnung gefunden hast«, sagte er stattdessen.

»Hat Mike dir das verraten?«

»Wenn er da ist, überwache ich sein Haus. Und ich begleite ihn zu Terminen wie dem hier.«

Judy lachte. »Die Abschlussparty seiner Schwester ist doch keine Hochrisikoveranstaltung, bei der man Bodyguards und Sicherheitsvorkehrungen braucht, oder?«

Rick sah sie an und rieb sich das Kinn. »Du wärest schockiert, wenn du wüsstest, welchen Preis dein Bruder für seine Berühmtheit bezahlt. Wenn du in seinem Haus wohnst, sitzt du auch auf dem Präsentierteller.«

»Nach dem vergangenen Sommer schockt mich so schnell nichts mehr.«

»Im letzten Sommer ging es nicht um den Hollywoodstar, und du warst nicht in Gefahr.«

Das stimmte.

Aber bei der abenteuerlichen Suche nach Becky hatte sie sich so lebendig gefühlt wie nie zuvor. Beckys Eltern hatten ihre Tochter entführt, und Judy war mit Rick durch den halben Staat Utah gefahren, um Becky zu finden. Diese Mission hatte sie selbstbewusster gemacht.

»Ich bin ein großes Mädchen. Ich komme schon klar.«

Das Lachen wich aus Ricks Augen. Er drehte den Kopf zur Seite und drückte einen Finger an sein Ohr. »Ja, geht klar.« Er machte einen Schritt auf sie zu und legte eine Hand an ihre Taille. »Zeit, wieder reinzugehen.«

»Was ist los?« Sie ließ sich von ihm zur Tür schieben. Über die Schulter warf sie einen Blick in den dunkler werdenden Himmel.

»Auf dem Südrasen sind Paparazzi gesichtet worden.«

»Von mir wollen die sicher kein Foto.«

Rick beugte sich näher zu ihr. »Die Anonymität ist dein Freund.«

Drinnen schien die Musik lauter geworden zu sein. Ehe sie noch etwas sagen konnte, ging Rick davon. »Bis bald in L. A.«, waren seine Abschiedsworte.

Immerhin hatte er sie nicht *Babe* genannt.

* * *

In Seattle hatten Judy und Meg in einem möblierten Apartment gewohnt. Perfekt für Studentinnen mit wenig Geld. Jetzt hatten sie nichts außer ihren Autos, ihren Kleidern und ein paar Kisten mit Büchern und persönlichen Dingen, die auch eine Zeit lang auf irgendeinem Dachboden stehen konnten. Bei Mike einziehen zu dürfen, war ein Segen, und mit leichtem Gepäck zu reisen, war angenehm. Es zeigte ihnen aber auch, wie viel sie noch schaffen mussten, bevor sie wieder ausziehen und sich mehr als eine Matratze auf dem Fußboden leisten konnten.

Mikes Schlafzimmer lag an einer Seite des Innenhofes, die Gästezimmer auf der anderen. Meg und Judy stellten ihre Sachen in zwei davon, hängten ihre Kleider in die Schränke und breiteten sich in den Gästebadezimmern aus.

»Dass dein Bruder uns bei sich wohnen lässt, ist der Wahnsinn. Und dieses Haus ist der Hammer.«

Meg war ebenso begeistert wie Judy. Mike hatte mit seinem gewohnt guten Geschmack die Farbpalette und die Materialien an spanischen Vorbildern ausgerichtet. Viele Wände trugen Stuckverzierungen, das ganze Gebäude erinnerte an eine historische Missionsstation. Vom gigantischen Wohnzimmer aus gelangte man durch eine restauranttaugliche Küche ins Esszimmer. Glastüren führten zu einem riesigen, auf drei Seiten umschlossenen Hof mit einem Springbrunnen und einer herrlichen Aussicht auf die Stadt unten im Tal. Judy konnte es kaum erwarten, jeden Winkel des Hauses und des Anwesens zu erkunden.

»Und jede von uns hat ihr eigenes Bad. Kannst du dir eigentlich vorstellen, wie es war, mit einer großen Familie, aber nur zwei Toiletten aufzuwachsen?«

»Nicht mal in meinen düstersten Träumen.« Meg war ein Einzelkind und hatte sich nicht mal eine Barbie mit jemandem teilen müssen. Von Waschbecken und Kloschüsseln ganz zu schweigen.

In Mikes Haus ging sogar die Badezimmerbeleuchtung automatisch an, sobald man den Raum betrat. Ein Griff zum Lichtschalter war nicht nötig. So viel Luxus hatte auch Meg noch nie erlebt.

Aus der Diele drang Karens Stimme zu ihnen.

»Wir sind hier.« Judy wischte sich die vom Kistentragen staubigen Hände ab.

Gut gelaunt wie fast immer platzte die blonde Karen ins Gästezimmer. Sie brachte die Tafel mit, die auf der Fahrt von Seattle nach L. A. hinter der Heckscheibe von Judys Wagen gestanden hatte. *Kalifornien – alles oder nichts!* stand in strahlend grünen, von Sternen und Smileys umrahmten Buchstaben auf der Hartschaumplatte. Das war genauso albern wie perfekt für den Aufbruch in ein neues Leben.

»Ihr habt tatsächlich hergefunden.« Karen warf die Tafel aufs Bett und umarmte Judy.

»Von Santa Barbara bis zu Mike haben wir länger gebraucht als von San Francisco bis Santa Barbara. Unfassbar.«

»Willkommen im Verkehrschaos von L. A. Gewöhnt euch besser schon mal dran, wenn ihr hierbleiben wollt.«

»Mein Praktikum dauert ein halbes Jahr. Wie es danach weitergeht … wer weiß.«

Meg trat ins Zimmer. »Hey Karen.« Die beiden umarmten sich, dann zog Karen die Mädchen hinter sich her in den Flur.

»Ich zeige euch gleich mal, was euch hier erwartet.« Karen hatte über ein Jahr lang als Mikes Ehefrau in seinem Haus gelebt. In Wahrheit waren sie und Mike nie richtig zusammen gewesen. Ihre Ehe hatten sie nur vorgetäuscht, weil Hollywood und die Filmproduzenten glauben sollten, Mike sei glücklich verheiratet. Nach einem Jahr hatte die Scheinromanze langsam dahinwelken sollen. Doch so undramatisch wie geplant war das nicht gelaufen. Karen hatte Judys älteren Bruder Zach kennengelernt, Zach und Karen hatten sich Hals über Kopf ineinander verliebt. Ein gefundenes Fressen für die Medien. Noch Monate nach der Scheidung waren die Klatschblätter voller Geschichten über Karen, Mike und Zach gewesen.

Spätestens in dieser Phase hatte Judy verstanden, dass das öffentliche Leben eines Hollywoodstars wie Mike eine mehr oder minder perfekte Illusion war. Sie vermutete, dass auch sie nicht die ganze Wahrheit über seine Ehe kannte. Aber jetzt, wo sie in seinem Haus lebte, würde sie sicher mehr erfahren.

»Das wird eine tolle Zeit.« Meg trat hinaus auf den Hof und bewunderte die Aussicht auf die Stadt unter ihnen.

»Das Haus, dieser Blick, das Grundstück – all das ist wirklich nicht zu toppen. Aber die Leute mit den Kameras, die unerwartet oder auch erwartet auftauchen, können gehörig nerven. Anfangs findet man das vielleicht noch lustig oder interessant. Aber bald hat man die Nase voll davon.«

»Ist es wirklich so schlimm?« Meg lachte.

»Bei euch beiden sollte es sich eigentlich im Rahmen halten. Wenn die Paparazzi erst mal kapiert haben, dass Judy Mikes Schwester ist und du ihre Freundin bist, wird das Interesse an euch nachlassen. Aber sobald der große Star hier ist, kommen sie wieder angeschwirrt. Sie beschatten ihn regelrecht, klettern über den Zaun, riskieren eine Anzeige wegen unbefugten Betretens eines Privatgrundstücks und sogar eine Verhaftung. Für ein Foto tun sie einfach alles.« Karen ging zur

Mitte des Innenhofes und drehte sich zum Haus.

»Hat schon mal jemand versucht, ins Haus einzudringen?«

»Nicht solange ich hier gewohnt habe. Aber nach der Scheidung hat es einen Einbruch gegeben. Mike war nicht zu Hause und danach haben Neil und Rick jede Menge Sensoren und die Alarmanlage eingebaut.«

Judy hatte die Haustür mit einem Schlüssel geöffnet und mit einem kleinen Gerät die Alarmanlage deaktiviert.

»Hier sind überall Kameras.«

Judy schaute hinauf zum Dachvorsprung. Dort hingen Überwachungskameras, wie sie sie aus Einkaufszentren kannte. Sie zeigte nach oben. »Das sehe ich.«

»Ja, aber manche siehst du nicht.« Karen deutete auf eine hübsche Laterne, die nachts den Weg zum hinteren Teil des Gartens beleuchtete. »Dadrin steckt eine Kamera für den Außenbereich. An beiden Seiten des Hauses und vorn stehen noch weitere so ausgerüstete Laternen. Eine zeichnet jedes Fahrzeug auf, das aufs Grundstück fährt. Zusätzlich sind Bewegungsmelder mit Flutlichtern gekoppelt, was in windigen Nächten ziemlich lästig werden kann. Und wenn der Wachdienst ungewöhnliche Aktivitäten bemerkt, ruft er sofort hier an.«

»Warum schaltet man bei Wind oder Sturm die Bewegungsmelder nicht einfach ab?«, fragte Judy.

»Weil genau dann die Plagegeister mit den Kameras auftauchen. Die kennen sich mit Sicherheitsvorrichtungen bestens aus.«

Meg zuckte die Achseln. »Dann machen sie eben ein paar Schnappschüsse ...«

»Mit dem einen oder anderen unschmeichelhaften Foto in den Klatschblättern könnte man leben. Aber es gibt ziemlich schräge Gestalten, die einem regelrecht auflauern. Mikes Ruhm hat seinen Preis.«

Karen zeigte ihnen noch ein paar Kameras und Sensoren im Hof und im Garten. Dann gingen sie wieder hinein. »Die

Fenster und Türen sind über Sensoren gesichert. Drinnen im Haus wollte Mike keine Kameras.« Karen erklärte den Mädchen das Kontrollpanel und zeigte ihnen, wie sie die Alarmanlage anschalten konnten, wenn sie die Villa verließen, und was sie tun mussten, damit der Alarm nicht losging, wenn sie sich nachts mal ein Glas Milch aus der Küche holten. Panikknöpfe gab es auch, und von den Haustelefonen aus konnte man mit einer dreistelligen Nummer den Sicherheitsdienst anfordern.

»Wer schaut sich denn die Überwachungsbilder an?«

Karen zuckte die Achseln. »Kommt drauf an, wer Dienst hat. Neils Team ist die ganze Woche über rund um die Uhr im Einsatz.«

Judy strich sich das Haar aus dem Gesicht. »Sieht Rick die Bilder auch?«

»Ja, manchmal.« Karen grinste.

»Was ist?«

Karen lachte. »Nichts.«

Dass Meg jetzt auch grinste, fand Judy irritierend. »Was ist?«

Im Gegensatz zu Karen nahm Meg kein Blatt vor den Mund. »Wir sind gerade erst angekommen, und schon fragst du nach Rick.«

»Ich will nur wissen, wer das Haus überwacht und die Kamerabilder sieht.« Judy fand die Frage völlig unverfänglich. »Das hat keine persönlichen Gründe.«

»Ja, klar. Sicher.« Meg gluckste.

»Findest du diese Frage persönlich, Karen?«

Karen biss sich auf die Unterlippe und schüttelte den Kopf. »Nicht unbedingt. Aber eines solltet ihr wissen: Im Freien gibt es Mikrofone, die auch Gespräche aufzeichnen. Nur falls du mal wieder nach Rick fragen willst.«

»Du machst Witze.«

»Nein.«

»Ich bin fassungslos.«

Karen nahm eine Flasche Wasser aus dem Kühlschrank und lehnte sich an die Arbeitsplatte. »Und, was habt ihr jetzt vor, Mädels?«

Meg setzte sich auf einen Hocker an der Kochinsel. »Morgen fange ich mit der Jobsuche an.«

»Und ich fahre mal raus zu meiner Firma in Westwood, damit ich weiß, wo ich nächste Woche hinmuss.« Judy hatte noch ein paar Ersparnisse und konnte mit der Jobsuche ein bisschen warten.

»Wie viele Wochenstunden hat denn dein Praktikum?«

»Dreißig bis vierzig, haben die gesagt.«

»Dann bleibt dir für eine bezahlte Arbeit nicht viel Zeit.«

Judy zog eine Grimasse. »Das stimmt. Die normalen Büroarbeitszeiten kann ich schon mal abhaken. Aber in Seattle habe ich gekellnert. So was kann ich mir hier auch wieder suchen.«

Meg stöhnte. »Von Jobs als Bedienung habe ich für dieses Leben genug. Ich hätte zur Abwechslung gern mal was Sauberes, wo mir nicht dauernd jemand an den Hintern tatscht.«

Karen und Judy lachten.

»Du hast einen Abschluss in Betriebswirtschaftslehre, oder?«, fragte Karen.

»Ja.«

»Hm, na ja. Samantha sucht jemanden für Alliance.«

»Was ist Alliance?«, fragte Judy.

»Eine Elite-Partnervermittlung.«

»Eine Dating-Agentur?«, fragte Meg stirnrunzelnd.

»Nein, viel mehr als das. Alliance ist sehr exklusiv und hat nur schwerreiche Klienten in der Kartei. Wir arrangieren exakt geplante Verbindungen auf Zeit. Es kommt vor, dass Manager eine Ehefrau vorweisen müssen, um einen bestimmten Job zu kriegen. Oder sie brauchen eine Freundin, damit ihre Ex Ruhe gibt.«

»Und wo findet ihr die Frauen, die sich auf so was einlassen?«, fragte Judy.

»Überall. Auf Hollywoodpartys, bei Wohltätigkeitsveran-staltungen. Eine zeitlich begrenzte, vertraglich geregelte Bezie-hung, nach deren Ende sie ein hübsches Sümmchen auf dem Konto haben, können sich viele Frauen vorstellen.«

Plötzlich ging Judy ein ganzer Kronleuchter auf. »Oh mein Gott! So bist du mit Mike zusammengekommen!«

Karen zuckte mit den Augenbrauen und schaute zu Meg.

»Ich bitte dich. Meg ist meine beste Freundin. Sie weiß, dass die Ehe zwischen dir und Mike nur auf dem Papier bestan-den hat. Aber mir ist jetzt endlich klar, wie ihr das eingefädelt habt.«

»Mike hat eine Ehefrau gebraucht, und ich wollte ein Heim für Ausreißer und vernachlässigte Kinder und Jugend-liche eröffnen. Unsere Ehe war eine Win-win-Situation für uns beide. Und für mich sogar noch ein bisschen mehr, weil ich durch Mike Zach kennengelernt habe.« Mit Mikes Karriere war es auch nach der Scheidung weiter steil bergauf gegangen. Stän-dig gab es neue Fotos von ihm mit irgendeinem Sternchen am Arm. Die Frauen wechselten in kurzen Abständen. Offenbar war keine darunter, die er der Familie vorstellen wollte. Viel-leicht war er einfach noch nicht bereit für ein geregeltes Leben. Konnte man ihm das verdenken? Er war niemandem Rechen-schaft schuldig. Er konnte tun und lassen, was er wollte, und sein Leben genießen.

Judy verstand ihn gut. Auch sie wollte sich erst einmal selbst finden, bevor sie sich auf etwas Festes einließ. Die Vorstellung, in der Zwischenzeit mit einer gefakten Ehe auf Zeit ihren Kon-tostand aufzubessern, hatte einen gewissen Charme.

Megs Gedanken gingen offenbar in eine ähnliche Rich-tung. »Und wie überprüft Alliance die Kandidaten und Kan-didatinnen? Sicher gibt es doch jede Menge Schlauberger, die hinterher mit einer Klage etwas für sich herausschlagen wollen, oder seltsame Vögel, die einem Ehepartner mehr schaden als nutzen würden – ganz gleich ob bei einer kurzfristigen oder langfristigen Verbindung.«

»Samantha macht sehr gründliche Hintergrundchecks. Ganz gleich, wie gut jemand die Leichen in seinem Keller versteckt, Samantha spürt sie auf. Auch wer für sie arbeiten will, wird genau unter die Lupe genommen. Unsere Kunden legen allergrößten Wert auf Diskretion. Nichts darf je nach außen dringen.«

»Klingt wie in einem Agentenfilm«, sagte Meg.

»Ganz so dramatisch ist es nicht. Aber unsere Klientel schwimmt in Geld und erwartet gewisse Standards. Die Bezahlung ist nicht übel, und jetzt, wo das Village einen Großteil meiner Zeit verschlingt und Gwen mit ihrem Baby beschäftigt ist, könnten wir Hilfe gebrauchen.«

»Wo ist denn das Büro?« Meg schien Karens Vorschlag zu gefallen.

»Immer noch in dem kleinen Wohnhaus in Tarzana, in dem Samantha angefangen hat.«

»Und wie sichert man ein Haus in einer ganz normalen Wohngegend?«

Karen lachte. »Na ja, einerseits wohnt Rick inzwischen dort. Ich denke mal, dass er auf potenzielle Einbrecher äußerst abschreckend wirkt. Zudem lässt das Überwachungssystem in dem Haus in Tarzana die Anlage in Mikes Villa aussehen wie ein Vorhängeschlösschen an einem Kleinmädchentagebuch. Vor der Ehe mit Mike habe ich zusammen mit Gwen in Tarzana gewohnt. Und bevor ich eingezogen bin, haben Eliza und Samantha sich das Haus geteilt. Es scheint, als kämen alle, die dort einziehen, noch im selben Jahr unter die Haube.«

Meg verzog das Gesicht. »Kein Haus für mich.«

»Willst du denn keinen Mann fürs Leben finden?«

Meg schüttelte den Kopf. »Lieber jetzt eine gute Zeit und ein bisschen Geld auf dem Konto. Für immer und ewig, das ist nichts für mich.«

Karen warf einen Blick auf ihre Armbanduhr. »Tut mir leid, Mädels. Ich muss los. Wenn du Interesse an dem Job hast, ruf mich an, Meg. Und Judy: Samantha bezahlt für die Vermittlung neuer Klienten eine Provision. Sicher wirst du mit deinem Bruder gelegentlich sehr glamouröse Veranstaltungen besuchen. Vielleicht hast du ja Lust, dich ein bisschen umzuhören.«

Kapitel 3

Fünf Tage brauchte Rick, bis er einen Vorwand gefunden hatte, um zu der Villa in Beverly Hills fahren zu können. Ihr Besitzer weilte gerade zu Filmarbeiten für seinen nächsten Kinohit in Deutschland und die Hausgäste benutzten den Zugangscode sicher nur aus Bequemlichkeit. Ein paar Nummern einzutippen ging nun mal schneller, als einen Schlüssel aus der Handtasche zu kramen. Allerdings ließ sich anhand der Daten, die die elektronischen Schlüssel übermittelten, immer genau sagen, wer kam und wer ging, während die Zahlencodes nur für den Hausmeisterservice und die Hausmädchen gedacht waren. Nicht für Judy und Meg.

Rick kontrollierte die Monitore mit den Kamerabildern des Hauses in Beverly Hills viel öfter als nötig und hörte sich die Aufnahmen von dort genauer an, als er es sollte. Er wollte wissen, wie Judy sich einlebte. Die Paparazzi mussten erst noch merken, dass jetzt zwei äußerst fotogene junge Damen in Mikes Haus wohnten. Eigentlich hatte Rick vom Tag ihres Einzugs an mit einer wahren Bilderflut in den Klatschblättern gerechnet. Aber die war ausgeblieben. Im Außenbereich waren die Mädchen viel zu still und Rick bekam kaum mehr von ihnen mit als ihre Nachbarn.

Äußerst ärgerlich.

Ein Klingelton sagte ihm, dass jemand die Wolfe-Residenz betreten hatte. In der Security-Firma wurde das Schutzobjekt unter Mikes Künstlernamen geführt. Ein Blick auf den Computer zeigte Rick, dass Judy heute vorschriftsmäßig den Schlüssel benutzt hatte, ihre Freundin jedoch nicht. Zeit, den neuen Bewohnerinnen das System eingehend zu erklären. Dazu war er gerne bereit.

Mit der Ducati war die Fahrt von Tarzana bis zum bevorzugten Wohnviertel der Hollywoodgrößen ein Katzensprung. Das Motorrad hatte Neil ihm geschenkt. Ricks Freund hatte Geschmack und wusste, wie sehr ihm sein Mustang fehlte, der vor nicht allzu langer Zeit durch einen Sprengsatz in seine Einzelteile zerlegt worden war.

Die beiden Autos in der Einfahrt waren seit der letzten Woche ein vertrauter Anblick. Judys praktischer Ford und Megs zerbeulter Toyota hatten längst den Gnadenschuss verdient.

Rick hoffte, dass er genug Lärm gemacht hatte, um bemerkt zu werden.

Aber weder Judy noch Meg schienen den Signalton zu hören, mit dem sich das Tor zum Grundstück öffnete, und reagierten auch nicht auf das Motorengeräusch der schweren Maschine.

Rick prüfte die Haustür. Sie war unverschlossen, er gelangte mühelos in die Villa. »Hallo?«

Aus dem Ostflügel schallte Musik.

Er drückte die Tür hinter sich zu. »Hallo?«

Ärger brodelte in ihm auf. Den Zahlencode für die Angestellten zu benutzen, war eine Sache. Aber wenn zwei junge Frauen allein im Haus wohnten und ein Bewaffneter unbemerkt in die Diele gelangen konnte, hörte der Spaß auf.

»Judy?« Erbost folgte Rick der Musik. Er würde den beiden die Leviten lesen.

Judys Stimme drang durch die Tür des ersten Gästezimmers. Sie sang grottenfalsch ein Lied im Radio mit und übertönte damit das Rauschen der Dusche.

Er blieb stehen und lauschte.

Grauenhaft. Diese Frau war so musikalisch wie ein Ochsenfrosch. Aber dass er einfach so ins Haus spazieren und das feststellen konnte, war nicht in Ordnung.

Ein Geräusch aus dem zweiten Gästezimmer ließ ihn die Richtung ändern. Es schadete nichts, den Wohnbereich zu inspizieren. So gern er seine kleine Elfe nackt sehen wollte, sie in ihrem Badezimmer zu überraschen, kam nicht infrage.

Nach dem Wohnzimmer überprüfte er Mikes Hausseite und die Garage. Dann kehrte er in den Wohnbereich zurück.

Die Frauen hatten seine Gegenwart noch immer nicht bemerkt.

Endlich wurde das Wasser abgedreht und die Musik wurde lauter. Rick machte es sich auf der Couch bequem und schlug eine Architekturzeitschrift auf.

»Du lieber Himmel, Gardner. Glaub mir doch endlich, dass du nicht singen kannst!« Megs Stimme schallte Rick aus dem Flur entgegen.

»Das kann ich bezeugen«, murmelte er.

Meg bog um die Ecke. Sie hatte den Blick über die Schulter gerichtet. Bevor Rick *Hi* sagen konnte, drehte sie den Kopf, sah ihn und fing an zu schreien.

Rick hob beschwichtigend die Hände, aber Meg brauchte ein paar Sekunden, bis sie wusste, wen sie vor sich hatte.

Endlich machte sie den Mund zu und drückte die Hände an ihre Brust. »Verdammt. Heilige …«

»Was ist los?« Mit tropfnassem Haar kam Judy angerannt. Sie hatte sich ein Duschtuch um den Körper geschlungen.

Meg schnappte nach Luft. Das Atmen schien ihr Mühe zu machen. Wortlos zeigte sie auf Rick. Judys Blick folgte ihrer Hand.

Erschrocken machte sie einen kleinen Hüpfer und zog das Duschtuch fester um sich. »Was zum ...«

Meg hatte sich vornübergebeugt. Plötzlich fand Rick seine Idee, unangekündigt aufzutauchen, nicht mehr ganz so brillant. Bevor er etwas sagen konnte, ging Judy neben Meg in die Knie. »Brauchst du dein Spray?«

Meg konnte nur nicken. Rick hörte ihren Atem pfeifen. *Verdammt.*

Judy verschwand im Flur und war Sekunden später mit dem Asthmaspray zurück. Rick hatte es inzwischen immerhin an Megs Seite geschafft. Judy drückte ihrer Freundin den Inhalator in die Hand. Nach zwei Sprühstößen schloss Meg die Augen, als spürte sie, wie Sauerstoff ihre Lunge flutete.

»Alles in Ordnung?«, fragte Rick.

»Nein.« Meg betätigte den Inhalator erneut. »Besten Dank auch.«

Judy warf ihm einen vernichtenden Blick zu. Selbst nur mit einem Duschtuch bekleidet schaffte sie es, empört auszusehen. »Meinst du, du kannst ihr ein Glas Wasser besorgen, während ich mir was anziehe?«

Rick fuhr sich durch das kurze Haar und ging in die angrenzende Küche. Mit einer Flasche Wasser kam er zu Meg zurück. Sie hatte sich auf die Armlehne der Couch gesetzt.

»Du hast mich fast zu Tode erschreckt.«

»Das war keine Absicht.« Nun ja, irgendwie doch. Aber wenn er etwas von Megs Beschwerden geahnt hätte, hätte er draußen gewartet. Er gab ihr das Wasser und schaute zu, wie sie langsam ihre Atmung unter Kontrolle brachte.

»Du hast Asthma?«

Meg verdrehte die Augen. »Wie hast du das erraten?«

Okay, blöde Frage.

»Die Anfälle kommen aus heiterem Himmel. Vor allem, wenn mich jemand zu Tode erschreckt.«

»Tut mir leid«, murmelte er.

»Hoffentlich!« Judy war zurück. Sie hatte seine halbherzige Entschuldigung gehört. Rick vermutete, dass ihre ultrakurzen Shorts gegen die Gesetze einiger Bundesstaaten verstießen. Dazu trug sie ein eng anliegendes Häkel-Top. Ihr Haar war noch nass, ihre Haut vom Duschen rosig. Er schluckte.

»Ihr habt euch seit eurem Einzug ein paar schlechte Gewohnheiten zugelegt.«

Die Frauen tauschten einen Blick aus, dann fixierten sie ihn finster.

»Dass ich einfach hier reinmarschieren und es mir gemütlich machen konnte, sollte euch eine Warnung sein. Mit Megs Reaktion konnte ich nicht rechnen.«

Meg zuckte die Achseln.

»Du hast einen Schlüssel«, sagte Judy.

»Den habe ich nicht gebraucht. Du bist nicht mehr in Utah, Judy. Benutzt den Sender für das Außentor, die Schlüssel fürs Haus und stellt die Alarmanlage richtig ein.«

»Ich benutze immer den Zahlencode«, sagte Meg.

»Das habe ich gemerkt. Aber die Pins sind für die Angestellten gedacht, nicht für euch beide. Es ist wichtig, dass wir wissen, wer im Haus ein- und ausgeht. Und die Türen nicht abzuschließen, ist nachlässig und gefährlich.«

»Kann es sein, dass du unter Verfolgungswahn leidest?«, fragte Judy.

»Allein in dieser Straße wohnen mehr Leute als in ganz Hilton und Utah zusammen. Die Zeit der offenen Haustüren ist vorbei, *Babe*.«

Judys Blick war wie ein Messer. Vielleicht musste er sich ein anderes Kosewort überlegen.

»Weißt du was, Mr Wichtig? Wir sind keine kleinen Kinder mehr.«

Rick setzte sein Grübchenlächeln auf und ließ seinen Blick an ihr entlangwandern. »Das ist nicht zu übersehen, Utah-Girl.«

Das Geräusch, das sie ausstieß, klang nach wütender Katze. »Was hättet ihr getan, wenn ein Fremder hier gesessen hätte?«

»Ich hätte den Panikknopf gedrückt.«

Er lächelte. *Das könnte unterhaltsam werden.*

»In Ordnung.« Er stand auf, nahm Judy an der Hand und versuchte, dabei nicht auf die Hitze zu achten, die sie abstrahlte. Er zog sie an die Stelle im Flur, von der aus sie ihn vor ein paar Minuten im Wohnzimmer hatte sitzen sehen.

Dann nahm er wieder auf dem Sofa Platz.

»Auf dein Zeichen, Meg. Sehen wir mal, wie schnell Judy den Knopf erreichen kann.«

Rick griff wieder nach der Zeitschrift und lehnte sich zurück. Nicht dass irgendein Einbrecher so gemütlich dasitzen würde. Aber er wollte Judy eine Chance geben.

Er blätterte in der Zeitschrift, wartete.

»Jetzt!«

Noch ehe Judy vier Schritte machen konnte, war Rick hochgeschnellt, über den Couchtisch gesprungen, hatte von hinten den Arm um ihre Taille geschlungen und sie an sich gepresst. Sie zappelte und versuchte, ihm den Ellbogen in die Rippen zu stoßen. Mit stählernem Griff hinderte er sie daran. Er drückte sie gegen die Wand, sie konnte sich nicht mehr bewegen. »Dein Duschtuch läge längst auf dem Boden«, flüsterte er.

Sie hörte auf, sich gegen ihn zu stemmen, und er lockerte seinen Griff. »An deinem Vorspiel musst du dringend arbeiten.«

Rick lachte und atmete den blumigen Duft ihres Shampoos ein. Dann ließ er sie los.

»Tolle Show«, verkündete Meg von ihrem Sitzplatz auf der Couchlehne aus.

Judy entfernte sich aus Ricks Reichweite und strich ihr Shirt glatt. *Beneidenswerte Hand!*

»Ihr solltet einen Selbstverteidigungskurs belegen«, schlug Rick vor.

»Gegen einen Marine hätten wir sowieso keine Chance.«

Einen Moment lang wich das Lächeln aus seinem Gesicht. Die Vorstellung, dass ein Kerl vom Kaliber eines Marines sich an Judy vergreifen könnte, gefiel ihm nicht.

»Ihr solltet trotzdem darüber nachdenken.«

Meg stand auf. »Wie wär's, wenn wir von jetzt an einfach immer die Schlüssel verwenden und die Tür ordentlich abschließen?«

»Und wenn ihr in der Stadt unterwegs seid?«

»Wow, Rick. Bewirb dich bloß nie um eine Stelle als Willkommensbotschafter von L. A.«

»Die Welt ist ziemlich kaputt, Utah-Girl. Man muss mit allem rechnen.«

Judy stemmte die Hände in die Hüften. »Verbindlichsten Dank, aber Meg und ich kommen schon klar. Und wenn es dir nichts ausmacht: Wir wollten eigentlich gerade gehen.«

»Gehen?« *Wohin?*

»Ja. Und bevor du fragst: Nein, wir wollen dich nicht dabeihaben.«

Er musste sich auf die Zunge beißen, um nicht doch zu fragen. Aber er gab sich geschlagen und ging zur Haustür. »Benutzt eure Schlüssel und schließt die Haustür hinter euch ab, Ladys.«

Judy salutierte. »Yes, Sir.«

Rick kniff die Augen zusammen und verließ das Haus. Hinter ihm drehte sich der Schlüssel im Schloss.

Sein Motorrad hatte ein Fach, in dem er ein paar Spielsachen aufbewahrte. Er kramte einen kleinen Peilsender heraus, zog sein Handy aus der Tasche und verband beide Geräte miteinander.

Dann öffnete er die Fahrertür von Judys Wagen und ließ ihre Jeansjacke auf den Sitz fallen. Den Peilsender brachte er außer Sichtweite im unteren Bereich der Lenksäule an.

»Ich nehme meinen Job sehr ernst, Utah-Girl. Gewöhn dich dran.«

* * *

Eigentlich war Westwood nicht weit von Mikes Villa in Beverly Hills entfernt. Doch morgens um halb acht dauerte die Fahrt dorthin eine halbe Ewigkeit.

Judy trug einen Bleistiftrock, eine Seidenbluse und halbwegs bequeme hochhackige Schuhe. Als sie endlich einen Platz im Parkhaus gefunden hatte, stieg sie eilig aus. Ihre Vorfreude auf den ersten Tag des Praktikums wurde durch diese Hektik getrübt. Falls irgendwer im Fahrstuhl in die unteren Etagen wollte, würde sie zu spät kommen.

Zwei Minuten nach acht stand sie vor der Empfangsdame von Benson & Miller Designs und wartete, dass die Frau ihren Anruf beendete.

»Hi. Ich bin Judy Gardner. Die neue Praktikantin.«

Die Blondine hinter dem Empfangstisch war Anfang zwanzig. Sie lächelte freundlich. »Ist es wieder so weit?«

»Wie bitte?«

»Ist es schon wieder Zeit für neue Praktikanten? Mir kommt es vor, als hätten wir erst kürzlich welche bekommen.« Sie griff zum Telefon und wählte eine Nummer. »Mr Archer, Ihre Praktikantin ist hier. In Ordnung.«

Sie legte auf und zeigte den Flur entlang. »Da runter, dann rechts und bis zur dritten Tür. Dort finden Sie Mr Archer.«

Judy rückte den Schulterriemen ihrer Tasche zurecht und machte sich auf den Weg.

Hinter ihr klingelte das Telefon. »Benson und Miller Designs. Mit wem darf ich Sie verbinden?«

Die Begrüßungsformel zauberte ein Lächeln auf Judys

Gesicht. Sie war tatsächlich angekommen und machte den ersten Schritt auf dem Weg zu ihrem Traum, eine Weltklasse-Architektin zu werden. Die schmeichelnden Braun- und Taupe-Töne der Innenausstattung sorgten für eine entspannte Atmosphäre. Geschickt platzierte Strahler setzten die Fotos der bekanntesten Gebäude hauseigener Talente in Szene. Der Flur wirkte wie eine Galerie. Doch für einen genauen Blick auf die architektonischen Glanzstücke hatte Judy jetzt keine Zeit.

Steve Archer stand mit dem Telefon in der Hand hinter seinem brechend vollen Schreibtisch. Judy trat lächelnd ins Büro. »Der Bericht über die Bodenbeschaffenheit steht noch aus, Mason.« Mr. Archer klemmte sich das Telefon zwischen Schulter und Ohr und ging einen Papierstapel durch. »Sobald ich ihn habe, schicke ich ihn Ihrer Sekretärin.« Er warf einen Blick auf die Uhr. »Es ist fünf nach acht. Ich habe noch nicht mal einen Kaffee getrunken, geschweige denn meine Mails gelesen. Ich weiß. Geht klar.«

Mr Archer legte auf. »Sie kommen zu spät.«

Judy erstarrte. Sie hatte gehofft, er würde es nicht merken. »Ähm, die Ausfahrt …«

»Ist nur einspurig befahrbar. Ich weiß. Das Problem haben wir schon seit Monaten. Das kostet Sie morgens eine Viertelstunde. Aber Praktikanten müssen pünktlich sein oder, besser noch, etwas früher kommen.« Er suchte noch immer auf seinem Schreibtisch herum.

»Tut mir leid.«

Er wedelte mit den Händen. »Keine Entschuldigungen, keine Rechtfertigungen, Lucy. Ich will nur hören, was Sie tun werden, damit das nicht mehr passiert.«

Okay. »Ich fahre zwanzig Minuten früher los.«

»Schön.«

»Und ich heiße Judy.«

Mr Archer war Mitte dreißig, doch sein Haar wurde bereits

schütter und sein Anzug sah aus, als hätte er darin geschlafen. »Was?« Sein Blick hing noch immer an einem Papierstapel.

»Ich heiße Judy, nicht Lucy.«

»Ach … Na, schön.« Er fand das gesuchte Dokument und hielt es triumphierend in die Höhe. »Da bist du ja.« Mit zackigen Schritten kam er hinter seinem Schreibtisch hervor. Judy blieb nichts anderes übrig, als den Weg frei zu machen und ihm dann zu folgen.

Im angrenzenden Raum gab es einige Bürowaben und etwa ein Dutzend Zeichenstationen. »Ihre Tasche können Sie dahin stellen.« Er zeigte auf eine unbesetzte Wabe.

Judy warf ihre Tasche unter den Tisch und musste fast laufen, um mit ihrem Mentor Schritt halten zu können.

»Kaffee finden Sie dort.« Er deutete zu einer kleinen Küche. »Mitgebrachtes Essen können Sie in den Kühlschrank stellen. Er wird freitags geleert. Lassen Sie also nichts übers Wochenende hier.«

»Okay.«

Er bog um eine Ecke in einen dunklen Korridor. An dessen Ende öffnete er die Tür zu einem hell erleuchteten Raum voller Kopierer.

Steve legte sein Dokument auf die Maschine, drückte ein paar Tasten und wartete, bis die Kopie aus dem Schacht kam. »Wie Sie sehen, haben wir Kopierer aller Größen. Für Dokumente, Entwürfe, Pläne, Blaupausen. Haben Sie im Studium schon mal mit so was gearbeitet?«

»Nicht mit so neuen Modellen …«

»Kurzanweisungen hängen jeweils an der Seite jeder Maschine. Wenn Sie etwas nicht verstehen, fragen Sie jemanden. Einen Kopierstau wollen Sie nicht verursachen, glauben Sie mir. Das Problem zu finden, kann leicht einen halben Tag dauern, und so lange können wir auf keine Maschine verzichten.«

Sie wollte fragen, ob es im Büro jemanden gab, der sich mit

den Kopierern auskannte. Aber Mr Archer war schon wieder an der Tür.

Als Nächstes ging es in die Poststation. Es war Montag, und die Samstagspost wartete in einem großen Behälter darauf, in mehrere Dutzend mit Namen versehene Postfächer einsortiert zu werden.

»Hier fangen Sie an.«

Judy wäre beinahe gestolpert. Sie wusste, dass Praktikanten anfangs alle möglichen Hilfstätigkeiten verrichten mussten. Aber die Post sortieren?

»Die Leute wollen ihre Post bis spätestens um neun auf dem Tisch haben. Wenn Sie schlau sind, kommen Sie kurz vor Feierabend noch mal her und schaffen sich einen Vorsprung für den nächsten Tag. Ich erwarte Sie um neun Uhr fünfzehn wieder in meinem Büro. Um neun Uhr dreißig habe ich eine Besprechung, und ich brauche ein paar Minuten, um Ihnen Ihre nächste Aufgabe zu erklären.«

Schon war er weg.

Der Mann bewegte sich wie im Zeitraffer. Nicht einmal ein *Willkommen bei Benson und Miller* hatte er zustande gebracht.

»Großer Gott.« *Und der will heute noch keinen Kaffee getrunken haben?*

Kapitel 4

»Ich werde alles über dich herausfinden, Meg. Alles.«

Samantha Harrison sah überhaupt nicht so aus, wie Meg sich eine Herzogin vorgestellt hatte. Ihr rotes Haar explodierte förmlich aus der Spange, mit der sie es sich aus dem Gesicht hielt, und trotz zehn Zentimeter hoher Absätze war sie nur etwa eins fünfundsechzig groß. Sie trug legere, aber sicher sündteure Kleidung und ein perfekt auf ihren Typ abgestimmtes Make-up. Dennoch wirkte sie so bodenständig wie Megs College-Freundinnen. Sie auf ihren Wunsch hin Sam zu nennen, fiel Meg nicht schwer.

»Viel zu verbergen habe ich nicht.«

Sam hob eine Braue und wartete.

»In der Highschool wurde ich mal beim Grasrauchen erwischt und wäre fast von der Schule geflogen. Danach war ich artig und durfte bleiben.«

Sam quittierte das Geständnis mit einem kleinen Lächeln, Megs Beichte ging weiter. »Am College habe ich hin und wieder gefeiert, aber wegen meines Asthmas nichts mehr geraucht.«

Sam machte sich eine Notiz. »Irgendwas, was ich über deine Eltern oder deine Familie wissen sollte?«

»Meine Eltern haben für die Legalisierung von Cannabis

50

gestimmt und pflanzen oben in Washington selbst welches an. Sie sind Relikte aus den Sechzigern. Dad stammt aus einer jüdischen Familie, Mom aus einer katholischen. Keine Ahnung, was das mit mir gemacht hat.«

Sam lachte. »Also keine ausgeprägten religiösen Tendenzen?«

»Eher verwirrte. Mom kocht gern mit Speck und Dad isst ihn ohne Rücksicht auf seine Religion.«

»Geschwister?«

»Einzelkind.«

»Wie lautet dein Facebook-Profilname?«

Meg nannte ihn ihr.

»Weitere Aktivitäten in den sozialen Medien?«

Megs Handflächen wurden feucht. Nacktbilder von ihr kursierten nicht im Netz. Aber sie war nicht sicher, ob sie auf jedes einzelne Foto aus den letzten vier Jahren stolz sein konnte. »Meinen MySpace-Account habe ich vor vier Jahren gelöscht. Auf Twitter bin ich zwar, aber Tweets sind nicht so mein Ding.«

»Woher kennst du Judy?«

»Aus dem Studentenwohnheim. Im ersten Semester hat sie zwei Türen weiter gewohnt. Wir haben uns öfter im Aufenthaltsraum gesehen, wenn wir warten mussten, bis unsere Mitbewohnerinnen ihre Dates nach Hause schickten, und sind dann bald zusammengezogen.«

»Wusstest du da schon, dass Mike Judys Bruder ist?«

Meg fand die Frage merkwürdig. Trotzdem antwortete sie wahrheitsgemäß. »Ich hatte keine Ahnung. Sie hat zwar von ihren Brüdern gesprochen, aber erst als die Gerüchteküche anfing zu brodeln und plötzlich alle ihre beste Freundin sein wollten, habe ich erfahren, dass Mike Michael Wolfe ist.«

Sam machte sich eine weitere Notiz.

»Wieso fragst du?«, wollte Meg wissen.

»Mich interessiert, wie du auf Prominente reagierst.

Viele unserer Klienten schwimmen in Geld und fast alle sind irgendwie berühmt.«

Das konnte Meg sich vorstellen. »In dieser Stadt hält sich jeder für einen Star. Noch nie sind mir so viele Supertalente begegnet.«

Ihre zukünftige Chefin lachte. »Und was ist mit dir? Wolltest du schon mal im Rampenlicht stehen?«

»Nicht genug, um wirklich dranzubleiben.«

»Was ist mit einer Karriere als Sängerin?«

Meg war überrascht. »Woher weißt du, dass ich singe? Hat Judy dir das gesagt?«

Sam schüttelte den Kopf. »Mit Judy habe ich noch nicht gesprochen. Das kommt erst noch.«

Plötzlich lief Meg eine Gänsehaut über die Arme. »Was weißt du sonst noch über mich?«

Sam legte den Stift beiseite und griff nach ihrem Kaffee.

»Mal sehen ... Dein Studentendarlehen beläuft sich auf über siebzigtausend Dollar. Deine Eltern würden dir gern unter die Arme greifen, aber sie haben nie wirklich vorgesorgt und keine zehntausend Dollar auf der hohen Kante.«

»Wie flüssig jemand ist, ist sicher nicht schwer zu erfahren.« Wer wusste, wo er suchen musste, schaffte das mit ein paar Mausklicks.

»Auf der Highschool hast du mit Dane Bishop geknutscht.«

Meg erstarrte.

»Ein ziemlich übler Knabe, soweit ich das beurteilen kann. Was hast du bloß an ihm gefunden?«

An Dane hatte Meg seit Jahren nicht mehr gedacht. Wenn irgend möglich, vermied sie das. »Ich war jung und dumm.«

»Und er war ein paar Jahre älter und hat mit Drogen experimentiert.«

Das kann man wohl sagen.

»Ich finde so ziemlich alles heraus. Der Erfolg von Alliance basiert auf Diskretion und Vertrauen. Wenn du für mich arbeitest, darf nichts nach außen dringen und du musst unangreifbar sein. Bisher stimmen alle deine Angaben mit meinen Informationen überein. Wenn du dich nicht gerade für einen Job bei mir bewerben würdest, würde ich dir anbieten, dich in die Vermittlungskartei aufzunehmen.«

Jetzt konnte sich Meg ein Grinsen nicht verkneifen. »Wie wär's mit beidem?«

* * *

Blödes Spiel, tippte Judy auf ihrem Tablet. *Ich habe den Boss sechs Mal getroffen und trotzdem kein einziges Mal gewonnen.*

Sie verließ den Chatroom und verpasste dem Boss noch eine Breitseite. Der Gedanke an Steve Archer und seine endlose Liste schwachsinniger Aufgaben befeuerte ihren Wunsch, das Spiel zu gewinnen. Seit fünf Tagen war sie Schreibkraft, Postsortiererin und Laufbursche. So hatte sie sich ihr Praktikum nicht vorgestellt.

Meg meldete sich über die Haussprechanlage zurück.

Judy nahm einen Schluck Bier und drosch noch einmal mit ihrem gesamten verbliebenen Energielevel aus dem Spiel auf den Boss ein.

Game lost – Spiel verloren.

So ein Schwachsinn.

Während Judy noch auf ihrem Tablet herumtippte, segelte Meg ins Haus. Sie warf ihre Schlüssel und die Handtasche auf den Couchtisch. »Wie ich sehe, bist du mal wieder richtig produktiv.«

»Keine Predigt.« Judy wollte keine Belehrungen hören, auch wenn ihre beste Freundin recht hatte. »Ich hatte einen Scheißtag.«

»Schon wieder?«

Judy stieß ihr Wütende-Katze-Geräusch aus.

»Mein Tag war genial.«

»Warst du bei Sam?« Judy schob ihr Tablet weg.

Meg nahm sich ein Bier aus dem Kühlschrank. »Bist du sicher, dass sie eine Herzogin ist?«

»Frag Karen, wenn du mir nicht glaubst.«

»Ich glaube dir ja. Sie kommt mir nur so ... ich weiß nicht ... so normal vor.«

Judy lachte. »So geht es den meisten Leuten auch mit Mike. Aber Stars und Adelige sind auch bloß Menschen. Sie müssen nicht aussehen wie Figuren aus einem Disney-Märchen. Darf eine Herzogin nicht in normalen Klamotten zu einem normalen Bewerbungsgespräch erscheinen?«

Meg nahm einen Schluck Bier und seufzte. »Doch, klar. Sie ist nur so ... so geerdet.«

»Nett und zugänglich.«

»Ja.«

Judy stemmte sich vom Sofa hoch und brachte ihre leere Flasche in die Küche. »Ich wünschte, mein Boss wäre so umgänglich wie Sam.«

»Nennt er dich immer noch Lucy?«

»Ja. Und dann lache ich und erinnere ihn an meinen richtigen Namen.« Judy warf theatralisch ihr Haar zurück und spielte Meg die Szene vor. »Ich heiße Judy, Mr Archer.« Jetzt ahmte sie die Stimme ihres Bosses nach. »Was? Ach so, ja. Das hier abheften, das hier wegwerfen, das hier sortieren.«

»Klingt schrecklich.«

»Seit ich dort bin, habe ich noch keinen einzigen Entwurf gesehen.« Nur im Vorbeigehen hatte sie mal einen Blick auf einen Zeichentisch erhascht. Sie machte tagtäglich bloß die Ablage, Sortierarbeiten und sonstigen Kram.

»Wir müssen dich ein bisschen aufheitern. Ich habe in der Nähe eine Poolkneipe entdeckt.«

Judy spürte, wie ihre Laune sich besserte. »Hast du gerade *Poolkneipe* gesagt?«

* * *

Der schäbige Laden hieß Penthouse Pool. Ihren College-Freunden hätte es hier gefallen, aber leider waren die nicht in Hollywood. Wenigstens war das Bier billig, und es dauerte auch nicht lange, bis jemand ihnen eines ausgab.

»Ich bin ziemlich gut«, warnte Judy den Mann Anfang dreißig und seinen Freund, die sie zu einem Spiel herausforderten.

»Zwanzig Dollar bringen mich nicht um«, antwortete er.

Judy legte die Kugeln zurecht, Meg nahm das Geld an sich. Nach kaum fünf Minuten war Phil oder Bill seinen Schein los. Phil-Bill verdoppelte den Einsatz und hatte diesmal nach vier Minuten verloren.

»Ich habe dich gewarnt.«

Mit finsterer Miene kehrte Phil-Bill an den Tresen zurück, Meg und Judy blieben am Pooltisch sitzen. Nur weil die Musik aus der Jukebox gerade gut war, gingen sie nicht sofort nach Hause. Bald standen wieder ein paar Kerle bei ihnen. Aber die hatten eine andere Art von Spiel im Sinn. Judy und Meg zeigten demonstrativ Desinteresse.

»Ich bin richtig gut im Einlochen«, sagte der schmierigste Typ der Truppe.

Judy lachte, schaute ihn aber nicht an.

»Und wir sind Lesben«, erklärte Meg.

Das schien den blonden Schleimbeutel erst recht anzumachen.

»Und wir teilen nicht«, fügte Judy hinzu. Sie legte ihren Arm um Megs Taille und zog sie näher zu sich.

»Scheiß Hollywood«, zischte der Kerl und machte auf dem Absatz kehrt.

»Was für ein schauriger Schuppen«, sagte Judy zu ihrer Freundin.

Meg ließ den Blick durch die Bar schweifen und nickte. »Billiges Bier und schlechte Verlierer. So schlimm hätte ich mir den Laden nicht vorgestellt.«

»Immerhin haben wir sechzig Dollar gemacht. Nicht übel.«

Hinter ihnen lachte jemand. »Elegant gelöst.«

Judy und Meg drehten sich zu den beiden jungen Männern um. Sie waren etwa so groß wie Meg mit ihren etwas über eins siebzig und sahen einander so ähnlich, dass Judy sie auf den ersten Blick für Brüder hielt. Doch die Art, wie der Mann mit dem rotbraunen Haar den anderen berührte, war nicht brüderlich, sondern viel mehr.

»Was war elegant?«, fragte Meg. Die Musik schien lauter zu werden.

»Wie ihr die Kerle losgeworden seid.«

Judy lachte. »Jahrelange Übung.«

»Spielt ihr?«

»Sie spielt.« Meg zeigte auf Judy.

Die beiden Männer stellten sich als Lucas und Dan vor. Lucas fiel sein blondes Haar bei jeder Kopfbewegung in die Augen. Sein Kumpel oder, wenn Judy richtiglag, sein Partner Dan hatte ein süßes Lächeln und eine großzügige Ader. »Wollt ihr noch was trinken?«

»Trink du noch was, wenn du möchtest«, sagte Meg zu Judy. »Ich fahre.«

»Sehr gern, nach diesem Scheißtag.«

Lucas legte die Kugeln zurecht, Dan setzte sich zu Meg.

»Frust im Job?«, fragte Lucas.

»Kann man wohl sagen.«

Lucas nahm das Dreieck weg und hängte es an einen Nagel. »Spielen wir um Geld?«

»Sie ist gut«, warnte Meg ihn.

»Ich bin gut«, sagte Judy gleichzeitig.

Dan lachte. »Legt ihr die Karten immer gleich auf den Tisch?«

»Wir sind neu hier«, sagte Judy. »Wenn man seine Gegner nicht kennt und keinen Fluchtplan hat, bleibt man besser bei der Wahrheit.«

Lucas zog einen Zwanziger aus der Tasche und legte ihn vor Meg auf den Tisch. »Ich bin auch nicht schlecht. Wenn deine Freundin mich schlägt, ist das der letzte Zwanziger, um den wir spielen.«

Meg legte einen Zwanziger auf seinen. Es konnte losgehen.

Judy eröffnete, lochte eine volle Kugel ein und verpatzte den zweiten Stoß. Lukas versenkte zwei halbe Kugeln, bevor sie wieder an der Reihe war.

»Ihr seid gar keine Lesben«, sagte Dan.

»Nicht mal in unserem Tagebuch.« Judy nahm Maß für den nächsten Stoß.

»Und ihr seid nicht hetero«, stellte Meg sachlich fest.

Dan lachte. »Sag das bitte nicht meiner Mutter.«

Lukas stellte sich zu seinem Freund und schaute zu, wie Judy zwei Kugeln vom Tisch beförderte.

»Ist hier immer so viel los?« Judy legte Sarkasmus in ihre Stimme.

»Der Laden ist furchtbar, aber das Bier ist billig.«

»Und fließt in Strömen.« Meg schaute sich um. »Obwohl die Musik so laut ist, hört man das Dauerrülpsen vom Tresen.«

Lucas fegte mit den nächsten Stößen den Tisch leer und ließ Judy ziemlich alt aussehen. Als er auch die Acht versenkt hatte, gab sie ihm die vierzig Dollar und schüttelte ihm die Hand. »Das ist der letzte Zwanziger, den du von mir kriegst.«

»Du brichst mir das Herz.« Lucas verstaute das Geld in der Gesäßtasche seiner hautengen Jeans.

»Hier in der Nähe gibt es einen Club. Sollen wir weiterziehen?«

Bei jedem anderen wäre Judy auf der Hut gewesen. Aber Lucas und Dan wirkten sehr ineinander verliebt, und Judy nahm an, dass sie bei den beiden fast so gut aufgehoben war wie bei ihrem Bruder.

Sie suchte Megs Blick und Meg nickte. Zehn Minuten später bezahlte Lucas mit dem gewonnenen Geld den Eintritt für den Club.

Judy hatte keine Ahnung, ob die anderen Männer wegen ihrer gut aussehenden Begleiter auf Distanz blieben oder ob es in dem Schuppen einfach keine abenteuerlustigen Singles gab. Aber sie und Meg mussten in den nächsten Stunden keine einzige uneingeladene Hand abschütteln.

Lucas wollte Schauspieler werden und hielt sich mit Kellnern über Wasser. Dan arbeitete in der Rechercheabteilung einer kleinen Zeitung. Sie waren seit fast einem Jahr ein Paar und kürzlich zusammengezogen.

»Wie kommt es, dass ihr ohne Dates unterwegs seid?«

»Wir sind erst seit ein paar Tagen in L. A.«, sagte Meg.

»Und ich habe keine Lust auf Komplikationen«, setzte Judy hinzu.

»Lässt du Rick deshalb dauernd abblitzen?«, fragte Meg.

Zu ihren neuen Freunden gebeugt sagte sie: »Rick ist brandheiß und würde unheimlich gern mal mit ihr weggehen.«

»Und was stört dich an ihm?«, wollte Lucas wissen.

Das Dauerlächeln? Die starken Arme? Die Muskelberge? Sein Alfa-Ego, das so überwältigend sein konnte, dass einem angst und bange wurde? Sich mit Rick einzulassen, würde sie von ihren Zielen ablenken. Wenn sie als Architektin Fuß fassen und ihrem Vater beweisen wollte, dass ihr zweites Hauptfach kein Fehlgriff gewesen war, musste sie ihren Kopf bei der Sache haben. Rick in ihr Leben zu lassen oder – sie seufzte – in ihr Bett, würde sie vom Wesentlichen ablenken. Bei einem wie ihm gab es nur ganz oder gar nicht. Sie bekam schon feuchte Hände, wenn sie nur an ihn dachte. Sogar ihre Lieblingsjacke hatte er ihr zurückgebracht. Das hieß, er war trotz der Schlägerei noch einmal in die Bar zurückgekehrt. Judy war ihrer Vermeidungsstrategie treu geblieben und hatte sich noch nicht bei ihm gemeldet, um ihm zu danken. Früher oder später würde er ihr über den Weg laufen, dann konnte sie das nachholen.

Meg wedelte mit der Hand vor ihren Augen herum. »Erde an Judy?«

»Tschuldigung … Wie war noch mal die Frage?«

Meg schüttelte den Kopf und antwortete an ihrer Stelle. »Nichts stört sie an ihm.«

»Er nennt mich *Babe*, und das ärgert mich«, widersprach Judy.

»Er nennt dich Babe, *weil* es dich ärgert.«

Die Jungs lachten und wechselten das Thema. Sie erzählten, wie sie sich kennengelernt hatten.

Der Club war knallvoll und viele Leute machten Handyfotos. Deshalb ließ erst ein besonders starkes Blitzlicht in der Nähe Judy zusammenzucken. Als sie sich umschaute, entdeckte sie das Teleobjektiv, das auf sie gerichtet war. Im ersten Moment war ihr nicht klar, was das zu bedeuten hatte. Dann fielen ihr Ricks und Karens Prophezeiungen ein. »Anscheinend gibt es heute keine wirklich lohnenden Motive«, sagte sie zu Meg.

»Wenn sie jetzt schon dich fotografieren, ist tatsächlich tote Hose.«

»Auf wen hat der es abgesehen?« Lucas deutete mit dem Kinn auf den Fotografen.

»Vermutlich hält er dich für einen Promi«, antwortete Judy. Inzwischen wusste sie, dass Lucas sein Gesicht zu gern in einer Zeitschrift sehen würde, egal in welcher. Sie musste grinsen. Mike erregte überall Aufmerksamkeit und war daran gewöhnt.

Aber für sie als seine Schwester hatte sich bislang kaum jemand interessiert. Bei ihrer Abschlussfeier waren die Fotografen ganz sicher nicht wegen ihr aufgetaucht. Nur als Karen und Mike ihre bevorstehende Scheidung öffentlich gemacht hatten, hatten wochenlang Fotos der gesamten Familie die Klatschblätter geziert. Die Nachricht von einer Beziehung zwischen Karen und Zach hatte das Medieninteresse kurzfristig noch gesteigert. Dann hatten die Paparazzi sich neuen Zielen zugewandt. Karen meinte immer, die Medien hätten die Aufmerksamkeitsspanne einer Stubenfliege.

»Ich glaube nicht, dass mich ein paar obskure Werbespots so bekannt gemacht haben«, sagte Lucas.

»Man kann nie wissen. Lächle und tu so, als hättest du nichts gemerkt. Dann überlegt er sich, wer du sein könntest.«

»Meinst du?« Lucas riskierte einen kurzen Blick über die Schulter. Meg lachte.

Der Kamerablitz flackerte noch ein paarmal auf.

»Verschwinden Promis denn nicht immer durch die Hintertür, wenn sie entdeckt worden sind?«, fragte Meg.

Judy trank ihr Bier aus. »Sollen wir so tun, als wären wir wichtig?«, fragte sie ihre neuen Freunde.

Dan und Lucas schirmten die Mädchen ab. Geschlossen kämpften sie sich durch die brodelnde Menge auf der Tanzfläche.

Ein Türsteher schob sich zwischen sie und den Korridor, der offenbar zur Rückseite des Gebäudes führte.

»Hey!« Meg lächelte den massigen Kerl an. »Wir brauchen eine diskrete Fluchtmöglichkeit.«

Der Türsteher musterte sie skeptisch, doch als das Blitzlicht sie noch einmal blendete, trat er zur Seite und gab den Weg frei. Lachend rannten sie zu viert durch den Flur, platzten durch die Hintertür ins Freie und liefen weiter bis zur Poolkneipe.

»Ihr seid total verrückt!« Dan hielt sich lachend die Seite und lehnte sich an Judys Wagen.

Judy öffnete die Beifahrertür und warf ihre kleine Handtasche hinein. Meg würde fahren. »Mir hat es Spaß gemacht. Wir sollten bald wieder zusammen losziehen.« Ihre Telefonnummern hatten sie bereits ausgetauscht.

In dem Moment, in dem Meg Lucas umarmte, hatte der Fotograf aus dem Club sie entdeckt.

Judy sprang winkend in den Wagen. »Bis nächstes Wochenende?«

»Ja, bis dann.«

Meg fuhr zügig aus dem Parkplatz, Lucas und Dan machten sich auf den Weg zu ihrem Auto. Der Fotograf folgte ihnen nicht.

Judy und Meg schauten sich an und prusteten los.

KAPITEL 5

Das Babygeschrei schallte Rick schon an der Haustür entgegen. Als Spezialist für Sicherheit und Personenschutz wusste sein bester Freund Neil längst, dass er hier war. Da der Besuchte aus knapp hundertzwanzig Kilo purer Muskelmasse bestand, ein Ex-Marine war und ungebetene Gäste ohne zu zögern unschädlich machen würde, war das auch besser so.

Neil war unsterblich in seine blaublütige Ehefrau verliebt, die er vor gut zwei Jahren beinahe verloren hätte. Diese Erfahrung hatte ihn verändert. Jetzt lächelte er in einer Woche öfter als während der gesamten Dienstzeit als Marine und war auch gesprächiger geworden. Seine Liebe zu Gwen hatte ihn offener gemacht. Nur wenn ihn etwas sehr beschäftigte, brütete er noch still vor sich hin.

»Neil?« Rick ging durch das Haus auf die Quelle der Geräusche zu. »Gwen?«

Auf der Treppe zum Kinderzimmer wurde das Weinen lauter.

Die Explosion aus Pink und Lila brachte Rick immer zum Grinsen. Das Kinderzimmer glich einem Schlossturm. Hinter dem Bettchen waren sogar Zinnen an die Wand gemalt.

Der Geruch, der Rick entgegenschlug, war ein eindeutiger Hinweis darauf, womit sein Freund beschäftigt war.

Neil stand mit dem Rücken zu ihm vor seiner kleinen Tochter. »Ich weiß gar nicht, weshalb *du* jetzt heulst. Die Bescherung muss schließlich *ich* wegmachen.«

Emma schrie noch lauter.

Rick lehnte sich an den Türrahmen und verschränkte die Arme.

Nach ein paar Versuchen mit Feuchttüchern gab Neil auf. Er hob Emma hoch, hielt sie auf Armlänge von sich weg und trug sie ins angrenzende Badezimmer. »Willst du nur zuschauen oder hilfst du mir?«

Rick lachte. »Du hast mich gesehen?«

»Ich wusste, dass du dem Lärm folgen würdest. Oder dem Gestank.«

Als die beiden Männer sich mit Emma ins Badezimmer zwängten, wurde ihr Weinen leiser. »Wo ist Gwen?«

»Hilft Sam, eine neue Mitarbeiterin einzuweisen. Dreh das Wasser auf.« Neil hielt seine Tochter über die Wanne.

»Ist die Wanne nicht ein bisschen zu groß für sie, Papi?« Rick öffnete den Hahn.

Emma riss die Augen auf, blinzelte und lächelte dann schief. Die kleine Dame mochte erst sieben Monate alt sein, ihren Daddy hatte sie trotzdem bereits voll im Griff. Und Rick gleich mit dazu. Auf dem vormals kahlen Babykopf spross blonder Flaum und den großen blauen Augen schien nichts zu entgehen. Sie behielt die Welt schon genauso aufmerksam im Blick wie ihr Vater und tat ihre Wünsche und Vorstellungen deutlich kund.

»Nimm das.« Neil zeigte mit dem Kinn auf den Duschkopf.

»Sieht aus, als hättest du das schon mal gemacht.« Rick hielt den Strahl von ihnen weg und testete die Temperatur.

»Wie so viel aus einem so kleinen Bündel Mensch rauskommen kann, ist mir immer wieder ein Rätsel.«

»Muss am guten Futter liegen«, frotzelte Rick.

Neil beugte sich mit Emma noch ein wenig weiter über die Wanne. »Ich halt sie fest, du duschst sie ab.«

»Okay, fang an zu zappeln, Em.« Rick lenkte den Wasserstrahl erst einmal auf ihre kleinen Füßchen und dann langsam zu den wirklich schmutzigen Stellen. Anstatt ein Kriegsgeheul auszustoßen, fing Emma an zu krähen und fröhlich zu strampeln. Neil drehte sie so, dass Rick ihre Kehrseite abbrausen konnte. Mit ein bisschen Seife und einem Waschlappen wurde die Säuberungsaktion abgeschlossen und Emma anschließend in ein kuscheliges pinkfarbenes Badetuch gepackt.

»Das Wickeln hast du im Griff«, stellte Rick fest, während Neil Emma anzog und in ihr Bettchen legte.

»Ein Klo mit der Zahnbürste zu putzen ist schlimmer.«

Die ersten Wochen in der Grundausbildung würde Rick nie vergessen. Zu gern hatten ihre Vorgesetzten sie bei der allerkleinsten Verfehlung zum Kloputzen abkommandiert.

Außer dem Militärdienst hatte Rick nicht allzu viele Optionen gehabt. Seine Größe und Masse, seine Schnelligkeit und Intelligenz hatten ihm den Weg in die Elitetruppe geebnet, zu den Marines. Weil er in bescheidenen Verhältnissen aufgewachsen war, fiel ihm das Leben aus dem Seesack nicht schwer. Sein Dad war Hafenarbeiter gewesen und seine Mutter hatte alle möglichen Jobs angenommen, um die Haushaltskasse aufzubessern. Rick wusste nicht, ob die Ehe seiner Eltern glücklich oder nur reine Routine gewesen war. Für seinen Geschmack hatten sich die beiden zu oft gestritten. Aber vielleicht hatten sie das nur getan, wenn er dabei gewesen war. Oder wegen ihm.

Neil hielt inne und betrachtete seine Tochter. Ein Lächeln stahl sich auf seine Lippen. Rick genoss den Anblick, er war selten genug. Zusammen verließen sie das Kinderzimmer.

»Das war's?«, fragte Rick. »Kein Gequengel, kein Wutausbruch, weil sie schlafen soll?«

Neil zuckte die Achseln. »Es ist Zeit für ein Nickerchen.«

»Alle Babys quengeln.«

»Emma weint nur, wenn sie weiß, dass ihre Mama dann angerannt kommt. Mich will sie nicht.«

Rick lachte. »Ich wette, Gwen lacht sich halb tot.«

Mit einem erneuten Achselzucken ging Neil ihm voran in den Überwachungsraum. Die Monitore mit den Bildern der Überwachungsobjekte nahmen eine gesamte Wand ein. Auch Neils eigenes Haus war darunter. Einige neue Monitore warteten auf ihren Einsatz.

»Sind die für Karen und Zach?«

Neil setzte sich an seinen Schreibtisch und öffnete eine Schublade. Er warf Rick einen großen, prall gefüllten Umschlag zu. »Da drin ist alles, was du brauchst. Kenny instruiert das Team von Parkview Securities, wenn sie das neue System installieren.«

Rick schaute in den Umschlag. »Was hat Karen umgestimmt?«

»Das waren Zach und die Behörden.«

Ein Heim für gestrandete Jugendliche einzurichten, erwies sich als juristische Herausforderung. Eigentlich wollte Karen jungen Leuten aus problematischen Familienverhältnissen, Ausreißern und Straßenkindern nur eine Zuflucht bieten, in der sie vor Hunger und Gewalt geschützt waren. Das passende Gebäude hatte sich schnell gefunden. Viel schwieriger war es jedoch, alle nötigen Genehmigungen zu erhalten. Im Moment lebte nur ein Geschwisterpaar bei Karen. Der Vater der sechzehn und siebzehn Jahre alten Teenager hatte ihre Mutter umgebracht. Jetzt saß er im Knast. Der Siebzehnjährige war von der Schule abgegangen und hatte sich einen Job gesucht, um sich und seine Schwester durchzubringen. Karen war durch ihre ehrenamtliche Arbeit im Jugendclub auf die beiden aufmerksam geworden. Jetzt lebten sie bei ihr im Village, dem viktorianischen Haus mit mehr Zimmern als Bewohnern.

»Ich nehme an, die Gerichte lassen sich mit den Formalitäten Zeit.«

»Gelinde ausgedrückt«, sagte Neil, »das Überwachungssystem soll den Behörden zeigen, wie sicher die jungen Leute im Village sind. Karen hofft, dass es dann vorangeht.«

»Wer unbedingt an die Kids herankommen will, den halten auch Kameras nicht davon ab.«

»Aber immerhin gibt es dann Bild- und Tonaufnahmen davon. Das scheint den Behörden wichtig zu sein.« Neil seufzte. »Wie dem auch sei, ich muss hier noch einiges vorbereiten. Und Gwens Mutter erwartet die ganze Truppe zu ihrem Geburtstag zu Hause bei sich.«

Die ganze Truppe, das hieß Blake, Samantha, ihre beiden Kinder, Neil, Gwen und Baby Emma. Und *zu Hause* war Albany, der Familienlandsitz in der Nähe von London.

»Ich halte hier die Stellung für dich, Mac.«

Neil lachte, weil Rick seinen Marine-Spitznamen benutzte.

Einen Moment lang schwiegen sie beide. Rick dachte daran, wie er Neil als Mac kennengelernt hatte. Rick hatten die Jungs in ihrer Einheit Smiley genannt. Das Leben war zu kurz, um die Mundwinkel hängen zu lassen. Er schob die Erinnerungen beiseite, die sein Lächeln verscheuchen wollten, und lächelte eisern weiter.

»Wie geht's der lieben Schwiegermutter?«

Neil grinste. »Linda ist ganz cool.«

»Wie muss ich mir das vorstellen?«

»Schwer zu beschreiben. Aber seit Emma da ist, ist sie viel lockerer«, sagte Neil.

»Du hast sie von deinen Qualitäten überzeugt?«

»In der Ruhe liegt die Kraft.«

Rick musste lachen. »Eingebildet bist du nicht, oder?«

Neil warf einen Blick auf die Monitore. »Und wie läuft's bei dir?«

Rick wunderte sich über die Frage. »Alles bestens.«

Neil schüttelte den Kopf. »Als du bei mir eingestiegen bist, hast du gesagt, du hasst L. A. Ich rechne jeden Tag damit, dass du weiterziehst, aber du bist immer noch da.«

»Hey.« Rick lehnte sich an den Schreibtisch und schaute aus dem Fenster. »Willst du mich loswerden?«

»Bin bloß überrascht.«

»Es gibt Schlimmeres, als für dich zu arbeiten.« Rick hatte endlich wieder das Gefühl, irgendwo richtig dazuzugehören. Zum ersten Mal seit seiner Dienstzeit. Außerdem hatte er durch den Job bei Neil Judy kennengelernt. Es gab wirklich Schlimmeres.

»Dann bleibst du noch eine Weile in der Gegend?«

»Im Moment scharre ich nicht mit den Hufen, falls du das meinst.«

Neil nickte. »Gut. Ich werde zwei Wochen weg sein und brauche dich hier.«

»Wenn Blake mit seiner Familie in England ist und du mit deiner auch, gibt es hier nicht viel zu tun.«

»Du musst verfügbar sein, falls Carter oder Eliza Unterstützung brauchen. Und Mike kommt wegen des Benefizabends nach L. A.« Bei der exklusiven Veranstaltung im Village wollte Karen Geld für ihre Schützlinge sammeln. Carter hatte als Gouverneur von Kalifornien seine eigenen Sicherheitsleute, wenn es allerdings hart auf hart kam, verließ er sich gern auf Neil. Und wenn Neil nicht greifbar war, agierte Rick als sein verlängerter Arm. »Wie läuft der Wahlkampf?«

»Die zweite Amtsperiode hat er so gut wie in der Tasche. Aber wir müssen wachsam bleiben. Drohungen kann es immer geben.«

»Hört sich an, als würde ich mich hier zu Tode langweilen, während du in England bist.«

Neil warf Rick einen langen Blick zu. »Wann war uns beiden je langweilig?«

Als hätte sie auf ihren Einsatz gewartet, meldete Emma sich zu Wort. Aus dem Baby-Monitor drang ihr Geschrei. Anscheinend wollte sie doch nicht schlafen.

* * *

»Wenn wir zurück sind, gehen wir zum Benefizabend ins Village.« Samantha drückte Meg einen Scheck in die Hand. Meg warf einen Blick auf den Betrag und verschluckte sich beinahe.

»Wofür ist das?«

»Für deine Arbeitskleidung.«

So viele Nullen hatte Meg in ihrem ganzen Leben noch nicht für Klamotten ausgegeben.

»Für meine Arbeitskleidung?«

»Verrückt, nicht wahr?«

Meg brachte nur ein Nicken zustande.

»Reiche Leute riechen Billigware zehn Meilen gegen den Wind. Also geh bitte nicht in einem Nullachtfünfzehn-Kaufhaus auf Schnäppchenjagd.«

»Aber ...«

»Lass dir für alles Belege geben. Ein Abendkleid ist bodenlang. Trotzdem musst du an die Schuhe denken. Oft muss das Kleid in die Änderungsschneiderei und zusätzlich brauchst du Accessoires. Jedes einzelne Foto in den Klatschspalten muss Reichtum signalisieren. Auch wenn es in einem Tanzclub gemacht worden ist.«

Meg schloss die Augen und schluckte. »Du weißt davon?«

Samantha lachte. »Süße Jungs.«

»Die nicht auf Mädchen stehen.«

»Trotzdem süß. Zieh dir nur nächstes Mal eine Seidenbluse an. Auch Reiche sehen sich die Bilder in den Klatschspalten an. Wer sich an Alliance wendet, erwartet gewisse Standards. Unsere Kunden wollen sich verstanden fühlen, auch wenn das manchmal kaum möglich ist.«

»Ich weiß nicht mal, wo ich zum Einkaufen hinsoll.«

»Kein Problem. Karen nimmt dich und Judy morgen mit.«

»Im Ernst?«

»Im Ernst.« Samantha lachte.

Meg lehnte sich zurück. »Das fühlt sich so gar nicht nach Arbeit an.«

Ihre Chefin öffnete eine Datei auf dem Computer. »Keine Sorge, was ich dir gleich zeige, hat ziemlich viel mit Arbeit zu tun.«

Zwei Stunden später rauchte Meg der Kopf. Es gab Dossiers über Frauen, die mit den Wunschprofilen von Männern abgeglichen werden mussten. Es gab einzelne Männer, die längerfristige Verbindungen suchten. Man musste die Gesichter der Kunden kennen, wissen, wer zu wem passen könnte. Und es gab Wunschlisten für Partnerinnen, die erst noch rekrutiert werden mussten.

Noch lange, nachdem Samantha das Haus in Tarzana verlassen hatte, klickte Meg sich durch die Seiten.

Als jemand die Haustür öffnete, glaubte sie, ihre Chefin sei noch einmal zurückgekommen. Beim Klang einer männlichen Stimme zuckte sie zusammen.

»Hey.«

Die Hand auf die Brust gepresst, drehte Meg sich mit dem Bürostuhl herum. »Großer Gott.«

»Entschuldige.«

Rick stand lässig grinsend in der Tür. Weshalb Judy nicht kurzerhand über diesen Mann herfiel, war Meg ein Rätsel.

Sie warf einen Blick aus dem Fenster. Die Sonne ging gerade unter. »Ich habe völlig die Zeit vergessen.«

»Das kann passieren. Du bist also Samanthas neue Mitarbeiterin?«

Meg drehte sich zurück zum Computer, druckte die Seiten aus, die sie zu Hause noch einmal durchsehen wollte, und fuhr den Rechner herunter. »Samantha ist die perfekte Chefin.«

»Sie ist wirklich nett.«

»Das kann man wohl sagen.« Meg stand auf. »Stört es dich, wenn ich von jetzt an öfter hier bin?«

Rick zuckte die Achseln. »Ich bin daran gewöhnt. Außerdem bin ich meistens unterwegs. Achte einfach darauf, dass die Alarmanlage immer angeschaltet ist, wenn du gehst.«

Samantha hatte ihr das System erklärt. Es ähnelte dem in Mikes Villa.

»Kein Problem.« Meg suchte ihre Unterlagen zusammen und hängte sich ihre Tasche über die Schulter. »Dann bis morgen.«

»Ich bin fast den ganzen Tag außer Haus.«

»Oh … okay.«

Meg machte sich auf den Weg zur Tür. Auf die Frage, die jetzt kam, hatte sie gewartet.

»Wie gefällt es dir und Judy in L. A.? Habt ihr euch schon eingelebt?«

Unwillkürlich schlich sich ein Lächeln auf Megs Lippen. Dieser Mann war so leicht zu durchschauen. »Judy sagt, ihr Boss sei ein aufgeplusterter Warmduscher.«

Meg hätte gern gewusst, wie Rick es schaffte, auch ohne zu lächeln seine Grübchen zu zeigen. »Aber sonst geht es ihr gut.«

»Und die Fotos in den Klatschspalten?«

»Du hast sie gesehen?«

Eigentlich waren es nur Randnotizen gewesen, aber offenbar waren sie niemandem entgangen.

»Ein Doppel-Date?«

Meg ahnte, worauf Rick hinauswollte. Er wollte hören, ob die Jungs auf den Fotos sich für Judy interessierten. »Wir haben die beiden erst an dem Abend kennengelernt.« Dass die Jungs ein Paar waren, band sie Rick nicht auf die Nase.

»Es sah aus, als hättet ihr viel Spaß gehabt.«

»Wenn man abends weggeht, kann das durchaus passieren.«

Ohne weitere Erklärungen quetschte Meg sich an Rick vorbei. »Ich muss los. Bis morgen dann, Rick.«

Sie hätte schwören können, dass er mit den Zähnen knirschte.

Männer sind wirklich leicht zu durchschauen.

KAPITEL 6

»Es ist wunderschön geworden!« Judy drehte sich mit ausgebreiteten Armen in Zachs und Karens Wohnzimmer im Kreis. »Diese hohen Decken, die Vertäfelungen. Sogar die Fenster. Die neuen waren sicher schwer zu finden.«

Karen strich über die Vorhänge. Die Fenster nahmen die halbe Wandbreite ein. »Zach wollte unbedingt so viele Originalteile erhalten wie nur möglich und hat sehr darauf geachtet, dass die modernen Einbauten zu den alten Sachen passen.« Mit den Originalfenstern wäre die viktorianische Villa ziemlich zugig gewesen.

»Du musst sehr glücklich sein.«

»Noch viel glücklicher, als du denkst.«

Karen strahlte. Megs Einkaufstrip war aufgeschoben, bis Judy auch Zeit hatte. Es war Samstag, und Judy hatte Karen angeboten, im Haus zu bleiben, damit sie und Zach sich für eine Nacht aus dem Staub machen konnten. Nicht dass die beiden Teenager unbedingt Aufsicht gebraucht hätten. Aber solange die Behörden ein wachsames Auge aufs Village hatten und solange noch nicht alle nötigen Genehmigungen vorlagen, wollte Karen kein Risiko eingehen.

Zach betrat mit einer kleinen Tasche den Raum. »Da seid ihr ja.«

Karen schmiegte sich an ihn und Zach küsste sie auf die Wange. »Ist das alles, was du mitnimmst?«

Zach zwinkerte. »Das Wichtigste habe ich sowieso dabei.«

»Aber ansonsten fast nichts.« Judy nahm an, dass ihr Bruder und seine Frau die meiste Zeit im Hotelzimmer bleiben würden. Die beiden waren wirklich sehr verliebt.

»Devons Schicht endet um neun. Er muss spätestens um elf zu Hause sein. Dina ist in ihrem Zimmer. In letzter Zeit hat sie starke Stimmungsschwankungen.«

»Sonst alles in Ordnung mit ihr?«

»Ich denke schon. Aber ihre Therapeutin hat mich vorgewarnt. Es kann allerlei Gefühlsausbrüche geben.«

»Nach dem, was sie durchgemacht hat, wundert mich das nicht.« Judy wollte sich nicht einmal vorstellen, wie es sein musste, ohne seine Mom weiterzuleben und zu wissen, dass der eigene Vater sie umgebracht hatte.

Zach tätschelte Karens Hintern. »Lass uns nicht noch mehr Zeit verplempern, Süße.«

»Okay, von mir aus kann's losgehen«, sagte Karen. »Ruf an, falls du etwas brauchst, Judy.«

»Klar doch. Viel Spaß, und macht euch keine Sorgen.« Judy winkte den beiden hinterher.

Eine Minute später war Karen zurück. »Was ich noch sagen wollte: Rick kommt später noch vorbei und arbeitet am Sicherheitssystem weiter. An den Kameras und so.«

Judys Wangen wurden heiß. »Rick?«

Karen winkte. »Sicher wird er dich nicht stören. Ich wünsch dir einen schönen Abend.«

Judy hätte schwören können, dass in Karens Augen Funken tanzten, als sie mit den Augenbrauen zuckte und sich dann schnell abwandte.

Mit einem flattrigen Gefühl im Bauch trug Judy ihre Sachen hinauf in eines der Gästezimmer. Passend zur Aussicht auf den Ozean war das Dekor in Blau und Weiß gehalten. Das ganze Haus strahlte Ruhe und Geborgenheit aus, und Judy verlor sich im Anblick eines Segelbootes, das draußen auf dem Meer vorbeischipperte.

»Hey?«

Judy wandte sich um. Dina stand in der Tür.

»Hey.«

Die dunkle Haut und die schönen dunklen Augen des Mädchens bildeten einen fast exotischen Kontrast zu den hellen Farben des Raumes. Ihre überflüssigen Pfunde verbarg Dina unter weiten Klamotten.

»Karen und Zach sind wohl schon weg?«

Judy machte einen Schritt auf sie zu. »Ja.«

»Ich brauche keinen Babysitter.« Dina verschränkte die Arme vor der Brust.

»Dann ist ja alles gut. Babysitten war noch nie mein Ding.«

»Das ist doch gaga. Devon und ich haben uns monatelang allein durchgeschlagen, und niemanden hat es interessiert. Aber seit wir hier sind, gibt es zehntausend Regeln.«

Judy setzte sich auf die Bettkante. »Ich nehme mal an, eure Eltern waren nicht viel zu Hause.«

»Stimmt. Und das hat auch niemanden gekümmert.«

»Ihr dürft nun mal nicht über Nacht hier allein sein. Mit der Zeit wird sicher alles ein bisschen lockerer.«

»Komplett gaga«, wiederholte Dina.

»Ach, komm.« Judy stand auf und ging zur Tür. »Lass uns das Beste draus machen.«

Dina folgte ihr hinunter in die Küche. Judy kramte eine Packung Hackfleisch, eine Zwiebel und Eier aus dem Kühlschrank.

»Du musst nicht für mich kochen.«

Herrje, dieses Mädchen war ein harter Brocken. »Du musst nichts essen, wenn du nicht willst. Karen und Zach freuen sich sicher, wenn was übrig bleibt.« Judy krempelte die Ärmel hoch und wusch sich die Hände. »Weißt du, wo das Brot ist?«

Aus dem Augenwinkel sah Judy, wie Dina ein Brot aus der Speisekammer holte. Judy hielt eine Zwiebel hoch. »Die Zwiebel schneiden oder das Brot zerkleinern?«

Dina kniff die Augen zusammen. »Du willst Hackbraten machen?«

»Ja. Ein Sterne-Menü darfst du bei mir nicht erwarten. Es gibt Hackbraten und Kartoffelpüree.«

»Was ist mit Soße?«

Judy verkniff sich ein Lächeln. Vielleicht taute Dina ja doch noch ein bisschen auf.

»Soßen gehen bei mir immer daneben. Kriegst du eine ohne Klümpchen hin?«

Dina nickte kaum merklich. »Ich glaube schon.«

»Schön. Dann heule ich die Zwiebel an und die Soße machst du.«

Die Zwiebel trieb Judy tatsächlich Tränen in die Augen. Dina fing bereits an, die Kartoffeln zu schälen. »Kochst du gern?«

Weil Dina ihr die Antwort schuldig blieb, redete Judy einfach weiter. »In dem Nest, in dem ich aufgewachsen bin, gab's nicht viele Restaurants.«

»Nicht mal Fast-Food-Läden?«

»Für einen Burger mussten wir in die Nachbarstadt fahren. Das haben wir nicht oft gemacht. Dabei hat Conrad's die besten Fritten.«

Dina lachte kurz auf. »Das sagt dein Bruder auch.«

»Kochen haben wir von unserer Mom gelernt. In den ersten beiden College-Jahren habe ich mich nur bei den Besuchen zu Hause in die Küche gestellt. Aber als Meg und ich aus dem

Wohnheim in eine gemeinsame Wohnung gezogen sind, habe ich ständig gekocht. Und ordentlich zugenommen.«

Dina schnaubte. »Du bist doch schlank.«

»Ja, aber das ist hart erkämpft. In Seattle haben Meg und ich uns fast täglich von einem Trainer schikanieren lassen. Aber hier ist uns das zu teuer. Ich gehe höchstens nach der Arbeit mal eine Runde joggen.«

»Karen joggt andauernd.«

Judy schaute aus dem Küchenfenster. »Wenn ich am Meer wohnen würde, täte ich das auch. In der Stadt gibt es zu viel Verkehr und man atmet zu viele Abgase ein.«

»Wieso gehst du nicht in irgendein schniekes Fitness-Studio?«

»Weil ich im Gegensatz zu meinem Bruder pleite bin.«

»Hast du nicht gesagt, du arbeitest?«

Judy kippte die geschnittene Zwiebel in die Schüssel mit dem Hackfleisch und schlug ein paar Eier auf. »Ich mache ein Praktikum. Dafür kriege ich kein Geld. Auch nicht für die Überstunden.«

Dinas Grimasse verriet, wie entsetzt sie war. »Warum arbeitest du umsonst?«

»Das frage ich mich seit zwei Wochen auch.« Beherzt griff Judy in die Schüssel und begann, die Zwiebel und die Eier unterzumischen. »Iiih. Das Hackfleisch ist kalt.«

»Ja. Aber von Hand geht das Mischen am besten.« Dina schälte weiter Kartoffeln. »Und du bekommst wirklich kein Geld?«

»Keinen Cent. Ich mache ein sechsmonatiges Praktikum. Ich muss Erfahrungen sammeln, damit ich einen Job kriege.«

»Ich dachte immer, nach dem College kriegt jeder einen Job.«

»Nicht unbedingt. Das kommt auf den Beruf an, in dem man arbeiten möchte.«

»Zach sagt, du willst Häuser entwerfen.«

»Das ist mein Traum. Aber bis jetzt habe ich nur Dokumente abgeheftet und die Post sortiert. Eigentlich sollte ich mich nicht beklagen. So schlimm ist es gar nicht. Aber ich habe das Gefühl, auf der Stelle zu treten.«

»Schlimmer als auf der Highschool kann es nicht sein. Oder glaubst du, ich brauche je im Leben noch mal Algebra?«

Judy wollte gerade etwas erwidern, da sagte eine tiefe Stimme: »Amen, Schwester. Ich habe Algebra auch nie wieder gebraucht.«

Rick. Judys Haut begann zu prickeln.

Ohne sich umzudrehen, erklärte sie: »Und ich brauche es jeden Tag.«

»Weil du einen öden Schreibtischjob hast, Babe.«

Dina lachte. »Einen öden Schreibtischjob, für den sie nicht mal Geld kriegt.«

»Das muss man sich mal vorstellen. Hey Dina.«

»Hi Rick.«

Judy fand, dass Dina jetzt regelrecht aufgekratzt klang.

Rick stellte sich hinter Judy und schaute ihr über die Schulter. »Wow, Babe. Dass du mir ein Abendessen kochst, wäre wirklich nicht nötig gewesen.«

»Ich koche nicht für dich, und ich bin nicht dein Babe.« Judy stürzte den Inhalt der Schüssel auf die Arbeitsplatte und formte den Hackbraten.

»Das ist ziemlich viel Essen für zwei zierliche Frauen.«

»Es ist genug da!«, sagte Dina. »Du bist eingeladen.«

»Super. Hackbraten hatte ich schon ewig nicht mehr.«

Judy drehte sich zu ihm um. Es fiel ihr schwer, den Mann, der viel zu dicht bei ihr stand, nicht mit den Augen zu verschlingen. »Sicher hast du etwas Besseres zu tun.«

Rick schüttelte den Kopf. »Nö. Heute Abend kümmere ich mich nur noch um die Installationen hier im Haus und müsste fertig sein, wenn der Hackbraten aus dem Ofen kommt.«

Judy wollte ihn erbost anfunkeln, brachte aber nur ein Lächeln zustande. »Du spielst Pool um Geld und schnorrst dir was zu essen.«

»Ich tue, was ich tun muss, Utah-Girl.«

Verdammt, er sah einfach zu gut aus, um sie kaltzulassen. Unwillkürlich fixierte sie seine Lippen. Erst als er eine Augenbraue hob, schreckte sie aus ihrer Trance auf, legte ihre klebrige Hand auf seinen Arm und schob ihn weg. Dann ging sie hinter ihm vorbei zur Spüle. »Sieht so aus.«

Rick stellte sich neben sie, nahm ihr den Lappen aus den Händen, wischte sich damit den Arm ab und gab ihn ihr zurück. »Ich fange oben an. Falls der Alarm losgeht, einfach nicht drauf achten.«

»Gern.«

Leise lachend verließ er die Küche.

Als er außer Hörweite war, flüsterte Dina: »Der Typ ist heiß.«

Judy fächelte sich Luft zu, verkniff sich aber jeden Kommentar.

Wie der Alarm innerhalb einer Stunde vierzehn Mal losgehen konnte, würde sie nie verstehen. Als der Hackbraten fertig war, war sie mit den Nerven am Ende. Rick tauchte auf, als hätte er im Flur gewartet. Mit sauberen Händen und seinem immerwährenden entspannten Lächeln setzte er sich neben Judy an den Tisch.

Dina hielt das Gespräch in Gang. Sie plapperte über die Schule, erzählte, wie sehr sie Mathe hasste und wie schrecklich ihre Lehrer waren.

Judy versuchte, sich auf Dinas Geschichten zu konzentrieren und Ricks Gegenwart nicht weiter zu beachten. Gar nicht so einfach, wenn Rick sie mit seinen grünen Augen ansah, als wäre sie ein Schluck Wasser und er ein Verdurstender in der

Wüste. Gar nicht so einfach, wenn jedes Mal, sobald ihre Blicke sich trafen, ihr blödes Herz einen Purzelbaum schlug. Und erst recht nicht einfach, wenn die Funken, die zwischen ihnen stoben, mühelos einen Haufen regennasses Herbstlaub hätten entzünden können. Heiliger Strohsack.

Rick war eine gigantische Ablenkung. Aber Judy wollte eine Karriere und ein Leben, in dem sie viele interessante Menschen kennenlernte. Ein Leben voller spannender Erfahrungen. Rick war gefährlich. Und er war unglaublich anziehend. Sein Lächeln brachte sie um den Verstand, und sein Interesse an ihr drohte den Verteidigungswall einzureißen, den sie um sich errichtet hatte. Kurze Abenteuer waren nicht ihr Ding. Das hatte sie inzwischen eingesehen. Flirten war ganz nett. Aber viel weiter konnte sie nicht gehen, ohne dass Gefühle im Spiel waren. Mit einem Mann einfach nur Spaß zu haben und dann unbeirrt weiterzuziehen, das passte nicht zu ihr. Sie schob es darauf, dass sie in einer Kleinstadt aufgewachsen war. Der Versuchung namens Rick nachzugeben, war verlockend. Aber sie wusste nicht, ob sie ihn noch einmal loslassen würde, wenn sie ihn erst zwischen den Fingern hätte.

»Weißt du was, Babe? Das schmeckt wirklich gut.« Rick schaufelte bereits die zweite Portion Hackbraten in sich hinein.

»Dina und ich haben zusammen gekocht.«

Dina richtete sich auf. Das Lob tat ihr gut.

»Und sag nicht dauernd *Babe*.«

Er zeigte mit der Gabel auf sie. »Das ist leicht zu ändern.«

Judy schüttelte den Kopf und verdrehte die Augen.

»Okay.« Dina stand auf und nahm ihren Teller. »Ich muss für die Schule eine Buchpräsentation vorbereiten. Du bist morgen früh noch da, oder?«

»Ich bleibe, bis Karen und Zach zurück sind. Die werden vermutlich ausschlafen wollen.«

»Prima. Ich weiß nämlich immer noch nicht, wie man Gleichungen auflöst.«

Judy versprach, ihr mit den Aufgaben zu helfen. Sicher hatte Karen schon alles versucht. Aber vielleicht benötigte sie einen anderen Erklärungsansatz.

Dina verschwand mit ihrem Teller in der Küche. Das Rauschen des Wassers in der Spüle durchbrach die Stille im Esszimmer.

»Das kann ich machen«, rief Judy ihr zu.

»Eine Hausregel lautet, dass alle helfen müssen«, antwortete Dina.

Judy wollte ihr gerade sagen, sie könnten heute Abend eine Ausnahme machen. Doch Rick legte ihr die Hand auf den Arm. »Regeln geben Sicherheit. Das ist wichtig«, flüsterte er.

Judy warf einen Blick in die Küche und sah Dina lächeln. Sie drehte sich wieder zu Rick. »Dann kannst du gleich mal den Tisch abräumen.«

»Ich bin hier nur Gast.«

»Irrtum, *Babe*.« Sie schleuderte ihm das Kosewort vor die Füße. »Du hast dich selbst eingeladen. Das ist nicht dasselbe.«

Sie machten einen Teller für Devon zurecht und brachten die Küche in Ordnung. Das dauerte keine zwanzig Minuten. Dann ging Dina in ihr Zimmer und ließ Judy und Rick allein.

Rick spülte die letzte Schüssel und reichte sie Judy zum Abtrocknen und Wegräumen.

»Wie wär's mit einem Kaffee?« Er trocknete sich die Hände ab.

»Du lädst dich schon wieder ein?«

Er lehnte sich an die Arbeitsplatte. »Du wirst es kaum glauben, aber ich muss bleiben, bis es richtig dunkel ist, damit ich die Außenkameras überprüfen kann.«

»Dein Lächeln macht es schwer, dich ernst zu nehmen.«

Er zwinkerte. »Das hat man mir schon öfter gesagt.«

Seine Grübchen waren mörderisch. Sagen würde sie ihm das selbstverständlich nicht.

»Okay, Kaffee.« Sie machte sich an die Arbeit. Insgeheim freute sie sich, dass er nicht gleich nach dem Essen davongelaufen war. *Du spielst mit dem Feuer, Judy.*

Während sie die Kaffeebecher aus dem Schrank holte, fragte er unvermittelt: »Verweigerst du hier in L. A. eigentlich alle Dates? Oder nur die mit mir?«

Nach kurzem Zögern sagte sie das Erste, was ihr einfiel. »Du bist gefährlich.«

»Nur für meine Feinde.«

»Bei unserer ersten Begegnung hast du mit einer Waffe rumgefuchtelt.«

»Weil ich damit rechnen musste, dass der Feind auch eine hat.«

Das war tatsächlich so gewesen. »Du bist mir zu draufgängerisch.«

»Ich bin selbstbewusst«, setzte er dagegen. »Das bist du auch und ich finde das sexy.« Judy kniff die Augen zusammen. Als die Kaffeemaschine piepste, seufzte sie erleichtert. »Warum habe ich das Gefühl, dass du ziemlich viele Sachen sexy findest?« Sie schenkte ihnen Kaffee ein und schaufelte Zucker in ihren.

»Hackbraten ist sexy.«

Sie lachte auf, obwohl sie es nicht wollte. »Das ist bedenklich.« Sie setzte den Becher an die Lippen und schaute Rick über den Rand hinweg an.

»Selber kochen heißt für mich, eine Fertigmahlzeit aus dem Kühlregal in die Mikrowelle zu stellen.«

Judy pustete in ihren heißen Kaffee. »Kochen kann man das nicht nennen.«

Rick stellte sich neben sie und beugte sich zu dem Becher, den sie für ihn gefüllt, ihm aber nicht gegeben hatte.

Unwillkürlich wanderte ihr Blick über seine muskulöse Brust und seine breiten Schultern. Sie legte beide Hände um ihren Becher, damit sie nicht in Versuchung geriet, nach Rick zu greifen. Er war einfach unglaublich appetitlich.

Rick ließ die Hand neben dem Kaffeebecher auf der Arbeitsplatte liegen und sah sie an.

Sie wand sich unter seinem Blick. Ihn zu erwidern, wagte sie nicht. Erst als er nach ihrem Becher griff, schaute sie ihm in die Augen. Ihre Nasenflügel bebten, ihr Atem stockte. Sein übliches Lächeln fehlte. Gebannt schaute sie auf seinen Mund.

»Was ... was soll das werden?«

Er stellte ihren Becher neben seinen und rahmte Judy mit seinen Armen ein. Die Hände hatte er links und rechts von ihr auf die Arbeitsplatte gestützt.

»Ein Kuss«, murmelte er an ihrem Mund. »Ich will wissen, wie sich deine Lippen anfühlen.«

Ihr Atem verfing sich irgendwo zwischen ihrer Lunge und ihrem Gehirn. Ein Kurzschluss drohte, ihr System lahmzulegen. »Ich ... ich ...«

»Und dir geht es mit meinen genauso.«

Sie räusperte sich. Er hatte recht, aber sie suchte nach den passenden Worten für einen Widerspruch.

»Seit unserer ersten Begegnung fliegen die Funken zwischen uns.« Er sprach ihre Gedanken aus. Sein Blick hing an ihren Lippen. Er war ihr beunruhigend nahe, berührte sie aber nicht. Ihr Körper kribbelte an so vielen Stellen, dass sie den Überblick verlor. »Willst du nicht rausfinden, ob wir zusammenpassen, Judy?«

»Das wäre riskant.« Aber sie stieß ihn nicht weg. Sie stellte sich die Funken vor und wollte zu gern wissen, wie seine Lippen schmeckten.

»Stimmt.«

Sie wusste, dass er nicht an dieselbe Art Risiko dachte wie sie. Sich auf Rick einzulassen und sich in sein Leben vorzuwagen, würde alles gefährden, wofür sie so hart gearbeitet hatte. »Gefahren meide ich, wo ich kann.«

Er legte die Hände an ihre Hüfte. Sie zuckte unter der Berührung zusammen. »Tust du nicht. Du liebst die Gefahr und das Abenteuer.«

»Gar nicht wahr.«

Mit einer geschmeidigen Bewegung setzte er sie auf die Arbeitsplatte. Seine Hände ließ er, wo sie waren, seine starken Finger versengten sie. Sie fühlte sich klein und sie fühlte sich geborgen.

Er roch nach Pinienseife und nach etwas, was nur Pheromone sein konnten. Derselbe Duft umhüllte Judy, wenn sie nachts im Bett die Augen schloss. Ricks Gesicht war nur Millimeter von ihrem entfernt. Er wartete. Sie atmete schneller. Gleich würde er sie küssen.

Seine Lippen zupften an ihren. Sie schnappte wie nach einem Stromschlag nach Luft, sein ansteckendes Lächeln sprang auf sie über. Sie beugte sich vor, lud die Gefahr zu einer weiteren Berührung ein. Er folgte der Einladung. Diesmal wartete er, bis sie die Augen schloss. Dann bat seine Zungenspitze an ihrem Mundwinkel um Einlass.

Die Gefahr kam in Gestalt eines Mannes mit so raffinierten Verführungskünsten, dass sie kaum merkte, wie er sich zwischen ihre Schenkel schob und sie an sich zog. Rick ließ keine Stelle ihres Mundes unberührt. Die Leidenschaft seines Kusses nahm ihr den Atem und ließ Lichtblitze hinter ihren Augen tanzen. Seine Hände wanderten über ihren Rücken in ihr Haar. Für Gedanken war jetzt kein Platz mehr, sie konnte nur noch fühlen.

Ein Geräusch ließ Judy erstarren.

»Oh. Tschuldigung …«

Devon.

Rick hob den Kopf, wich aber kaum zurück.

Judy öffnete die Augen gerade noch rechtzeitig, um Devon

aus der Küche flüchten zu sehen.

»Auweia.« Seufzend schaute sie in die lachenden Augen der Gefahr.

»Über das hier werden wir nicht reden«, sagte er an ihren Lippen.

Sie konnte ihn noch immer schmecken, wollte mehr. »Nicht?«

Er schüttelte den Kopf. »Nein.«

Rick lehnte sich ein Stück zurück, Judy beugte sich vor.

»Ich mache jetzt meine Arbeit hier fertig, dann fahre ich nach Hause.«

Judy seufzte enttäuscht auf. »Nach Hause.«

»Ja. Wenn ich nämlich noch mal hier reinmarschiere und du mich noch mal so ansiehst, zeige ich dir, wie gefährlich ich wirklich bin. Und ich will dir keine Angst machen, Judy.«

Sie krallte die Hände in seine Taille, wo sie während des Kusses wie von selbst gelandet waren.

Rick lachte leise auf. »Ich werde dich nicht anrufen, aber das heißt nicht, dass ich nicht an dich denke.«

»Du küsst mich um den Verstand, aber rufst mich nicht an.«

»Genau.«

»Warum?«

»Weil …« Er rückte wieder näher. Seine Lippen lagen an ihrem Ohr. Sein heißer Atem versetzte all ihre Nervenenden in Aufruhr. »… ich dir keine Chance geben möchte, mir am Telefon eine Abfuhr zu erteilen. Nur wenn ich tatsächlich vor dir stehe, kann ich dich an diesen Augenblick erinnern.«

Sie schloss die Augen, spürte die federleichte Berührung seiner Zunge an ihrer Ohrmuschel und stöhnte auf.

Rick wandte sich um und spazierte aus der Küche.

KAPITEL 7

»Er hat nicht angerufen.«

»Wie versprochen.« Meg lachte am anderen Ende der Leitung.

»Ich kann mich nicht auf die Arbeit konzentrieren.« Judy hatte Mittagspause, aß ein belegtes Baguette und redete am Telefon mit ihrer besten Freundin über einen Typen. »Genau deshalb wollte ich kein Date mit ihm.«

»Er ist eine ziemlich leckere Ablenkung. So viel steht fest.«

»Meine Arbeit leidet darunter.«

»Weil du nur mit voller Konzentration in der Lage bist, die Post zu sortieren und Dokumente abzuheften? Großer Gott, Judy. Du arbeitest nicht im Management.«

»Selbst wenn ich es täte, würde ich aus dem Fenster starren und an diesen Mann denken. Vielleicht rufe ich ihn einfach an und sage ihm, dass aus uns nichts wird.«

»Ach, hör schon auf. Dann taucht er einfach bei dir auf der Arbeit auf und knutscht dich um den Verstand.«

Warum hatte sie Meg sämtliche Einzelheiten über den Kuss erzählt? Sie hatte sich doch ausrechnen können, dass ihre Freundin ihr irgendwann alles unter die Nase reiben würde.

»Das ist doch komplett irre.«

»Kommt dein Bruder nicht am Freitag nach Hause? Wegen des Benefizabends?«

»Doch, ja.«

»Und spielt Rick nicht den Bodyguard für Mike?«

»Manchmal.«

»Dann siehst du Rick am Freitag vermutlich in der Villa … oder bei der Fete.«

Judy legte ihr Baguette beiseite. »Na, dann ist ja alles gut. Mr Brandgefährlich inmitten reicher und berühmter Persönlichkeiten zu erklären, dass ich mich nicht auf ihn, sondern auf meine Karriere konzentrieren will, wird sicher spaßig.«

»Das sagst du ihm sowieso nicht. Sobald du ihn siehst, schmilzt du dahin.«

»Du bist keine große Hilfe, Meg.« Dass Meg Rick fast täglich sah, wenn sie im Erdgeschoss des Hauses, in dem er wohnte, Büroarbeiten erledigte, machte alles noch schlimmer. Rick konnte Judy jederzeit etwas ausrichten lassen. Aber er sagte keinen Ton.

»Ach, ich soll dir helfen?«

»Ich dachte, dazu sind beste Freundinnen da.«

»Okay. Augenblick …« Judy hörte ein Geräusch, als würde das Telefon beiseitegelegt. Dann rief Meg laut: »Hey Rick?«

Judys Herz machte einen Sprung. »Meg!«

»Ja … Judy ist am Telefon. Sie sagt, sie will dir die Kleider vom Leib reißen …«

»Meg! Bist du … Ach, Mist.« Die Leute auf der Terrasse des Fast-Food-Restaurants drehten die Köpfe zu ihr.

Megs Lachen drang durch die Leitung. »Reingefallen!«

»Ich hoffe für dich, dass er nicht da ist.«

»Ich sehe ihn fast nie. Hab ich dir doch gesagt. Bevor er nach Hause kommt, bin ich meistens schon wieder weg. Und jetzt mach dich mal locker.«

Judys Herzschlag normalisierte sich nur ganz allmählich. »Das zahle ich dir heim.«

»Damit kann ich leben.«

Judy jammerte noch eine Weile weiter, dann legte sie auf und begutachtete ihr halb gegessenes Baguette. Sie hätte nicht zulassen dürfen, dass er sie küsste. Denn Küsse führten zu Träumen und Träume weckten Verlangen.

Genervt von ihrer eigenen Dummheit klickte sie sich auf ihrem Telefon in ihr Ballerspiel. Ein paar Minuten lang dachte sie nicht ans Küssen und an Ricks Duft. Stattdessen kämpfte sie gegen ihren Cyber-Feind. »Erwischt!«, zischte sie, als sie Spike getroffen hatte. Dieser Gegner hatte früher in ihrem Team gekämpft. Aber während einer wochenlangen Online-Schlacht im letzten Sommer hatte er die Seiten gewechselt. Ihm hatte nicht gepasst, dass das Team zu wenig echtes Geld ausgab, um Schlachten zu gewinnen. Jetzt tauchte er von Zeit zu Zeit auf ihrer Liste von Feinden auf und sie sprengte ohne Skrupel seine Gebäude oder klaute ihm sein Cyber-Geld. Sie schickte Spike noch ein frech winkendes Emoticon, dann loggte sie sich aus, warf den Rest ihres Essens in den Müll und machte sich auf den Rückweg zum Büro.

* * *

Als sie am Freitag von der Arbeit nach Hause kam, war Mike bereits da. Seine Gegenwart veränderte die Atmosphäre in der Villa komplett. Schon an der Haustür begrüßte sie laute Musik. Sein Ferrari stand nicht in der Garage, sondern in der Einfahrt, und Wasserpfützen verrieten, dass jemand den Wagen gewaschen hatte. Meg war bereits im Village und bereitete sich auf den Abend vor. Zwar hatte Karen die Veranstaltung organisiert und geplant, aber für Meg bot sie eine prima Gelegenheit, einige der wohlhabenden Kunden von Alliance kennenzulernen und in Mikes und Zachs Freundeskreis eingeführt zu werden.

»Mike?« Judy versuchte, die Musik zu übertönen.

»Ich bin hier.«

Sie folgte der Stimme ihres Bruders in sein Zimmer. Sein Hemd war noch offen und sein Haar nass vom Duschen.

Judy breitete die Arme aus. »Schön, dass du wieder da bist.«

Mike hob sie hoch und küsste sie auf die Wange. »Schön, zur Abwechslung mal nicht in ein leeres Haus zurückzukommen. Wo ist Meg?«

»Bei Karen und Zach. Samantha hat sie eingestellt.«

Mike blinzelte. »Sie arbeitet bei Alliance?«

Judy knuffte ihn gegen den Arm. »Ja, bei Alliance. Ich hätte nie gedacht, dass du Karen über eine Agentur kennengelernt hast.«

Ihr Bruder grinste schief. »Ich fand das praktisch.«

Judy wich einen Schritt zurück, damit Mike sein Hemd zuknöpfen konnte. »Wie lange bleibst du denn?«

»Am Dienstagabend fliege ich zurück.«

»Oje. Das ist aber ein kurzer Urlaub.«

»Und ich weiß nicht mal, wie viel ich davon mitbekommen werde. Vor lauter Jetlag fallen mir fast die Augen zu.«

»Warum hast du nicht im Flugzeug geschlafen?«

»Sogar bei privaten Charterflügen gibt es Turbulenzen.«

Judy machte sich auf den Weg zur Tür. »Von deinen exklusiven Flugreisen kannst du mir gleich auf der Fahrt erzählen. Ich muss duschen und mich zurechtmachen.«

Eine Dreiviertelstunde später schwebte Judy in einem bodenlangen paillettenbesetzten Kleid und auf acht Zentimeter hohen Absätzen aus ihrem Zimmer.

Mike stieß einen Pfiff aus. »Wer bist du, und was hast du mit meiner Schwester gemacht?«

Judy verdrehte die Augen. »Dödel.«

»Du siehst toll aus.«

Das Kompliment kam von ihrem Bruder. Trotzdem zauberte es ihr ein Lächeln aufs Gesicht. Sie strich mit der Hand über ihren flachen Bauch und drehte sich um die eigene Achse.

»Das Kleid hat mir Karen geborgt. Du hast ihr stapelweise Klamotten gekauft.«

»Es hat vier Monate gedauert, bis sie endlich nachgegeben hat und bereit war, ein bisschen Geld auszugeben.«

»Es soll Frauen mit schlimmeren Macken geben.«

Mike legte sich sein Jackett über den Arm. »Du musst dir keine Kleider von Karen leihen.«

»So schicke Sachen kann ich mir nicht leisten. Und bevor du fragst ... Die Antwort lautet nein.« Gemeinsam gingen sie zur Tür.

»Geht das ein bisschen genauer?«

»Ich nehme kein Geld von dir an. Du lässt mich schon bei dir wohnen.«

»Es ist bloß Geld, Judy. Und ich habe mehr, als ich je ausgeben kann.« Mike schloss die Tür hinter ihnen ab.

»Ich muss es selbst schaffen, Mike. Eigene Entscheidungen treffen, beruflich vorankommen.«

»Kann ich dir wenigstens einen kleinen Kredit geben?«

Judy schüttelte den Kopf. »Kredite innerhalb der Familie? Das geht selten gut. Wer weiß, vielleicht lasse ich mir von Meg einen Ehemann auf Zeit vermitteln.«

Mike kniff die Augen zusammen. »Keine gute Idee.«

»Und warum?« Nicht dass sie ernsthaft darüber nachdachte. Aber weshalb sollte sie nicht tun, was Mike getan hatte? Was hatte er dagegen?

»Zu gefährlich für eine Frau.«

»Jetzt mach mal halblang.« Judy ging zum Ferrari und wartete, bis Mike ihr die Tür öffnete. »Die nehmen alle Kandidaten sehr genau unter die Lupe.« Mike half ihr in seinen sündteuren Wagen und schloss die Tür.

Er schob sich hinters Lenkrad, warf ihr einen strengen Blick zu und ließ den Motor an. »Für eine Ehe auf Zeit bist du nicht gemacht.«

»Wie kannst du das sagen?« Dass er zweierlei Maß anlegte,

ärgerte sie. Sie wollte das Leben einer modernen Frau führen. Merkte man ihr etwa so deutlich an, dass sie ein Landmädchen war und in einer Großstadt wie L. A. keinen Fuß auf den Boden brachte? Hatten die Leute bei Benson & Miller Designs auch dieses Gefühl und nahmen sie deshalb nicht ernst?

»Du willst das nicht wirklich machen, oder?«

»Findest du deine Besorgnis nicht ein kleines bisschen scheinheilig?«

»Du bist meine kleine Schwester. Dass ich mir Sorgen um dich mache, ist normal.« Das hörte sich an, als hätte er wirklich Angst um sie.

»Bleib locker, Mike. Erst mal möchte ich sehen, wie es mit meinem Praktikum weitergeht. Ans Heiraten denke ich später, egal, ob auf Zeit oder für immer. Im Moment wäre ich schon glücklich, wenn mein Boss mich mal was anderes machen ließe als Abheften und Sortieren.«

Sie unterhielten sich weiter über ihren Job und die traurige Tatsache, dass sie bisher noch keinerlei Einblicke in die Bereiche bekommen hatte, deretwegen sie das Praktikum eigentlich machte. Judy jammerte, Mike stellte Fragen. Sie lud ihren ganzen Frust bei ihm ab. Ihr Bruder war schon immer ein guter Zuhörer gewesen.

»Willst du meinen Rat hören?«, fragte er, als sie schon fast bei Karen und Zach waren.

»Selbstverständlich.«

»Trau dich was. Tu etwas, womit du auffällst. Was kann schlimmstenfalls passieren?«

»Sie können mich rausschmeißen.«

Mike bog in die lange Einfahrt zum Village ein. »Und dir damit die Gelegenheit nehmen, noch ein paar Monate lang Schriftstücke abzuheften.«

Am Rand der Einfahrt parkten jede Menge Sportwagen, Luxuskarossen und Limousinen. Judy machte große Augen. »Du wirst heute Abend ein paar ziemlich einflussreiche Leute kennenlernen. Okay, einige reißen nur den Mund auf und erinnern sich später an nichts mehr. Aber ich habe deine Zeichnungen gesehen. Du bist gut.«

»Du hast doch gar keine Ahnung von Architektur.«

»Aber ich weiß, was gut aussieht. Und wenn du kein Talent hättest, hättest du nicht mit Glanznoten abgeschlossen, oder man hätte dir von vornherein zu einem anderen Hauptfach geraten. Hast du nicht gesagt, deine letzte Arbeit sei sogar als eine der besten ausgestellt worden?«

Darauf war sie ein bisschen stolz. »Ja, ich bin tatsächlich gut. Verdammt.«

»Höchste Zeit, deinen Boss – oder vielleicht auch seinen Boss – das wissen zu lassen.«

Judy seufzte. Die Ermutigung konnte sie dringend brauchen. »In dieser Firma aufzufallen, ist fast unmöglich.«

Sie hielten an und jemand öffnete Judy die Tür. Mike sprang aus dem Wagen, setzte sein Hollywoodlächeln auf, drückte dem jungen Mann vom Parkservice die Autoschlüssel in die Hand und sagte: »Passen Sie gut auf meine Hübsche auf.«

Der Junge blinzelte. »Selbstverständlich, Mr Wolfe.«

Mike ging zu Judy und legte ihr den Arm über die Schulter, wie er es immer getan hatte. »Auffallen ist nicht schwer. Hinterher gute Arbeit abzuliefern, das ist die wahre Kunst.«

»Du bist ein Filmstar, Mr Hollywood. Dir liegen alle zu Füßen. Mir nicht.«

Lachend stieß er sie mit der Hüfte an und brachte sie damit fast aus dem Gleichgewicht. Als sie seinen Hüftstoß grinsend erwiderte, zuckte der Blitz einer Kamera auf.

* * *

Vor Ricks Augen tanzten rote Nebel. Judys Worte hallten in

seinem Headset. *Vielleicht lasse ich mir von Meg einen Ehemann auf Zeit vermitteln.*

Mikes Unterhaltung mit seiner Schwester vor der Villa in Beverly Hills hatte ganz harmlos begonnen. Eigentlich hatte Rick nur hören wollen, wann sie das Grundstück verließen, damit er ihre Ankunftszeit im Village abschätzen konnte.

Judy wollte ihre eigenen Entscheidungen treffen, ihr eigenes Geld verdienen. Doch dann hatte sie laut über einen Ehemann auf Zeit nachgedacht und Rick hatte rot gesehen. »Das meint sie nicht im Ernst«, murmelte er. Sicher wollte sie ihren Bruder nur ein bisschen ärgern.

Wie bei vornehmen Abendveranstaltungen üblich, waren Ricks Waffen unter einem edlen Dreiteiler verborgen. Er mischte sich unter die Gäste und behielt die Tür im Blick.

Hinten im Garten lief die stille Auktion, bei der die Gäste ihre Gebote schriftlich abgaben. Neil hatte dafür extra ein paar Sicherheitsleute abkommandiert. Ricks Aufgabe war es, Zach und Karens engsten Kreis zu schützen, dazu gehörten auch Mike und Judy. Neil bewachte Gwen, Samantha und Blake. Auch Carter Billings und seine Frau Eliza gehörten zu Zachs und Karens Freundeskreis, aber als Gouverneur hatte Carter seine eigenen Bodyguards.

Einige Gäste raunten, Michael Wolfe sei gerade angekommen. Kurz danach entdeckte Rick Judy.

Das goldfarbene Glitzerkleid reichte ihr bis zu den Zehenspitzen. Ihre Füße steckten in feinen Riemchensandalen und der Schlitz an der Seite ihres Kleides ließ hin und wieder ihr wohlgeformtes Bein aufblitzen. Rick lief das Wasser im Mund zusammen. Sein Blick glitt an ihren Kurven entlang nach oben bis zum V-Ausschnitt ihres Kleides. Er war gerade tief genug, um ein wenig von der hellen Haut ihrer Brüste zu zeigen. Das Haar hatte Judy sich locker aufgesteckt. Die Frisur wirkte, als wäre sie mit ein paar Handgriffen gemacht, aber Rick nahm an, dass Judy eine Stunde lang daran gearbeitet hatte. Sie trug etwas mehr Make-up als sonst. Aber sie sah damit nicht aufgedonnert aus, sondern einfach nur heiß.

Er musste sich zwingen, sie nicht hemmungslos anzustarren. Und seine Augen waren nicht die einzigen, die an ihr hingen. Sie war eine attraktive Frau. Einen Ehemann auf Zeit würde Meg für sie im Handumdrehen finden.

Aber solange er noch atmen konnte, würde das nicht passieren.

»Hallo Captain Glupschauge.«

Rick fuhr herum. Neben ihm stand Meg. »Was gibt's?«

Meg schüttelte den Kopf. »Ich finde es nur lustig, wie ihr beiden umeinander herumtanzt.«

Er dachte kurz darüber nach. »Ich würde es nicht so nennen.« Nein, er versuchte nur seit über einem Monat, ein ganz normales Date mit Judy zu kriegen.

»Okay, ich nehme es zurück.« Meg winkte Judy zu und Rick bemerkte den Blick, den die beiden Frauen austauschten. Judy sandte Meg eine stumme Warnung.

»Aber die meisten Frauen tanzen gern.« Meg machte auf dem Absatz kehrt und ließ Rick stehen.

Gut zu wissen.

Nach dem Essen gab es Musik. Judy und Mike stürzten ausgelassen auf die Tanzfläche. Zach und Karen kamen dazu, und bald bat Zach um einen Tanz mit seiner Schwester. Die Fotografen gerieten völlig aus dem Häuschen. Dass Karen und Mike so entspannt miteinander tanzten, als wären sie nicht bis vor einigen Monaten miteinander verheiratet gewesen und jetzt glücklich geschieden, tat ein Übriges. Außer Rick kannte nur eine Handvoll Menschen im Raum die Hintergründe dieser Ehe.

Rick wartete ab, bis die Musik langsamer wurde. Mit wenigen Schritten war er auf der Tanzfläche, nickte Zach freundlich zu und legte Judy von hinten den Arm um die Taille. Sie sollte ihn nicht kommen sehen und ihm keinen Korb geben können.

»Hey Babe«, flüsterte er ihr ins Ohr. Sie erstarrte, aber nur ganz kurz. Dann wiegte sie sich im Takt der Musik in seinen Armen.

Ganze dreißig Sekunden lang war sie still. Dann sagte sie: »Du hast nicht angerufen.«

Anstelle einer Antwort schwang Rick sie herum, ließ sie an seiner Hand eine Drehung vollführen und tat den Fotografen damit einen Riesengefallen. Erst als er Judy wieder in beiden Armen hielt und sie Wange an Wange tanzten, was in ihrem Fall bedeutete, dass er sich zu ihr herunterbeugen musste, flüsterte er: »Wie versprochen.«

Sie wollte etwas erwidern, aber er leitete schon die nächste Drehung ein und verwandelte den eigentlich langsamen Tanz in einen viel wilderen. Er wollte nicht auf der Tanzfläche reden. Hier konnte sie ihn genauso leicht abservieren wie am Telefon, denn vor so viel Publikum wollte er seine Ankündigung, die Erinnerung an den Kuss aufzufrischen, nicht in die Tat umsetzen. Im Augenblick war ihm nur wichtig, dass alle sahen, wie gut Judy ihm gefiel.

Rick zog sie wieder fester an sich und führte sie in vollendeter Manier. Jetzt nutzte er den langsamen Rhythmus, um ihr ganz nahe zu sein. Eine leichte Röte überzog ihre Wangen. Sie lächelte, als könnte sie nicht anders.

»Wo hast du denn so tanzen gelernt?«

Die Frage war harmlos, brachte ihn aber dennoch fast zum Stolpern. »Bei den Marines ganz sicher nicht.«

Judy legte ihm die Hand auf die Brust und drückte ihn gerade so weit weg, dass sie ihm in die Augen sehen konnte. »Du bist gut.«

Erleichtert, dass sie nicht weiterbohrte, führte er sie in eine Drehung. Sie folgte ihm mühelos. »Du bist auch nicht übel,

Utah-Girl.«

Die Musik klang langsam aus.

»Und wegen des Anrufs …«

»Den hole ich nach.«

Einige Paare verließen bereits die Tanzfläche.

»Ich weiß nicht, ob …«

Rick gefiel die Richtung nicht, in die ihr kurzes Gespräch sich bewegte. Deshalb legte er Judy einen Finger an die Lippen. Dann gab er ihr schnell einen Kuss. Er war harmlos, unschuldig, aber voller Verheißungen.

Ein Summen in seinem Headset erinnerte ihn daran, dass er im Dienst war. »Rick, wir brauchen dich draußen.«

Er ließ Judy los und freute sich, dass ihr Grinsen haften blieb. »Die Pflicht ruft, Utah-Girl. Wir reden später weiter.« Er küsste sie auf die Stirn und ließ sie auf der Tanzfläche stehen.

Kapitel 8

Meg knuffte Karen in die Seite und machte sie auf das Geturtel auf der Tanzfläche aufmerksam. »Guck mal.«

Karen stieß einen leisen Pfiff aus. »Ich hab's geahnt.«

»Rick bringt sie völlig durcheinander.«

Interessiert schauten beide zu, wie Rick Judy etwas ins Ohr flüsterte.

»Ist das gut oder schlecht?«

»Beides.«

Rick ließ Judy stehen. Sie schaute ihm hinterher. Als ihr Blick anschließend auf Meg und Karen fiel, betrachteten die zwei unschuldig ihre Weingläser. Auffälliger ging's nicht.

»Kann man Rick trauen? Ich weiß nicht, aber ich habe ein gutes Gefühl.«

Karen hob ihr Glas an die Lippen und spähte über den Rand. »Ich habe nie irgendwas mitbekommen, was mich stutzig machen würde. Er ist seit über zwei Jahren Neils rechte Hand.«

»Hat er viele Dates?«

»Ich habe ihn noch nie mit jemandem gesehen. Sicher ist er manchmal unterwegs. Aber vorgestellt hat er uns bisher niemanden.«

Zach kam zu Karen und legte seine Hand auf ihre Schulter. »Habe ich richtig gesehen? Hat Rick gerade auf der Tanzfläche meine kleine Schwester geküsst?«

Karen lehnte sich kichernd an ihren Mann. »Außer Neil gibt es hier keinen, mit dem man Rick verwechseln könnte. Und Neil hat nur Augen für Gwen.«

Zach fixierte die Tür, durch die Rick verschwunden war. »Hm.«

Meg sah Mike mit Judy reden. Mike und Zach trugen dieselbe besorgte Miene.

Zach machte einen Schritt Richtung Tür, aber Karen hielt ihn am Arm fest. »Was hast du vor?«

»Nichts«, sagte er ein wenig zu schnell.

»Macht euch bitte nicht lächerlich. Judy ist eine erwachsene Frau.«

Zach küsste Karen auf die Schläfe, dann ließ er sie stehen.

Meg hatte staunend zugehört. »Ich bin ein Einzelkind. Kein Bruder und keine Schwester hat sich dafür interessiert, wen ich date.«

»Genau wie bei mir«, sagte Karen. »Es ist rührend, wie sie sich sorgen.« Mike und Zach trafen sich an der Tür. Gemeinsam machten sie sich auf die Suche nach Rick.

»Sollen wir ihn warnen?«

Karen schüttelte den Kopf. »Nein. Aber zuschauen möchte ich gern.«

Meg gefiel Karens Einstellung. »Du schaust zu, ich gehe zu Judy.«

* * *

Rick steuerte auf die beiden Gäste zu, die hitzig diskutierten, wer den Zuschlag bekommen sollte. Ein paar Sicherheitsleute warteten in der Nähe ab, während eine Auktionatorin versuchte, die Situation so diskret wie möglich zu klären. Leider wollten die Männer von den vernünftigen Vorschlägen der Frau nichts wissen.

»Ich muss der letzten Person auf der Liste den Zuschlag erteilen, Mr Phifer. Vielleicht können wir den Sachspender kontaktieren und etwas Ähnliches für Sie bekommen.«

Mr Phifer war nicht glücklich über die Aussicht, ohne das vermeintlich Ersteigerte nach Hause fahren zu müssen. Er fixierte seinen Kontrahenten. »Und wenn das nicht klappt?«

»Lassen Sie es uns erst mal versuchen.« Die arme Frau half ehrenamtlich bei der Versteigerung mit und gab sich alle Mühe, das Problem zu lösen.

»Wenn Sie mitmachen wollen, halten Sie sich gefälligst an die Regeln«, zischte der größere Mann.

Mr Phifer rückte näher. Die Auktionatorin fühlte sich sichtbar unwohl zwischen den Streithähnen.

Rick trat hinzu und warf ein Lächeln in die Runde. »Gentlemen? Sicher erinnern Sie sich, weshalb Sie heute hier sind?«

Anklagende Finger pikten in die Luft. Die Männer erhoben lautstark Beschwerde. Offensichtlich hatten beide getrunken, und zuhören wollte keiner.

Rick nahm der ehrenamtlichen Helferin mit einem bedauernden Lächeln das Klemmbrett aus der Hand. Er warf einen Blick auf den letzten Namen auf der Liste. »Sie sind Mr Connors?«, fragte er den hochgewachsenen Mann.

»Ja.«

»Ihr letztes Gebot lautet zweitausendfünfhundert.«

»Richtig.«

»Und Sie sind Mr Phifer?«

Phifer legte seinen kurzen, dicken Zeigefinger auf den Eintrag vor dem von Connors. »Das ist mein Gebot, und ich habe es gerade noch innerhalb der erlaubten Zeit abgegeben.«

Rick sah Zach und Mike auf ihn zukommen. Sie blieben

stehen und beobachteten die Szene.

»Nun, anscheinend gab es ein Problem mit dem Timing. Warum lösen wir es nicht mit einer kurzen Live-Auktion? Das letzte Gebot steht bei zweitausendfünfhundert. Bieten Sie mehr, Mr Phifer?«

Phifer kniff die Augen zusammen. »Zweitausendsechshundert.«

Rick schaute Connors an.

»Dreitausend.«

Rick drehte sich zu Phifer.

»Das ist doch Quatsch. Mein Gebot war das letzte in der erlaubten Zeit.«

Connors verschränkte die Arme vor der Brust und grinste selbstgefällig. Die Neugierigen, die sich im Umkreis versammelt hatten, wurden still.

Rick kannte die Männer nicht und wusste auch nicht, wie sie zu Karen und Zach standen. Aber langsam bekam er Kopfschmerzen.

»Wenn Ihnen das zu viel ist, hören Sie auf«, sagte Connors.

Phifer wollte sich an Rick vorbeidrängen.

Rick drückte das Klemmbrett gegen Phifers Brust und knipste sein Lächeln aus. »Nicht mal dran denken.«

In die gespannte Stille hinein sagte Mike: »Sechstausend.«

Die Umstehenden fuhren zu ihm herum.

Als wäre es ein Spiel, hielt Zach dagegen. »Siebentausend.«

»Acht.«

Als sie bei zehn angekommen waren, klopfte Zach Mike auf die Schulter. »Du kriegst den Zuschlag, Bruder.«

Connors und Phifer warfen einander feindselige Blicke zu. Langsam schien ihnen zu dämmern, wie peinlich ihr Auftritt gewesen war. Sie stapften in unterschiedliche Richtungen davon, die Zuschauer zerstreuten sich.

»Du meine Güte, Zach. Was habt ihr bloß für Leute auf der

Gästeliste«, sagte Mike.

Zach zuckte die Achseln.

Die freiwillige Helferin bedankte sich bei Rick und ging weiter zum nächsten Tisch.

Als Rick sich umwandte, standen Mike und Zach mit versteinerten Mienen hinter ihm. Ihm war sofort klar, dass die öffentliche Bekundung seiner Zuneigung für Judy der Grund dafür sein musste.

»Was kann ich für euch tun, Jungs?« Dieses Gespräch war unausweichlich gewesen. Er hoffte auf einen entspannten Verlauf.

»Wir möchten uns ein bisschen mit dir unterhalten.« Mike ging voran. Sie entfernten sich ein Stück von der Menge im Auktionspavillon.

Zach ergriff das Wort. »Und? Judy?«

Der Name zauberte Rick sofort ein Lächeln aufs Gesicht. Als er keine Antwort gab, setzte Mike hinzu: »Unsere kleine Schwester.«

»Eure Schwester, ja. Aber sie ist erwachsen.« Judy hatte nichts Kindliches an sich.

Die Brüder blieben ernst.

»Müssen wir uns wegen dir Sorgen machen?«, fragte Zach.

Rick hätte beleidigt reagieren können, aber die beiden hatten nur das Wohl ihrer Schwester im Sinn. »Wegen mir nicht.« Er wandte sich an Mike. »Aber willst du Zach nicht erzählen, worüber Judy mit dir gesprochen hat, bevor ihr in Beverly Hills losgefahren seid?«

Mike musste kurz überlegen. »Über Alliance«, sagte er schließlich.

»Genau. Ich nehme mal an, keiner von uns möchte, dass Judy sich in die Kartei aufnehmen lässt.«

Zach schaute ungläubig zwischen den Männern und dem Haus hin und her. »Das würde sie nicht tun.«

»Ich weiß nicht, Zach«, sagte Mike. »Sie hat laut darüber

nachgedacht.«

Zach ballte die Hände zu Fäusten. »Nein. Mehr sage ich nicht dazu. Nein.«

Rick seufzte.

»Judy ist ein sehr gefühlvoller Mensch, Rick. Mit ihr zu flirten, nur damit sie nicht zu Alliance geht, ist keine gute Idee. Brich unserer Schwester nicht das Herz«, sagte Mike.

Rick schüttelte den Kopf. »Wer sagt, dass ich das tue?« Dass er sein Glück bei Judy versuchte, machte ihn nicht gleich zum Herzensbrecher. Einen Moment lang hinterfragte er seine Absichten kritisch. Judy nachzujagen, war ein prickelndes Vergnügen. Fast ein Jahr lang hatte er auf eine Gelegenheit gewartet, seine kleine Elfe näher kennenzulernen.

»Tu ihr nicht weh«, warnte Zach.

»Wie soll ich ihr wehtun, wenn sie sich nicht mal mit mir treffen will?«

Mike lachte. »Du küsst sie, aber ihr datet nicht?«

Zach warf kopfschüttelnd die Hände in die Luft. »Bitte keine Details.«

Gemeinsam machten sie sich auf den Weg ins Haus. »Was habe ich eigentlich ersteigert?«, fragte Mike unvermittelt.

Rick hatte das Klemmbrett noch in der Hand. Er schaute nach und fing an zu lachen. »Sieht aus, als könntest du dich zusammen mit vier kleinen Freunden auf eine Studioführung bei Nickelodeon freuen.«

* * *

Judy hatte sich in ein Superwoman-Kostüm geworfen. Es bestand aus einem schwarzen Bleistiftrock, schwarzen Stiefeln und einem roten Blazer. Wenn sie bei Benson & Miller auffallen wollte, musste sie erst einmal die Blicke auf sich ziehen. Am

Montagmorgen fing sie eine halbe Stunde früher an als sonst und hatte die Post schon sortiert, bevor die Empfangsdame den ersten Anruf entgegennahm.

Wie üblich erwartete Mr Archer sie danach mit einem Stapel Papierkram. Ein Teil der Unterlagen musste abgelegt, ein anderer vor der Mittagspause sortiert an ihn zurückgegeben werden. Normalerweise hätte Judy dafür keine zwei Stunden gebraucht, aber sie suchte sich die Zeichnungen und Vertragsentwürfe für zukünftige Projekte heraus und schaute sie sich genauer an.

Bei zwei Aufträgen handelte es sich um die Neugestaltung von Bürogebäuden. Nichts Weltbewegendes, eher eine Art Facelift für die Innenräume. Das dritte Projekt war bislang kaum mehr als ein vorläufiges Angebot mit ein paar Skizzen. In Santa Barbara sollte ein Kunst- und Kulturzentrum entstehen und die Firma Benson & Miller nahm an der Ausschreibung teil. Das Grundstück war groß genug für eine Halle mit achttausend Sitzplätzen. Noch hatte niemand die Details ausgearbeitet. Judy vertiefte sich in die Kostenaufstellungen und in die Vorgaben des Auftraggebers und fing an zu zeichnen. Die Gebäude in der Umgebung waren im Stil historischer Missionsstationen gehalten. Daran orientierte sie sich. Der Morgen verging wie im Flug, und als sie auf die Uhr schaute, war es bereits elf Uhr dreißig. Eilig kopierte sie sich die Projektunterlagen. Sie würde zu Hause an der Sache weiterarbeiten. Dann schnappte sie sich die sortierten Schriftstücke und machte sich auf den Weg zu Mr Archers Büro.

Im selben Moment klingelte das Telefon auf dem Schreibtisch in ihrer Wabe. Zum allerersten Mal. Verwundert angelte Judy sich den Hörer. »Judy Gardner.«

»Ähm, Judy?«

Es war Nancy, die Empfangsdame, und sie klang ein wenig atemlos.

»Ich bin gerade auf dem Weg zu Mr Archers Büro, Nancy.

Was gibt's denn?«

»Du ... du hast Besuch. Ähm ... kannst du ...« Vor ein paar Tagen hatten sie begonnen, sich zu duzen.

Judy verdrehte die Augen. Sie kannte nur einen Menschen, der eine so durchschlagende Wirkung auf Frauen hatte.

Du musst auffallen, hatte er gesagt. *Das ist nicht schwer*, hatte er gesagt.

»Schick ihn zu mir.«

»Aber es ist ...«

»Ja, ich weiß.«

Sie ging Mike entgegen bis vor Mr Archers Bürotür.

Neugierige Gesichter lugten aus den Bürowaben, und selbst die Abteilungsleiter steckten die Köpfe aus den Türen, während die Kunde von Michael Wolfes Anwesenheit sich verbreitete wie ein Buschfeuer, wenn die Santa-Ana-Winde wehten.

»Hey Schwesterchen.« Sie schüttelte den Kopf über Mikes Hollywoodlächeln. »Komme ich zu früh, um dich zum Mittagessen auszuführen?«

Judy verlagerte das Gewicht der Unterlagen auf ihren anderen Arm. »Ich wusste gar nicht, dass wir verabredet sind.«

»Ach? Habe ich das gar nicht erwähnt? Komm, lass mich helfen.« Mike nahm ihr den Papierstapel ab. »Wohin muss das denn?«

Sie lächelte kokett, warf der Leiterin der Abteilung Landschaftsarchitektur, die sie staunend musterte, einen Blick zu und senkte die Stimme, sodass nur Mike sie hören konnte. »Ich müsste stinksauer auf dich sein.«

»Wenn du nicht hin und wieder stinksauer auf mich wärst, würde ich als großer Bruder etwas falsch machen. Also, wo muss dieser Stapel hin?«

Judy bog um die Ecke in Mr Archers Büro. »Du kannst die Ordner hier ablegen.« Sie zeigte auf ein Sideboard.

Mr Archers Kinnlade berührte fast die Schreibtischplatte. »Entschuldigen Sie bitte, dass ich einen Betriebsfremden mit hereinbringe, Mr Archer. Aber mein Bruder ist ein bisschen zu früh dran für unsere Verabredung zum Mittagessen, und unsere Mom fand immer, wir Mädchen sollten uns nicht abschleppen, sondern uns von unseren Brüdern helfen lassen.«

»Ähm, das ist … schon okay.«

Vielleicht war Mike ja nicht das einzige Schauspieltalent in der Familie. »Ach, tut mir leid. Ich habe Sie noch gar nicht miteinander bekannt gemacht. Wie unhöflich von mir. Mr Archer, das ist mein Bruder Michael.«

Mike hob eine Braue. Michael nannte sie ihn sonst nie. So hieß er nur in Hollywood. Mike trat vor und streckte Mr Archer die Hand hin. »Freut mich. Judy hat mir viel von Ihnen erzählt.«

»Hat sie das?«

Nichts Gutes.

»Ja. Ehrlich gesagt, ich bin absichtlich ein bisschen früher gekommen, um sie zu überraschen. Ich bin so selten zu Hause und wollte sehen, wo sie arbeitet. Ich hoffe, das ist in Ordnung.«

»Kein Problem.«

»Wunderbar. Schön haben Sie es hier.«

Judy knuffte ihn in den Arm. »Ich muss das hier noch abheften, bevor wir loskönnen. Möchtest du vielleicht so lange …«

»Das können Sie auch machen, wenn Sie wieder da sind.« Mr Achers Blick wanderte zwischen ihr und Mike hin und her.

»Es dauert nicht lang.« Normalerweise duldete keine der Arbeiten, die ihr Boss ihr auftrug, auch nur den kleinsten Aufschub.

»Sie sind heute früher gekommen, dann können Sie auch ein bisschen früher Mittagspause machen.«

Wow, er hatte es tatsächlich bemerkt.

»Schön. Danke. Ich hole nur kurz meine Handtasche«, sagte sie zu Mike.

Er folgte ihr aus dem Büro. »Schön, Sie kennenzulernen, Mr Archer.«

»Nennen Sie mich Steve.«

Gütiger Himmel. Wer hätte gedacht, dass ein Filmstar den Mann so aus der Fassung bringen würde. *Nennen Sie mich Steve. Herrje.*

Judy nahm ihre Handtasche aus dem Schreibtisch. »An der Ecke gibt es ein Café.«

»Okay. Dann mal los.«

Grinsend schob sie ihren Schreibtischstuhl an den Tisch zurück.

»Ach, das ist für dich.« Mike zog eine Zeitschrift aus seiner Gesäßtasche und warf sie auf den Tisch. »Die haben uns tatsächlich auf die Titelseite gesetzt.«

Allerdings. Ein Foto von ihr und Mike beim Tanzen während des Benefizabends prangte vorn auf dem Klatschblatt. Judys goldenes Kleid schien Funken zu sprühen. Genau wie Mikes Augen jetzt in diesem Moment. »Das lese ich in der Kaffeepause. Komm schnell. Wenn wir es vor zwölf ins Café schaffen, kriegen wir einen Tisch hinten in der Ecke und können vielleicht ungestört essen.«

Mike hängte den Arm über ihre Schulter und spazierte mit ihr aus dem Büro.

Unzählige Blicke folgten ihnen dabei.

Erst im Fahrstuhl fing Judy an zu lachen. Mike stimmte mit ein, hörte aber sofort wieder auf, als der Fahrstuhl anhielt und zwei Leute einstiegen.

Der Mann machte nur große Augen, die Frau fiel beinahe vornüber. Mike hielt sie am Ellbogen fest, damit sie nicht gegen ihn taumelte. »Oh mein Gott, sind Sie etwa …? Ja, Sie sind es!«

Mike lächelte ganz entspannt. Er war das Chaos gewohnt,

das er mit seiner Anwesenheit nur allzu häufig auslöste. »Alles in Ordnung?«, fragte er die Frau. Der Fahrstuhl setzte sich in Bewegung.

»Ja, danke. Wie peinlich. Entschuldigen Sie.«

»Kein Problem.« Er zwinkerte der armen, völlig aufgelösten Frau zu und wandte sich an Judy. »Morgen holt Tony, mein Manager, sich meinen Wagen. Er will sein Date beeindrucken.«

»Er leiht sich den Ferrari?«

»Ja. Ich wollte dir nur Bescheid sagen, damit du nicht denkst, jemand hätte ihn geklaut.«

Der Fahrstuhl kam unten an, die Türen öffneten sich und alle stiegen aus. Mike legte den Arm wieder über Judys Schulter und stieß ihre Hüfte mit seiner an.

»Du willst wirklich unbedingt gesehen werden.«

»Nein. Ich will unbedingt, dass du mit mir gesehen wirst. Danach liegt es an dir, was du daraus machst.«

Mike setzte seine Sonnenbrille auf. Das Café war gleich an der nächsten Straßenecke und sie ergatterten einen Tisch ganz hinten.

»Ich hätte wissen müssen, dass du heute auftauchst«, sagte Judy, als sie den Kellner endlich dazu gebracht hatten, anstatt sie nur anzustarren, ihre Bestellung aufzunehmen.

Mike lehnte sich zurück und streckte die langen Beine aus. »Ich fliege heute Abend wieder zum Set und wollte vorher noch ein bisschen mit dir plaudern.«

Die Frau am Nebentisch drehte sich immer wieder zu Mike um.

»Wann bist du dort fertig und kommst nach Hause?«

»In sechs bis acht Wochen. Aber in der ersten September- woche habe ich ein paar Tage frei.«

Der Kellner brachte die Getränke und ging lächelnd wieder davon.

»Es war nicht übertrieben, als du gesagt hast, du seist nie

zu Hause.«

»Absolut nicht. Ich bin froh, dass du jetzt mit Meg bei mir wohnst. Es ist nicht gut, wenn das Haus leer steht.«

Judy kicherte. »Dieses Opfer bringen wir gern. Aber nach der langen Zeit in einer Dreizimmerwohnung mit nur einer Toilette und einer Minidusche ist es nicht leicht, sich umzugewöhnen.«

»Lasst euch ruhig Zeit mit der Wohnungssuche.«

»Solange ich noch kein Geld verdiene, hat das sowieso keinen Sinn.« Langsam fand sie sich damit ab, auf die Gastfreundschaft ihres Bruders angewiesen zu sein. Für einen vollen Kühlschrank sorgte im Augenblick Meg. Judy hatte im letzten College-Semester geknausert, um ein kleines Startkapital für die ersten Wochen in L. A. beiseitelegen zu können. Aber das war beinahe aufgebraucht.

»Ich habe mit Mom und Dad gesprochen.«

»Ja? Wie geht es ihnen?«

»Ganz gut. Aber sie machen sich Gedanken, wovon du dein Benzin bezahlst.«

»Ich habe Ersparnisse.«

Mike schaute sie über den Rand seiner Sonnenbrille hinweg an. Die Brille hatte er auch im Café aufbehalten. »Judy.«

»Ich komme klar, Mike.«

»Ja, vielleicht. Im Augenblick.«

»Wirklich. Mach dir keine Gedanken.« Bislang hatte sie noch nicht das Gefühl, arm zu sein. Wie auch, wenn man in Beverly Hills wohnte und mit den Reichen und Berühmten das Tanzbein schwang?

Mike zog einen Umschlag aus seinem Jackett und schob ihn ihr hin.

Sie musste nicht hineinschauen, um zu wissen, was darin war.

»Mike, nein.« Sie schob den Umschlag zurück.

»Judy, ja. Ich habe Mom und Dad versichert, dass du alles hast, was du brauchst. Und nach unserem Gespräch über Alliance vor ein paar Tagen weiß ich, dass du Geldsorgen hast.«

»Das ist doch normal, Mike. Jeder muss nach dem College erst mal auf die Füße kommen und einen Job finden.«

»Und du schaffst das auch. Aber im Moment arbeitest du unentgeltlich, um Erfahrungen zu sammeln. Das ist fast, als würdest du noch weiter studieren. Betrachte das hier als Studentendarlehen.«

Widerspruch war zwecklos, das wusste sie. Und wozu sich wehren? Sie musste das Geld ja nicht ausgeben. Wenn sie es annahm, waren ihr Bruder und ihre Eltern beruhigt. »Kredite an Angehörige sind eine schlechte Investition.«

»Dann ist das Geld eben ein Geschenk zu deinem Abschluss.«

»Du hast schon meine Party bezahlt.«

»Das habe ich auch für die Tochter meines Gärtners getan, als sie fünfzehn geworden ist. Für meine Schwester darf's ruhig ein bisschen mehr sein.« Er schob ihr den Umschlag wieder zu. »Nimm es, Judy. Verwende es.«

Sie schluckte ihren Stolz hinunter, nahm den dicken Umschlag und verstaute ihn in ihrer Handtasche. Dann beugte sie sich zu Mike und küsste ihn auf die Wange.

»Du bist ein Schatz.«

»Und du erst.«

Der Kellner brachte ihr Essen und sie wechselten das Thema.

Eine Dreiviertelstunde später begleitete Mike sie zurück zum Bürogebäude. »Soll ich noch mal mit dir reingehen?«

»Ich liebe dich von Herzen, großer Bruder. Aber die Mädels im Büro werden sowieso schon an mir kleben. Eine weitere Dosis Michael Wolfe könnte die Arbeit für heute komplett zum Erliegen bringen.« Sie umarmte ihn fest. »Guten Flug, Bruderherz.«

»Ich schicke dir nach der Landung eine Nachricht, damit

du dir keine Sorgen machst.«

Judy fand das schön. Sie freute sich, dass sie einander wieder so nahe waren. Jahrelang hatten sie sich kaum gesehen. Die kurze Ehe mit Karen hatte Mike seiner Familie gegenüber wieder aufgeschlossener gemacht. Jetzt gab er sich alle Mühe, die verlorene Zeit aufzuholen. »Und danke noch mal.«

»Sehr gern.«

Auf dem Weg ins Parkhaus folgten Mike viele Blicke.

Judy war eine der Ersten, die aus der Mittagspause ins Büro zurückkamen. Sie nutzte die Zeit für einen Blick in den Umschlag, dessen Inhalt Mike zu ihrem Abschlussgeschenk erklärt hatte.

Bei zehntausend Dollar hörte sie auf zu zählen und legte die Stirn auf den Schreibtisch. *Ich muss das Geld ja nicht ausgeben.*

Aber einen solchen Notgroschen zur Hand zu haben, war ein gutes Gefühl. Sie öffnete eine Schreibtischschublade und wollte ihre Handtasche darin verstauen. Obenauf lag eine weitere Ausgabe der Zeitschrift, die Mike ihr mitgebracht hatte. Jemand musste sie während der Mittagspause dorthin gelegt haben.

Leises Unbehagen machte sich in ihr breit. Dass jemand an ihrem Schreibtisch gewesen war, gefiel ihr nicht. Sie steckte den Umschlag mit dem Geld in ihren Stiefel, legte die Handtasche in die Schublade und ging zur Toilette.

KAPITEL 9

Am Dienstagmorgen war der Geräuschpegel im Büro höher als sonst. Anscheinend hatten alle erst eine Nacht über das Ereignis vom Vortag schlafen müssen.

Normalerweise winkte Nancy zur Begrüßung nur kurz. Heute nahm sie sich mehr Zeit. »Du hast mir gar nicht erzählt, dass Michael Wolfe dein Bruder ist«, sagte sie.

»Und ich weiß nicht mal, ob du überhaupt einen Bruder hast«, antwortete Judy lachend.

»Ich habe einen. Aber der ist leider kein Filmstar.«

»Eigentlich sind alle Brüder gleich. Wenn man klein ist, wird man von ihnen gehänselt und sie klappen nie die Klobrille runter.«

»Ja, stimmt. Aber, wow.«

Judy ging weiter. Im Lauf des Tages hatte sie noch viele ähnliche Gespräche und auf ihrem Schreibtisch stapelten sich weitere Zeitschriften mit Fotos von ihrem Bruder. Auf den meisten war sie nicht mit abgebildet. Mit den Klatschblättern wollten ihre Kolleginnen ihr offenbar zeigen, dass sie jetzt wussten, wer ihr Bruder war.

Einer der Junior-Architekten kam zu ihr in die Poststelle, schnappte sich einen Stapel Briefe und half ihr beim Sortieren.

»Sie sind José, nicht wahr?«

»Richtig.«

Judy steckte einen großen Umschlag in Ms Millers Fach in der obersten Reihe.

José war nicht viel älter als sie, hatte aber bereits einen Ring am Finger, und Judy hatte ein Foto seines zweijährigen Sohnes auf seinem Schreibtisch gesehen.

»Sagen Sie, José, wer hat vor mir die Post sortiert?«

Er arbeitete seinen Stapel schneller ab als sie. »Wir kriegen alle sechs Monate neue Praktikanten.«

»Und alle sortieren ein halbes Jahr lang die Post?«

»Kommt auf die Praktikanten an.« Er reichte ihr einen Umschlag, auf dem *Designmanager,* aber kein Name stand.

Judy steckte ihn in Marlenes Fach.

José gab ihr einen weiteren Brief. Diesmal für den Marketingdirektor.

Judy ordnete ihn ein und bekam prompt einige weitere Schreiben mit Bezeichnungen für Zuständigkeiten und Positionen, aber ohne Namen in die Hand gedrückt. Sie steckte alle in die richtigen Fächer, dann war die Post erledigt.

»Danke fürs Helfen«, sagte sie. »Ich sehe mal nach, was ich heute für Mr Archer abheften soll.«

»Heute sind Sie bei mir. Sie kennen jetzt alle Namen und wissen, wer in welcher Abteilung arbeitet. Es wird Zeit, dass Sie die Namen mit Gesichtern verbinden können.« José marschierte los. Über die Schulter fragte er: »Kommen Sie?«

Hastig folgte sie ihm. »Moment mal. Die Sache mit der Post war ein Test?«

»Kein Test. Ein notwendiger Lernschritt. Im Lauf der Zeit arbeitet man mit allen im Haus zusammen.« Auf dem Weg durch den Flur zu seiner winzigen Ecke im Großraumbüro redete er weiter. »Ein kompetenter Architekt kennt das ganze Team. Er weiß, wer für welchen Teil eines Projektes verantwortlich ist. Wenn man dem Boss einen Entwurf präsentiert, legt man mehr als nur die eigenen Ideen auf den Tisch.«

Zum ersten Mal, seit sie bei Benson & Miller war, sprach jemand mit ihr über die eigentlichen Arbeitsabläufe. Judys Herz machte einen Sprung und plötzlich freute sie sich auf den Rest ihres Arbeitstages. Sie lächelte.

An Josés Arbeitsplatz wartete ein gigantischer Papierstapel.

José setzte sich an seinen Schreibtisch und zog den Stapel zu sich. »Das hier präsentiere ich nächsten Montag dem Boss. Das Valley-Street-Einkaufszentrum wird umgestaltet. Vielleicht kein furchtbar spannender Auftrag, aber so was gehört zum Tagesgeschäft von Benson und Miller.«

Judy leuchtete das ein. Ein Junior-Architekt musste erst anhand eher unspektakulärer Projekte zeigen, was er konnte, bevor man ihm größere Aufgaben anvertraute.

Ehe Judy etwas sagen konnte, steckte jemand seinen Kopf in das Büroabteil. »Entschuldigung.«

»Oh, hey Mitch.«

Der Mann vom Kurierdienst schaute kurz zu Judy, dann händigte er José ein Paket aus. José unterschrieb den Empfang und verabschiedete den Kurier mit einem kurzen Winken.

Als sie wieder allein waren, fragte Judy: »Und was soll ich heute tun?«

Für den Rest des Vormittags wären flache Schuhe praktischer gewesen als ihre knapp acht Zentimeter hohen Absätze. Judy lernte alle Mitglieder aus Josés kleinem Team kennen, holte Materialien aus ihren Büros, stellte Fragen und bekam Auskünfte. Als sie die Personen und ihre Zuständigkeiten abgespeichert hatte, konnte sie manches mit einem Anruf klären und musste nicht mehr so viel rennen. Gegen Mittag hatte sie einen Berg Arbeit auf dem Schreibtisch liegen, der sie wirklich interessierte. Sie überlegte, ob sie auf die Mittagspause verzichten sollte. Doch die Entscheidung wurde ihr abgenommen. Ein

Grüppchen weiblicher Angestellter holte sie zum Essen ab. Judy machte sich nichts vor. Diese Frauen wollten sie nicht urplötzlich näher kennenlernen. Sie interessierten sich vor allem für ihren Bruder.

Trotzdem fühlte sie sich nach der Pause in der Firma willkommener als zuvor.

Sie schrieb kurz an Mike und teilte ihm mit, sie sei ihm etwas schuldig.

Er schickte ihr ein zwinkerndes Emoticon.

Ihr Handy zeigte einen verpassten Anruf an. Rick. Lächelnd hörte sie die Mailbox ab.

»Hey Babe. Ich habe dir ja gesagt, ich rufe an. Also dann bis Samstag um fünf. Zieh dir was Nettes an.«

Sie starrte auf ihr Telefon. An einem anderen Tag hätte sie die Selbstverständlichkeit, mit der er über sie verfügen wollte, geärgert. Aber heute lief alles rund, und sie beschloss, den Ball zurückzuspielen. Allerdings nach ihren Regeln.

Erst einmal schrieb sie an Dan, Lucas und Meg. *Pool. Samstagabend?*

Dan antwortete zuerst. *Lucas und ich sind dabei. Sieben?*

Meg schrieb. *Geht nicht. Fliege für Sam nach New York. Ich liebe meinen Job. Details später.*

»New York?«, flüsterte Judy.

Sie antwortete: *Willkommen im Jet-Set. Okay, Lucas und Dan, um sieben in der Kneipe.*

Judy hatte sich jetzt warm getippt, deshalb schrieb sie auch gleich an Rick. *Samstag geht nicht. Schon verplant.*

Sie drückte auf *senden* und schob die zweite Nachricht direkt hinterher. *Freitag im Getty. Um halb acht an der Tram.* Das Museum war ein öffentlicher Ort, gut besucht und ihr ziemlich vertraut. Perfekt für ein erstes Date, bei dem es wichtig war, in der Senkrechten zu bleiben.

Bei Rick war senkrecht Bleiben ein Muss.

Seine Antwort kam binnen Sekunden. *Freitag und Getty gehen klar. Hole dich um sieben bei deinem Bruder ab.*

Verhandeln war gut.

Judy vollführte im Sitzen einen kleinen Freudentanz, dann machte sie sich wieder an die Arbeit.

* * *

»Du bist eingeknickt!«, rief Meg, als Judy ins Wohnzimmer kam.

Judy ging in die Küche und ließ ihre Tasche und den Ordner mit ihrem Privatprojekt auf die Arbeitsplatte fallen. »Was bin ich?«

»Eingeknickt. Du hast ein Date mit Rick.«

Judy nahm eine Flasche Wasser aus dem Kühlschrank und lehnte sich damit an die Arbeitsplatte. »Ich dachte, du siehst Rick fast nie.«

»Stimmt.« Meg hing in einem Sessel im Wohnzimmer und ließ die Beine über die Armlehne baumeln. »Aber heute ist er nach der Mittagspause aufgetaucht und wollte von mir etwas über das Getty wissen. Er hat gefragt, wie er dich beeindrucken könnte.«

Der Mann schaffte es, ihr ein Lächeln aufs Gesicht zu zaubern, ohne überhaupt anwesend zu sein. »Und was hast du ihm geantwortet?«

»Dass das Getty sterbenslangweilig und das einzig Gute der Wein ist, den die Kunstverrückten dort trinken.«

Judy verdrehte die Augen. Wie Meg sich unauffällig unter die vornehme Gesellschaft mischen wollte, war ihr ein Rätsel.

»Und was hat er gesagt?«

»Eigentlich nichts. Ich glaube, er hat geknurrt. Ich wusste nicht, dass erwachsene Männer das tun ... außer vielleicht im Schlafzimmer.«

Na prima. Rick fand einen Abend im Getty jetzt schon öde.

Eine Poolhalle passte wohl besser zu ihm. Aber Judy wollte mit jemandem zusammen sein, der für alles Neue aufgeschlossen war und sich auch für Kultur und Design interessierte. Dass sie beide gern Pool spielten, wussten sie ja bereits.

Anstatt weiterzubohren, wechselte sie das Thema. »Und was war das mit New York?«

Meg war plötzlich quicklebendig. Sie sprang aus dem Sessel. »Ich liebe meinen Job! Habe ich das schon erwähnt?«

»Hast du.«

»Sam schickt mich wirklich nach New York. Aber nicht irgendwie. Ich fliege in ihrem Privatjet. Wusstest du, dass sie und ihr Mann so was haben?«

»Irgendwer hat irgendwann mal was davon gesagt.« Judy erinnerte sich dunkel, schon einmal davon gehört zu haben. Vielleicht im Zusammenhang mit Karens und Mikes Schein-hochzeitsreise.

»Ein Privatjet. Ich fliege zu einer Tagung oder einem Seminar nur für Frauen. Wusstest du, dass die Frau des Gouverneurs auch mal für Sam gearbeitet hat? Ich glaube, sie ist Alliance noch immer irgendwie verbunden.«

Wenn Meg so in Fahrt war wie jetzt, ließ Judy sie einfach reden.

»Eliza und Sam sind gute Freundinnen«, fuhr Meg atemlos fort. »Eliza hält die Eröffnungsrede bei der Veranstaltung und zeigt mir, wie ich auf potenzielle Alliance-Kunden zugehen kann. Scheiße, das Leben macht Spaß.«

Wenn Meg getrunken hatte oder aufgeregt war, konnte sie mit ihrer Ausdrucksweise einen Seemann zum Erröten bringen.

»In deiner neuen Welt? Ja, das glaube ich dir gern.«

»Dass ich als Betriebswirtin so einen Job kriegen könnte, hätte ich mir nie träumen lassen. Tolle Klamotten, Privatjets und Kurz-trips nach New York! Wie zum Teufel bin ich da bloß gelandet?«

Judy hatte immer gewusst, dass Meg aus jeder Chance das

Beste machen würde. Sie hatte den unbedingten Willen zum Erfolg, und das wiederum hatten sie gemeinsam.

»Wann geht es denn los?«

»Am Freitagmorgen. Solange du im Getty ein Gähnen nach dem anderen unterdrückst, schlürfe ich in New York Martinis.«

»Das Getty ist toll. Der Ausblick auf die Stadt, die Beleuchtung ...«

Meg gähnte theatralisch.

Judy warf den Plastikverschluss der Wasserflasche nach ihrer Freundin.

»Wenn dein Date mit Rick gut läuft, könnt ihr anschließend hierherkommen und seid ungestört.« Meg ließ die Augenbrauen zucken.

»Ich gehe nicht mit ihm ins Bett.«

Meg schüttelte den Kopf. »Großer Gott, warum denn nicht? Der Mann ist eine absolute Schnitte.«

»Ich habe nur einem Date zugestimmt, Meg.« Weshalb sie das getan hatte, war ihr schleierhaft. »Er hätte ja doch keine Ruhe gegeben.«

»Und du hättest weiterhin nachts wachgelegen, von seinem Kuss geträumt und wärst von nicht jugendfreien Fantasien heimgesucht worden.«

Judy suchte nach etwas, was sie noch auf ihre Freundin werfen konnte. »Warum verrate ich dir eigentlich alles?«

»Weil ich deine beste Freundin bin. Wenn irgendein heißer Typ so hinter mir her wäre wie Rick hinter dir, würde ich dir auch brühwarm alles erzählen.«

Judy machte wieder das Wütende-Katze-Geräusch. »Ein Date, und er hört auf, mich *Babe* zu nennen.«

»Dir gefällt es doch, wenn er dich so nennt. Jedes Mal, wenn du *Babe* sagst, musst du grinsen.«

»Gar nicht wahr.« Judy kniff die Lippen zu einem Strich zusammen.

Meg wartete mit schief gelegtem Kopf, bis Judys Grinsen wieder durchbrach.

»Manchmal hasse ich dich.«

»Nein, tust du nicht. Du liebst mich, als wäre ich ein Mitglied des Gardner-Clans. Und am Samstagmorgen erwarte ich einen vollständigen Bericht.«

»Eine wirklich gute Freundin würde sich den auch mitten in der Nacht anhören.«

Meg setzte sich wieder in den Sessel und griff nach der Fernbedienung für den gigantischen Flachbildschirm in Mikes Wohnzimmer. »Ich hoffe, mitten in der Nacht wirst du zu beschäftigt sein, um mich anzurufen.«

»Ich gehe nicht mit ihm ins Bett, Meg.«

Der Fernseher erwachte zum Leben. Der Ton war viel zu laut. »Ja, ja … Aber ich weiß schon, was du sagen wirst, wenn du mich am Samstagmorgen anrufst. ›Meg, ich wollte *eigentlich* nicht mit ihm ins Bett gehen.‹«

Judy trank die Plastikflasche leer und warf sie nach Meg. »Scheusal.«

KAPITEL 10

Dass Rick ein Date derart akribisch vorbereitet hatte, war lange her. Zuletzt hatte er sich damals auf der Highschool für Sally Richfield, die Anführerin der Cheerleadertruppe, so ins Zeug gelegt. Sie war das zweite Mädchen geworden, mit dem er geschlafen hatte. Einen Teenager zu verführen, war nicht schwer. Aber das hatte er damals nicht ahnen können. Deshalb hatte er alles genau geplant, von Sallys Lieblingsblumen bis hin zu den Vorspeisen, die ihr am besten schmeckten. Rick hatte sie ins Bett bekommen, und über einen Monat lang war sie immer wieder dorthin zurückgekehrt. Bis ihr Ex sie zurückerobert hatte.

Nein, seit Sally hatte Rick nie mehr so viel Aufwand für ein Date betrieben. Dabei war mit Judy alles anders. Sie zierte sich nicht etwa, weil ein anderer im Spiel war, und schon gar nicht aus Desinteresse. Im Gegenteil, er wusste, dass Judy sich zu ihm hingezogen fühlte. Aber aus irgendeinem unerfindlichen Grund wehrte sie sich dagegen. Vielleicht würde er nach dem Abend im Getty wissen, weshalb sie ihn auf Distanz hielt.

Am Freitagabend fand im Getty ein griechisches Fest mit griechischem Essen und einem Picknick im Park des Museums statt, bei dem die Gäste den Sonnenuntergang genießen konnten. Rick nahm an, dass Judy nichts von der Veranstaltung wusste, sonst wäre ihr klar gewesen, wie schwierig es war, so kurzfristig noch an Tickets zu kommen. Aber Rick hatte Beziehungen. Und seine einflussreichen Bekannten kamen immer an Tickets zu exklusiven Events wie dem am Freitagabend im Getty.

Von Kunst hatte Rick keine Ahnung. Ein Sturmgewehr konnte er mit verbundenen Augen auseinandernehmen und wieder zusammensetzen. Aber einen Monet von einem Rembrandt unterscheiden? Fehlanzeige. So zu tun, als wüsste er Bescheid, würde nur zu peinlichen Situationen führen. Lieber wollte er sich von Judy in die Kunstwelt einführen lassen.

Das Klingeln des Telefons auf seinem Schreibtisch riss ihn aus seinen Überlegungen.

»Rick«, sagte er.

»Hey Smiley.« Neil benutzte den alten Marines-Spitznamen.

»Was gibt's?«

»Hast du dich heute schon bei Mike reingeklickt?«

Reingeklickt hieß, ob er sich Film- und Tonmaterial von Mikes Villa angesehen hatte. Da er laut Dienstplan heute nicht für die Überwachung zuständig war, hatte er das nicht getan. Er war mit Recherchen über das Getty beschäftigt gewesen.

»Nein.« Rick trug das schnurlose Telefon in den Überwachungsraum mit den Monitoren. »Gibt es ein Problem?«

»Vermutlich nicht. Aber draußen vor dem Tor hat schon ein paarmal derselbe Wagen gestanden. Könnte ein Paparazzo sein. Irgendwas richtet er auf das Tor, wenn eines der Mädchen wegfährt.«

Rick sah keinen geparkten Wagen auf dem entsprechenden Monitor.

»Hast du Archivaufnahmen?«

»Ja. Ich schicke sie dir. Vermutlich alles harmlos. Bloß einer, der ein paar Dollar mit einem Foto von Michael Wolfe verdienen will. Mich wundert nur, dass er nicht weiß, dass unser Hollywoodstar vor ein paar Tagen die Stadt verlassen hat.«

Rick öffnete die Dateien, die Neil ihm gerade geschickt hatte. Tatsächlich wurden von einem Wagen vor dem Tor aus Fotos von Meg und Judy gemacht, wenn sie das Grundstück verließen. Kurz darauf fuhr der Wagen immer weg, nur um irgendwann wieder aufzutauchen. Dann ging die Sache von vorn los.

»Irgendwelche halbwegs deutlichen Bilder von seinem Gesicht?«

»Nein.«

»Hm. Meinst du, wir sollen Judy und Meg warnen?«

Neil schnaubte. Zumindest hörte es sich für Rick so an. »Brauchst du einen Vorwand, um mal wieder bei ihnen aufzukreuzen?«

»Nein. Ich bin morgen Abend sowieso da und hole Judy ab.«

Ein paar Sekunden lang sagte Neil nichts. Dann fragte er: »Persönlicher Leibwächter?«

»Nein. Nur persönlich.«

Neil lachte, bat Rick, ein Auge auf die Monitore zu haben, und legte auf.

* * *

Freitags ging ein Großteil der Belegschaft immer etwas früher nach Hause. Judy nutzte die ungewöhnliche Ruhe, breitete ihre Pläne für das Kunst- und Kulturzentrum auf einem Zeichentisch aus und feilte an den Details.

Gegen fünf Uhr war sie so gut wie allein. Sie streifte die hohen Schuhe ab und schaltete auf ihrem Handy ihren Lieblingsradiosender ein. Um diese Uhrzeit war der Verkehr immer am allerdichtesten. Wenn sie noch eine halbe Stunde blieb, würde die Heimfahrt etwas weniger stressig verlaufen. Und je entspannter sie das Date mit Rick anging, desto besser. Er würde sie abholen. Deshalb blieb ihr ein bisschen mehr Zeit, sich fertig zu machen.

Sie zeichnete an einer akustischen Decke mit Beleuchtungsanlagen und mit Laufgängen für die Techniker weiter und sang dabei unbekümmert einen aktuellen Hit im Radio mit. Wie üblich traf sie keinen einzigen Ton. Plötzlich räusperte sich jemand hinter ihr.

Judy fuhr herum. Debra Miller stand vor ihrer Wabe. *Miller* wie in Benson & Miller. Ein Teil der Firma gehörte ihr. »Ich hoffe, Sie zeichnen besser als Sie singen.« Debra zog belustigt die Augenbrauen hoch.

Judy drückte hastig auf ihrem Handy herum, um die Lautstärke zu drosseln. Ihr wurde heiß. »Oh, Entschuldigung. Ich dachte, es sei niemand mehr hier.« Wie peinlich. Debra Miller kannte sie bisher nur vom Sehen. Wirklich zu tun gehabt hatte sie noch nichts mit ihr. Die Mitvierzigerin bestach durch Eleganz und Klasse. Sie war schlank, und sicher drehten sich auch Männer nach ihr um, die halb so alt waren wie sie. Ihr raffiniert gestyltes dunkles Haar rückte ihr Profil ins rechte Licht. Das kunstvolle und doch dezente Make-up wirkte wie frisch aufgetragen.

Debra Miller lachte kurz auf, dann spähte sie über Judys Schulter auf den Zeichentisch. »Ich glaube, wir beide sind tatsächlich die Letzten hier. Woran arbeiten Sie denn?«

Judy machte sich so breit sie konnte, um ihre Zeichnungen zu verdecken. »Das ist ... das ist bloß ...«

Debra schob sich an ihr vorbei. Ihr Lächeln erlosch. »Das Kunst- und Kultur-Zentrum in Santa Barbara?«

Gütiger Himmel. Eigentlich durfte sie davon gar nichts wissen. Niemand ahnte, dass sie die Details der Ausschreibung kannte. Hatte sie ihre Befugnisse als Praktikantin überschritten?

»Das ist nur eine Spielerei, keine offizielle Aufgabe, die mir irgendwer übertragen hat, Mrs Miller.«

»Ms, nicht Mrs.« Debra Miller stellte sich neben Judy und betrachtete den Entwurf. Judy hätte sie am liebsten weggestoßen und ihre unfertige Arbeit versteckt. Aber Debra war die Firmenchefin.

»Oh, Entschuldigung.« Judy trat nervös von einem Fuß auf den anderen.

»Kein Problem. Mr Miller war ein Kotzbrocken.«

Judy lachte nervös auf.

»Was ist das da?« Debra zeigte auf etwas, das aussah wie ein Zwischenboden über dem Zuschauerraum.

»Das sind bewegliche akustische Deckenpaneele.«

Ms Miller zeigte auf eine Skizze, in der diese Details fehlten. Stattdessen gab es hier Deckenwölbungen wie in fast allen historischen Missionsstationen in Kalifornien. »Warum sind die Paneele hier nicht eingezeichnet?«

»Sie werden nur bei Bedarf angebracht.«

Judy zog die Zeichnung beiseite, um Debra eine Skizze zu zeigen, aus der die Funktionsweise der Paneele hervorging. »Mein Bruder …«

»Michael Wolfe? Der Mann, der hier am Montag den Betrieb lahmgelegt hat?«

»Ähm, ja. Das tut mir leid. Er ist nicht oft zu Hause.«

»Schon gut, Judy. Ich fand es nur schade, dass ich nicht hier war und ihn nicht kennenlernen konnte.«

Puh. Warum schlug ihr Herz bloß so schnell?

»Also, Ihr Bruder …?«

»Ach ja.« Die Raumluft fühlte sich plötzlich um zehn Grad wärmer an. »Mike ärgert sich immer über die Akustik, wenn in Theaterhäusern Konzerte gegeben werden oder wenn in Konzerthallen Theater gespielt wird. Den Sound richtig hinzukriegen, ist sehr schwer.«

»Und weiter?«

Judy zeigte auf die Bühne. »Ein Kunst- und Kulturzentrum muss wandelbar sein. Mit abnehmbaren Paneelen bietet es viel mehr Nutzungsmöglichkeiten. Dann klingt alles gut, vom wilden Rockkonzert bis hin zur Theateraufführung ohne Lautsprecher und Mikrofone.«

Judy legte die Zeichnung, die sie gerade weggenommen hatte, wieder auf den Stapel.

»Und mit der entsprechenden Beleuchtung lässt sich zusätzlich die Atmosphäre dem Anlass anpassen.«

Ms Miller schaute sich Judys Zeichnungen noch einmal an. »Wie lange arbeiten Sie schon an dieser Sache?«

»Etwa eine Woche. Meistens zu Hause und nur so zum Spaß.«

»Zum Spaß.«

»Ja. Außerdem möchte ich nichts von dem vergessen, was ich im Studium gelernt habe, aber bisher noch nicht anwenden konnte. Mit einem richtigen Projekt zu üben, ist spannend.«

Ms Miller schaute Judy eine ganze Minute lang schweigend an. »Ich versuche, mich zu erinnern, ob ich je so verliebt ins Zeichnen war, wie Sie es offenbar sind.«

»Ich bin wirklich verliebt. Vielleicht fühlt sich so ein Maler, wenn er mit dem Pinsel vor einer Leinwand steht.« Sie betrachtete ihre Skizze. »Selbst wenn das Bild am Ende nur ihm selbst gefällt, lohnt sich für ihn jeder Pinselstrich.«

Ms Miller lächelte nachsichtig. »Also schön, Sie verliebtes junges Ding, das nur zum Spaß ein ganzes Projekt zeichnet. Ich würde die Entwürfe gern sehen, wenn sie fertig sind.«

Einen Moment lang stand die Zeit still. »Sie …? Wirklich?«

»Ja. Ich will Ihnen nichts vormachen. Einige Ihrer Ideen sind noch recht unausgegoren. Aber Ihre Vorschläge zur flexiblen Nutzung der Räumlichkeiten sollte man sich genauer ansehen.«

»Im Ernst?«

Ms Millers Lächeln wurde herzlicher. »Ja.«

»Wow. Danke.«

»Für ein Dankeschön ist es noch zu früh. Das hier muss ein Freizeitprojekt für Sie bleiben. Niemand würde es gerne sehen, wenn sich eine Praktikantin mit einer solchen Ausschreibung beschäftigt, während die Junior-Architekten oft jahrelang nichts anderes zeichnen als Einkaufszentren.«

Judy beeilte sich zu nicken. »Ja, das verstehe ich. Danke.« Sie reichte ihrer Chefin die Hand.

Ms Miller verließ den Raum, Judy blieb mit offenem Mund und einem Kribbeln im Bauch zurück.

Wie ein aufgeregtes Kind hopste sie einmal um den Zeichentisch. Dabei fiel ihr Blick auf die Uhr an der Wand. Zwanzig nach sechs. »Auweia!«

Sie rollte die Zeichnungen zusammen, schob sie in die Papprohre, in der sie sie transportierte, und eilte Richtung Ausgang. Kurz vor den Fahrstühlen fiel ihr ein, dass sie ihre Handtasche vergessen hatte. Sie rannte zurück und holte sie.

Das Parkhaus war fast leer. Die niedrigen Decken und die schlechte Beleuchtung fielen ihr sonst kaum auf. Aber wenn keiner mehr hier war, wirkten die düsteren Betondecks bedrohlich.

Judy zog ihr Handy aus der Tasche und checkte die Uhrzeit. Sie konnte es unmöglich rechtzeitig nach Hause schaffen. Rick würde einfach warten müssen.

Ein Klirren, als fiele eine Münze zu Boden, ließ sie zusammenzucken. In der Nähe des Fahrstuhls waren dicht nebeneinander zwei Fahrzeuge geparkt. Sie kam sich albern vor, als sie ein paar Schritte rückwärts ging. Aber sie hatte das Gefühl, beobachtet zu werden. Dann drehte sie sich wieder um.

Judy prallte gegen einen harten Männerkörper. Bevor sie den Kopf heben konnte, schlang der Kerl ihr den Arm um die

Kehle und zog sie in den Schatten an der Seite des Parkdecks. Die Pappröhre mit den Plänen fiel zu Boden und rollte weg.

Der Schreck lähmte sie. Einen klaren Gedanken konnte sie nicht fassen.

Sie stemmte die Beine in den Boden, öffnete den Mund und wollte schreien. Fleischige Finger pressten sich auf ihre Lippen.

»Halt's Maul, du Schlampe!«

Das kann doch nicht sein. Oh Gott.

»Jetzt bist du nicht mehr so taff, was?« Sie spürte seinen Atem, roch etwas Minziges.

Die Worte des Mannes verwirrten sie. Er drückte sie gegen die Wand des Parkhauses und streifte ihr etwas über den Kopf. Das war ihre Chance zu schreien.

Doch sofort lag seine Hand wieder auf ihrem Mund. Er riss sie ein Stück von der Wand weg, dann knallte er sie wieder dagegen. Ihr Hinterkopf schlug so hart auf, dass Sterne hinter ihren Lidern tanzten.

Er würde sie umbringen, das spürte sie.

Etwas Scharfes grub sich in ihren Arm und hinterließ einen versengenden Schmerz.

»Es wäre so leicht … so verdammt leicht.« Erst als seine Hand an ihrem Schenkel hinaufkroch, gelang es ihr, sich aus der Erstarrung zu lösen, und sie wehrte sich mit aller Kraft.

Er hielt ihre Hände fest, sie trat nach ihm. Doch meist schlug ihr Fuß nur in die Luft.

Gemeinsam gingen sie zu Boden, sie landete auf ihrer Handtasche. Ihre Finger krallten sich noch immer um ihr Telefon. Wie sie es schaffte, es festzuhalten, wusste sie nicht.

Sie traf den Angreifer mit dem Knie. Wütend knallte er ihren Kopf gegen den Boden. Ein warmes Rinnsal Blut lief ihr über den Hals. Übelkeit schnürte ihr die Kehle zu.

»Eine wirklich gute Kämpferin bist du nicht, oder?«

Sie warf den Kopf hin und her und versuchte trotz der

Hand, die hart auf ihrem Mund lag, zu schreien.

Der Mann verlagerte sein Gewicht. Der Stoff vor Judys Augen saugte sich mit Tränen voll. Durch das Gewebe hindurch konnte sie nur das schummrige Licht des Parkdecks sehen und den Schatten der Gestalt, die über ihr kauerte. *Bitte, lieber Gott. Nicht.*

»Nächstes Mal«, raunte der Angreifer an ihrem Ohr. Dann prallte etwas gegen ihre Schläfe und um sie wurde es dunkel.

* * *

Sie versetzt mich.

Rick ging in Mikes Haus auf und ab. Irritiert schaute er auf die Uhr. Solche Spielchen passten nicht zu Judy. Ein Anruf, eine Nachricht … aber ihn einfach hängen lassen?

Judy hätte sich gemeldet. Wenn sie ihn nicht sehen wollte, hätte sie ihm das gesagt. Und wenn sie es sich anders überlegt hätte, auch.

Gerade als er das Warten aufgeben, nach Hause schleichen und seine Wunden lecken wollte, summte das Telefon in seiner Tasche.

Auf dem Display stand Judys Name.

Er zögerte. Was sie wohl als Entschuldigung vorbringen würde? Oder würde sie ihm klipp und klar sagen, dass er sie in Ruhe lassen sollte?

Er nahm den Anruf an, drückte das Handy ans Ohr und zwang sich zu einem Lächeln. »Hey Babe.«

Erst hörte er gar nichts. Dann erstarrten seine Körperzellen zu Eis. »Rick?« Ihre Stimme war ganz leise, klang verstört. Judy unterdrückte einen Aufschrei. »Rick?«

Eine Gänsehaut lief ihm über die Arme. »Judy? Was ist? Wo bist du?«

»Rick?« Jetzt weinte sie hemmungslos.

»Judy?« Er wollte durchs Telefon kriechen. »Süße, was ...«

»Moment. Lassen Sie mich mal«, sagte eine weibliche Stimme. Es klang, als würde jemand das Telefon an sich nehmen. »Rick Evans?«

»Am Apparat. Was ist los? Was ist passiert?«

Das Heulen einer Sirene am anderen Ende der Leitung machte ihn noch nervöser. Rick rannte hinaus. Der Ferrari stand schon vor der Garage, bereit für das Date.

»Mr Evans, Judy ist auf dem Weg in die Notaufnahme der UCLA. Sie hätte gern, dass Sie dorthin kommen.«

Rick bretterte mit dem Telefon am Ohr vom Grundstück. »Ist alles in Ordnung?« Konnte man noch dümmer fragen? *Natürlich nicht.* »Was ist passiert? Ein Autounfall?«

»Nein. Das erklärt sie Ihnen dann. Ich sage den Ärzten Bescheid, dass Sie kommen.« Damit war das Gespräch beendet und Rick hatte beide Hände frei für die rasende Fahrt zu Judy.

Kapitel 11

Manchmal musste man eine Situation erst selbst durchlebt haben, um gewisse Redensarten verstehen zu können. Für Rick erhielt der Ausdruck ›die längsten fünfzehn Minuten seines Lebens‹ eine Bedeutung, als er im Wartezimmer der Notaufnahme hin und her tigerte. Judy war bei einer Computertomografie. Verdammt, ihm sagte man noch nicht einmal, welche Körperteile gescannt wurden. Ihm sagte niemand irgendwas. Ja, Judy Gardner war hier. Ja, er konnte sie nach der Untersuchung sehen. Aber nein, weitere Auskünfte durften sie nicht erteilen.

Nur weil Judy nicht sofort notoperiert worden war und weil sie hatte sagen können, dass sie ihn sehen wollte, war er noch halbwegs bei Verstand.

»Mr Evans?«

Mit zwei Schritten stand er an der Tür des Warteraums, rieb sich das Gesicht und antwortete: »Das bin ich. Ich bin Rick Evans.«

Die Krankenschwester nickte und Rick folgte ihr in das geschäftige Universum der Notaufnahme. In einer etwas ruhigeren Ecke blieb sie stehen. »Ich bin Schwester Kim.«

Rick trat ungeduldig von einem Fuß auf den anderen. »Wo ist Judy?«

»Da hinten, in einem Zimmer.« Sie deutete mit dem Kopf in die andere Richtung.

Rick wandte sich ab und wollte loslaufen. Doch die strenge Stimme der Schwester stoppte ihn. »Mr Evans! Ich muss Ihnen erst etwas sagen.«

Rick zögerte. Eigentlich wollte er es gar nicht hören.

»Sie ist ziemlich übel zugerichtet.«

»Was ist passiert?«

Schwester Kim betrachtete den Fliesenboden, der schon mehr Dramen gesehen hatte, als sie beide im ganzen Leben sehen würden. »Sie wurde überfallen und dabei verletzt.«

Rick hielt den Atem an. Seine Nasenflügel bebten. Er ballte kampfbereit die Fäuste. »Überfallen?«

»Sie wird es Ihnen selbst erzählen, aber sie wollte, dass ich Sie vorwarne. Sie ist sehr verstört. Wir warten auf die Ergebnisse der Computertomografie, und es gibt Wunden, die noch genäht werden müssen.«

Rick hörte nur mit halbem Ohr zu. Jemand hatte Judy etwas angetan. Wer? Warum? Wie?

»Sagen Sie mir, dass die Polizei einen Verdächtigen festgenommen hat.«

»Ich glaube nicht. Soweit ich weiß, gibt es bislang nicht mal eine Beschreibung.«

Rick schaute der Krankenschwester in die Augen. »Bringen Sie mich zu ihr.«

Menschen wimmelten durch den kurzen Korridor. Das Leben in der Notaufnahme ging seinen üblichen Gang. Am Ende des Flurs befand sich eine Tür. Davor unterhielten sich zwei Polizisten in Uniform mit zwei Angestellten des Krankenhauses. Rick spürte, wie sie ihn anschauten, als er durch die Tür trat.

Ein Blick. Mehr war nicht nötig, um zu verstehen, was einen Mann zu einem Mord bewegen konnte.

An Infusionsschläuche und Monitore angeschlossen lag

sein süßes wildes Utah-Girl auf der dünnen Matratze einer Transportliege. An einer Seite ihres Gesichts klebte getrocknetes Blut, die Schläfenregion war blau verfärbt. Verbände bedeckten einen ihrer Arme und einen Teil ihres Kopfes. Die Abdrücke von Fingern schillerten rot und bläulich auf ihrer Wange. Judys Augen waren geschlossen. Langsam ging er auf sie zu.

Schwester Kim hielt ihn am Arm fest und räusperte sich.

Judys Lider flatterten. »Rick ist hier«, sagte Kim.

Judy konnte das rechte Auge nur einen Spaltbreit öffnen.

»Hallo Judy.«

Seine leisen Worte trieben ihr Tränen in die Augen. Sie streckte die Hand nach ihm aus.

Er ging zu ihr, schaffte es irgendwie, das Seitengitter der Liege wegzuklappen, und nahm sie vorsichtig in die Arme. »Pssst. Schon gut. Ich bin ja da.«

»Ich habe ihn nicht gesehen.« Sie klammerte sich an ihn wie eine Schiffbrüchige.

»Pssst.« Er wiegte sie behutsam und wünschte sich von ganzem Herzen, er könnte ihr die Schmerzen nehmen.

»Ich bin länger geblieben. Das Parkdeck war fast leer.«

Rick gefielen die Bilder nicht, die ihre Worte heraufbeschworen. Sie schnitten ihm tief ins Herz.

Ihre Stimme klang jetzt beinahe kindlich. »Ich war fast beim Auto, als ich ihn gehört habe. Ich dachte, er bringt mich um. Oh Gott, Rick. Noch nie im Leben habe ich solche Angst gehabt.«

Ricks gigantische Muskeln wollten sich spannen und auf den Kerl einprügeln, der für Judys Zustand verantwortlich war. Er zwang sich, ruhig zu bleiben.

»Hast du eine Ahnung, wer das gewesen sein könnte?«

»Nein.« Sie beugte sich ein wenig zurück und sah ihm in die Augen. »Ich konnte ihn nicht sehen. Und als ich aufgewacht bin, war er weg.«

»Als du aufgewacht bist?«

Ihre Geschichte wirkte zusammenhangslos, ihr Blick war verschwommen. »Er hat mich auf dem Parkdeck liegen lassen. Jemand, der dort arbeitet, hat mich gefunden.«

Rick nahm ihre Hände in seine. »Hast du Zach und Karen angerufen?«

Sie schüttelte den Kopf. Neue Tränen traten in ihre Augen.

»Du willst sicher nicht, dass sie es über die Medien erfahren.«

Judy weinte noch ein paar Minuten lang in seinen Armen, dann ließ sie ihn kurz gehen, damit er ihre Familie benachrichtigen konnte.

Rick sprach zuerst mit Karen und bat sie zu fahren. Er fürchtete, Zach könnte einen Unfall bauen, wenn er jetzt zum Krankenhaus raste. Auch er selbst hatte auf der Fahrt zur Notaufnahme in ein paar Kurven beinahe die Kontrolle über das Fahrzeug verloren. Als Nächstes rief er Neil an. So ernst und ohne jeden Anflug eines Lächelns in der Stimme hatte Neil ihn selten sprechen gehört. Rick sagte ihm nur, was er wusste, und verlangte, was jeder Marine verlangt hätte.

»Judy ist im Parkhaus ihrer Firma überfallen worden.«

»Nein.«

»Ja. Wir sind in der Notaufnahme der UCLA. Die Polizei ist hier, aber Judy will noch nicht mit denen reden. Ein Angestellter hat sie bewusstlos auf dem Parkdeck gefunden.«

»Verdammt. Wie geht es ihr?«

»Die Untersuchungsergebnisse stehen noch aus. Mit den Ärzten habe ich noch nicht gesprochen. Der Angreifer hat sie übel zugerichtet, Neil. Sie sieht schlimm aus. Ich will eins unserer Teams in diesem Parkhaus haben. Wir können das nicht irgendwelchen überarbeiteten Stadtpolizisten überlassen. Judy kann uns nicht viel sagen. Sie hat den Kerl nicht gesehen. Wenn ich mehr Einzelheiten habe, rufe ich dich an.«

»Ich bin schon unterwegs.« Neil legte auf.

Ricks Gehirn stand nicht still. Unwillkürlich zog es Schlüsse, die ihm nicht gefielen. »Schwester Kim?« Er rief die Frau zu sich, die sich um Judy kümmerte.

»Ich habe Judys Bruder und seine Frau angerufen. Sie sind auf dem Weg hierher. Einer meiner Kollegen, Neil MacBain, könnte auch auftauchen.«

»Ich sage am Empfang Bescheid. Die sollen uns informieren, wenn jemand da ist.«

Sie wollte sich abwenden, aber er legte ihr die Hand auf den Arm. »Eins noch.«

»Ja?«

Die Angst vor ihrer Antwort kroch ihm unter die Haut. »Wissen wir ...« Die Worte wollten ihm nicht über die Lippen. »Ist sie ...?«

Kims Augenbrauen hoben sich. »Sie wollen wissen, ob sie vergewaltigt worden ist?«

Rick kämpfte gegen die Übelkeit an. »Ja.«

»Bislang haben wir keine Hinweise darauf. Sie hat einen Schlag gegen den Kopf bekommen und war bewusstlos, deshalb haben wir sie kurz untersucht. Eingehende Untersuchungen machen wir aber erst, wenn es gar nicht zu vermeiden ist, denn für die Betroffene kann das sehr belastend sein.«

Rick wurde ein bisschen leichter ums Herz.

»Würde es etwas ändern, wenn sie missbraucht worden wäre?«

»Für mich?«

Kim nickte.

»Nein. Aber ich möchte jetzt nichts falsch machen.«

Der Krankenschwester schien seine Antwort zu gefallen. Sie nickte kurz. »Gehen Sie auf jeden Fall behutsam mit ihr um. Wir wissen ja nicht, was passiert ist, während sie bewusstlos war.«

Rick nickte und atmete ein paarmal tief durch. Dann kehrte er wieder in Judys Zimmer zurück.

* * *

Als der Arzt kam, saß Rick an ihrem Bett und hielt ihre Hand. »Wir haben die Aufnahmen von Ihrem Kopf ausgewertet. Alles negativ«, sagte er.

»Das heißt, alles ist gut?«

»Bis jetzt, ja. Aber wir behalten Sie zur Beobachtung über Nacht hier. Manchmal treten Schwellungen erst später auf. Wir sehen uns das morgen noch mal an. Sie waren ziemlich lange ohne Bewusstsein.«

Judy schaute Rick an. Er nickte ihr zu.

»Okay.«

Der Arzt lächelte. »Gut. Die Polizei möchte mit Ihnen reden.«

Ihr Herzschlag beschleunigte sich. Sie würde sich erinnern und darüber sprechen müssen. Ricks Hand hielt die ihre ganz fest. »Wenn du willst, bleibe ich hier.«

»Bitte.« Sie wusste nicht, weshalb sie Rick angerufen hatte und nicht ihren Bruder. Vielleicht, weil Zach weiter weg wohnte. Oder weil Rick auf sie gewartet hatte. Vielleicht auch, weil sie sich mit ihm an der Seite sicher fühlte.

»Dann lasse ich die Polizisten jetzt rein. Die müssen Fotos machen, bevor wir Sie zusammenflicken.«

Bei dem Versuch, sich im Bett aufzurichten, verzog Judy vor Schmerzen das Gesicht. Ihr Kopf und ihre Arme taten höllisch weh.

»Augenblick.« Rick umfasste vorsichtig ihre Taille, zog sie nach oben und setzte sie auf. Seine Nähe trieb ihr erneut Tränen in die Augen.

Diese Weinerlichkeit ärgerte sie. Sie wollte mit ihm scherzen und herumalbern wie noch vor ein paar Tagen.

»Danke, dass du gekommen bist«, flüsterte sie.

Rick schaute sie an, als wäre sie nicht bei Trost. Er legte die Lippen an ihre Stirn. »Dafür musst du mir doch nicht danken.«

»Meg ist nicht zu Hause, und an Zach und Karen habe ich erst gedacht, als …«

»Du kannst immer auf mich zählen.«

Bevor sie antworten konnte, betraten ein Polizist und eine Polizistin den Raum. Die Funkgeräte, Waffen und Ausrüstungsgegenstände an ihren Gürteln klirrten bei jedem Schritt.

»Miss Gardner?«, fragte die Frau.

Judy nickte.

»Das ist jetzt nicht leicht für Sie. Aber wir brauchen Ihre Aussage für unsere Ermittlungen.«

»Ja, ich weiß.«

»Ich bin Officer Greenwood, das ist mein Partner Officer Spear.«

Spear sah Rick an.

Rick stand auf und streckte den beiden die Hand hin. »Ich bin Rick Evans«, sagte er. »Ein Freund.«

Judy fand die Bezeichnung für den Moment in Ordnung.

»Ich bin unter anderem für die Sicherheit des Hauses zuständig, in dem Judy gerade wohnt, und schütze ihren Bruder, wenn er in der Stadt ist.«

Die Beamten tauschten einen fragenden Blick aus.

»Mein Bruder ist Michael Wolfe.«

»Der Schauspieler?«

Judy nickte. »Im Moment dreht er im Ausland.«

Greenwood schrieb etwas auf einen Notizblock. »Dann müssen wir die Sicherheitsvorkehrungen am Tatort verschärfen.«

»Eins unserer Teams ist bereits dorthin unterwegs.«

»Private Sicherheitsfirmen haben in diesem Fall keine Befugnisse.«

Rick machte eine wegwerfende Handbewegung. »Lassen Sie uns das nicht jetzt diskutieren. Ich denke, Judy will ihre Aussage gern hinter sich bringen.«

Greenwood zog einen Stuhl ans Bett und nahm ein Aufnahmegerät aus der Tasche. Rick wählte eine Funktion auf seinem Smartphone und legte es auf den Tisch. »Mr Evans?«

Anstatt der Polizistin zu antworten, suchte Rick Judys Blick. »Ist es in Ordnung, wenn ich das auch aufnehme?«

»Ja.«

Rick schaute Officer Greenwood an.

»Na schön. Erzählen Sie der Reihe nach, Miss Gardner. Lassen Sie nichts aus, ganz gleich, wie unwichtig es Ihnen erscheint. Oft helfen uns winzige Details, den Täter zu finden.«

Judys Hände wurden feucht. Bis sie anfangen konnte, verging fast eine Minute.

»Ich bin länger in der Firma geblieben.« Sie erklärte, was sie bei Benson & Miller Designs machte, und erzählte von dem Gespräch mit Ms Miller. »An einem wichtigen Projekt arbeiten zu können, ist unglaublich spannend. Ich habe einfach die Zeit vergessen. Als ich auf die Uhr geschaut habe, war es schon nach sechs.«

»Erinnern Sie sich an die genaue Uhrzeit?«

»Sechs Uhr fünfzehn oder sechs Uhr zwanzig. Rick und ich waren um sieben verabredet.« Sie lächelte ihn schief an und war froh, dass seine Mundwinkel sich ein wenig hoben. Heute hatte sie ihn noch nicht lächeln sehen. »Ich wäre auf jeden Fall zu spät gekommen, selbst wenn ich bei Rot über alle Ampeln gefahren wäre.«

»Sie waren also zwanzig nach sechs auf dem Weg zu Ihrem Wagen?«

»Nein, ich habe meine Sachen zusammengepackt und dann gemerkt, dass meine Handtasche noch im Büro lag. Deshalb bin ich noch mal zurückgerannt. Als ich im Parkhaus angekommen bin, war es eher halb sieben. Das Parkhaus war fast leer.« Sie schloss die Augen und sah das düstere Parkdeck vor sich. »Ich habe mein Handy genommen, weil ich nachsehen wollte, wie spät es ist. In dem Moment habe ich hinter mir ein Geräusch gehört. Ich habe mich umgedreht, aber da war niemand. Trotzdem hatte ich das Gefühl, beobachtet zu werden. Es war unheimlich.« Sie erschauerte und Rick griff wieder nach ihrer Hand.

Judy starrte auf ihre Beine unter der dünnen Decke und kämpfte sich weiter durch ihre Erinnerungen.

»Er hat mich am Hals gepackt. So, mit dem Arm.« Sie hob ihren Arm, um zu zeigen, was sie meinte.

»Mit einem Würgegriff?«

»Ja. Sein Gesicht habe ich nicht gesehen. Erst war ich wie gelähmt vor Schreck. Dann habe ich geschrien, aber er hat mir den Mund zugehalten und mich Richtung Wand gezerrt.« Sie erzählte, wie er ihren Kopf gegen die Wand geschlagen hatte, und hörte fröstelnd noch einmal das scheußliche Geräusch. Auch dass der Kerl ihr etwas über den Kopf gezogen hatte, wusste sie noch und sagte es den Polizisten.

»Ich bin gestürzt und auf meine Handtasche gefallen. Der Kerl ist mit zu Boden gegangen und auf mir gelandet.« Blinzelnd versuchte Judy, das Gefühl seiner Hände auf ihrem Körper abzuschütteln. »Ich habe mich gewehrt, aber er war viel stärker. Er hat meinen Kopf gegen den Boden geknallt und gegen meine Schläfe geschlagen. Das Nächste, was ich weiß, ist, dass jemand etwas gerufen hat und dass Sirenen geheult haben.«

Sie klammerte sich an Ricks Hand wie eine Ertrinkende. Wenn er bei ihr gewesen wäre, wäre das alles nicht passiert.

»Hat er irgendwas gesagt?«, fragte Officer Spear.

»Ähm, ja. Er hat mich Schlampe genannt. Und er hat gesagt, wie leicht es wäre …«

»Wie leicht? Was denn?«

»Ich weiß es nicht. Ich habe keine Ahnung, wovon er gesprochen hat.«

»War er kräftig?«

Judy schloss die Augen und ließ die Erinnerungen zu. »Er war größer als ich. Seine Finger waren dick.«

»Dick?«

»Fleischig. Fast weich.«

»Wie bei einem übergewichtigen Mann?«, fragte Spear.

»Ja, ich glaube schon. So richtig gespürt habe ich sie nur, als er mir den Mund zugehalten hat.«

»Irgendein Akzent oder Dialekt?«

»Nein ... Augenblick. Nein. Ich glaube nicht.«

»Können Sie sagen, welche Hautfarbe er hatte?«

Judy ärgerte sich, dass sie so wenig über den Angreifer wusste. »Er hat mir etwas über den Kopf gezogen. Durch den Stoff hindurch habe ich nur seine Umrisse gesehen.«

»Sie wurden mit einem Kissenbezug über dem Kopf aufgefunden.«

Judy nickte. »Ja, das passt. Das Ding war groß. Es ist leicht über meinen Kopf gegangen.«

»Fällt Ihnen sonst noch etwas ein?«

Judy schluckte.

»Sie wurden nach sieben bewusstlos aufgefunden. Der Täter war längst über alle Berge. So wie Sie sagen, waren Sie gegen halb sieben im Parkhaus.«

»Ja.«

»Was glauben Sie, wie lange hat der Überfall gedauert?«

»Keine Ahnung. Höchstens ein paar Minuten, dann kam der Schlag gegen meine Schläfe und ich habe nichts mehr mitbekommen.«

»Das heißt, Sie waren etwa zwanzig Minuten lang nicht bei Besinnung.«

Der Mann hätte jede Menge Zeit gehabt, sie umzubringen. »Ich denke, ja.«

Greenwood hob eine Augenbraue und sah ihren Partner an.

»Eine Frage noch, Miss Gardner«, sagte Spear. Officer Greenwood stand auf.

»Ja?«

»Haben Sie irgendeinen Verdacht, wer das gewesen sein könnte? Haben Sie Feinde? Einen wütenden Exfreund vielleicht?«

Die Frage hätte sie nicht schockieren dürfen, aber sie erschreckte sie trotzdem. »Ich bin erst seit einem Monat in L. A. und habe eigentlich nur gearbeitet. Ich habe keine Feinde.«

»Die hat jeder«, entgegnete Spear.

Judy drückte Ricks Hand. »In meinem Bekanntenkreis gibt es niemanden, der so etwas tun würde.«

Officer Greenwood gab Judy ihre Visitenkarte. »Rufen Sie an, falls Ihnen noch was einfällt.«

»Ja, danke.«

Rick hob ihre Hand an seinen Mund und küsste ihre Fingerspitzen. »Ich habe auch eine Frage.« Die Polizisten blieben an der Tür stehen.

Judy wusste nicht, warum seine Worte so viel sanfter und viel weniger bedrohlich klangen als die der Polizisten. »Ja?«

»Wo ist deine Handtasche?«

»Ich … ich weiß es nicht. Mein Telefon habe ich während des ganzen Angriffs nie losgelassen. Keine Ahnung, wie ich das geschafft habe. Aber haben die Sanitäter meine Tasche nicht mitgebracht?«

Rick schaute sich im Zimmer um. Er sah nur einen Beutel mit ihren ruinierten Kleidern. Er stand auf und brachte ihn ihr.

Sie schaute zwischen ihren blutigen, schmutzigen Kleidern nach. Ihre Handtasche war nicht bei den Sachen.

Judy sah die Polizisten an. »Wissen Sie, ob man im Parkhaus eine Tasche gefunden hat?«

»In Ihrer Nähe hat eine Pappröhre mit Plänen gelegen. Von einer Tasche hat niemand etwas gesagt.«

Judy zuckte die Achseln. »Viel Geld war sowieso nicht drin.«

Die Krankenschwester kam wieder ins Zimmer und blieb an der Tür stehen. »Sind Sie hier fertig? Der Arzt will die Wunden versorgen.«

»Wir sind so weit. Ich hole noch kurz die Kamera.«

»Ihr Bruder und Ihre Schwägerin warten vorn am Empfang.«

»Ich will nicht, dass Zach mich so sieht. Er würde durchdrehen.«

»Keine Sorge, Judy. Wir lassen ihn erst rein, wenn Sie es wollen«, sagte Kim.

»Ich gehe raus und spreche mit ihnen«, sagte Rick.

Er verließ das Zimmer und Officer Spear folgte ihm.

Officer Greenwood trat noch einmal zu Judy und senkte die Stimme. »Jetzt, wo Ihr Freund draußen ist, hätte ich noch eine Frage.«

»Ja?«

»Wir können nicht sicher sein, dass der Mann gleich gegangen ist, als Sie bewusstlos waren. Er hatte Sie einige Zeit in seiner Gewalt, und Sie haben keinerlei Erinnerung daran, was in diesen Minuten passiert ist. Ich weiß, die Eingangsuntersuchung hat keine Anhaltspunkte für einen sexuellen Übergriff ergeben. Aber sind Sie ganz sicher, dass er ...«

Judy begann zu zittern. »Ich glaube, da war nichts. Mir tut einfach alles weh.«

»Aber sicher sind Sie nicht.«

Judy schaute die Krankenschwester an, las Mitgefühl und Verständnis in ihrem Blick.

Schwester Kim setzte sich ans Bett. »Die Untersuchung würde so ähnlich ablaufen wie beim Frauenarzt. Nur dass mehr

Abstriche gemacht und zusätzlich Haarproben genommen werden. Alles, was DNA-Spuren liefern könnte. Wenn Sie wollen, dass Ihr Freund ...«

»Wir hätten heute unser erstes richtiges Date gehabt. Wir sind nicht ...«

»Gut. Dann können wir ihn raushalten. Es ist Ihre Entscheidung, Judy. Wenn die Ungewissheit Sie zu sehr belasten würde, ist es besser, Sie lassen sich untersuchen. Ein bisschen schwieriger wird es, falls Sie in den letzten Tagen sexuell aktiv waren.«

»Ich habe fast ein Jahr lang mit niemandem geschlafen.«

Die Krankenschwester seufzte. »Dann ist es leichter festzustellen, ob etwas passiert ist, als Sie bewusstlos waren. Aber die Entscheidung liegt wirklich bei Ihnen.«

Officer Greenwood sah die Sache aus einer anderen Perspektive. »DNA-Nachweise bringen solche Ungeheuer am ehesten in den Knast.«

Judys Haut begann zu prickeln. Bei dem Gedanken, dass jemand zwischen ihren gespreizten Beinen nach Beweisen suchte, wurde ihr eiskalt. Aber wie konnte sie mit einer so grässlichen ungeklärten Frage weiterleben? Sie dachte an die Hand des Mannes auf ihrem Schenkel und an ihre Angst, dass genau das passieren könnte, was diese Frauen jetzt befürchteten.

»Meine Schwägerin ist vorn am Empfang. Karen. Kann sie bei der Untersuchung dabei sein? Können Sie sie holen?«

»Selbstverständlich. Ich sage dem Arzt Bescheid.«

Judy blieb allein zurück. Überrascht stellte sie fest, dass ihre Tränen versiegt waren.

KAPITEL 12

Er nahm alles zurück. Gegen die vergangenen fünfundvierzig Minuten war die erste Viertelstunde im Wartezimmer das reinste Picknick gewesen. Kaum hatte Rick Zach und Karen in dem überfüllten Raum ausgemacht, da kam die Krankenschwester, um Karen zu holen. Mit leiser Stimme erklärte sie ihnen, Judy würde sich eingehend untersuchen lassen. Sie war einfach zu lange bewusstlos gewesen, um einen sexuellen Übergriff auszuschließen.

Bei Neils Ankunft in der Notaufnahme wirkten Zach und Rick wie wilde Tiere in einem viel zu engen Käfig. Gemeinsam gingen sie hinaus, um die kleinen Kinder im Wartebereich nicht noch mehr zu verängstigen.

»Ich glaube nicht, dass die Medien schon Wind von der Sache bekommen haben«, sagte Neil. »Im Parkhaus wimmelt es von Polizisten. Als sie erfahren haben, wer Judys Bruder ist, haben sie die Zahl der Einsatzkräfte verdoppelt.«

»Gibt es im Parkhaus Kameras?«, fragte Rick.

»Nur an der Ausfahrt und bei den Fahrstühlen.«

»Können wir uns die Bänder ansehen?«

Neil richtete sich auf. »Erinnerst du sich an Dean Brown? Er hat damals bei Eliza die Ermittlungen geleitet.« Dean war ein Detective, und er kannte Gwen, Eliza und Samantha gut. Er würde seine Beziehungen spielen lassen. »Dean arbeitet mit den zuständigen Polizeikräften zusammen. Dass er für die First Lady des Staates eine Art Ersatzvater ist, hat seine Vorteile. In ein paar Stunden sollten wir die Bänder auf dem Tisch haben.«

Zach griff nach seinem Telefon. »Ich muss Mike anrufen. Und unsere Eltern.«

»Hey.«

Sie wandten sich um. Leichenblass, aber gefasst stand Karen an der automatischen Glastür der Notaufnahme.

Rick war als Erster bei ihr.

Karen schüttelte den Kopf. »Nein, er hat sie nicht ... Es ist nichts passiert.«

Rick musste sich an der Wand abstützen. *Dem Himmel sei Dank.*

Zach legte den Arm um die Taille seiner Frau. »Können wir zu ihr?«

»Ja, aber nur ein paar Minuten. Das Nähen hat länger gedauert als erwartet. Der Dreckskerl hat ihr eine Art Zeichen in den Arm geschnitten.«

Rick dachte an den Verband. Er hatte geglaubt, darunter seien Abschürfungen vom Boden des Parkdecks.

»Was denn für ein Zeichen?«

Karen malte sich mit dem Finger ein X auf den Arm. »Es könnte ein Buchstabe sein oder auch nur Zufall. Einer der Schnitte ist ziemlich tief und hat beim Reinigen stark geblutet.«

Rick drehte sich zu Neil. »Ich will diesen Scheißkerl haben.«

Neil drückte ihm die Schulter. »Wir kriegen ihn.«

Das war ein Versprechen.

* * *

Ihre Albträume ließen sie nicht zur Ruhe kommen. Erinnerungen, Bilder und das Gefühl fremder Hände auf ihrem Körper wollten ihr den Verstand rauben. Als sie zum ersten Mal aufwachte, saß Karen bei ihr. Beim nächsten Mal hielt ihre Mutter ihr das Haar aus dem Gesicht, während das Abendessen, das man ihr nach der Untersuchung gebracht hatte, in einem Behälter landete.

Später klebte ihr ein widerlicher Film die Lippen zusammen und sie presste das Wort *Wasser* hervor. Irgendwann im Lauf der Nacht hatte man sie in ein größeres Zimmer gebracht. Hier gab es noch mehr Monitore und sie war an noch mehr Schläuche angeschlossen.

Meg rappelte sich hoch, als Judy aufwachte.

»Hey.« Ihre beste Freundin sah aus, als hätte sie auf dem Stuhl geschlafen. Meg hielt Judy einen Becher mit einem Strohhalm hin. »Trink einen Schluck.«

Der eine Schluck reichte aus, um Judys Magen wieder in Aufruhr zu versetzen. Sie wusste nicht, wie viel Zeit vergangen war.

»Du bist nicht in New York?«

Meg legte den Kopf schief. »Du weißt, wer ich bin?«

Judys fast zugeschwollenes rechtes Auge tat weh, als sie lächelte. »Klar weiß ich das. Was soll die Frage?«

»Gestern hast du es nicht gewusst. Oh Judy. Wir hatten solche Angst um dich.«

»Oje. Ich weiß noch, dass man mich aus der Notaufnahme weggebracht hat. Dann bin ich eingeschlafen.«

Meg nahm eine von Judys Händen zwischen ihre. »Du bist eingeschlafen und nicht mehr aufgewacht. Die haben eine zweite CT gemacht und dabei eine leichte Schwellung festgestellt.« Sie tippte an die Seite ihres Kopfes. »Dann bist du hierher verlegt worden und die Ärzte haben gesagt, man müsste abwarten.«

»Hierher?« Judy schaute sich um.

»Auf die Intensivstation.«

Das erklärte die vielen Geräte und die Glaswände. »Ist meine Mom hier? Ich erinnere mich, dass ich sie gesehen habe.«

»Ja, sie ist hier. Alle sind hier.« Megs Stimme wurde zittrig. »Ich habe dich am Samstag auf deinem Handy angerufen. Als Rick rangegangen ist, habe ich gelacht und mich gefreut, dass es endlich geklappt hat mit euch beiden. Dann hat er mir erzählt, was passiert ist. Oh Gott, Judy. Es tut mir so leid.«

Obwohl ihre Freundin weinte, blieben Judys Augen trocken. Wenn die Tränen erst kamen, würden alle Dämme brechen, das wusste sie. »Ich bin bald wieder auf den Beinen, Meg.«

Meg wischte sich die Tränen ab. Sie brachte nur ein verrutschtes Lächeln zustande. »Ich soll der Schwester Bescheid sagen, wenn du aufwachst.«

»Sag mir erst noch, welcher Tag heute ist.«

»Montag. Fast vier Uhr nachmittags.«

Dieser Dreckskerl hat mir mehr genommen als zwanzig Minuten. Zwei Tage meines Lebens hat er mir gestohlen.

Nachdem die Schwester die Apparate kontrolliert hatte, durften die Besucher ins Zimmer. Als Erstes kamen Judys Eltern. Beide hatten verquollene Augen und machten sich schwere Vorwürfe. Sie versicherte ihnen, sie wäre bald wieder fit. Ihr Vater war von Anfang an gegen das Praktikum in L. A. gewesen. Judy sollte zu Hause in dem Kuhnest in Utah bleiben, sich einen netten Mann suchen, heiraten und ein paar Kinder großziehen. Sie konnte nur immer wiederholen: »Mir geht's gut.« Die Lüge ging ihr schon ganz leicht über die Lippen.

Als Mike durch die Tür kam, runzelte sie die Stirn. »Was machst du denn hier? Solltest du nicht die Frauen in einem fernen Land glücklich machen?«

Mikes Lippen lächelten, aber seine Augen verrieten, dass ihm nicht danach zumute war. »Im Moment bist du die einzige

Frau, an die ich denke.«

Er nahm sie in die Arme. »Mir geht's gut, Mike.«

»Ach ja? Gestern hätte man denken können, du spielst Szenen aus *Der Exorzist* nach. Wenn ich Geld brauchen würde, hätte ich ein Video von dir gedreht und es ins Netz gestellt.« Jetzt lächelten auch seine Augen ein wenig.

Judy lachte, aber dabei spannte es schmerzhaft in ihrem geschwollenen Gesicht. »Hör auf. Lachen tut zu sehr weh.«

»Ich bin nun mal der geborene Entertainer, Schwesterherz. Ich kann nicht anders.«

Sie atmete tief ein und dann langsam wieder aus. »Das habe ich wirklich gebraucht.«

»Was denn? Den fiesen Kommentar von wegen *Exorzist*? Im Ernst, du hast mir richtig Angst gemacht. Du hast immer wieder gesagt, ich soll die Klobrille runterklappen.«

Sie lachte, spürte dabei aber jeden Muskel und jeden Knochen. »Hör auf!«

»Wie geht es dir?«

Die Lüge kam ohne Zögern. »Mir geht's gut. Bloß das Lachen tut weh.«

Zach und Karen betraten das Zimmer. Sie brachten Judys jüngere Schwester Hannah mit. Alle waren überglücklich, Judy wach zu sehen, und noch glücklicher, dass sie mit ihnen reden und sie verstehen konnte. Gleichzeitig stand ihnen die Sorge ins Gesicht geschrieben.

Irgendwann kam ein Arzt und schickte alle aus dem Zimmer. Er wollte Judy noch auf der Intensivstation behalten. Ihr Verstand war zwar klar, aber sie hatte keinen Appetit. Man würde sie noch eine Nacht lang beobachten. Der Arzt hoffte, dass die nächste CT keinen Befund mehr ergab und dass sie dann auch wieder essen wollte.

Als er gegangen war, kehrten Karen und Meg zurück. »Ihr müsst nicht bei mir bleiben«, sagte Judy.

Meg machte es sich auf einem Sessel bequem und stellte den Fernseher an. »Ich habe Rick versprochen, erst zu gehen, wenn er wieder hier ist.«

»Und ich habe Meg hergefahren«, erklärte Karen.

»Wo ist Rick?«

Karen und Meg tauschten einen Blick aus. »Er und Neil suchen nach dem Kerl, der dich überfallen hat.«

Seit sie aufgewacht war, hatte niemand den Überfall erwähnt. Es war, als wäre sie vom Himmel geplumpst und in diesem Krankenhaus gelandet.

»Haben sie schon eine Spur?«

Karen schüttelte den Kopf. »Nein. Auf den Videobändern ist nichts Verwertbares drauf.«

»Auf welchen Videobändern?«

»Im Parkhaus gibt es Überwachungskameras. Nicht viele, nur ein paar. Der Mann, der dich gefunden hat, hat auch niemanden gesehen«, sagte Meg.

»Sie kriegen ihn«, versicherte Karen. »Gwen sagt, die Jungs hätten eine Art Sonderkommando auf die Beine gestellt.«

Darüber konnte Judy im Moment noch nicht nachdenken. Die Schmerzen waren zu stark, und ihr Kopf fühlte sich an, als müsste er platzen, wenn ihre Gehirnzellen sich weiter mit dem Mann beschäftigten, der ihr das angetan hatte.

»Ich nehme mal an, jemand hat meinen Boss verständigt.«

»Machst du Witze? Die Polizei hat jeden befragt, der am Freitag im Gebäude war«, sagte Meg.

»Als ich gegangen bin, waren alle anderen schon weg.«

»Trotzdem hat die Polizei das Parkhaus übers Wochenende gesperrt und von den Sicherheitsleuten in der Eingangshalle bis zu deinem Boss mit jedem gesprochen.«

»Wirklich?« Judy war verwundert. »In einer so großen Stadt werden doch sicher täglich Frauen überfallen. Weshalb betreiben die bei mir diesen Riesenaufwand?«

Karen drehte die Jalousien so, dass die Strahlen der tief stehenden Sonne Judy nicht blendeten. »Na ja, zum einen gibt es den Neil-und-Rick-Faktor.«

»Und was muss ich mir darunter vorstellen?«

»Sie sind Ex-Marines. Diese beiden geben erst Ruhe, wenn der Täter dingfest gemacht worden ist. Einerseits nerven sie die Ermittlungsbeamten, aber ich glaube, sie spornen sie auch zu Höchstleistungen an.«

Bei dem Gedanken, dass sie Rick so wichtig war, wurde Judy trotz der Schmerzen ganz leicht ums Herz.

»Und es gibt den Eliza-Faktor.«

»Ich kenne Eliza doch kaum.« Sie waren einander ein paarmal begegnet, und Judy hatte es spannend gefunden, den Gouverneur und seine Frau aus der Nähe zu sehen. Dass Karen und Eliza befreundet waren, hatte gewisse Vorteile.

»Aber ich kenne sie. Wenn jemandem aus Elizas und Carters Umfeld etwas zustößt, nehmen sie das persönlich.«

»Zu diesem Umfeld gehöre ich nicht.«

Karen lächelte. »Oh doch, Süße. Es gibt die Familie, in der du aufgewachsen bist, und eine Art erweiterte Familie aus Menschen, denen du wichtig bist und die dich unterstützen, aus Menschen, die ihre Beziehungen spielen lassen, um dir zu helfen. Der Dreckskerl, der dich überfallen hat, ist eine Gefahr für die Öffentlichkeit. Das sieht auch der Gouverneur so. Und dass Carter dich persönlich kennt, macht deinen Fall zur Chefsache.«

»Komm deswegen bloß nicht ins Grübeln«, sagte Meg. »Sieh einfach zu, dass es dir bald besser geht, damit wir zusammen in Mikes Haus zurückkönnen.«

»Moment mal. Wo wohnst du denn jetzt?«

Meg biss sich auf die Unterlippe. »Na ja, mal bei Karen und Zach und mal in Tarzana. Alle meinen, es sei besser so.«

»Ach. Und weshalb?«

»Deine Handtasche wurde nicht gefunden. Wir haben die Zugangscodes geändert und die Schlösser ausgetauscht. Aber alle sind der Meinung, ich soll nicht allein dort wohnen, solange der Kerl noch frei rumläuft, und in dem Haus in Tarzana sind Zimmer frei.«

»Darüber musst du dir jetzt nicht den Kopf zerbrechen«, sagte Karen. »Wenn du hier rauskommst, wohnst du erst mal bei uns.«

»Das ist aber ziemlich unpraktisch. Der Weg zur Arbeit würde Stunden dauern.«

Karen und Meg schauten sie an, als hätte sie den Verstand verloren.

»Was ist?«

»Du willst zur Arbeit?«

Judy versuchte, sich im Bett aufzusetzen, und zog wegen der Schmerzen eine Grimasse. »Heute vielleicht noch nicht.«

Karen wedelte mit der Hand. »Das hat noch viel Zeit.«

Meg wechselte das Thema. Sie erzählte Judy, Lucas und Dan hätten sie besuchen wollen, hätten aber nicht auf die Intensivstation gedurft. Und die Medien waren inzwischen im Bild. Solange Mike sich von seinem Filmset losreißen konnte und im Krankenhaus ein und aus ging, campierten sie in der Hoffnung auf einen Kommentar vor dem Eingang.

* * *

Rick war todmüde. In den letzten drei Tagen hatte er fast so wenig geschlafen wie bei manchen seiner militärischen Einsätze. Aber das hielt ihn nicht davon ab, sich den wenigen Schlaf, den er sich gönnte, in dem unbequemen Sessel an Judys Bett zu holen. In der zweiten Nacht überließ er diesen Platz für eine Weile Judys Mom.

Zach hatte ihn benachrichtigt, Judy sei wach und bei klarem Verstand. Als Marine hatte Rick genug Männer gesehen, die Schläge auf den Kopf bekommen hatten. Mit Gehirnerschütterungen kannte er sich aus. Weil die Schwellungen unter Judys Schädeldecke zum Glück minimal gewesen waren, hatte er darauf vertraut, dass ihre Verwirrtheit bald nachlassen würde. Trotzdem hatte er sich aber nie weiter als eine Autostunde von ihr entfernt.

Die Suche nach dem Täter verlief mehr als frustrierend. Es gab kaum Spuren, keine Zeugen, und keine Kamera hatte auch nur einen Schatten von ihm aufgezeichnet.

Rick stieg im Parkhaus der Klinik aus seinem Wagen und sah sich um. Selbst hier gab es Kameras. Aber genau wie in dem Parkhaus, in dem Judy überfallen worden war, wurde das Treppenhaus nicht überwacht.

Am Vortag hatte einer der ermittelnden Polizisten die Vermutung geäußert, Judy könnte ein Zufallsopfer oder das Opfer eines simplen Raubüberfalls sein.

Neil und Rick hatten es mitbekommen und sofort abgewinkt. Der Täter hatte das Parkhaus ausgekundschaftet, hatte gewusst, wie er unbeobachtet hinein- und wieder hinauskam. Er hatte Judy aufgelauert, sie überfallen, aber nicht getötet.

Warum?

Das war die Vierundsechzigtausend-Dollar-Frage.

Warum?

Eine Krankenschwester drückte auf den Türöffner der Intensivstation. Rick ging an den Schreibtischen des Personals vorbei.

Durch die Glaswände des Krankenzimmers sah er die schlafende Judy. Karen und Meg saßen bei ihr und sahen leise fern. Er winkte die beiden zu sich heraus, damit sie reden konnten, ohne Judy zu stören.

»Wie geht es ihr?«

»Deutlich besser«, sagte Karen. »Heute stottert sie auch nicht mehr.«

»Hat sie schon was gegessen?«, wollte er wissen.

»Nicht viel. Der Arzt meint, morgen müsste sie wieder Appetit haben.«

»Gut. Sehr gut. Ich bleibe über Nacht hier. Und ihr fahrt nach Hause und haut euch aufs Ohr.«

Karen legte eine Hand auf seinen Arm. »Du musst auch irgendwann mal schlafen.«

»Ich schlafe hier. Den Sessel kann man zur Liege umbauen.«

Meg schnaubte. »Der ist kaum groß genug für mich und du bist ein bisschen länger und breiter.«

Rick zwinkerte Judys zierlicher Freundin zu. »Das passt schon.«

Die Frauen waren zu müde, um noch weiter zu diskutieren.

Leise ging Rick ins Zimmer, setzte sich zu Judy und schaute sie an. Die Blutergüsse in ihrem Gesicht färbten sich langsam lila. An den Rändern waren sie bereits gelb. Es war gut, dass die Fingerabdrücke des Verbrechers, der sie in seiner Gewalt gehabt hatte, inzwischen nicht mehr zu sehen waren.

Neben Judys Bett hing ein Infusionsbeutel weniger als bei Ricks letztem Besuch, aber noch immer überwachten Monitore ihren Herzschlag, ihre Atmung und einige andere Werte.

Sie würde wieder auf die Beine kommen. Der Körper wusste sich zu helfen. Die Seele und der Geist eines Menschen brauchten meist etwas länger, um wieder ins Lot zu kommen. Aus Erfahrung wusste Rick, wie tief die Unsicherheit sein konnte, die gewisse Erlebnisse auslösten. Oft hinterließen sie das Gefühl, dass überall Gefahren lauerten.

Wie seine kleine gefühlvolle Judy mit den Folgeerscheinungen des brutalen Überfalls klarkommen würde, musste sich erst noch zeigen.

Rick kippte die Sessellehne nach hinten und schob vorsichtig seine Hand unter die von Judy. Sie bewegte sich, wachte aber nicht auf. Dass jemand ihn auffordern würde zu gehen, war nicht zu befürchten. Nur weil er oder jemand aus Judys Familie ständig an ihrer Seite war, hatte man auf Polizeischutz verzichtet. Die Ärzte fanden es besser, wenn ein vertrauter Mensch bei ihr saß.

Rick schloss die Augen und verscheuchte seine eigenen Dämonen. Schon einmal im Leben hatte er so bei einer geliebten Person gewacht und ihre Hand gehalten.

Aber das war lange her und er wollte nicht daran rühren.

KAPITEL 13

Nach der Entlassung von der Intensivstation und bald darauf auch aus der Klinik hätte für Judy wieder so etwas wie Normalität einkehren können. Aber die ließ auf sich warten. Judy willigte ein, bei Zach und Karen zu wohnen, bis sie sich wieder völlig erholt hatte. Nach dem vielen Liegen fühlten sich ihre Muskeln an wie Pudding. Dass sie seit ihrem Umzug nach Beverly Hills wenig Sport getrieben hatte, machte die Sache nicht besser. Weil Meg meist in Tarzana arbeitete, wäre Judy in Mikes Haus viel allein gewesen. Und in ihrer derzeitigen Verfassung hätte sie das zu sehr an die schlechten Filme erinnert, in denen ein dummes Mädchen nach dem Stromausfall in einer Sturmnacht in den stockdunklen Keller geht, um nach dem Rechten zu sehen. Sie fragte sich, ob sie von nun an in jedem Parkhaus diese Art von Beklommenheit empfinden würde.

In der Klinik hatte sie wie in einem Goldfischglas gelebt. Jetzt war ihre Familie ständig um sie herum. Ihr Vater, der sonst immer glaubte, nicht länger als ein, zwei Tage aus seinem Eisenwarengeschäft in der Kleinstadt Hilton in Utah wegzukönnen, hielt sich jetzt schon fast eine Woche lang in Kalifornien auf. Ihre Mutter umsorgte sie beinahe rund um die Uhr, kochte

Suppe und saftige Braten. Selbst Mike blieb, bis Judy Karen bat, seinen Assistenten anzurufen, damit der ihn zurück zu seiner Arbeit schleppte.

Rick kam immer rechtzeitig vorbei, bevor sie abends ins Bett ging. Für den Fall, dass er etwas früher auftauchte, war immer ein Platz am Tisch für ihn gedeckt.

Genau eine Woche nach dem Überfall saß Judy mit ihrer Familie beim Abendessen und schob den Schmorbraten, für den ihre Mutter den halben Tag in der Küche gestanden hatte, lustlos auf ihrem Teller herum. Während am Tisch übers Wetter gesprochen, über Bekannte aus Hilton und über die Promis in Hollywood getratscht wurde, betrachtete sie den Verband an ihrem rechten Arm.

Er hat mir ein Zeichen ins Fleisch geritzt. Er wollte, dass ich den Überfall nie vergesse. Warum?

Sie ließ die Gabel fallen und nestelte an der Bandage. Die Klebestreifen ziepten an den Härchen auf ihrem Arm. Sie zerrte trotzdem daran. Bisher hatte sie die Wunden nicht sehen wollen. Morgen würden die Fäden gezogen. Eigentlich brauchte sie den Verband nicht mehr, unter dem sie versteckte, was der Mann ihr angetan hatte.

»Was machst du da?«, fragte jemand. Sie antwortete nicht. Sie schloss die Faust um den abgerissenen Verbandsstoff und strich mit dem Daumen über den rauen synthetischen Faden, der ihre Haut zusammenhielt.

Schnittwunden. Schnittwunden, die einen Teil ihres Arms bedeckten. Sie verliefen sehr nahe an einer Arterie. Der Arzt hatte beim Nähen Mühe gehabt.

»Judy?«

Es wäre leicht, so verdammt leicht.

Sie zupfte an einem Stück Gaze, das an einem Knoten festklebte, und ärgerte sich, wie fest es hing.

»Judy?«

Sie zupfte kräftiger. *Das müsste doch ganz leicht abgehen. So leicht.*

»Judy!«

»Was?«, sagte sie viel zu laut in den viel zu stillen Raum hinein. Rick kniete neben ihr und drückte eine Serviette auf ihren blutenden Arm.

Alle starrten sie an.

In Karens Augen brannten ungeweinte Tränen. Zach und ihr Vater fixierten unverwandt ihren Arm. Ihre Mutter und Hannah konnten die Tränen nicht halten, und Megs angespannte Kiefermuskeln sprachen von unbändiger Wut. Sogar Devon und Dina sahen Judy an, als wären ihr gerade Hörner gewachsen.

So viele Augen. Unter den Fingernägeln ihrer linken Hand war Blut. Ihr Arm brannte unter der Serviette, und ihr wurde bewusst, dass sie mehr getan hatte, als nur an einer kleinen Kruste zu zupfen.

Als sie anfing zu zittern, legte Rick den Arm um sie und half ihr auf. »Komm, Utah-Girl. Wir machen das sauber.«

Sobald sie stand, wurde ihr schwindelig und ihre Beine gaben nach.

Rick hob sie hoch und trug sie so mühelos aus dem Esszimmer, als wäre sie kaum schwerer als die Zeitung, die er morgens von der Veranda holte.

Wortlos stieg er mit ihr die Treppe hinauf, stieß mit dem Fuß die Tür zu ihrem Zimmer auf und trug sie direkt ins angrenzende Bad. Dort drehte er das Wasser auf. Als er mit der Temperatur zufrieden war, nahm er die Serviette von Judys Arm und spülte das Blut ab.

»War ich das?« Ein kurzes Stück der fast verheilten Wunde blutete wieder und färbte das Wasser rosa.

»Ja.«

Das Verbandsmaterial stand auf einer kleinen Kommode.

Mit einer Hand zog Rick die Schachtel zu sich und legte ihr eine neue Bandage an.

»Was ist passiert?«, flüsterte sie, als wüsste er die Antwort auf all ihre Fragen.

Seufzend befestigte er das Ende des Verbandes. »Du warst kurz ein bisschen weggetreten.«

»Wirklich?«

»Ja. So was passiert.« Mit den Zähnen riss er das Klebeband ab. Als der Verband fertig war, richtete er sich auf. Ihren Arm ließ er nicht los. »Woran hast du gedacht?«

Sie blinzelte. Keiner wollte über den Überfall reden. Stets wechselten alle hastig das Thema. Manchmal verstummten Gespräche, wenn sie einen Raum betrat. Mit Rick war es anders.

»Warum? Warum hat er das gemacht? Er hätte nur ein bisschen tiefer schneiden müssen, dann wäre ich verblutet.«

Ricks Adamsapfel hüpfte. Dann presste er die Antwort hervor. »Vielleicht ist er gestört worden und konnte deshalb nicht noch mehr Schaden anrichten.«

»Nein.« Judy schüttelte den Kopf. »*Es wäre so leicht, so verdammt leicht*, hat er gesagt. Er hätte mich umbringen können, einfach so. Aber er hat es nicht getan.« Sie schaute in Ricks grüne Augen. »Er hatte einen Plan und hat ihn durchgezogen, das denkst du doch auch.«

»Wir stochern im Nebel, Judy.«

Sie boxte mit ihrer freien Hand gegen seine Brust und überraschte ihn damit. »Sei ehrlich zu mir.«

Er hob das Kinn. »Okay. Er hätte dich umbringen oder dich noch übler zurichten können.«

Seine Direktheit tat ihr gut. Rick schaffte es, selbst in schwierigen Momenten haarscharf zu analysieren. Genau wie bei ihrer ersten Begegnung, als Becky von ihren gewalttätigen Eltern entführt worden war und sie mit Hochdruck nach ihr gesucht hatten.

155

»Es ist, als hätte er mich zeichnen wollen. Die Narben sollen mich immer an ihn erinnern.«

»Dann hätte er ein sehr persönliches Motiv.«

»Es gibt niemanden, der mich so hasst.«

»Vielleicht in der Firma? Jemand, der weiß, dass du an einem großen Projekt arbeitest?«

Judy schloss die Augen. »Ich habe erst ein paar Minuten vor dem Überfall mit Ms Miller darüber gesprochen. Bis dahin hat niemand davon gewusst.«

Rick ließ ihren bandagierten Arm sinken, hielt sie aber weiterhin behutsam fest. »Hast du hier in L. A. jemanden beim Pool das Fell über die Ohren gezogen?«

»Ich bitte dich. Meg erzählt vor dem Spiel immer allen, wie gut ich bin. Und im Gegensatz zu dir spiele ich nie um mehr als zwanzig Dollar.«

»Könnte es jemand aus Seattle gewesen sein?«

»Darüber habe ich schon nachgedacht. Es klingt vielleicht nach Unschuld vom Lande, aber ich mache mir keine Feinde. Ich spanne niemandem den Freund aus und verpetze auch keinen, der fremdgeht. Meg und ich waren keine Partygirls. Wir haben Pool gespielt und hin und wieder ein bisschen gefeiert. Aber ohne besondere Vorkommnisse.«

»Glaubst du, du warst ein Zufallsopfer?«

Sie schüttelte den Kopf.

»Ich auch nicht.«

Judy hatte die Kopfschmerzen, die sie seit einer Woche quälten, gründlich satt. »Vielleicht sollte ich etwas essen.« Ihr Teller stand unten bei ihrer Familie auf dem Tisch.

»Willst du wieder runtergehen?«

»Nein. Ich ertrage keinen einzigen verständnisvollen Blick und keine einzige Träne mehr.«

Rick verzog den Mundwinkel zu einem kleinen Lächeln.

»Ich hole uns was. Vorausgesetzt, du kannst *mich* noch ertragen.«

Sie war jetzt nicht mehr ganz so wackelig auf den Füßen. Er führte sie zu ihrem Bett und steckte ihr ein paar Kissen in den Rücken.

Ein paar Minuten später kam er mit einem vollbeladenen Tablett wieder zurück. Er hatte Mühe, alles durch die Tür zu balancieren. Aber er kam allein.

»Das duftet köstlich.«

»Mom ist eine fantastische Köchin. Wenn man in einem kleinen Nest ohne nennenswerte Restaurants lebt, kommt man nie aus der Übung.«

Rick stellte das Tablett aufs Bett, machte es sich am Fußende bequem und streifte die Schuhe ab.

Judy setzte sich auf, zog die Füße unter sich und griff nach einer Gabel. Beim ersten Bissen knurrte ihr Magen vor Wonne. »Genau das habe ich gebraucht.«

Rick seufzte mit vollem Mund.

Judy merkte, wie hungrig sie war. »Sie wollen mich mit zurück nach Utah nehmen.«

Rick ließ seine Gabel sinken. »Möchtest du das?«

»Nein. Einfach wird es hier sicher nicht für mich. Schon bei dem Gedanken, noch einmal in dieses Parkhaus zu müssen, wird mir schlecht. Aber wenn ich jetzt nach Utah gehe, wäre das wie Weglaufen. Und außerdem: Wer sagt mir, dass der Kerl mir nicht dorthin folgt?«

Rick spülte einen gewaltigen Bissen mit einem Schluck Wasser hinunter. »Es soll tatsächlich vorkommen, dass Täter ihren Opfern nachreisen.«

Sie aß weiter. Sie wollte sich nicht als Opfer sehen. »Eigentlich heißt es doch, der Blitz schlägt nie zweimal an derselben Stelle ein.«

»Du bist eine starke Frau, Babe. Das habe ich schon bei unserer ersten Begegnung gemerkt.«

Das Lächeln fiel ihr plötzlich wieder leichter. »Sind wir jetzt wieder bei *Babe* gelandet?«

»Na ja, der Ausflug zum Getty hat nicht stattgefunden. Wir hatten also noch immer kein Date.«

»Zählt ein Abendessen im Bett denn nicht?« Sie deutete auf die halb leeren Teller.

Er schüttelte den Kopf. »So wenig wie ein Frühstück im Krankenhaus.« Er langte noch einmal herzhaft zu. »Zu einem Date gehören eine Dusche, ein schönes Essen mit Wein oder einem anderen Getränk für Erwachsene und Schuhe.« Er beugte sich vor und kitzelte ihre nackten Zehen.

Zum ersten Mal seit über einer Woche konnte sie wieder richtig lachen. Rick schien sich darüber mindestens so zu freuen wie sie.

Sie aßen weiter und plauderten dabei über dies und das. Als Judy genug hatte, vertilgte Rick ihre Reste. Dann stellte er das Tablett beiseite, lehnte sich an den Bettpfosten und schaute sie an.

»Alle sollen nach Hause gehen.« Judy seufzte tief.

»Ich auch?«

Lächelnd legte sie die Hand auf seinen Unterschenkel. Er war kein Teil von *alle*.

»Du nicht. Aber meine Eltern und Hannah. Zach muss wieder arbeiten und Karen war schon eine ganze Woche lang nicht mehr im Jugendclub. Zum Glück hat wenigstens Mike das einzig Richtige getan und ist an den Set zurückgeflogen. Jetzt müssen die anderen sich auch langsam aufraffen. Im Moment leben sie hier wie in einer Warteschleife.«

»In einer Familie kümmert man sich eben um seine Lieben.«

»Ja, und ich bin auch allen sehr dankbar. Aber manchmal habe ich das Gefühl, sie schauen mich an, als warteten sie auf den Zusammenbruch.«

Rich strich sanft mit dem Daumen über ihren Fußrücken. »Ungefähr so wie vorhin beim Abendessen?«

»Das war ein Zusammenbruch?«

»Ja. Falls dir so was passiert, wenn du alleine bist, reicht ein Verband vielleicht nicht mehr aus.«

Von posttraumatischen Störungen hatte Judy gehört. Anscheinend war auch sie nicht dagegen immun. Der Überfall lag erst eine Woche zurück und sie schlief seither nicht gut. Appetit hatte sie auch fast nie, es sei denn, Rick war in der Nähe.

»Ich will gar nicht allein sein.« Sie fröstelte. »Ich möchte nur nicht der Morast sein, in dem alle anderen feststecken.«

Er massierte jetzt auch ihren anderen Fuß. »Ich bin froh, dass du nicht allein sein willst.«

Bei dem, was er mit ihren Füßen anstellte, zogen seine nächsten Worte fast an ihr vorbei.

»Wenn du so weit bist, dass du wieder arbeiten möchtest, wirst du von mir oder jemandem aus dem Team hingebracht und wieder abgeholt. Und einer von uns wird rund um die Uhr in Mikes Haus sein.«

Rund um die Uhr? »Wie bitte?« Sie riss die Augen auf.

»Solange wir den Kerl nicht haben, wirst du keine Minute unbewacht sein.«

»Aber ich habe genug von einem Leben im Goldfischglas.«

»So wird es sich auch nicht anfühlen. Wir werden auf dich aufpassen, dir aber kein Süppchen kochen.«

»Aber …«

»Schau mir in die Augen und sag mir aus tiefster Überzeugung, dass du sicher bist, dass der Kerl nicht wiederkommt. Er hat deine Handtasche mitgenommen, dich nicht umgebracht, obwohl er es gekonnt hätte, und hat alles darangesetzt, ungesehen in das Parkhaus und wieder hinauszukommen. Schau mir in die Augen, Judy, und sag mir, dass dir nichts mehr passieren kann.«

Seine Worte machten ihr Angst. Vor allem, weil er recht hatte.

Judy lehnte sich wieder in die Kissen. Warum setzte er sich so für sie ein? Er war ihr nichts schuldig. Herrje, genau genommen hatten sie noch nicht mal ein richtiges Date gehabt. Ein paar gestohlene Küsse und hier und da ein Gespräch mit hohem Flirtfaktor, mehr war nicht gewesen. Beklagen wollte sie sich allerdings nicht.

»Wenn ich wieder anfange zu arbeiten ... an meinem ersten Tag ... kannst du mich dann hinbringen?«

Seine Grinsegrübchen erschienen, auch ohne dass er die Lippen verzog. »Das würde ich mir nie nehmen lassen.«

KAPITEL 14

Ein paar Stunden später wachte Rick benommen auf. Er war mit Judys Füßen im Schoß eingeschlafen. Auch Judy schlief tief und fest. Vorsichtig schob er sich vom Bett und deckte sie zu. In ihren Kleidern zu schlafen, war sicher nicht bequem für sie. Aber ausziehen würde er sie auf gar keinen Fall. Vielleicht ein andermal, aber nicht heute und nicht nach allem, was sie gerade hinter sich hatte.

Er dimmte das Licht, dann verließ er mit seinen Schuhen in der Hand auf Zehenspitzen das Zimmer.

Ein Stück den Flur entlang flackerte hinter einer offenen Tür ein Fernseher. Er steckte seinen Kopf in den Raum.

Sawyer, Judys Vater, und Zach schauten sich die Spätnachrichten an. Alle anderen waren offenbar schlafen gegangen.

»Hey«, machte Rick auf sich aufmerksam.

Sawyer richtete sich auf. Seine Züge waren vor Sorge wie versteinert.

Rick legte seine Schuhe auf den Boden und setzte sich zu den beiden aufs Sofa.

»Wie geht es ihr?«, fragte Zach.

»Sie schläft.« Das war natürlich keine Antwort auf die Frage. »Deine Schwester ist eine starke Frau, Zach.«

161

»Beim Abendessen sah das nicht so aus.« Sawyers Stimme klang bitter.

»Das ist wahr. Aber solche Reaktionen sind nicht ungewöhnlich, Mr Gardner. Sie schafft das schon. Sie lässt sich nicht unterkriegen.«

»Sie sollte mit nach Hause kommen. Hilton ist viel sicherer als L. A.«

Dass Sawyer seine Tochter schützen wollte, verstand Rick gut. Trotzdem musste er widersprechen.

»Wenn sie sich jetzt in Utah verkriecht, würde ihr das mehr schaden als nützen. Die Welt ist heute nicht unsicherer als gestern oder als sie es morgen sein wird. Je früher sie sich wieder hinaustraut, desto schneller wird sie wieder an Selbstvertrauen gewinnen.«

Sawyer musterte ihn düster. »Ich kann nicht aus der Ferne auf sie aufpassen.«

»Wollen Sie rund um die Uhr an ihrer Seite sein? Sie wissen so gut wie ich, dass das nicht geht.« Rick war zu müde, um mit Judys Vater Grundsatzdiskussionen zu führen. Zudem war der sture Kerl für vernünftige Argumente nicht zugänglich.

»In Utah wäre das nicht passiert.«

»Hör schon auf, Dad. In Utah ist die Welt längst auch nicht mehr in Ordnung«, entgegnete Zach. »Wir sind doch hier. Wir kümmern uns um Judy.« Rick freute sich, dass Zach ihn mit einem Nicken in das *Wir* miteinschloss.

»Mir gefällt das alles ganz und gar nicht. Ich wollte nie, dass sie hierherkommt«, beharrte Sawyer.

»Das gefällt keinem von uns. Wir alle wollen, dass sie unbehelligt leben kann.«

Rick beugte sich vor und schaute Sawyer in die Augen. »Wir werden rund um die Uhr für Judys Sicherheit sorgen, auch an den Wochenenden. Wir werden sie zur Arbeit fahren und sie wieder abholen. Mike hat weiteren Kameras und Mikrofonen auf seinem Grundstück zugestimmt. Wir werden rausfinden, wer ihr das angetan hat. Und bis dahin lassen wir sie nicht aus den Augen. Ich will diesen Dreckskerl zwischen die Finger kriegen. Mehr, als Sie es sich vorstellen können, Mr Gardner. Ich passe auf Ihre Tochter auf.«

Sawyer zeigte mit dem Finger auf ihn. »Ich nehme Sie beim Wort.«

Grimmig stemmte Judys Vater seine müden Glieder aus dem Sessel und ging schlafen. Zach und Rick saßen noch ein paar Minuten schweigend beieinander, während Bilder all der schrecklichen Vorfälle über die Mattscheibe flimmerten, die es an diesem Tag im Großraum Los Angeles gegeben hatte. Rick war froh, dass das allgemeine Interesse an der Schwester des Filmstars Michael Wolfe wieder nachgelassen hatte. Das Foto, auf dem Judy und Mike miteinander tanzten, war tagelang durch alle Medien gegeistert. Genauso wie die Bilder von den Polizeiabsperrungen im Parkhaus.

»Vielleicht sollte sie tatsächlich ein paar Wochen zu Hause verbringen«, sagte Zach.

Die Haut auf Ricks Armen wurde kalt. »Ich habe hier viel bessere Möglichkeiten, sie zu schützen.«

»In Utah ist keiner hinter ihr her.«

Es war Zeit, Zach mit ein paar unangenehmen Annahmen zu konfrontieren, von denen nicht nur die Polizei inzwischen ausging. »Der Kerl belauert sie weiterhin. Er hat es auf sie abgesehen und keiner weiß, ob er ihr nicht nach Utah oder sonst wohin folgt und noch mal über sie herfällt.«

»Bist du sicher?«

Fast hundertprozentig. »Während meiner Einsätze als Marine hat mir mein Bauchgefühl ein paarmal das Leben gerettet.«

»Und dein Bauchgefühl sagt dir, es ist besser, wenn sie hierbleibt?« Zach klang nicht überzeugt.

»Judy möchte nicht nach Hause. Im Gegenteil, sie will, dass

alle, die jetzt hier sind, endlich wieder zur Tagesordnung übergehen. Am Montag zieht sie zurück in Mikes Haus, und ich werde sie in jeder Minute, die sie nicht bei der Arbeit ist, bewachen oder bewachen lassen.«

»Und wenn der Dreckskerl aus ihrer Firma kommt?«

Daran hatte Rick bereits gedacht. Er und Neil hatten einen als Aushilfe getarnten Undercover-Mann in Judys Bürogebäude eingeschleust. Er würde Judy während der Arbeitszeit im Auge behalten und darauf achten, ob sich jemand auffällig benahm. »Dort wird sie ebenfalls ständig beobachtet werden. Und zwar ohne dass jemand etwas mitbekommt.«

Zach seufzte. »Ich nehme an, mehr kann man wirklich nicht tun. Aber ruhig schlafen werden wir erst wieder, wenn der Kerl geschnappt ist.«

Ruhig schlafen. Zum Teufel, ruhig geschlafen hatte er nur in den letzten beiden Stunden an Judys Seite. Das erste Mal seit Tagen. Er unterdrückte ein Gähnen.

»Du kannst gern hier übernachten«, sagte Zach.

In Judys Nähe zu sein, wenn auch ein paar Zimmer weiter, war gut für seine Nerven. Sein überaktives Gehirn brauchte dringend eine Stand-by-Phase und in Tarzana warteten nur dunkle Monitore und ein leeres Haus auf ihn. »Danke. Das Angebot nehme ich gerne an.«

Zach stand auf und schaltete den Fernseher aus. »Komm. Das ist das Schöne an einem so großen Haus. Hier ist immer genug Platz für die ganze Familie.«

* * *

»Mit Ihnen zu reden, ist unser Job, Mr Evans.« Detective Raskin leitete die Ermittlungen. Er und sein Partner, Detective Perozo, saßen einander gegenüber an den schmalen Seiten des Tisches.

Perozo spielte den Bad Cop, während Raskin unermüdlich lächelte.

»Da bin ich ganz Ihrer Meinung«, antwortete Rick. »Das hätte innerhalb von vierundzwanzig Stunden nach dem Überfall passieren müssen.«

Die Detectives tauschten einen Blick aus.

Rick nahm an, dass sie das Gespräch bislang vor allem wegen seiner einflussreichen Freunde aufgeschoben hatten. Doch bei einer Ermittlung in einem Gewaltverbrechen waren solche Überlegungen fehl am Platz. Sich den Freund oder Verehrer des Opfers genauer anzusehen, musste ganz oben auf der Prioritätenliste stehen.

Zunächst kamen die Standardfragen. Wie, wann und wo hatte er Judy kennengelernt? In welcher Beziehung stand er zu ihr. Wo war er während des Überfalls gewesen? Gab es dafür Zeugen?

»Ich bin um zehn vor sieben auf Mr Wolfes Grundstück in Beverly Hills angekommen. Judy und ich waren um sieben verabredet.«

»Wo waren Sie vorher?«

»Mitten im Feierabendverkehr. Und davor war ich in Tarzana, wo ich wohne. Das Haus dort wird genau wie Mr Wolfes Anwesen mit Videokameras überwacht. Anhand der Aufnahmen können Sie sehen, wann ich weggefahren und wann ich angekommen bin.«

Detective Perozo beugte sich vor. »Aber um halb sieben gibt es keine Bilder von Ihnen.«

»Zumindest keine von unserer Sicherheitsfirma. Für die Fahrt zu Judy habe ich mir etwa vierzig Minuten gegeben.«

»Was fahren Sie denn?«, fragte Detective Raskin.

»Eine Ducati.«

»Ein Motorrad?«

»Ja.«

»Das heißt, Sie kommen überall durch. Auch bei Stau. Trotzdem sind Sie vierzig Minuten vor Ihrem Date losgefahren. Dabei könnten Sie die Strecke locker in zwanzig Minuten schaffen. Vielleicht sogar schneller.«

»Ich wollte noch Blumen kaufen.«

»Wo?«

Als Rick es ihnen sagte, folgte ein vielsagendes Schweigen. Er konnte sich denken, was jetzt kommen würde.

Perozo rückte seinen Stuhl vom Tisch weg, drehte ihn um und setzte sich rittlings darauf. »Sie fahren also um sechs Uhr zwanzig los. Mit Ihrer Ducati könnten Sie um halb sieben in Beverly Hills sein. Oder aber in Westwood, wo Miss Gardner arbeitet.«

Rick ballte unter dem Tisch die Fäuste. Wenn man sich nur die benötigten Fahrzeiten ansah, stand er nicht gut da. »Sie sollten sich nicht auf den Falschen festlegen, so verlieren Sie bloß Zeit für die Suche nach dem Richtigen.«

»Sie als Verdächtigen auszuschließen, wäre grob fahrlässig. Das haben Sie selbst gesagt.«

Die Detectives fragten noch eine halbe Stunde lang weiter. Rick antwortete so knapp wie möglich.

Hinterher schnallte er sich seine Waffe wieder um und rief Neil an.

»Kannst du die Aufnahmen vom Abend des Überfalls raussuchen? Von Mikes Anwesen und aus Tarzana?«

»Willst du mir sagen, weshalb?«

Rick schwang sich auf sein Motorrad. »Weil ich seit eben der Hauptverdächtige bin. Ich bin in einer Viertelstunde bei dir.«

Wäre sein Haar nicht so militärisch kurz gewesen, hätte Rick es sich eine Stunde später sicher büschelweise ausgerissen.

Neil starrte grimmig auf den Monitor. »Die können dir das nicht anhängen.« Er schaute sich das Tarzana-Video noch einmal an, auf dem Rick durchs Haus ging und die Alarmanlage anstellte. Das nächste Mal sahen sie ihn, als er mit seinem Motorrad auf das Grundstück in Beverly Hills fuhr. Er holte eine einzelne Rose aus der Gepäcktasche hinten an der Ducati. Die Rose sah ein wenig mitgenommen aus, aber sie war da. Die eingeblendete Zeit war 18:52.

»Wir schauen uns das in dem Wissen an, dass ich nicht der Täter bin. Die Detectives haben einen anderen Blickwinkel. Für die bin ich es gewesen. Ich fahre um sechs Uhr zwanzig zu Hause weg, jage nach Westwood, stelle das Motorrad irgendwo ab und warte, bis Judy aus der Firma kommt.«

Neil hob die Hand. »Und woher willst du wissen, dass sie noch dort ist?«

Der Hoffnungsfunke war kaum aufgeglüht, als er auch schon wieder erlosch. »Ich habe in ihrem Wagen einen Tracker angebracht.«

»Ach.«

»Kurz, nachdem sie hergezogen ist. Sie hat mir zu wenig auf ihre Sicherheit geachtet.«

Neil fixierte ihn.

»Du willst mir doch nicht erzählen, dass Gwen keinen Tracker im Wagen hat.«

Neil schaute beiseite.

»Eben.« Rick zuckte die Achseln. »Ich kann also wissen, dass sie noch in der Firma ist. Bei einer Durchsuchung wird der Tracker ganz sicher gefunden. Wenn ich ihn jetzt entferne oder abstreite, ihn eingesetzt zu haben, macht sich das nicht gut.«

»Und mit der Kameraüberwachung von Parkhäusern kennst du dich auch aus. Warst du schon mal bei ihr in der Firma?«

»Bevor Judy hergezogen ist, bin ich mal vorbeigefahren, aber nie reingegangen. Im Parkhaus war ich auch nicht.«

»Aber ein Staatsanwalt könnte das hindrehen.«

Staatsanwälte konnten manchmal lästig sein. »Die werden davon ausgehen, dass ich das Parkhaus kenne und Judys Gewohnheiten sowieso.«

»An dem Abend hat sie sich anders verhalten als sonst. Sie ist länger geblieben, hat sich mit ihrer Chefin verquatscht. Wie hättest du das wissen sollen?«

Gute Frage. »Eigentlich gar nicht. Ich bin von zu Hause weg und wollte zu ihr, weil wir ein Date hatten.« Zum ersten Mal seit dem Gespräch mit den Detectives atmete Rick etwas freier.

»Aber wir sind Überwachungsspezialisten, haben eine militärische Ausbildung. Die werden sich irgendwas zusammenreimen, wie du wissen konntest, dass sie noch in der Firma war, oder sehen konntest, was sie tut.«

»Sie werden nichts finden.«

»Aber suchen werden sie.«

»Okay. Was ist mein Motiv? Ich mag die Frau. Konnte sie endlich zu einem Date überreden. Warum sollte ich zwanzig Minuten vorher über sie herfallen?«

Neil zuckte die Achseln. »Du warst sauer, dass sie dich hat zappeln lassen? Es hat dich geärgert, dass ihr das Date nicht wichtig genug war, um pünktlich zu Hause zu sein? Deine Männlichkeit hat unter ihrer Ablehnung gelitten, und du hattest Angst, es bei dem Date nicht zu bringen?«

Rick verdrehte die Augen. »Was Besseres fällt dir nicht ein?«

»Was Besseres haben die auch noch nicht. Nur deshalb läufst du noch frei rum.«

Rick rieb sich das Gesicht, als könnte er damit diesen ganzen Mist loswerden.

»Die werden behaupten, du willst deine Spuren verwischen. In unserem Job weiß man, wie man so was macht. Außerdem hast du Judys Befragung im Krankenhaus mitgeschnitten und wir haben von Anfang an unsere eigenen Ermittlungen angestellt. Das wirkt verdächtig.«

»Gütiger Himmel, Mac. Du bist keine große Hilfe.«

»Ach, ich soll dir helfen, Smiley? Ich dachte, ich soll logisch denken. Wenn dir meine Wahrheiten zu bitter sind, geh in den Bonbonladen.« Die Verwendung der Militärspitznamen hatte eine ernüchternde Wirkung.

»Jetzt mal ernsthaft: In zehn Minuten auf der 405 nach Westwood zu fahren, wäre selbst mit einem Motorrad ein ziemlicher Stunt. Die Route durch Beverly Hills ist alles andere als eine Schnellstraße.«

»Und ich habe die Rose gekauft.«

»Raubüberfälle auf Blumenläden sind selten, deshalb haben die wenigsten Kameras. Und falls doch, dann heben die die Bänder sicher keine Woche lang auf. Wir können nur hoffen, dass ein Zeuge sich an dich erinnert.«

»An mich und an die Uhrzeit, zu der ich im Laden war.«

»Genau.«

Egal, wie sie es drehten und wendeten, es sah nicht gut aus für Rick.

»Wir machen genau denselben Fehler wie die Cops. Wir konzentrieren uns ganz auf mich, anstatt den Kerl zu suchen, der es getan hat.«

Neil nickte. »Aber wenn wir uns nicht auf dich konzentrieren und den Verdacht nicht ausräumen, suchen die Cops nie nach einem anderen.«

KAPITEL 15

Gemeinsam fuhren Neil und Rick zu Zachs Haus. Rick bat Judy, mit ihm hinauszukommen.

Der Wind, der vom Meer her wehte, zerzauste Judys Haar. Ricks Blick machte sie nervös.

»Wie war dein Tag?« Das hatte er sie bei seiner Ankunft schon einmal gefragt.

Als sie ihm die Antwort schuldig blieb, schaute er ihr endlich ins Gesicht.

»Die Frage hast du mir gerade schon mal gestellt. Was ist los?«

Sie gingen bis zu einer Bank mit Blick aufs Meer. Mit einer Geste forderte er sie auf, sich zu setzen. Sich zum Reden hinsetzen zu müssen, war nie ein gutes Zeichen.

»Habt ihr etwas rausgefunden?«

Er schüttelte seufzend den Kopf. »Nein.«

Dass Rick so gar nicht lächeln wollte, war ungewöhnlich.

Judy griff nach seiner Hand. Zum ersten Mal seit dem Überfall wollte *sie* gern jemanden aufheitern. »Wie schlimm kann es sein?«

Seine schönen grünen Augen ließen ihre nicht los. »Die Polizei hat mich heute befragt.«

Es dauerte einen Moment, bis sie die Nachricht verarbeitet hatte. »Dich?«

»Eigentlich reine Routine. Das hätten die schon längst tun müssen.«

»Warum dich? Was soll das?«

Er schlang die Finger fest um ihre. »Ehemänner, Freunde und Dates nach ihrem Alibi zu fragen, ist üblich.«

Judy kannte dieses Vorgehen aus Fernsehkrimis.

»Und weil du den Kerl nicht gesehen hast, müssen sie die Aufenthaltsorte aller Männer in deinem Leben überprüfen.«

Kein schöner Gedanke, aber einleuchtend. »Ja, ich verstehe. Das müssen sie wohl tun. Aber so viele Männer gibt es in meinem Leben gar nicht. Die Liste ist ziemlich kurz.« Rick lächelte noch immer nicht. Das Gespräch mit der Polizei beschäftigte ihn offenbar sehr. »Du hast mit einer Befragung gerechnet. Weshalb schlägt dir das so aufs Gemüt?«

Er richtete den Blick auf die Wellen unter ihnen. »Am Abend des Überfalls bin ich um zwanzig nach sechs in Tarzana losgefahren, um dich abzuholen. Unterwegs habe ich eine Rose gekauft und war zehn vor sieben bei dir vor dem Haus.«

Judy hielt sich mit einer Hand das Haar aus dem Gesicht. »Mal abgesehen davon, dass ich die Rose nie bekommen habe, verstehe ich nicht, wo das Problem sein soll.«

Nicht mal über den Rosenscherz konnte er grinsen. »Ich war mit dem Motorrad unterwegs. Die Detectives meinen, ich hätte es in etwa zehn Minuten bis zu dir in die Firma schaffen und dann trotzdem rechtzeitig bei Mikes Haus sein können. Nachdem ich ...«

Judy ahnte, was er sagen wollte. Ihr blieb der Mund offen stehen.

»Sie versuchen nachzuweisen, dass ich dich überfallen habe.«

»Das ist doch hirnrissig.« Rick, *ihr* Rick, der sie seit ihrer

Ankunft in L. A. beschützte und bewachte, sollte plötzlich die Rolle des Bösewichts spielen? »Sie verschwenden ihre Zeit.«

»Ich weiß das und du weißt es auch. Aber sie nicht.«

Judy ließ seine Hand los und sprang auf. »Dann sagen wir's ihnen.«

Sie wollte zum Haus laufen und die Detectives anrufen. Aber Rick hielt sie zurück. »Was willst du denn sagen, Judy?«

»Dass du es nicht warst.« Sie versuchte nicht einmal, ihr Haar festzuhalten. Es war genauso unbändig wie ihr Temperament.

Er legte ihr beschwichtigend die Hände auf die Schultern.

»Die werden dir nicht glauben.«

»Dafür sorge ich schon. Ich war dort, sie nicht. Ich weiß, dass du es nicht gewesen sein kannst. Und solange sie sich auf dich konzentrieren, suchen sie nicht nach dem Dreckskerl, der mich wirklich überfallen hat.« Sie zitterte vor Wut und Frustration. Die Polizei musste doch klüger sein. Die durften ihre Zeit nicht mit dem Falschen verschwenden, und Rick war eindeutig der Falsche.

Rick hob herausfordernd das Kinn. »Wie gut kennen Sie diesen Rick?«

»Wie bitte?«

»Ich bin der Detective. Wie gut kennen Sie diesen Rick?«

Na schön. Er wollte ein Rollenspiel. Den Gefallen konnte sie ihm tun. »Ich habe ihn letztes Jahr kennengelernt. Ein armes, unschuldiges Mädchen war entführt worden, und er hat es gerettet.«

»Dann sind Sie und Rick seit letztem Jahr zusammen?« Seine Fragen kamen schnell.

»Nein. Ich habe meinen Collegeabschluss gemacht, und wir haben uns erst wiedergesehen, als ich hierhergezogen bin.«

»Er arbeitet für Ihren Bruder?«

»Ja, er ist für alle Sicherheitsbelange zuständig. Manchmal

ist er auch sein Bodyguard.« Sie straffte die Schultern. Die Antworten waren nicht schwer und keine belastete Rick in irgendeiner Weise.

»Und seit wann daten Sie ihn?«

Diese Frage war schon weniger harmlos. Anstatt auszuweichen, wollte sie ihn ein wenig aus dem Konzept bringen. »Bislang haben wir eigentlich nur geflirtet. Unser erstes richtiges Date sollte am Abend des Überfalls stattfinden.«

»Und weshalb hat das so lange gedauert?«

Sie kniff die Augen zusammen. »Wer fragt mich das jetzt? Der Detective oder Rick?«

»So gern ich persönlich die Antwort hören möchte, genau das werden die Detectives wissen wollen. Aber du musst jetzt nichts sagen, wenn du nicht willst.«

Judy reckte das Kinn genauso in die Höhe wie er. Sie hatte nichts zu verbergen. Und nach allem, was sie bereits gemeinsam durchgestanden hatten, waren Spielchen unnötig. »Also, Detective, wenn Sie es unbedingt wissen müssen … Ich bin in einer Kleinstadt aufgewachsen, in der die Mädchen zwar aufs College gehen, dann aber jemanden kennenlernen und früh heiraten. Sie bekommen Kinder, und die einzigen Meetings, zu denen sie je gehen, sind die Elternsprechstunden in der Schule. Ich will ein anderes Leben, ich habe einen Plan B. Bei einem Kurztrip zu einer Premiere meines Bruders habe ich mich in L. A. in die Architektur verliebt. Ich möchte einen spannenden Beruf ausüben und es zu etwas bringen. Ich will mehr als den Nachnamen eines Ehemanns.«

Es dauerte ein paar Sekunden, bis Rick ihre Worte eingeordnet hatte. Sie sah förmlich, wie in seinem Kopf die Zahnräder ineinandergriffen.

»Rick löst etwas in mir aus. Er könnte dafür sorgen, dass ich meine Pläne über den Haufen werfe.« Ihr Geständnis ging noch weiter. »Mich auf ein Date mit ihm einzulassen, hieß, die Tür

173

für Plan A zu öffnen.« Vielleicht hatte die überstandene Gefahr sie selbstbewusster gemacht. Oder die letzten Tage hatten ihr gezeigt, wie wichtig es war, jemanden zu haben, der in guten *und* in schlechten Zeiten an ihrer Seite stand.

Ein paar Sekunden lang schauten sie einander stumm in die Augen. Falls Rick noch weitere Fragen gehabt hatte, musste der Wind sie mitgerissen haben. Derselbe Wind, der ihr das Haar um den Kopf wehte. Sie schaute ihn an und biss die Zähne zusammen.

Eine seiner Hände fand den Weg zu ihrem Gesicht und legte sich zärtlich an ihre Wange. Er machte einen Schritt auf sie zu und nahm ihre Lippen in Besitz. Sein Kuss war so verzweifelt, dass ihr Tränen übers Gesicht liefen, während sie sich mit geschlossenen Lidern ganz dem Mann überließ, der seine Seele in diesen Augenblick legte.

Sie konnte sich schon mal für die Wahl zum Elternbeirat aufstellen lassen und auch gleich den Kuchenverkauf zugunsten der Grundschule organisieren.

Er küsste sie einfach weiter. Jetzt waren es züchtige Küsse, die ihr nicht die Sinne rauben sollten. Dennoch spürte sie am ganzen Körper ein Kribbeln.

Irgendwann wich Rick ein kleines Stück zurück und strich sanft mit dem Finger unter ihrem noch immer geschwollenen Auge entlang. Auch seine Augen waren nicht ganz trocken, und das wärmte ihr Herz noch mehr als all seine Küsse.

Er legte die Stirn an ihre und schloss die Augen. Dann hob er den Kopf und sprach weiter. Seine Züge verrieten seine inneren Qualen. Judy spürte seinen Schmerz. »Wusste Rick vor dem Überfall irgendetwas davon?«

»Nein.«

Sie standen am Rand der Klippe, hielten sich aneinander fest und kämpften sich weiter durch die grässlichen Fragen. Rick klang immer distanzierter, immer weniger wie er selbst.

»Hätte er das Gefühl haben können, dass Sie ihn hinhalten?«

»Glaubst du das?«

Er schüttelte den Kopf. »Sie werden das glauben.«

»Wenn ich ihn hätte hinhalten wollen, hätte ich mich nicht auf ein Date eingelassen.«

»Vielleicht weiß Rick das nicht. Vielleicht ist er ein Egomane, ein Frauenheld, der kein Nein akzeptiert. Vielleicht hat er Probleme mit Beziehungen oder Frauen ganz allgemein und hat Angst, mit Ihnen zusammen zu sein … oder vor einer Zurückweisung.«

»Das ist völliger Quatsch. So viel Selbstbewusstsein wie er hat kein anderer. Du könntest noch was davon eintüten, verkaufen und damit stinkreich werden.«

Zum ersten Mal seit Beginn des Gesprächs lächelte Rick. »Danke, Utah-Girl. Aber die Detectives werden deine Antworten auf ihre Art interpretieren und versuchen, mir einen Strick daraus zu drehen.«

Die Vorstellung war erschreckend. Alles schien plötzlich so verfahren.

»Ich weiß, wo du wohnst und welchen Wagen du fährst. Ich konnte auch wissen, dass du noch in der Firma warst, und wenn ich gerast wäre wie ein Irrer, hätte ich zur Zeit des Überfalls im Parkhaus sein können.«

Bei jedem Wort gruben sich ihre Fingernägel in seine starken Arme. Sie wusste aus tiefster Seele, dass er ihr nie etwas antun könnte. Wie konnte irgendwer ihm das zutrauen?

Sie wollte etwas sagen, aber er legte seinen Zeigefinger an ihre Lippen.

»Ich hätte dich überfallen können und wäre doch rechtzeitig in Beverly Hills gewesen, um mich dort noch vor sieben von den Überwachungskameras filmen zu lassen. Wo die sich befinden, weiß ich ja.«

»Das glauben die nicht im Ernst.«

175

»Oh doch. Solange es keine heiße Spur gibt, bin ich der Hauptverdächtige.«

Judy schlang die Arme um ihn, saugte seine Wärme und seine Kraft in sich auf. Wie hatte sie nur vor diesem Mann weglaufen können? Wie hatte sie das fertiggebracht?

* * *

Auf dem Rückweg zum Haus lag sein Arm auf ihren Schultern und schützte sie vor dem Wind, der vom Meer heraufwehte.

Ihm war, als hätten Judy und er die perfekten Zutaten für ein köstliches, würziges Gericht in einen Topf geworfen. Über kurz oder lang würden sie sich zu einem Festmahl vermengen. Für alle Sinne.

Auf das erste Date hatte sie ihn lange warten lassen. Aber nicht, weil er etwas falsch gemacht hatte, sondern weil sie befürchtet hatte, sich selbst zu verlieren. Wusste sie denn nicht, dass gerade ihr Temperament, ihr Tatendrang und ihre Eigenwilligkeit sie so unglaublich anziehend machten?

Kurz vor der Haustür hielt er an und stellte sich vor sie. Die Worte kamen von seinen Lippen, als wären sie noch mitten in ihrem Gespräch. »Ich würde niemals zwischen dir und deinen Träumen stehen, Judy.«

Sie antwortete ohne Zögern. »Vor einer Woche wollte jemand mir viel mehr nehmen als meine Träume. Seither weiß ich, was Angst ist. Wie soll ich jetzt noch Angst vor einem Date mit dir haben? Wir kriegen das schon hin.«

Er zog sie fest an sich. Gemeinsam gingen sie die letzten Schritte. »Wir sollten es mal mit einem richtigen Date versuchen. Bis jetzt ist unsere Erfolgsbilanz verheerend.«

Er hörte sie lachen und öffnete die Tür.

Im Wohnzimmer wurden sie von besorgten Blicken empfangen.

Neil musterte Rick, die anderen schauten Judy an.

Rick und Neil hatten Judys Familie vom Verdacht der Detectives erzählen wollen, bevor die Detectives es taten. Rick hatte den leichteren Teil übernommen. Er hatte nur mit Judy gesprochen. Neil mit allen anderen.

»Alles klar bei dir?« Megs Frage war an Judy gerichtet.

Judy reckte das Kinn in die Höhe. »Ja, alles klar. Ich möchte gern wieder nach Hause.« Sie schaute ihre Eltern an. »Damit meine ich mein Zuhause hier in Kalifornien. Mein Leben muss weitergehen.«

Sawyer machte einen Schritt nach vorn. Janice hielt ihn am Arm fest. Für einen Vater war es sicher schwer, sein Kind seine eigenen Entscheidungen treffen zu lassen.

Rick hielt sich abwartend im Hintergrund.

»Dad … Mom. Ich liebe euch. Ich weiß, ihr denkt nur an meine Sicherheit, aber das tun alle anderen hier auch. Wenn ich jetzt mit nach Utah komme, hat der Kerl gewonnen. Er hätte mir zwar nicht das Leben genommen, aber alle meine Träume und meine Zukunft. So viel Macht darf er nicht über mich haben. Ich gehöre hierher, davon wird er mich nicht abbringen.«

Rick drückte als stumme Ermutigung ihre Schulter.

Janice umarmte ihre Tochter. »Unsere Tür steht dir immer offen.«

»Danke, Mom.«

Sawyer schaute Rick in die Augen. »Achten Sie gut auf mein Mädchen.«

Rick atmete tief durch und straffte die Schultern. »Das werde ich.«

Während Judy sich von ihrer Familie verabschiedete, nahm Neil Rick und Zach beiseite. »Von jetzt an läuft die Bewachung rund um die Uhr«, sagte er. »Angesichts der neuen Situation kontrollieren wir Mikes Villa noch öfter. Auch und gerade, wenn Rick dort ist.«

»Keiner von uns hält Rick für den Täter.«

Rick war dankbar für Zachs Zuspruch. »Bei den Kontrollen geht es weniger darum, jemanden von meiner Unschuld zu überzeugen. Wir hoffen vielmehr, dass wir den Dreckskerl vielleicht erwischen, wenn er draußen rumschleicht. Womöglich denkt er ja, es gäbe nur innen im Haus Bewacher.«

Zach stieß pfeifend die Luft aus. »Ich weiß schon, warum ich lieber Häuser baue. Überwachung, Security, Personenschutz, das ist alles nicht mein Ding.«

»Das ist wohl eine Nachwirkung unserer militärischen Ausbildung«, sagte Neil.

Rick streckte Zach die Hand hin und drückte sie. »Ich beschütze sie, solange ich kann.«

Zach erstarrte. Sein Grinsen gefror.

»Die Polizei wird mich holen. Es ist nur eine Frage der Zeit«, ergänzte Rick.

»Du meinst das wirklich ernst.«

»Und wenn es nur für ein ausführliches Verhör ist. Die holen mich, es sei denn, der Kerl schlägt demnächst noch mal zu.«

Zach schloss die Augen und schüttelte den Kopf. »Eigentlich heißt es doch *unschuldig bis zum Beweis des Gegenteils*. Warum das so wichtig ist, habe ich letztes Jahr an Karens Beispiel gesehen. Die Medien hatten ihr Urteil über sie schon gefällt. Dabei liefen die wirklich Schuldigen frei herum und hätten fast noch mehr Schaden angerichtet.«

»Wenn ich weg bin, ist die Gefahr für Judy am größten. Dann braucht sie jeden Einzelnen von euch. Der Kerl wartet einen schwachen Moment ab, so wie am Abend des Überfalls. Da war sie ganz allein. Er hat sie nicht umgebracht, weil es ihm mehr Spaß macht, sie zu belauern. Ihr ...« Rick schluckte den galligen Geschmack in seiner Kehle hinunter. »Ihr Schmerzen zuzufügen, verschafft ihm Vergnügen. Er wird es wieder tun wollen.«

Neil legte seine Hand auf Ricks Rücken. »Aber wenn er zu fest zuschlägt, setzt er seinem eigenen Vergnügen unabsichtlich ein Ende.«

Zach wurde blass. »Sollen wir sie unter Hausarrest stellen?«

»Glaubst du, deine Schwester lässt sich auf so was ein?«

Unwillkürlich sahen sie alle zu Judy hinüber. Sie spürte die Blicke, hob das Kinn und zuckte die Achseln.

»Nein, so viel Macht gesteht Judy dem Kerl nicht zu.«

Kapitel 16

Das Gebäude stand noch am selben Ort, war weder frisch gestrichen noch in der kurzen Zeit irgendwie umgebaut worden. Dennoch wirkte es anders.

Judy schaute aus dem Fenster auf der Beifahrerseite.

Rick hielt am Straßenrand und stellte den Motor ab.

»Du machst das einfach Schritt für Schritt.«

Judy nickte.

»Du gehst rein, lässt die Leute gucken und beantwortest ihre Fragen. Um fünf Uhr hole ich dich oben in deiner Abteilung ab und fahre dich nach Hause.«

»Wir können uns auch hier unten treffen.«

»Tu mir den Gefallen. Bitte.«

Na schön. Es war zu ihrem eigenen Besten. Sie würde tun, was Rick sagte, bis sie wieder festen Boden unter den Füßen hatte.

»Dann mal los.« Mit der Handtasche in der Hand stieg sie aus.

Rick ging um den Wagen herum zu ihr und legte ihr die Hand ins Kreuz. »Alles klar?«

Sie hatte sich das Haar über die noch stoppelige Stelle mit der genähten Kopfwunde frisiert. Die Narbe war verdeckt. Die

Spuren, die der Kerl mit dem Messer in ihrem Fleisch hinterlassen hatte, verbarg sie unter langen Ärmeln. Ein bisschen Foundation und sehr viel Concealer sorgten dafür, dass sie nicht aussah, als hätte sie nächtelang nicht geschlafen.

Gemeinsam betraten sie das Gebäude. Die Klimaanlage kämpfte bereits auf vollen Touren gegen die Hitze an.

Der Sicherheitsmann hinter dem Empfangstisch in der Eingangshalle musterte jeden, der durch die Tür kam. Er wünschte den Vorbeigehenden einen guten Morgen und begrüßte viele mit Namen. Eine Kontrolle, ob alle Personen tatsächlich zugangsberechtigt waren, gab es nicht. Judy und Rick marschierten unbehelligt an dem Mann vorbei.

Erst als sie vor den Fahrstühlen warteten, bemerkte Judy die Blicke.

»Ist sie das?«, hörte sie jemanden flüstern.

Rick hatte es offenbar ebenfalls gehört. Seine Hand drückte sich stärker in ihr Kreuz und er zog sie ein wenig dichter zu sich.

Im Fahrstuhl wurde es noch schlimmer. Mit ihr und Rick zwängten sich weitere sieben Leute hinein. Fast alle musterten sie mehr oder weniger ungeniert.

Wegen der vielen Stopps auf den unteren Stockwerken dauerte die Fahrt viel zu lang.

Auf der Etage von Benson & Miller Designs stieg Rick mit ihr aus.

Nancy blickte vom Empfangstisch auf und öffnete den Mund wie ein Goldfisch. Sie zog sich das Headset vom Kopf und stand auf. »Oh mein Gott ...«

Rick machte Nancy Platz. Sie umarmte Judy, als wären sie beste Freundinnen.

»Wir haben gehört ... wir haben es alle gehört.« Nancy trat einen Schritt zurück. »Geht es dir wieder besser?«

»Ja, viel besser, danke.«

»Meinem Ex ist manchmal die Hand ausgerutscht. Ich

weiß, das ist nicht dasselbe. Aber wenn du mal reden willst?«

»Danke, Nancy.«

Nancy warf einen forschenden Blick auf Rick. »Wow ...
Freund oder Bodyguard?«

Rick sah Judy an und holte Luft.

Sie kam ihm mit der Antwort zuvor. »Ein bisschen was von
beidem.«

Die Grübchen erschienen und er zwinkerte.

»Haben Sie einen Bruder?«, fragte Nancy.

Judy hätte am liebsten losgelacht.

»Leider nein«, sagte Rick.

Nancy fächelte sich Luft zu und drehte sich so, dass nur
Judy ihr Gesicht sehen konnte. *Der ist heiß*, formte sie mit den
Lippen.

Judy ging kichernd ins Büro.

Ihre Wabe hatte sich in ihrer Abwesenheit kaum verändert.
Sie war ein wenig ordentlicher, als sie sie verlassen hatte, und die
Pappröhre mit den Plänen, die sie am Abend des Überfalls mit
nach Hause hatte nehmen wollen, lehnte in der Ecke. Ihr Blick
sog sich daran fest.

»Ist das dein Platz?«, fragte Rick.

»Ja.«

*Die Röhre fiel zu Boden. Sie hörte, wie sie wegrollte, und sie
hörte ihren eigenen schnellen Atem.*

»Babe?«

Halt's Maul, du Schlampe.

»Judy?«

*Sein Atem strich ihr übers Ohr und kroch ihr unters Haar.
»Jetzt bist du nicht mehr so taff, was?«*

Sie kniff die Augen zu. Als sie sie wieder öffnete, stand Rick
direkt vor ihr und schaute sie an.

»Bist du wieder da?«, fragte er.

Sie nickte. »Ich habe mich gerade an etwas erinnert.«

»An was denn?«

»Er hat gesagt: *Jetzt bist du nicht mehr so taff, was?* Das hat mich verwirrt. Was er gesagt und was er getan hat, hat nicht zueinandergepasst.«

»*Jetzt bist du nicht mehr so taff?* Bist du sicher, dass er sich so ausgedrückt hat?«

»Absolut.«

»Erinnerst du dich noch an etwas anderes?«

Ganz hinten in ihrem Kopf regte sich etwas, aber sie konnte es nicht fassen.

»Nein, das ist alles.«

Mr Archer eilte durchs Büro. Vor ihrer Wabe blieb er stehen. »Judy?«

Es war seltsam, ihn ihren richtigen Namen sagen zu hören. »Mr Archer, hi.«

»Schön, dass Sie wieder da sind.«

»Danke.«

Der Mann lächelte sogar. »Falls Sie etwas brauchen … oder mal wegmüssen, sagen Sie einfach Bescheid.«

»Das ist sehr entgegenkommend von Ihnen, Mr Archer. Aber ich denke, es wird gehen.«

Mr Archer musterte Rick. »Falls es doch mal etwas gibt, wenden Sie sich an José. Sie sind wieder bei ihm eingeteilt. Für die Poststelle haben wir jemand anderen. Da müssen Sie nicht mehr hin.«

»Das freut mich.«

Rick streckte Mr Archer die Hand hin. »Rick Evans.«

»Oh, Entschuldigung«, sagte Judy.

»Steve Archer.« Die Männer schüttelten einander die Hand.

»Ist es in Ordnung, wenn ich mich hier ein bisschen umsehe, Steve?«

»Nur zu. Die Polizei hat das auch schon getan, aber die haben nichts gefunden.«

Rick nickte. »Es dauert nicht lang.«

Mr Archer hatte zu tun und eilte weiter.

»Wirklich unauffällig bist du nicht«, sagte Judy.

»Das will ich auch nicht sein.« Rick beugte sich vor und hauchte ihr einen Kuss auf die Lippen. »Jeder soll mich sehen und wissen, dass ich dein Freund bin.« Er küsste sie noch einmal. »Wer sich an dir vergreift, bekommt es mit mir zu tun. Das muss allen klar sein.«

Dem nächsten Kuss wich sie aus. »Du willst dein Territorium abstecken?«

»Mit dem größten Vergnügen.«

Wieder ein Kuss. Dann räusperte sich jemand.

Judy zuckte zusammen.

Debra Miller stand vor ihrer Wabe. »Ist das hier die Knutschecke? Wo kriegt man denn die Tickets?«

»Ms Miller.« Judys Wangen wurden heiß, Ms Millers Lächeln wurde breiter.

»Schön, dass Sie wieder da sind, Judy.«

»Danke.« Judy schaute zu Rick, der an ihrem Schreibtisch lehnte, als gehörte er dorthin. »Und Entschuldigung. Rick wollte nur dafür sorgen, dass ich wirklich sicher hier ankomme.«

»Das ist verständlich.«

Judy stellte die beiden einander vor.

»Bodyguard und Freund? Führt das nicht zu Interessenkonflikten?«

»Nicht bei uns.«

Ms Miller fragte nicht weiter. »Zurzeit begleiten Wachleute alle Frauen vom Parkhaus ins Gebäude und nach Feierabend wieder zurück. Oder wir verlassen die Firma gleich in Gruppen. Die Verunsicherung ist groß.«

Daran hatte Judy gar nicht gedacht. Sie überlegte, ob sie ihrer Chefin von der Vermutung erzählen sollte, dass der Täter es ganz gezielt auf sie abgesehen hatte. Dann brauchten die anderen sich keine Sorgen zu machen. Doch sie entschied sich dagegen. Falls es doch nicht so war und jemandem etwas zustieß, weil sich alle in Sicherheit wiegten, würde sie sich das nie verzeihen.

»Rick möchte sich gern ein bisschen umschauen. Mr Archer haben wir schon Bescheid gesagt.«

»Nur zu. Wollen Sie ihn herumführen?«

»Nur ganz kurz. Dann mache ich mich an die Arbeit.«

»Schön. Ich bin gespannt auf die Pläne, über die wir gesprochen haben.«

Nach dem Gespräch mit Ms Miller war Judy noch glücklicher über ihre Entscheidung, das Praktikum wieder aufzunehmen.

* * *

Meg blickte vom Monitor auf und rückte ein Stück vom Schreibtisch weg. »Ich glaube, ein Umzug ist angesagt. Zumindest auf Zeit«, sagte sie zu ihrer Chefin. Samantha ließ ihren kleinen Sohn in den Garten hinaus und setzte ihre knapp zweijährige Tochter Delanie auf ihrer Hüfte zurecht.

»Ich hatte gehofft, dass wir das vermeiden können.«

Mit ein paar Klicks machte Meg die Kundenliste sichtbar. »Wenn Rick und Neil recht haben, taucht die Polizei hier demnächst mit einem Durchsuchungsbefehl auf und bekommt dann auch all diese Informationen in die Finger.« Alliance hatte zwar keine dunklen Geheimnisse, aber die Kundschaft der Agentur legte allergrößten Wert auf Diskretion. »Es ist ja nur für eine Weile. Sobald Rick aus der Sache raus ist, schaffen wir alles wieder zurück.«

»Sicher hast du recht, aber Alliance zu verlegen, ist eine seltsame Vorstellung. Wir haben schon öfter darüber nachgedacht, irgendwo ein Büro zu eröffnen, hatten aber immer Sicherheitsbedenken.«

»Ein Schaufenster oder Empfangsräume braucht Alliance eigentlich nicht. Die Anrufe werden sowieso weitergeleitet, die Telefonnummer können wir also behalten. Die Dame am Computer bin derzeit meist ich, also nehme ich dieses Baby mit nach Hause und richte mir dort ein kleines Büro ein. Im Augenblick wäre das für uns alle am besten.«

Delanie fing an zu zappeln. Samantha setzte sie ab und folgte ihr zusammen mit Meg bei ihrem Erkundungszug durchs Erdgeschoss.

»Je mehr Leute im Moment in Mikes Haus aus und ein gehen, desto besser. Die Sicherheitsvorkehrungen dort sind ordentlich hochgefahren worden.« Meg warb weiter für ihre Idee.

»Du hast recht. So richtig glücklich macht mich der Gedanke zwar nicht, aber der Vorschlag ist vernünftig.«

Eddie kam ins Haus gerannt. Er brachte eine Handvoll Blumen samt Wurzelwerk und Gartenerde mit. »Guck mal. Für dich.«

Meg lachte über die Dreckspur, die der Kleine hinter sich her zog.

Samantha beugte sich zu ihm, nahm die Blumen entgegen und umarmte ihn. »Vielen Dank. Die sind wunderschön.«

»Daddy sagt, Jungs schenken Mädchen Blumen.«

»Daddy kennt sich aus.«

Eddies Kulleraugen richteten sich auf Meg. Er machte auf dem Absatz kehrt und rannte zurück in den Garten.

Samantha rief eine Umzugsfirma an. Sie sollten ein paar Leute vorbeischicken, die unter Megs Regie alles, was mit Alliance zu tun hatte, einpacken und nach Beverly Hills verfrachten konnten.

Mit einem Büschel Blumen samt Wurzeln und Erde winkte Meg ihrer Chefin zum Abschied hinterher und wartete auf die Helfer.

Kurz nach Mittag kam Rick nach Hause. An der Bürotür blieb er stirnrunzelnd stehen. »Was ist denn hier los?«

Meg verschloss eine Umzugskiste mit Klebeband. »Was denkst du? Wird das Haus durchsucht werden?«

Rick legte seine Schlüssel und sein Telefon auf den Schreibtisch und half beim Packen.

* * *

»Hey Babe.« Rick hatte am Empfang von Benson & Miller Designs auf Judy gewartet. Er hielt drei pinkfarbene Rosen in der Hand.

»Das war doch nicht nötig«, sagte sie, freute sich aber sehr.

»Ich habe dir doch gesagt, dass ich dich abhole.«

Sie roch an den Blumen und lächelte. »Ich meine die Blumen. Das musstest du nicht.«

»Macht sie das nicht noch ein bisschen schöner?« Er reichte sie ihr und nahm ihr die Pappröhre ab.

»Danke.«

Nancy packte gerade ihre Sachen zusammen.

»Sie gehen jetzt auch? Wollen Sie mit uns raus?«, fragte Rick.

»Mein … mein Wagen steht im Parkhaus. Ich warte noch auf die anderen. Wir gehen immer zu mehreren.« Den ganzen Tag über war der Überfall immer wieder Gesprächsthema gewesen – manchmal hinter vorgehaltener Hand. Damit hatte Judy gerechnet, aber immerhin behandelten die meisten sie nicht anders als davor.

Genau wie am Morgen, als Rick sie hergebracht hatte, hatte er den Wagen auch jetzt auf den Lieferantenparkplatz gestellt. Der Sicherheitsmann vor dem Gebäude winkte Rick lächelnd zu.

»Sieht aus, als hättet ihr schon Freundschaft geschlossen.«

Rick öffnete ihr die Beifahrertür und legte die Pappröhre ins Auto. »Ich wollte nicht, dass dein Wagen abgeschleppt wird.«

Er ordnete sich in den dichten Feierabendverkehr ein, fuhr aber nicht in Richtung Beverly Hills.

»Wie war dein Tag?«

Er schaute sie über den Rand seiner Sonnenbrille hinweg an. »Deiner interessiert mich viel mehr.«

Sie dachte kurz nach. »Gut. Es war gut, wieder zur Arbeit zu gehen. Ich musste allerlei Kram erledigen, aber das … hat mich auf andere Gedanken gebracht.«

»Und du bist mit jemandem aus der Firma zum Mittagessen gegangen?«

»Mit Nancy. Sie wollte alles über dich wissen.«

Er lächelte, sagte aber nichts dazu.

»Wo fahren wir hin?«

Sie kamen nur zentimeterweise voran. »Es ist nicht das Getty. Nur ein Abendessen zur Feier deiner Rückkehr in die Firma.«

»Es gab mal eine Zeit, da hast du mich um ein Date gebeten. Jetzt schaffst du einfach Fakten.«

Sie liebte sein Lächeln.

»Jap, so könnte man sagen.«

Klein, gemütlich und ein Stück von der Hauptstraße weg, ließ ihr das Carino's schon beim Eintreten das Wasser im Mund zusammenlaufen. »Ich liebe italienisches Essen.«

»Ich würde dich gern in dem Glauben lassen, ich könnte Gedanken lesen. Aber der Tipp kam von Meg. Sie sagt, du bist verrückt nach Pasta.«

Hand in Hand gingen sie in das Restaurant. Das köstliche Aroma sickerte in Judys Poren.

Rick nannte seinen Namen, und sie wurden sofort zu einem Tisch gebracht. Der Wein stand schon bereit. »Wow. Beeindruckend.«

»Beeindruckend ist mein zweiter Vorname.«

Sie setzten sich, Rick schenkte ihnen ein und hob sein Glas. »Auf den Abschied von *Babe*.«

Judy hob ihr Glas, stieß aber nicht mit ihm an. »Auf unser erstes Date.«

Wein war nicht unbedingt ihr Lieblingsgetränk, aber der Rote war leicht genug, um sie kurz nach dem ersten Schluck noch einen zweiten nehmen zu lassen. »Ich weiß nicht, was mich mehr beeindruckt: dass du Meg gefragt hast, was ich gern esse, oder dass du offen zugibst, sie gefragt zu haben.«

»Ist doch praktisch, wenn die beste Freundin deiner Freundin in Rufweite arbeitet. Es wird seltsam sein, wenn sie nicht mehr da ist.«

Judy schlug die Speisekarte auf. »Wohin geht sie denn?«

»Sie und Samantha haben das Büro heute ausgelagert.«

»Ach, und warum?«

Der Kellner kam an den Tisch, zählte die Empfehlungen des Tages auf und ging wieder. Judy glaubte, Rick hätte ihre Frage vielleicht vergessen. »Warum verlegen sie das Büro?«

Er nahm einen Schluck und schaute in sein Glas. »Nicht übel.«

»Rick!«

Er spielte mit seiner Serviette. »Zum Geschäftsmodell von Alliance gehört absolute Diskretion. Sie machen sich Sorgen wegen einer Hausdurchsuchung.«

Oje. »Und du sorgst dich, dass man dir den Überfall anhängen will.«

»Ich sorge mich nicht. Jedenfalls nicht um mich.«

Das konnte Judy nicht behaupten.

Der Kellner kam und nahm die Bestellung auf. Als er wieder weg war, griff Rick nach Judys Hand. »Lass uns über etwas Angenehmeres reden. Über etwas, worauf wir Einfluss haben.«

»Aber ob gegen dich ermittelt wird, müssten wir doch auch beeinflussen können.«

»Wenn du rausfindest, wie, dann sag es mir bitte. Und jetzt erzähl mir von dem Projekt, das du mit nach Hause genommen hast.«

Das tat sie nur zu gern. Sie fand es schön, dass Rick ihr zuhörte und interessiert nachfragte. Auch während des Essens plauderten sie weiter. »Ms Miller wird meinen Entwurf sicher nicht auswählen. Aber dass sie sich überhaupt dafür interessiert, ist eine ganz große Sache für mich.«

»Stell dein Licht nicht unter den Scheffel, Utah-Girl. Zach und Mike haben mir gesagt, wie talentiert du bist. Wer weiß, was noch aus dir wird.«

Überrascht, wie viel sie gegessen hatte, schob sie ihren Teller beiseite. Rick warf einen langen Blick auf ihre Reste. Sie stellte den Teller vor ihn hin. Dieser Mann futterte wie ein Scheunendrescher und hatte doch kein Gramm Fett am Leib. »Wo lässt du das alles?«

Er hob eine Augenbraue. »Ich trainiere viel.«

So in Form zu bleiben, nahm sicher viel Zeit in Anspruch, aber bisher kannte sie nur den Rick, der sie im Auto von A nach B fuhr oder ihr in misslichen Situationen zu Hilfe kam. »Und wie läuft das ab?«

»Du fragst nach meinem Trainingsplan?«

Der Wein machte sie ein wenig beschwipst. Das war angenehmer als die Kopfschmerzen, die sie seit dem Überfall fast täglich plagten. »Ja.«

»Ein bisschen Cardio, ein bisschen Gewichtstraining und unzählige Runden über den Boot-Camp-Parcours im Park.«

»Ein Boot-Camp-Parcours? So was gibt's?«

»Ich weiß nicht, ob man das wirklich so nennt. Nicht weit von meinem Haus gibt es eine hügelige Laufstrecke mit Geräten und Hindernissen. Man macht Klimmzüge, Liegestützen und alle möglichen anderen Übungen.«

Ihr Blick wanderte über seine massigen Schultern. Wie er

sein Hemd ausfüllte, gefiel ihr sehr gut. Ein warmes Gefühl durchrieselte sie. Unter einem seiner kurzen Ärmel lugte der Rand eines Tattoos hervor. Sie konnte nicht widerstehen, hob den Ärmel ein wenig an und betrachtete das Muster, das sich um seinen Bizeps wand. »Aus deiner Zeit beim Militär?«

Er schaut auf seinen Arm. »Das hier schon.«

»Du hast noch mehr?« Sie selbst hatte nie ein Tattoo gewollt, an anderen fand sie Tattoos jedoch faszinierend.

»Ein paar.«

Am liebsten hätte sie sein Hemd aufgeknöpft und nachgesehen. »Verrätst du mir, wo und was?«

Er schaufelte mehr Essen in sich hinein und schluckte. »Wenn du mich nackt sehen willst, Utah-Girl, brauchst du nur zu fragen.«

Scheinbar empört gab sie ihm einen Klapps auf die Schulter.

»Ich meine das ernst«, sagte er.

»Davon gehe ich aus.«

Hinter seinen lachenden Augen schimmerte eine Glut, die einmal angefacht sicher leicht zu einer Feuersbrunst werden konnte. »Nimmst du mich mal mit, wenn du trainierst? Meg und ich haben uns in Seattle immer von einem Profi malträtieren lassen. Hier ist uns das zu teuer.«

»Fühlst du dich schon fit genug für Sport?« Sein Blick wurde weicher.

Die Blutergüsse waren verschwunden, an die Schmerzen nach dem Überfall erinnerte sie sich inzwischen nur noch wie an einen bösen Traum. »Ich denke, es geht wieder.«

»Dann legen wir bald los. Aber unter einer Bedingung.«

»Ach, Bedingungen stellst du auch? Na wunderbar. Lass hören.«

»Du bringst Meg mit und ich bringe euch ein paar Grundkenntnisse zur Selbstverteidigung bei.«

Diese Bitte wirkte ernüchternd. Judys Lächeln verlor seine Frische.

»Du sollst dich auch sicher fühlen können, wenn ich gerade mal nicht an deiner Seite bin.« Mehr als das. Er musste damit rechnen, dass die Polizei ihn demnächst für das Verbrechen eines anderen aus dem Verkehr ziehen würde. Zwar würden seine Kollegen Russell und Dennis Judy in seiner Abwesenheit bewachen. Aber das genügte ihm nicht.

»Gute Idee.«

»Ich trainiere immer ganz früh morgens.«

Sie kniff die Augen zusammen. »Willst du mich abschrecken?«

»Ich bin ein übler Feldwebel.«

»Das wundert mich nicht. Du warst ein Marine. Aber mit einem Freund wie dir kann ich kein Schlaffi sein.«

Seine Grübchen schürten das Feuer in ihrem Bauch.

Plötzlich war das Restaurant viel zu belebt und zu Hause war viel zu weit weg.

KAPITEL 17

Auf dem Weg nach Beverly Hills plauderten sie ganz harmlos. Dabei konnte Rick an nichts anderes denken als an Judy in knappen Sportshorts und einem winzigen Shirt. Das Date war gelaufen wie erhofft. Ein ungezwungenes Gespräch, Offenheit und Hitze. Vielversprechend. Nur die Ungewissheit machte ihm zu schaffen. Er hatte keine Ahnung, wie viel Zeit ihnen blieb, bis die Polizei ihn holte oder bis die Detectives Zweifel in Judys Herz säten.

Im Augenblick waren keinerlei Zweifel zu erkennen. Weder in den verstohlenen Blicken, mit denen sie ihn heimlich musterte, noch daran, wie sie sich in einem Wagen Luft zufächelte, der auf zwanzig Grad heruntergekühlt war. Und schon gar nicht in dem frustrierten Seufzen, mit dem sie erklärte, Meg sei zu Hause.

Ein Gentleman hätte ihr mit einem Kuss für das perfekte Date gedankt und versprochen, sich zu melden.

Aber Rick hatte sich nie als Gentleman betrachtet. Dafür war seine Schale zu rau. Er trug die Papprolle mit Judys Entwürfen ins Haus und schaltete die Alarmanlage an.

»Wie war das Essen?«

»Wunderbar«, antwortete Judy.

Meg stellte den Fernseher leiser. »Du hast mir keine Reste mitgebracht? Du musst ganz schön hungrig gewesen sein.«

Judy nickte Richtung Rick. »Wenn dieser Kerl dabei ist, bleibt nie etwas übrig.«

Meg lachte. »Warum überrascht mich das nicht?«

Während die Mädchen sich über Judys ersten Arbeitstag unterhielten, machte Rick einen Kontrollgang durchs Haus.

Alles schien in Ordnung zu sein. In zwei Stunden begann Dennis' Schicht. Er würde das Haus unauffällig bewachen, selbst wenn Rick blieb. Die Regeln waren klar. Wenn Rick ging, würde die Nachtwache aufs Grundstück kommen und sich dort aufhalten. Wenn Rick hier übernachtete, was er sehr hoffte, würde die Nachtwache in der näheren Umgebung des Anwesens die Augen offen halten. Zur Not würde er auch in einem der freien Gästezimmer schlafen.

Bei seiner Rückkehr ins Wohnzimmer sprang Meg abrupt von der Couch. »Wow, schon so spät!«

Judy machte ihr Wütende-Katze-Geräusch, Rick verkniff sich ein Lächeln. Es war noch nicht spät. Überhaupt nicht.

»Ich lese gerade ein sehr spannendes Buch.«

»Meg!«

»Ist ja auch egal. Und jetzt viel Spaß, Kinder.« Meg holte sich zwei Flaschen Bier aus dem Kühlschrank und verschwand in ihrem Zimmer. Gerade als Judy sich aus der Schockstarre lösen wollte, rief Meg über die Schulter zurück: »Die Wände hier sind ziemlich dick.«

»Margaret Catherine!«

Rick hörte Meg lachen, dann schloss sich eine Tür.

»Margaret Catherine? Im Ernst?«

Judy versteckte das Gesicht hinter den Händen. Ihre pinkfarbenen Wangen verrieten, wie verlegen sie war. »Tut mir wirklich leid.«

»Bisher habe ich immer nur mit Marines zusammenge-

194

wohnt. Meg würde einen prima Marine abgeben.«

»Und sich problemlos einfügen?«

»Problemlos.« Rick ging zu Judy und strich ihr mit den Fingerknöcheln über die Wange. »Hast du sie gebeten, in ihr Zimmer zu verschwinden?«

Judy betrachtete die Knöpfe seines Hemdes. »Ich ... ich. Ja.«

Er gab sich keine Mühe, sein Grinsen zu verbergen. »Es sind die Tattoos, nicht wahr?«

»Du hast mich durchschaut.« Sie kicherte.

Behutsam legte er die Hände an ihren Hinterkopf. Manche Stellen waren nach den Misshandlungen immer noch druckempfindlich, und er wollte ihr nicht wehtun. Als sie ihm in die Augen schaute, wurde er ernst. »Keine Angst mehr wegen Plan A?«

Die goldenen Sprenkel in ihren braunen Augen schienen im gedämpften Licht des Zimmers zu glühen. »Die meisten Kerle würden schreiend davonlaufen, wenn eine Frau ihnen schon vor dem ersten Date gesteht, was ich dir gestanden habe. Aber du bist noch da.«

»Stimmt. Seit heute daten wir offiziell, und ganz gleich ob Plan A oder B, ich habe überhaupt keine Angst.« Weshalb das so war, wusste er selbst nicht recht.

»Aber wenn es so wäre, würdest du es mir sagen?«

»Ich finde, wir können ehrlich zueinander sein. Was meinst du?«

Sie legte die Hand auf seine Brust. »Ehrlichkeit ist gut.«

Er zog sie grinsend an sich. »Schön. Und wie stellst du dir den Rest des Abends vor, Judy?«

Sie holte tief Luft, vielleicht weil sie Mut brauchte, vielleicht weil sie plötzlich das Gefühl hatte, es wäre nicht genug Sauerstoff im Raum. »Ich will dich sehen ... alles sehen«, sagte sie.

Ihre Worte machten ihn hart, sein Griff wurde fester. »Ganz sicher?«, flüsterte er.

Ihre Antwort war ein scheuer Kuss. Rick reagierte mit einem Hunger, der ihn selbst überraschte. Ihre Lippen hatten seine gestreift wie die Feder eines Engelsflügels, und er drohte, über sie herzufallen wie ein Teufel über eine arglose Seele.

Er mahnte sich zur Zurückhaltung, lockerte seinen Griff ein wenig, ließ sie aber nicht los. Ihre Zunge war bald so keck wie seine, tastete und suchte. Ein kleiner Hauch des Weins, den sie getrunken hatten, lag noch in ihrem Duft.

Judy zog das Knie an und streifte die Schuhe ab. Weil er einen guten Kopf größer war als sie, musste er sich vorbeugen, um sie weiter küssen zu können. Er legte ihr die Hand ins Kreuz und ließ sie langsam tiefer rutschen.

Ihr wohliges Aufstöhnen setzte ihn unter Strom und machte es ihm schwer, nichts zu überhasten.

Als er sie hochhob, schlang sie die Beine um ihn. Durch das Labyrinth aus Schuhen und Wohnzimmermöbeln trug er sie zum Flur und zu ihrem Zimmer. Die wummernden Bässe von Megs Fernseher drangen an seine Ohren. In Judys Zimmer waren sie kaum noch zu hören. *Dicke Wände.*

Die Tür schloss er mit einem Tritt. Dann trug er Judy zu dem gigantischen Bett mitten im Raum. Mit einer geschmeidigen Bewegung legte er sich mit ihr auf die Matratze. Als sie die Hüften hob, um mehr von ihm zu spüren, verlor er beinahe die Kontrolle. Sie knetete seinen Hintern, zerrte an seinem Shirt und küsste ihn, als wollte sie ihn ersticken.

Nach dem Kuss waren sie beide außer Atem.

Judy musterte ihn mit großen Augen. Ihre Lippen waren gerötet. »Die Tattoos, Babe. Ich will sie sehen.«

Sie konnte ihn bis in alle Ewigkeit so nennen, er würde nie genug davon bekommen. Er riss sich das Hemd von den Schultern und ließ es fallen.

Judy setzte sich auf, strich mit den Fingerspitzen über das Symbol auf seiner rechten Schulter und ließ ihre Lippen folgen. »Du bist so stark«, murmelte sie.

Er zog ihr das Shirt über den Kopf. Die helle Haut ihrer Brüste lugte aus ihrem hellgrauen BH. Endlich konnte er küssen, wonach er sich sehnte. Seine Zunge fand einen Weg unter den feinen Stoff. »Du bist perfekt.«

Ihr BH landete auf ihrem Shirt. Seine Zunge umspielte ihre kleinen Rosenknospen-Brustwarzen. »Mit denen könnte ich stundenlang Spaß haben.«

Sie kicherte. »Dann wäre der Rest von mir eifersüchtig.«

»Wir könnten die ganze Nacht ... mit Geschmacksproben verbringen.« Er zupfte mit den Zähnen an einer Brustwarze, Judys Nägel gruben sich in seinen Rücken.

»Oder auch nicht.«

Sie zog die Nägel über seinen Hintern, er drängte sich fester an sie.

»Oder auch nicht.« Er wiederholte ihre Worte. Das Vorspiel über die ganze Nacht auszudehnen, würde er nicht schaffen. Nicht mit Judy.

Rick zog sie in die Mitte des Bettes und legte sich neben sie. Langsam und genussvoll zeichneten seine Hände ihre Kurven nach und prägten sie sich ein. »Du hast in der Polizeiwache gesessen«, sagte er. Er sprach von dem Tag, an dem sie einander zum ersten Mal begegnet waren. »So fehl am Platz und so bemüht, mich nicht anzustarren.« Er beugte sich über sie und legte eine Spur aus Küssen zwischen ihre Brüste.

»Und du hast mich von oben bis unten gemustert. Unglaublich dreist.«

Er hob sie hoch, als wäre sie federleicht, und drehte sie auf den Bauch.

»Ich wollte dich vom ersten Augenblick an.«

Der Reißverschluss ihres Rocks begann an ihrem Rückgrat

und reichte bis zu ihren festen Pobacken. Gemächlich zog er ihn auf, dann küsste er die Rundungen ihrer Hüften. Dürre Hungerhaken machten ihn nicht an, aber Judys Kurven ließen ihm das Wasser im Mund zusammenlaufen. Sie brachte in ihm Saiten zum Schwingen, von deren Existenz er bislang nichts geahnt hatte.

Ihr Rock folgte ihrem Shirt und Rick ließ die Hände über ihre Hüften, ihre knappen Pantys und die seidige Haut ihrer Schenkel wandern. Zu gern hätte er seine Position ausgenutzt, aber er wollte sie nicht erschrecken. Er drehte sie auf die Seite und streckte sich neben ihr aus. Sofort schlang sie ein Bein um seine Hüfte. »Du warst dreist, und selbstbewusst und heiß. Als ich dich bei der Abschlussfeier wiedergesehen habe, wusste ich … dass wir hier landen würden.«

Er küsste sie und hörte erst wieder auf, als ihre Hand nach dem Reißverschluss seiner Hose tastete. »Mir gefällt es hier.«

Kaum hatte er sich aus seiner Hose geschält, machte Judy sich an seinen Boxershorts zu schaffen. »Steroidfreie Zone!«, kicherte sie, als er nackt vor ihr lag. Sie strich über seine Hüfte und fasste zu. Die Berührung war nicht vorsichtig oder verschämt, sie war fordernd. Er drängte sich in ihre Hand, schob die Hände in ihre Pantys und drückte ihre Beine auseinander. Der Versuchung, ihr das kleine Stück Stoff vom Leib zu reißen, widerstand er mit großer Mühe. Sie streifte es selbst ab und küsste ihn. Von seinen Lippen arbeitete sie sich zu dem Tattoo auf seiner Brust und zeichnete es mit der Zungenspitze nach. Das Gefühl brannte sich tief in ihn ein.

Er hatte geahnt, dass es mit ihr so sein würde. Voller Feuer und Leidenschaft und ohne einen Gedanken an die Welt um sie herum.

Judy schob sich über ihn, ließ ihm kaum genug Zeit, nach seiner Geldbörse zu tasten.

»Warte.« Er fischte seine Hose vom Boden und zog ein

Kondom aus seiner Geldbörse. Beim Versuch, die Verpackung zu öffnen, rutschte ihm das Ding aus den Fingern. Zweimal. Sie nahm es ihm aus der Hand.

»Aus der Übung, Süßer?«

Sie wollte die Verpackung aufreißen, doch er hielt ihre Hand fest. Er schaute ihr tief in die Augen. »Seit ich dich vor einem Jahr getroffen habe«, sagte er, »hat es keine andere gegeben.«

Sie blinzelte, verstand, was er ihr damit sagen wollte, und küsste ihn. »Oh Rick. Ich musste immer an dich denken. Ich hatte keine Lust zum Daten, konnte nicht schlafen.«

Vielleicht war das egoistisch, aber er fand es wunderbar.

Gemeinsam streiften sie ihm das Kondom über. Ihre Hand rutschte tiefer, umfasste ihn.

Dann war sie über ihm, nahm ihn. Sie war feucht, eng und voller Verlangen. Sie überraschte ihn mit ihrer Heftigkeit.

»Lass uns Zeit, Babe«, flüsterte er.

»Ich kann nicht. Du fühlst dich so gut an.«

Er legte die Hände auf ihre Hüften, um ihre Bewegungen zu verlangsamen. Leicht machte sie ihm das nicht.

Er war mit genügend Frauen zusammen gewesen, um zu wissen, dass ihr erster Orgasmus zum Greifen nahe war. Eisern hielt er sich zurück und ließ sie sich nehmen, was sie brauchte. Er küsste sie und hielt sie fest, bis sie aufstöhnte und bebend über ihm zusammensank. Erst dann drehte er sie auf den Rücken, um ihr zu zeigen, wie er sich ihr Zusammensein vorstellte.

Er schlug ein langsameres Tempo an, fand ihre empfindlichsten Stellen, zeigte ihr seine und machte die Versprechungen wahr, die sich hinter seinem forschen Lächeln verbargen. Als sie sich unter dem zweiten Höhepunkt aufbäumte, ließ er sich mitreißen, schrie ihren Namen und drang tief in sie ein.

Judy war die seine.

Jetzt.

Für immer.

* * *

In Ricks Armen vergaß sie die grausame Welt. Ihr Körper prickelte und ihre Gedanken drifteten im wohligen Nachglühen ihrer Leidenschaft. Ihr Kopf ruhte auf Ricks Brust. Sie strich über seine Muskeln, verfolgte mit dem Finger eine Ader an seinem Arm. »Es mag sich oberflächlich anhören«, sagte sie, »aber du hast einen atemberaubenden Körper.«

Seine Hand streichelte ihre Hüfte. »Und du bist unheimlich sexy.«

Sie gehörte nicht zu den Frauen, die ihrem Kerl sagten, sie müssten wohl ein paar Kilo abnehmen, und als Antwort erwarteten, das sei nicht nötig. Im Grunde fühlte sie sich recht wohl in ihrer Haut und Rick schien sie zu gefallen. Sehr sogar.

Um seinen Bizeps wand sich ein tätowiertes Band aus ineinander verschlungenen roten und schwarzen Xen. »Wie kommst du zu dem hier?«

Er hob den Arm, spannte die Muskeln. *Verdammt, er ist heiß.* »Marines plus Alkohol. Jeder in der Einheit hat irgendwann eins abbekommen.«

»Vermisst du die Zeit beim Militär?«

Sein Seufzen ließ seine Brust vibrieren und kitzelte ihr Ohr. »Manchmal. Aber für mich ist die Sache abgehakt.«

»Kein gutes Ende?«

»Kein gutes Ende.« Er drehte sich so, dass sie die helle Narbe an seiner Seite sehen konnte. »Von unserem letzten Einsatz«, sagte er. »Ich hatte Glück. Mac und ich sind mit dem Leben davongekommen.«

»Mac?«

»Neil. Wir haben ihn Mac genannt.«

»Und wie war dein Spitzname?«

»Smiley.«

Sie lachte. Das wieder zu können, war ein gutes Gefühl. »Das passt. Neil sagt das manchmal. Aber man sieht auch sofort, wenn du ernst bist, weil deine Grübchen dann verschwinden.«

»Meine Großmutter kneift mich heute noch in die Wangen, wenn wir uns mal sehen.«

»Es geht doch nichts über die Verwandtschaft. Meine Tante Belle ist überzeugt, dass meine Schwester Rena schon vor der Hochzeit schwanger war. Bei jedem Familienfest fängt sie davon an.«

»Und? War es wirklich eine Muss-Ehe?«

»Wenn eine Schwangerschaft elf Monate dauert, dann ja. Aber eigentlich ist das gar nicht wichtig. Rena und Joe sind sehr glücklich.« Judy küsste das Tattoo auf seiner Schulter. »Und was steckt hinter dem hier?« Es sah aus wie ein blutender Stern und wirkte auf eine rätselhafte Art sehr schön.

Sein Schweigen dauerte zu lange. Sie schaute ihm ins Gesicht. Die Grübchen fehlten.

»Der Stern ist für Roxy.«

»Eine Frau?« Jetzt tat es ihr leid, dass sie gefragt hatte.

»Meine Schwester.«

Oh. Damit hatte Judy nicht gerechnet. »Ihr habt euch wohl sehr gern.«

»Wir hatten uns sehr gern. Sie ist mit siebzehn gestorben.«

»Oh Rick. Entschuldige bitte, dass ich gefragt habe.«

Er küsste sie aufs Haar und drückte ihren Kopf sanft zurück auf seine Brust.

»Das ist lange her.«

Eine Weile schwiegen sie gemeinsam. Bevor sie ihn fragen konnte, ob er ihr die Geschichte erzählen wollte, fing er von selbst damit an.

»Roxy hatte einen schlimmen Streit mit ihrer Highschool-

Liebe. Ihr Freund ist wütend weggefahren und hat eine Kurve zu schnell genommen. Dummer Junge. Er hat es nicht überlebt, und Roxy hat sich die Schuld gegeben.«

Judy schloss die Augen. Ein toter Junge und ein gebrochenes Mädchen. Keine schöne Vorstellung. »Sie konnte doch nichts dafür.«

»Sie hat sich trotzdem schreckliche Vorwürfe gemacht, fiel in eine schwere Depression und musste sogar in eine Klinik. Ich habe viel bei ihr gesessen, mit ihr geredet. Über alles Mögliche. Ich wollte sie zum Lächeln bringen. Gegen Ende des Schuljahrs sah es aus, als ginge es ihr besser. Wir haben zusammen Tanzstunden genommen und ich bin mit ihr zum Abschlussball gegangen.« Wieder verfiel er in Schweigen.

»Was ist passiert?«

Er holte tief Luft.

»Du musst es mir nicht sagen.«

»Schon okay. Sie, ähm … sie hat sich die Pulsadern aufgeschnitten. Und als das nicht gleich funktioniert hat, hat sie eine Handvoll Tabletten genommen und sich in die Badewanne gelegt.«

»Oh Rick. Hast du sie gefunden?«

Er schüttelte den Kopf. »Nein. Mit dieser Erinnerung muss meine Mutter leben.«

Judy schaute ihn an, sah, wie der Tod seiner Schwester Schatten in seine Augen warf. »Das ist furchtbar.«

»Am Tag nach der Beerdigung bin ich zu den Marines gegangen.«

»Das muss eine schwere Zeit gewesen sein. Für dich und für deine Eltern.«

»Ich habe mir meinen Kummer in der Grundausbildung aus dem Leib geackert. Ich habe versucht, am Leben zu bleiben und die Welt ein bisschen besser zu machen. Wenn ich jetzt an Roxy denke, erinnere ich mich an die guten Zeiten, an ihr

Lachen. Der Stern spornt mich an, nie die Hoffnung zu verlieren, auch und gerade, wenn die Lage aussichtslos erscheint.«

Judy küsste den Stern. »Und seit damals versuchst du, die Welt zu retten?«

»Ach, Utah-Girl.« Er nahm ihr Gesicht zwischen die Hände und zog sie zu sich. »Dich rette ich immer gerne. Der Rest der Welt kann sehen, wo er bleibt.« Sein Kuss war zärtlich, genau wie vorher bei ihrem Liebesspiel.

Sie hob den Kopf und schaute in seine schönen Augen. »Die Welt braucht mehr Helden wie dich.«

»Und der Held braucht Menschen, die ihm Kraft geben. Für mich bist du so ein Mensch.«

Judy spürte, wie ihm bei diesen Worten ein großes Stück ihres Herzens zuflog. Sie wollte eine rote Schleife darum binden und es ihm schenken.

Er schob ihr eine Haarsträhne hinters Ohr. »Du hast keine Angst mehr?«

Die hatte sie. Aber nur vor zwei Dingen: dass die Polizei ihn holte und dass der Angreifer noch einmal zuschlug. »Nicht vor dir … nicht vor uns.« Sie zeigte auf seine Brust und auf ihre.

Zärtlich liebte er sie noch einmal, mit geflüsterten Worten und hier und da einem Auflachen. Träume von entspannten Tagen am Strand ließen sie die ganze Nacht ruhig schlafen.

* * *

»Es ist halb fünf, Frau! Der halbe Tag ist um!«

Eine Hand klatschte auf ihren Hintern und ließ ihre Träume zerplatzen. »Was soll …?« Rick stieg in Shorts und einem eng anliegenden Shirt über sie hinweg und gab ihr einen Schmatz. »Ich trainiere immer sehr früh, Babe. Wir müssen loslegen, dich zum Schwitzen bringen und dann rechtzeitig für eine Dusche und die Arbeit wieder hier sein.«

Judy öffnete die Augen einen Spaltbreit. »Es ist noch dunkel.«

»Wenn wir losrennen, nicht mehr. Komm. Ich wecke Meg.«

»Augenblick! Sie weiß noch gar nicht, dass wir zusammen trainieren.«

»Ich habe sie gestern Abend in der Küche getroffen, als ich mir Wasser geholt habe. Sie weiß, dass sie heute im ersten Morgenlicht rausmuss.«

Judy deutete mit dem Kinn zum Fenster. »Noch kein Morgenlicht in Sicht, Süßer.«

Rick zog ihr die Decke weg. Nackt und seinen Blicken ausgeliefert lag sie in der kühlen Luft.

Sie kreischte.

Er leckte sich die Lippen. »Sehr verführerisch. Wirklich.« Er gab ihr einen weiteren Klaps auf den Hintern.

Pünktlich zum Sonnenaufgang ließ Rick Judy und Meg zum Aufwärmen einen Hügel hinauf- und wieder hinunterlaufen. Nach der zweiten Runde machten sie zusammen Liegestützen. Immer wenn Judy japsend auf dem Bauch lag, wollte er noch fünf weitere sehen. Er selbst machte einhändige und einbeinige, um den Schwierigkeitsgrad zu steigern. Meg fluchte wie ein Seemann und schwor Rache. »Und das alles vor dem ersten Kaffee.«

»Der Kaffee ist deine Belohnung, Margaret Catherine«, frotzelte Rick. »Und jetzt hoch mit deinem Kinn, über die Stange.«

Meg funkelte Judy an. »Du hast ihm meinen Namen verraten? Musste das sein?«

Judy hing an der Reckstange. Für eine schlagfertige Antwort fehlte ihr die Energie. Rick packte sie an den Hüften und unterstützte sie bei den letzten drei Wiederholungen. Danach ließ sie sich schnaufend zu Boden rutschen. »Du bringst mich um.«

Rick umfasste die Stange und absolvierte lässig fünfundzwanzig Klimmzüge.

»Noch fünf, Utah-Girl.«

Sie schaffte drei und zwei weitere mit Hilfestellung.

»Du willst doch nur ihren Hintern betatschen«, lästerte Meg, als sie wieder zu Atem gekommen war.

»Hübsch, wie er ist.« Rick rannte bereits den Hügel hinauf zur nächsten Übungsstation.

Nach dem Training machten sie auf dem Rasen Dehnübungen.

»Eine halbe Stunde und ich bin im Eimer!« Meg fiel ins Gras und streckte die Arme von sich.

»Morgen fangen wir mit den Selbstverteidigungstechniken an. Erst mal wollte ich nur eure Muskeln wecken.«

Judy beugte sich vornüber. »Meine sind hellwach und verfluchen dich.«

Rick zwinkerte.

»Aber es fühlt sich gut an«, sagte Meg. »Und im Gegensatz zum Training in Seattle ist es umsonst.«

»Unfassbar, wie viel Geld wir sparen, wenn wir uns unter Ricks Anleitung die Seele aus dem Leib turnen.«

Die Mädchen schüttelten ihre Muskeln aus und wankten zum Parkplatz. Inzwischen standen dort ein paar Autos mehr als bei ihrer Ankunft. Ein Stück entfernt lehnte ein Mann im Anzug mit verschränkten Armen an der Tür eines Wagens.

Judy schaute genauer hin. Rick öffnete ihr und Meg gerade die Türen. Sie knuffte ihn in die Seite. »Der kommt mir bekannt vor.«

Rick folgte ihrem Blick. Sein Lächeln gefror. »Detective Raskin.«

Judy war baff. »Was will der hier?«

Der Detektive setzte sich in das Zivilfahrzeug, ließ den Motor an und wartete.

»Er observiert mich.«

Judy gefiel das gar nicht. »Das ist nicht okay.«

»Er macht seinen Job, Judy.«

»Tut er nicht. Er ist hinter dem Falschen her.« Sie wollte schreien.

Rick schob sie in den Wagen. Ein paar Minuten fuhren sie schweigend Richtung Beverly Hills, dann sagte Meg: »Sollen wir lieber abends Selbstverteidigung trainieren? Wir könnten gleich heute anfangen.«

Rick warf einen Blick in den Rückspiegel. »Glaubst du, ihr seid heute Abend schon wieder fit genug dafür?«

Judy wartete. Sie ahnte, was ihre Freundin ihnen sagen wollte.

»Ich schaffe das. Was ist mit dir, Judy?«

Der Grund für die Eile war klar. Keiner von ihnen wusste, wie lange Rick sich noch frei bewegen konnte.

»Ich auch«, sagte Judy.

Rick nahm ihre Hand und küsste sie.

KAPITEL 18

»Russell war beim Blumenladen. Dort erinnert sich niemand an dich.«

Rick hatte gehofft, dass Neil ihm etwas anderes sagen würde. »Ich nehme an, die Polizei weiß das schon.«

»Vermutlich. Und die Überwachungsbänder werden dort alle drei Tage überspielt.«

Rick donnerte die Faust auf Neils Schreibtisch im Überwachungsraum. »Verdammt.«

»Die können dir das nicht anhängen«, sagte Neil beschwichtigend.

»Aber all die Scherereien, wenn ich verhaftet werde, Judys Verwundbarkeit, wenn ich weg bin, und dass die nicht nach dem echten Täter suchen ... das macht mich rasend.« Rick zeigte auf den Monitor mit den Bildern der Überwachungskamera vor seinem Haus in Tarzana. An der Straße stand ein Zivilfahrzeug der Polizei. Die Observation war in etwa so unauffällig wie ein Herzanfall. »Egal, wohin ich schaue, überall hockt einer von denen. Judy muss ein Gefühl dafür entwickeln, ob sie beobachtet wird. Wie soll das gehen, wenn ständig diese Zivil-Cops herumlungern und mich im Auge behalten?«

Neil lehnte sich zurück und rieb sich das stoppelige Kinn.

»Wie läuft es mit euch beiden? Dennis sagt, du würdest seit einer Woche in Beverly Hills übernachten.«

Rick lächelte beim Gedanken an Judys Bestechungsversuch am frühen Morgen. Sie hatte das Training ausfallen lassen wollen und ihm dafür ein heißes Ersatzprogramm in Aussicht gestellt. »Sie ist mir unglaublich wichtig, Neil. Die Vorstellung, eingesperrt zu sein und nicht zu ihr zu können, macht mich krank.«

»Lange können sie dich nicht festsetzen. Der Anwalt ist schon informiert. Wenn die dich mitnehmen, dann halt die Klappe und ruf mich an.«

Rick salutierte.

Neil holte sich die Villa in Beverly Hills auf den Monitor. »Morgen ist es drei Wochen her.«

»Ja, kaum zu glauben.«

»Der Typ ist seltsam ruhig geblieben.«

Rick fuhr sich durchs Haar. »Das war er vorher auch.«

»Aber das Motiv war persönlich. In so einem Fall verschwindet der Täter nicht einfach von der Bildfläche. Ich muss immer daran denken, was ihr noch eingefallen ist. *Nicht mehr so taff.*«

»Mir geht das auch ständig durch den Kopf. Wenn wir in Seattle wären, würde ich alle Kneipen abklappern, in denen sie Pool gespielt hat, und rausfinden, wen sie geschlagen hat. Mit dem Queue ist sie wirklich taff.«

»Vielleicht geht ihr mal zusammen in die Pool-Halle, in der sie und Meg kurz nach ihrem Umzug nach L. A. waren.«

»Das haben wir vor. Meg hat ihre neuen Freunde angerufen. Wir treffen uns morgen dort mit ihnen.«

»Gut. Ich habe mir Judys Posts in den sozialen Medien angesehen. Seit dem Vorfall war sie nicht sehr aktiv. Vorher hat sie mindestens einmal täglich irgendwas geschrieben.«

»Du meinst auf Facebook?«

»Ja.« Neil holte ihr Profil auf den Bildschirm und scrollte

sich nach unten. Zwei ihrer Freunde hatten Artikel über den Überfall auf ihre Seite gestellt. Ein paar Tage später hatte Meg ihren gemeinsamen Freunden auf ihrem eigenen Account geschrieben, es würde Judy wieder besser gehen. »Ich gehe Judys Freunde durch und suche nach Auffälligkeiten. Viele haben keinerlei Privatsphäre-Einstellungen vorgenommen. Ich kann alles sehen, was ich will. Unfassbar, wie sicher sich die Leute im Netz fühlen.«

»Schon was Spannendes entdeckt?«

Neil scrollte sich durch die Posts. Ein Foto, auf dem Judy bei der Abschlussfeier Mike umarmte, hatte Dutzende Kommentare bekommen.

»Das meiste sagt mir nicht viel. Hin und wieder stellt jemand eine Frage. Übers Studium oder auch über die Arbeit. Sie hat inzwischen ein paar Freunde aus dem Büro. Aber ich habe das Gefühl, dass wir hier irgendwo etwas finden.«

»Irgendwelche verärgerten Pool-Spieler?«

»Als sie noch in Seattle war, gab es ein paar Verabredungen zum Pool. Sonst nichts. Sie hat über zweihundert Facebook-Freunde. Wie die Verbindungen zustande gekommen sind und ob sie alle persönlich kennt, weiß ich nicht.«

»Ich kann sie danach fragen.«

»Tu das. Und bitte sie, uns Zugang zu ihrem Account zu geben. Dann können wir uns ein paar Kontakte noch etwas näher ansehen.« Neil schaltete den Monitor aus.

»Es ist viel zu ruhig.«

»Das könnte an unseren Sicherheitsvorkehrungen liegen. Seit dem Überfall war Judy nie allein.«

»Ich lasse sie doch nicht unbewacht, um den Kerl anzulocken.«

Neil wirkte fast gekränkt. »Auf den Gedanken würde ich nie kommen. Aber wenn er deutlich machen will, dass er nicht aufgibt, vergreift er sich vielleicht an jemandem, der Judy nahesteht. Oder er sucht nach einer Möglichkeit, bei der Arbeit an sie ranzukommen.«

»Meg ist auf der Hut, und die Selbstverteidigungstechniken lernt sie rasend schnell. Judy ist bei der Arbeit nie allein.« Rick warf einen Blick auf die Uhr. Bald war es Zeit, Judy abzuholen. Wenn Meg etwas zustieß, würde Judy sich schwere Vorwürfe machen. »Wir sollten Meg trotzdem noch besser im Auge behalten.«

»Dafür brauchen wir mehr Personal. Ich überprüfe gerade einen von Dennis' Freunden. Der könnte für eine Weile aushelfen«, sagte Neil. »Nur gut, dass Mike gerade nicht im Land ist.«

Den Filmstar und dessen Schwester gleichzeitig zu bewachen, hätte selbst Rick an seine Grenzen gebracht. »Aber um Judys beste Freundin müssen wir uns kümmern.«

Neil griff nach dem Telefon auf seinem Schreibtisch. »Dennis? Ja. Ich brauche dich auf dem Wolfe-Anwesen.«

Rick nickte zufrieden.

»Nein. Meg. Auf Judy passt Rick auf.«

Ein Bewegungsmelder auf dem Grundstück in Beverly Hills registrierte Aktivitäten und schaltete automatisch einen Monitor an. »Donnerstags kommen die Gärtner«, sagte Neil. »Und ja, wir haben sie überprüft.«

»Ich muss los, mein Mädchen abholen.«

»Pass auf dich auf«, sagte Neil.

Rick tätschelte die Waffe an seiner Seite. »Ich habe einen Bodyguard.«

* * *

Judys Handflächen wurden feucht. Heute würde sie ins Parkhaus gehen, ins Auto steigen und nach Hause fahren. So wie alle anderen auch. Okay, Rick würde am Steuer sitzen. Aber ins Parkhaus musste sie trotzdem.

»Bist du bereit?«, fragte Rick, als sie im Empfangsbereich von Benson & Miller vor den Fahrstühlen standen.

»Nein. Aber ich kann das nicht ewig aufschieben. Je früher ich es hinter mich bringe, desto besser.«

Er hielt ihre Hand und drückte auf den Knopf. Im Fahrstuhl standen schon einige andere Leute aus dem Gebäude. Sie unterhielten sich und schienen von Judys Nervosität nichts zu bemerken. Rick drückte den Knopf für P-3, für das Parkdeck, auf dem sie überfallen worden war.

Der Fahrstuhl setzte sich in Bewegung. Judy versuchte, so tief und langsam zu atmen wie Meg, wenn sie gegen einen Asthmaanfall ankämpfte.

Die Türen zu P-3 öffneten sich. Rick wartete, dass Judy ausstieg. Den anderen Fahrgästen dauerte das zu lange. Sie drängten sich an ihnen vorbei. Judy stellte staunend fest, dass die meisten in unterschiedliche Richtungen davongingen. »Wie schnell alles wieder vergessen ist.«

Rick zog die Brauen zusammen.

Judy deutete mit dem Kopf auf eine Frau, die allein zu ihrem Wagen ging.

»Das ist normal. Keiner glaubt, dass ihm etwas passieren kann, bis es wirklich mal so weit ist. Du bist sicher dein ganzes Leben lang durch alle möglichen Parkhäuser marschiert, ohne dir Gedanken zu machen. Jetzt ist das anders.«

Judy suchte mit den Augen nach ihrem Wagen. Das Parkhaus war noch immer gut gefüllt, obwohl freitags viele Angestellte früher gingen.

Gemeinsam setzten sie sich in Bewegung. Rick legte ihr die Hand ins Kreuz. Mit ihm an ihrer Seite war das Parkdeck nicht allzu beklemmend. Bis sie um die Ecke bogen und der schattige Bereich vor ihnen lag, wo der Angreifer gelauert hatte.

»Oh Gott.«

»Ich bin bei dir. Tief atmen.«

Sie machte einen Atemzug und noch einen. »Ich schaffe das.«

Weit hinter ihnen hörten sie das leise »Ding«, mit dem der Fahrstuhl anhielt, dann Stimmen. Rick schob Judy sanft weiter zu ihrem Wagen. Sie vermied es, in die dunkle Ecke zu schauen, eilte zur Beifahrertür und stieg ein.

Rick schloss die Tür hinter ihr, begab sich zur Fahrerseite und verriegelte die Türen von innen.

Erst draußen im Freien fragte er sie, wie es ihr ging.

Während das Gebäude langsam im Rückspiegel verschwand, normalisierte sich ihr Herzschlag. »Alles halb so schlimm.«

»Schlecht gelogen.«

Sie wischte sich die Handflächen an ihrem Rock ab. »Okay. Es war grauenhaft.«

»Aber es wird jedes Mal ein bisschen besser.«

Er beugte sich zu ihr und öffnete das Handschuhfach. Der Gegenstand darin sah aus wie ein Handy. Wie ein Spielzeughandy.

»Was ist das?«

»Ein als Handy getarnter Elektroschocker.« Darüber hatten sie beim Selbstverteidigungstraining schon mal gesprochen. »Für Meg habe ich auch einen.«

Judy sah sich das Gerät genauer an.

»Du ziehst das Halteband übers Handgelenk und hältst das Ding fest.«

Judy schob das Band bis zu ihrem Armband hoch und legte den Daumen an den Knopf an der Seite.

»Es ist ziemlich …«

Sie drückte den Knopf und zuckte zusammen. Ein durchdringender elektrischer Summton erfüllte das Wageninnere. Zwischen den Polen des Gerätes bildete sich ein pulsierender Lichtbogen.

»Laut.« Rick beendete lachend seinen Satz. »Wenn du den

Schocker gegen einen Angreifer drückst, geht er in die Knie. Garantiert.«

»Und wenn er ihn mir wegnimmt und ihn gegen mich richtet?«

An einer Ampel blieben sie stehen. Rick riss ihr das Gerät aus der Hand. Das Halteband löste sich und blieb an ihrem Arm. Er drückte auf den Knopf, doch nichts geschah. »Wenn das Ding nicht mit dem Band verbunden ist, funktioniert es auch nicht.«

Die Ampel sprang auf Grün. Judy steckte das Band wieder mit dem Gerät zusammen und drückte den Knopf. Erneut ertönte der laute Summton. »Clever.«

»Und effektiv. Nimm das Gerät mit und zieh dir das Band übers Handgelenk, wenn du die Firma verlässt, wenn du laufen gehst … einfach immer.«

Sie steckte es in die Handtasche. So schnell würde sie es nicht brauchen. Nicht, solange Rick bei ihr war.

* * *

Lucas und Dan erwarteten sie im Penthouse Pool. »Ziemlich abgehalfterter Schuppen.«

»Absolut.« Meg lächelte breit. »Das ist Teil seines Charmes.«

Rick sah nur eine schmuddelige Bar mit zweifelhaften Gästen.

»Das Bier ist billig!«, fügte Lucas hinzu.

»Das Spielen ist billig«, sagte Dan.

»Und was ist mit den billigen Typen, die ungern zwanzig Dollar verlieren?«, fragte Rick.

Judy zuckte die Achseln. »Ich glaube, du suchst unter dem falschen Pooltischtuch, Babe. Ich habe bloß einem Gegner ein paar Dollar abgenommen, und der hat schon nach … ich glaube, nach einem Spiel aufgegeben.«

»Ja«, sagte Meg. »Nach einem oder zwei.«

»Und was ist mit dem Kerl, der euch angemacht hat? Der, dem Meg erklärt hat, ihr wäret Lesben?«, fragte Lucas.

Rick musterte seine kleine Elfe mit einer Mischung aus Staunen und Bewunderung.

»Damit kann man die meisten Kerle auf Abstand halten«, sagte sie. »Aber ich glaube nicht, dass er ... Er ist sofort abgezogen.«

»Kommt, wir spielen ein paar Runden, vielleicht fällt dir noch was ein.« Das Bier war tatsächlich billig. Rick verzichtete auf ein frisch gezapftes und holte Flaschenbier für alle.

Dan und Judy begannen ein Spiel, Rick, Meg und Lucas schauten zu. Rick behielt unauffällig die anderen Gäste im Auge. Ihre kleine Gruppe fiel durch ihre Nüchternheit auf. Trotz der frühen Stunde hielten sich schon ein paar Betrunkene am Tresen fest.

»Sieht aus, als wäre sie wieder ziemlich fit«, sagte Lucas.

»Ist sie auch.« Meg seufzte. »Aber ...«

»Aber was?«, fragte Rick.

»Ganz die Alte ist sie noch nicht. Ich kann nicht mal genau sagen, warum. Es sind nur Kleinigkeiten. Vor dem Überfall hat sie zum Beispiel ständig über die Arbeit geschimpft. Jetzt sagt sie fast nichts mehr.«

»Es läuft auch besser in der Firma.«

»Ja, ich weiß.« Meg schaute zu, wie Judy eine halbe Kugel versenkte. »Trotzdem. Sie spielt nicht wie früher zum Dampfablassen Online-Spiele. Manchmal starrt sie nur vor sich hin.«

Rick nahm einen Schluck Bier. »Sie spielt Computerspiele?«

»Ja, meistens auf dem Tablet. Eine Zeit lang war sie ganz besessen von einem Kriegsspiel, und jetzt fasst sie es nicht mehr an. Das klingt albern, ich weiß. Aber wenn sie früher irgendwas aufschieben wollte, hat sie am liebsten online gezockt.«

Lucas knuffte Meg in die Seite und deutete mit dem Kinn

auf Rick. »Vielleicht hat sie jetzt einen angenehmeren Zeitvertreib.«

»Ja, kann sein. Viel allein war sie seit dem Überfall tatsächlich nicht mehr.«

Meg klang nicht überzeugt, und wenn jemand Judy kannte, dann doch wohl ihre beste Freundin.

Am Eingang gab es plötzlich Bewegung. Zwei Kerle in Anzügen drängten herein. Detective Raskin und Detective Perozo gaben sich keinerlei Mühe, unauffällig zu wirken. Verdammt. Darauf hatte Rick seit Tagen gewartet. Jetzt war es so weit.

»Sind das …?«

»Ja.«

Raskin entdeckte die kleine Gruppe und steuerte auf sie zu.

Rick hätte nicht sagen können, ob es in der Bar still wurde oder ob er nur noch seinen eigenen Herzschlag hörte, weil er so angespannt war. »Hey Utah-Girl.«

Judy hob den Kopf und folgte seinem Blick. Sie warf den Queue auf den Tisch und stellte sich neben ihn.

»Du glaubst doch nicht etwa …«

»Doch. Ruf Neil an«, sagte er.

»Was wollen die?«, fragte Dan.

Rick schaute ihn an. »Bleibt bei den Mädchen, bis Neil oder sonst jemand aus dem Team hier ist.«

»Wo gehst du hin?«, fragte Lucas.

Raskin blieb vor ihnen stehen. Judy legte den Arm um Ricks Schultern.

»Hallo Ms Gardner.« Raskin begrüßte Judy zuerst.

»Detective.«

»Mr Evans.«

»Detective.«

Die Jukebox plärrte, aber alle Augen in der Bar verfolgten das Geschehen am Pooltisch.

»Wir haben noch ein paar Fragen, Mr Evans.«

Ein paar Fragen. Ja klar.

»Ich kann morgen früh zu Ihnen kommen.«

Raskin lachte tatsächlich auf. »Wir würden lieber jetzt mit Ihnen reden.« Er nickte Richtung Tür.

Einen Versuch war es wert.

Judy schob sich auf Ricks Schoß und fixierte den Detective. »Sie liegen völlig falsch.« Ihre Stimme klang schrill.

»Wir würden die Sache gern ohne großes Aufsehen hinter uns bringen, Mr Evans.«

»Er hat nichts …«

Rick fiel Judy ins Wort. »Bleib wachsam, Babe.« Er küsste sie auf die Wange. »Ruf Neil an und warte hier auf ihn.«

»Was zum Teufel geht hier vor?«, fragte Lucas.

Rick half Judy auf die Füße und stand auf. Als er die Hand an die Hosentasche legte, drehte Raskin sich zur Seite und streifte sein Jackett zurück. Seine Waffe wurde sichtbar.

Rick hob die Hände. »In meiner Hosentasche sind die Autoschlüssel. Judy braucht sie.«

»Ich mache das.«

Rick hob die Hände noch höher. »Meine Waffen sind an meiner rechten Seite und am linken Bein.«

Widerstandslos ließ er sich von dem Detective die Schusswaffen und Judys Autoschlüssel abnehmen.

Raskin ging auf Nummer sicher. Er drehte Rick um und legte ihm Handschellen an. Dann marschierten die Detectives mit ihm aus der Bar.

»Heiliger Bimbam!« Dan schnappte nach Luft. »Was war das denn?«

Dan, Lucas, Judy und Meg folgten den Detectives ins Freie.

Ein kleines Grüppchen Schaulustiger aus der Bar erlebte mit, wie Rick abgetastet und auf den Rücksitz eines Zivilfahrzeugs geschoben wurde.

Meg legte den Arm um Judys Schultern. Judy sah aus, als

wollte sie jemanden verprügeln. *Bleib wachsam.* Rick sandte ihr mit den Augen die stumme Botschaft.

»Heißt das, ich bin verhaftet?«, fragte Rick beim Losfahren.

Raskin drehte sich zu ihm. »Sie haben das Recht zu schweigen ...«

Womit die Frage beantwortet wäre.

* * *

Etwas in Judy zerbrach, als sie mit ansehen musste, wie die Detectives Rick in Handschellen auf den Rücksitz drängten. Rick gab ihr ein Gefühl von Sicherheit, gab ihr die Kraft, mit hocherhobenem Kopf durch den Alltag zu gehen und sich von niemandem etwas bieten zu lassen. Er war einer von den Guten ... einer, wie ihn sich eine Mutter für ihre Tochter wünschte. Er war der, auf den man wartete.

Judy schaute dem Wagen hinterher. Die Stimmen ihrer Freunde hörte sie wie aus weiter Ferne. Sie nahm ihr Telefon aus der Handtasche und rief Neil an. Den Elektroschocker, den Rick ihr vor ein paar Stunden gegeben hatte, steckte sie in die Hosentasche.

»MacBain«, sagte Neil.

»Judy hier. Die haben Rick abgeholt.«

»Wo bist du?« Neil klang nicht überrascht.

Sie sagte ihm, wo sie war, und ließ den Blick die Straße entlangschweifen. Die Schaulustigen gingen bereits zurück in die Bar. »Meg und ich sind mit zwei Freunden hier. Die haben nicht gesagt, wo sie ihn hinbringen, Neil.«

»Ich finde es raus. Mach dir wegen Rick keine Sorgen.«

Sie stieß geräuschvoll die Luft aus. »Würdest du dir um Gwen keine Sorgen machen? Ich fahre jetzt heim und warte dort auf dich.«

Neil war erst einverstanden, als sie ihm versprach, zusammen mit den Jungs zur Villa zu fahren.

Schweigend fuhren sie zum Haus. Meg führte Dan und Lucas ein bisschen herum. Judy schaltete inzwischen die Außenbeleuchtung an und machte einen Kontrollgang, wie sie es Rick oft hatte tun sehen. Als sie sich überzeugt hatte, dass niemand in irgendwelchen Ecken herumlungerte, rief sie Mike an und bat ihn um einen Rückruf. Egal zu welcher Tages- oder Nachtzeit. Ihn um finanzielle Unterstützung für Rick zu bitten, würde ihr leichter fallen, als ihn für eigene Zwecke anzupumpen. Wie eine Freilassung auf Kaution funktionierte, wusste sie nicht. Aber sie würde es herausfinden.

»Die glauben wirklich, Rick hätte dich überfallen?«, fragte Dan, während sie gemeinsam auf Neil warteten.

»Er war's nicht«, sagte Judy. »Nie im Leben.«

»Judy hat den Kerl nicht gesehen. Die Polizei hat sich nur auf Rick festgelegt, weil er kein Alibi hat«, erklärte Meg.

»Sicher brauchen sie doch mehr als das, oder?«

Judy zuckte die Achseln. »Keine Ahnung.«

Neil brachte Russell mit. Dan und Lucas verabschiedeten sich mit dem Versprechen, morgen früh anzurufen.

Über Neils Miene huschte ein Anflug von Mitgefühl. Er hielt nicht viel von Umarmungen und im Augenblick war Judy das ganz recht. »Blake hat seine Anwälte informiert«, sagte er. »Die schmeißen sich schon in ihre Anzüge. Unser Problem ist das Wochenende. Vermutlich haben die Detectives Rick absichtlich heute festgenommen, um die Zeit bis zur Anhörung möglichst hinauszuziehen. Sie wollen ihn von dir fernhalten. Sie wollen sich in Ruhe mit dir beschäftigen, ohne dass er in der Nähe ist.«

»Weshalb denn mit mir beschäftigen? Ich kann ihnen nichts Neues erzählen. Und falls die mit meiner Aussage den Falschen überführen wollen, sage ich sowieso nichts mehr.«

»So einfach ist das nicht, Judy. Bei häuslicher Gewalt könntest du deine Anzeige zurückziehen. Aber in unserem Fall erhebt die Staatsanwaltschaft Anklage. Die sehen Rick als Schuldigen.«

»Er war's nicht!« Neil anzuschreien, war keine Lösung. Frustriert warf sie die Hände in die Luft. »Entschuldige. Ich wollte meine Wut nicht an dir auslassen.«

»Mach dich schon mal darauf gefasst, dass die Polizei hier auftaucht, um mit dir zu reden.«

»Muss ich mit denen sprechen?«

»Nein. Wir haben dir auch einen Anwalt besorgt. Zur Beratung und zur Unterstützung. Wenn die Polizei kommt, sagst du, du willst ihn dabeihaben. Das können sie dir nicht verbieten. Auf dich einreden können sie trotzdem.«

»Ich habe Mike um einen Rückruf gebeten. Ich bin sicher, er schickt mir Geld für die Kaution.«

»Dafür ist gesorgt, Judy.«

Ihre Erleichterung währte nur kurz. »Und jetzt?«

Neil hob die Hände. »Jetzt warten wir.«

»Großartig. Wir warten, während der Dreckskerl, der mich zusammengeschlagen hat, draußen frei rumläuft und mein Beschützer hinter Gittern sitzt. Das ist doch nicht fair!« Sie wollte schreien, wollte irgendetwas kaputt machen.

»Russell bleibt hier, ich fahre zur Polizei und warte dort auf seinen Anwalt.«

»Kann ich nicht mitkommen?«

»Das würde nichts bringen. Außer seinem Anwalt darf bis zu seiner Freilassung sowieso niemand zu Rick.«

»Und wann ist er wieder frei?«

»Frühestens am Montag … vorausgesetzt, der Richter lässt eine Kaution zu.«

»Warum sollte er das nicht tun?«

»Ich weiß es nicht.« Neil schien über seine Antwort nicht glücklich zu sein.

Ein paar Minuten später ging er. Judy holte ihren Laptop,

stellte ihn auf den Küchentisch und kochte Kaffee.

»Was hast du vor?« Meg kam im Schlafanzug aus ihrem Zimmer.

»Ich mache einen Crash-Kurs in Jura. Viel haben die nicht gegen Rick in der Hand. Was brauchen die, damit der Richter ihnen glaubt?«

Meg nickte und marschierte zurück in ihr Zimmer. Sie holte ebenfalls ihren Computer und schenkte sich einen Becher Kaffee ein. Als frischgebackene Ex-Studentinnen kannten sie sich mit Online-Recherchen aus.

KAPITEL 19

Meg saß mit dem Laptop auf den Knien auf dem Sofa. Sie hatte die Füße auf den Couchtisch gestützt und knabberte Popcorn. »Hier steht, falls es zu einem Prozess gegen Rick kommt, könntest du in den Zeugenstand gerufen werden. Als Belastungszeugin.«

»Glaubst du, das würden die tun?«

»Das darfst du mich nicht fragen. Ich hätte nicht mal gedacht, dass sie ihn überhaupt festnehmen.«

Russell war gerade dabei, in einem der Gästezimmer Monitore zu installieren, damit er sich die Aufnahmen der Überwachungskameras direkt im Haus ansehen konnte.

»Ich werde mich auf mein Recht zu schweigen berufen.«

Meg lachte. »Das kannst du nicht. Dieses Recht hat nur Rick als Beschuldigter.«

»Er ist mein Freund. Es muss doch irgendwas geben, worauf ich mich berufen kann.«

Meg suchte auf der Website nach einem Schlupfloch für Judy. Doch sie stieß immer nur auf das Wort *Ehepartner.* »Hm.«

»Was?«

»Über Freundinnen steht hier nichts. Nur wenn du Ricks Frau wärest, könnte man dich nicht zu einer Aussage zwingen. Die Gesetzeslage ist eindeutig.«

Judy verließ ihren Platz am Küchentisch und setzte sich zu Meg. Meg scrollte sich zum Anfang der Seite und zeigte auf einen Absatz. »Ehepartner haben das Recht zur Aussageverweigerung. Gespräche zwischen Ehegatten gelten als vertraulich.«

Judy lehnte sich zurück und starrte nachdenklich auf den Monitor. »Das heißt, wenn Rick und ich verheiratet wären, und ich wäre die einzige Zeugin … dann gäbe es keine Aussage gegen ihn.«

Meg wusste nicht, ob sie ihren Ohren trauen wollte. »Judy! Das ist nicht dein Ernst.«

Judy schaute ihr ins Gesicht. »Mein Freund sitzt hinter Gittern, nur weil er zufällig mein Freund ist.«

»Aber deshalb gleich heiraten?«

Judy stand auf. Sie hatte jetzt eine Mission. »Wenn irgendwelche It-Girls für die Kameras und Cash heiraten können, kann ich auch heiraten, damit Rick nicht in den Knast kommt. Und außerdem: Verdienst du nicht dein Geld damit, Ehen auf Zeit zu arrangieren?«

»Na ja, noch ist es nicht so weit. Aber das kommt noch.« Bislang hatte Meg noch keine Ehe gestiftet. Aber sie arbeitete daran. »Was recherchierst du denn jetzt?«

»Gesetze rund ums Thema Heiraten.«

Meg kniff die Augen zusammen. »Hast du nicht eine Kleinigkeit vergessen?«

Judy warf nur einen kurzen Blick über die Schulter. »Was denn?«

»Was, wenn Rick die Idee nicht gefällt?«

Judy lachte. »Er schätzt seine Freiheit. Ich gehe mal davon aus, dass er einverstanden ist.«

»Aber dann ist er verheiratet.«

»Mit der Frau, die er seit Ewigkeiten daten wollte und mit der er seit einer Woche die Laken zerwühlt. Außerdem muss es ja nicht gleich für immer sein. Erst mal nur, bis der Kerl gefasst ist, der mich überfallen hat. Sobald der hinter Gittern sitzt, können wir die Ehe annullieren lassen. Bei deinem Job müsstest du doch wissen, wie man so was macht.«

Sie wusste es. Aber dass ihre beste Freundin solche Pläne schmiedete, war doch ein wenig befremdlich. »Ich rufe morgen früh Samantha an und spreche mit ihr darüber.«

»Prima.«

»Entschuldigung?« Russell steckte den Kopf ins Zimmer.

»Ja?«

»Sieht aus, als bekämen wir Besuch.«

Kaum hatte er es ausgesprochen, schon kündigte die Klingel am Tor die späten Gäste an. Auf dem Monitor war ein Streifenwagen zu sehen. Das rot-blaue Signallicht auf dem Dach blitzte auf.

Judy drückte den Knopf der Sprechanlage. »Ja?«

»Miss Gardner? Detective Perozo und Officer Greenwood hier. Wir würden gern mit Ihnen sprechen.«

Judy und Meg schauten Russell an. »Wir lassen sie wohl am besten rein.«

»Nimm das Gespräch bitte auf«, sagte Judy. »Vielleicht sind die Details noch irgendwann wichtig.«

Meg hätte sich an Judys Stelle die Fingernägel wund gekaut. Judy hingegen öffnete die Tür mit einem merkwürdigen Lächeln.

* * *

Eigentlich clever, dachte Judy, als Officer Greenwood ins Haus trat. Den Mann mitzubringen, der Rick die Handschellen angelegt hatte, hielt die Polizei offenbar nicht für zielführend.

»Was kann ich für Sie tun?«

»Wir möchten gern mit Ihnen reden.«

»Ich habe nichts mehr zu sagen.« Judy verschränkte die Arme.

»Können wir uns setzen?« Officer Greenwoods sanfte Stimme erinnerte Judy an ihr Gespräch in der Notaufnahme. Sie war eine nette Frau. Nur leider ermittelte sie in der falschen Richtung.

Judy ging zum Tisch und klappte den Laptop zu. Die Polizei musste nicht wissen, womit sie sich beschäftigte.

Detective Perozos Blick streifte Russell und Meg. »Können wir uns allein unterhalten?«

»Lieber nicht. Russell ist vorübergehend mein Bodyguard. Mein eigentlicher Leibwächter ist ja dank Ihnen im Moment verhindert. Und vor Meg habe ich keine Geheimnisse.«

Officer Greenwood und Detective Perozo tauschten einen Blick aus.

»Ach ja, Russell, du kannst den Anwalt anrufen. Sag bitte Bescheid, dass wir Besuch haben.«

»Gern.« Mit finsterer Miene wählte Russell eine Nummer.

»Sie brauchen keinen Anwalt, Miss Gardner. Ihnen wird nichts vorgeworfen.«

Sie zuckte nur lächelnd die Achseln.

»Sie fragen sich sicher, weshalb wir Rick verhaftet haben.«

Wenn es so weiterging, würde sie das achselzuckende Lächeln im Nu perfektioniert haben.

»Er hatte die Gelegenheit, die Tat zu begehen, kannte alle Ihre Aufenthaltsorte, hat kein Alibi, aber durchaus ein Motiv.«

Sie lächelte eisern weiter. »Ein Motiv? Wie soll ich mir das vorstellen?« Fragen zu stellen, lenkte davon ab, welche beantworten zu müssen.

»Wussten Sie, dass Rick vorzeitig aus dem Militärdienst entlassen wurde?«

Sie wusste es nicht, aber sie behielt das Lächeln auf den Lippen und schwieg.

»Es gab Zweifel bezüglich der mentalen Verfassung der Einheit, mit der er seinen letzten Einsatz hatte. Und einige Zeitungsartikel aus Colorado deuten darauf hin, dass er vor nicht ganz zwei Jahren für den Tod einer Zivilperson verantwortlich war.«

Davon wusste sie nichts. Aber das tat nichts zur Sache. »Er arbeitet in einer Sicherheitsfirma.«

»Er hat in einem Wald einen Mann erschossen. Von hinten.«

Judys Blick flog zu Russell.

Russell nickte knapp.

»Warum erzählen Sie mir das?«

»Er wäre durchaus in der Lage gewesen, Ihnen etwas anzutun.«

»Hat er aber nicht.«

Officer Greenwood beugte sich vor. »Vier von zehn Körperverletzungen, mit denen wir es zu tun haben, fallen in den Bereich häusliche Gewalt. Wussten Sie das?«

Judy biss sich auf die Zunge und schwieg.

»Unsere Ermittlungen haben ergeben, dass Rick Sie über Monate hinweg beobachtet hat. Lange, bevor Sie nach L. A. gezogen sind. Wussten Sie das?«

Ihre Zunge würde bald bluten.

»Der Angreifer hat nicht wie Rick geklungen.«

»Man kann seine Stimme verstellen. Bei einer militärischen Elitetruppe lernt man allerhand.«

Judy schwieg beharrlich.

Das Summen von Russells Telefon durchbrach die Stille.

Er schaute auf sein Display. »Wir haben Zaungäste.«

Detective Perozo stand auf.

Russell holte die Bilder von den Kameras am Tor auf den Monitor des großen Fernsehers im Wohnzimmer.

Draußen in der schmalen Zufahrt standen einige Wagen. Hinter den offenen Fenstern saßen Männer mit Kameras.

»Was zum …?«

»Paparazzi. Die Blinklichter von Streifenwagen ziehen sie an wie Motten«, sagte Meg.

»Gerade als ich dachte, alles würde wieder normal«, stöhnte Judy. »Besten Dank auch.«

»Wir versuchen, Sie zu schützen, Miss Gardner«, sagte Officer Greenwood.

Manchmal war Schweigen die falsche Antwort. »Nein. Sie suchen nach einer einfachen Lösung. Warum strengen Sie sich nicht ein bisschen mehr an und bringen den Richtigen hinter Gitter?«

»Wissen Sie, wo Rick gestern war, nachdem er Sie zur Arbeit gebracht hat?«

Sie konnte nicht lächeln wie geplant. Aber eisern schweigen, das konnte sie.

Die Klingel am Tor draußen ertönte.

Russell ging an die Sprechanlage.

»Dein Anwalt ist hier, Judy.«

Jetzt erhob sich auch Officer Greenwood. »Danke für das Gespräch. Wir melden uns.«

Der Lexus fuhr aufs Grundstück, der Streifenwagen hinaus. Blitzlichter flackerten auf, als die Paparazzi diesen Moment auf die Kameraspeicherkarten bannten.

Eine Frau stieg aus dem Wagen. Ihr rabenschwarzes Haar war zu einem langen Pferdeschwanz zusammengebunden. Sie trug ein elegantes dunkles Kostüm. »Habe ich jemanden beleidigt?«

Judy mochte sie auf Anhieb. »Wenn ich gewusst hätte, dass Anwälte auf Cops derart abschreckend wirken, hätte ich Sie früher hergebeten.«

Die Frau trat näher und streckte Judy die Hand hin. »Kimberly March. Ich arbeite für die Kanzlei, die Blake Harrison beauftragt hat.«

Judy musste eine Sekunde lang überlegen, wem sie Kimberlys Erscheinen zu verdanken hatte. »Danke fürs Kommen.«

Kimberley schaute hinter dem Streifenwagen her.

»Lassen Sie uns reingehen. Die Polizei ist zwar weg ...«

»Ich wüsste gerne, was die Sie gefragt haben.«

Meg machte frischen Kaffee. »Ich glaube, das wird eine lange Nacht.«

Judy unterdrückte ein Gähnen und versuchte zu lächeln. Russell ging in den provisorischen Kontrollraum, um Neil auf den aktuellen Stand zu bringen.

»Ich bleibe nicht lange.«

»Kann ich Sie Kimberly nennen?«

»Ja, gern. In groben Zügen weiß ich schon Bescheid. Die Polizei glaubt, sie hätte den Richtigen. Alle anderen sind anderer Meinung.«

Judy war plötzlich furchtbar müde. »Ja.« Sie wünschte sich einen Hoffnungsschimmer, den sie mit in ihr einsames Bett nehmen konnte. Zum ersten Mal seit einer Woche würde sie es nicht mit dem herrlich warmen Körper des Mannes teilen, bei dem sie sich beschützt, geborgen und rundum wohlfühlte.

Judy, Meg und die Anwältin hörten sich Russells Mitschnitt des Gesprächs mit der Polizei an.

»Sie haben sich gut geschlagen.« Wie es sich für eine Anwältin gehörte, machte Kimberly sich ein paar Notizen. »Haben die Fragen und Hinweise in Ihnen Zweifel an Ricks Unschuld geweckt?«

Judy schaute erst Meg an, dann die Anwältin. »Ich weiß längst nicht alles über seine Vergangenheit und die Zeit beim Militär. Aber die wollten, dass ich denke, er sei nicht zurechnungsfähig.«

»Und? Glauben Sie das?«

»Nein. Ich kenne keinen Mann mit einem klareren Kopf als Rick. Mein berühmter Bruder ist viel verrückter als er.«

Meg breitete lachend die Arme aus. »Das sieht man schon daran, dass er nie hier ist, sondern immer an irgendwelchen

Drehorten im Wohnwagen haust.«

Kimberly lächelte. »Gibt es irgendwas, was unklar ist?«

»Ja.« Judy musste kurz überlegen. »Warum fragen die mich, ob ich weiß, wo Rick war, nachdem er mich heute zur Arbeit gebracht hat?«

Meg zog Judys Laptop zu sich und klickte sich durch ein paar Seiten.

»Wissen Sie, wo er war?«, fragte Kimberly.

»Nein, keine Ahnung. Ich habe ja gearbeitet.«

Kimberly machte sich eine Notiz. »Anscheinend braucht er ein Alibi.«

»Aber weshalb denn?«

Russell kam durch die Tür.

»Es ist noch Kaffee da. Koffeinfrei«, sagte Judy.

»Nein danke.« Er fuhr sich durchs Haar und schien danach nicht recht zu wissen, wohin mit seiner Hand.

»Was gibt's denn?«

»Neil … Er hat mir eben gesagt …«

»Was?« Für weitere Hiobsbotschaften hatte Judy jetzt nicht die Nerven.

»Es hat wieder einen Überfall gegeben. Kurz nach neun heute Morgen. Die Frau wurde erst nach fünf gefunden.«

Judy schluckte. »Gefunden?«

Russell schien Schwierigkeiten mit dem Blickkontakt zu haben. »In einem Parkhaus nur ein paar Straßen von deiner Firma entfernt. Dunkelhaarig, mittelgroß, Kissenbezug über dem Kopf.«

Judys mühsam aufrechterhaltene Fassung war dahin. Die Erinnerung an den Kissenbezug, an die panische Angst, an das schreckliche Gefühl des Ausgeliefertseins kehrte zurück.

So verdammt leicht. Ihr Arm brannte. *Nächstes Mal.*

»Judy?«

Sie zuckte zusammen. »Verdammt.«

»Ist sie am Leben?«

Die Antwort lag in Russells Blick. Worte waren überflüssig. Judy schüttelte langsam den Kopf.

»Judy? Alles klar?« Meg legte ihr eine Hand auf den Arm.

»Mir geht's gut.« Unwirsch schüttelte sie Megs Hand ab. Sofort tat es ihr leid.

Meg zuckte zurück, als hätte sie sich verbrannt.

»Entschuldigung.« Judy hatte ihre Freundin nicht verletzen wollen. »Ich bin nur so wütend. Dieser Irre ist hinter mir her. Das fühle ich hier.« Sie legte einen Finger auf ihre Brust. »Ich weiß nicht, warum, aber es ist klar, dass er es auf mich abgesehen hat. Und anstatt den Kerl zu suchen, konzentrieren sich jetzt alle auf Rick.«

»Der Tod der anderen Frau ist nicht deine Schuld.«

»Ja, im Kopf weiß ich das.« Dennoch fühlte sie sich elend. Nicht jeder Frau standen ein Bodyguard und ein Personal Trainer zur Verfügung. Sie wollte ihren zurück. Sie brauchte Ricks Unterstützung.

»Kimberly, was wir besprechen, bleibt doch unter uns, oder?«

Kimberly lächelte. Sie schaute Judy fragend an. »Selbstverständlich.«

»Lässt du uns bitte allein?« Judy sah Russell an.

Russell kniff die Augen zusammen, verließ aber kommentarlos den Raum.

Judy griff nach Megs Hand. Zu Kimberley sagte sie: »Sie müssen etwas für mich tun.«

»Was denn?«

»Sie können mit Ricks Anwalt reden, oder?«

»Joe Rodden ist mein Kollege. Wir arbeiten in derselben Kanzlei.«

»Gut. Ich brauche eine Heiratsurkunde und Joe muss Rick in meinem Namen einen Antrag machen.«

Kimberly blinzelte.

»Zu einer Aussage gegen meinen Ehemann kann man mich nicht zwingen.«

Der Anwältin blieb der Mund offen stehen. Sie klappte ihn wieder zu und machte sich Notizen. »Und wenn es Augenzeugen gibt, die Rick wegen des zweiten Überfalls belasten?«

»Die gibt es nicht. Rick ist unschuldig, und wenn die Polizei wirklich etwas gegen ihn in der Hand hätte, wären der Detective und Officer Greenwood nicht hier gewesen. Der Dreckskerl ist hinter mir her. So leicht lässt er sich nicht erwischen. Er hat mit mir noch etwas vor.«

»Wie können Sie sich da so sicher sein?«, fragte Kimberley.

Judy rieb die frischen Narben an ihrem Arm. »Ich bin es einfach.«

Kapitel 20

Die kahlen Wände einer Gefängniszelle verleiteten dazu, den Blick nach innen zu richten. Rick vermutete, dass das recht schmerzhaft sein konnte, wenn man tatsächlich etwas ausgefressen hatte. Seine Gedanken kreisten einzig und allein um Judy. Sie war draußen und er saß hier drin und konnte ihr nicht beistehen. Zwar vertraute er voll und ganz darauf, dass Neil Judy gut bewachen würde. Doch er wollte selbst für ihre Sicherheit sorgen.

Am nächsten Morgen lernte Rick in einem Besprechungszimmer Joe Rodden kennen. Der Anwalt war gekleidet, wie es sich für einen hochbezahlten Rechtsbeistand gehörte. Der dreiteilige Anzug und der gepflegte, von einzelnen grauen Härchen durchzogene Bart strahlten Kompetenz und Selbstsicherheit aus. Sie schüttelten einander die Hand und setzten sich.

»Wie geht es Judy?«

Joe hob eine Braue und zog einen Notizblock aus seiner Aktentasche. »Ihr geht's gut. Neil lässt ausrichten, sie würde rund um die Uhr von einem Bodyguard bewacht.«

Das wusste Rick, trotzdem tat es gut, das zu hören.

»Wie geht es Ihnen?«

»Besser als in der Wüste im Nahen Osten.«

Joe tippte mit seinem Stift auf den Block und lehnte sich zurück. »Am besten, wir kommen gleich zur Sache.«

»Ich will hier raus.«

»Klar. Dafür sorge ich, sobald wir einen Richter zu sehen kriegen.«

»Am Montag?«

»Früher geht's nicht. Leider.«

Zwei weitere Nächte.

»Sie wissen, was man Ihnen vorwirft?«, fragte Joe.

»Ja.« Körperverletzung und versuchten Mord.

»Und? Haben Sie's getan?« Joe hielt tatsächlich nicht viel von Small Talk.

Rick schaute ihm in die Augen. »Nein!«

»Ich muss Sie das fragen.« Der Anwalt machte sich eine Notiz. Rick hatte keine Ahnung, ob der Mann ihm glaubte. »Lassen Sie uns die zeitlichen Abläufe am Tag des Überfalls durchgehen.«

Rick erzählte ihm alles, woran er sich erinnerte, bis zu dem Moment, an dem er das Krankenzimmer betreten und Judy übel zugerichtet dort hatte liegen sehen. Joe fragte ihn nach seiner Zeit beim Militär. Nach seiner Entlassung. Als er Einzelheiten über Colorado und Mickeys Tod wissen wollte, wurde Rick einsilbig. »Da müssen Sie sich an die Marines wenden. Diese Informationen sind unter Verschluss.«

»Ich dachte, Sie wären vor sieben Jahren aus dem aktiven Dienst ausgeschieden.«

»Das ist richtig. Aber vor zwei Jahren hat mich diese Zeit noch mal eingeholt. Sie wissen ja. Einmal Marine, immer Marine.«

»Ein Mann ist gestorben.«

»Ja.«

»Durch einen Schuss in den Rücken.«

Rick legte eine Hand auf seinen Oberschenkel. Er dachte

an die Schmerzen, nachdem Mickey ihn beinahe tödlich verwundet hatte, und sah noch einmal, wie Mickey die Waffe auf Neil richtete. Und schoss. »Nicht alles ist so, wie es scheint.«

»Was Sie mir erzählen, bleibt unter uns.«

»Der lange Arm der Marines macht mir größere Sorgen als Ihre Verschwiegenheit. Nehmen Sie es mir nicht übel, aber ich kenne Sie noch keine halbe Stunde. Falls der Staatsanwalt glaubt, die Sache in Colorado gegen mich verwenden zu können, muss er damit rechnen, dass das US Marine Corps das unterbindet.«

»Vor dem Prozess, falls es überhaupt einen gibt, wird die Staatsanwaltschaft alles darlegen, was sie gegen Sie verwenden wird. Mein Job ist es, diese Argumente zu entkräften. Und dazu brauche ich Fakten.«

»Falls die Staatsanwaltschaft Colorado ins Spiel bringt, gebe ich Ihnen die Namen meiner ehemaligen Vorgesetzten für spezielle Missionen.«

»Das genügt mir.«

Jemand klopfte an die Tür. »Die Polizei hat weitere Fragen. Ich schlage vor, wir bringen das hinter uns, damit ich weiter auf Ihre Freilassung hinarbeiten kann.« Joe bat Rick, die Fragen nur mit seinem Einverständnis zu beantworten und die Antworten kurz zu halten.

Raskin und Perozo fingen noch einmal von vorn an. Wo war er gewesen, als ... Wann war er losgefahren, um Judy zu dem Date abzuholen? Wusste er, dass sich in dem Blumenladen niemand an ihn erinnerte?

Nach einer Weile unterbrach Joe die Fragenflut. »Das klingt nicht, als hätten Sie ausreichende Gründe, meinen Mandanten hier festzuhalten, Gentlemen.«

»Augenblick noch, Mr Rodden.«

»Wann haben Sie den Tracker in Judys Wagen eingesetzt?«

Rick schaute seinen Anwalt an. Als er nickte, sagte Rick:

»Kurz, nachdem sie aus Seattle hergezogen ist.«

»Und weshalb?«

»Ihre Sicherheit ist mir sehr wichtig. Hin und wieder schleichen sich Michael-Wolfe-Fans aufs Grundstück. Sie versuchen auch an Leute ranzukommen, die ihm nahestehen. Und weil seine Schwester derzeit in seinem Haus wohnt, hielt ich es für das Beste, immer zu wissen, wo sie ist.«

Raskin wirkte nicht überzeugt. »Weiß Judy von dieser Überwachung?«

Rick sagte nichts.

Perozo tippte mit der Zehenspitze gegen das Tischbein.

»Ich denke, nein.«

»Warum haben Sie ihr nichts davon gesagt?«

»Beantworten Sie diese Frage nicht«, sagte Joe.

Rick vermutete, dass seine Antwort genau in das Bild gepasst hätte, das die Detectives sich von ihm machen wollten.

»Sie kennen Judy seit einem Jahr?«

»Das ist richtig.«

»Und seither behalten Sie sie im Auge.«

»Ich bin für die Sicherheit ihres Bruders zuständig. Hin und wieder muss ich die ganze Familie bewachen.«

»Aber Judy hat in Seattle gelebt.«

»Und?«

Perozos Fußspitze tippte schneller. »Michael Wolfe hat eine weitere jüngere Schwester, nicht wahr?«

»Hannah«, sagte Rick.

»Und wo studiert Hannah?«

»Ich habe keine Ahnung.«

»Wo Judy studiert hat, wussten sie. Und wo sie wohnt.« Rick war klar, worauf die Detectives hinauswollten. »Es ist kein Geheimnis, dass Judy und ich einander ziemlich anziehend finden. Seit sie hier lebt, bin ich für ihre Sicherheit verantwortlich. Genauso wie für die ihres Bruders, wenn er in L. A. ist. Ihre Wohnadresse in

234

Seattle hat mich aus Sicherheitsgründen interessiert. Wenn sie in einem unsicheren Viertel gelegen hätte, hätte ich versucht, sie zu einem Umzug zu bewegen.«

»Wusste Judy, dass Sie sie beobachten?«

Rick schaute Joe an.

»Geben Sie darauf keine Antwort.«

Das Feixen der Detectives machte Rick wütend.

»Lassen Sie uns ein paar Monate überspringen. Wo waren Sie gestern, nachdem Sie Judy zur Arbeit gebracht hatten?«

»Nicht antworten«, sagte Joe, bevor Rick den Mund aufmachen konnte.

»Warum?« Rick war perplex. Er verstand weder die Frage noch die Notwendigkeit, den Mund zu halten.

Joe schüttelte den Kopf.

»Wie viele Kameras sind hier drin?« Raskin ließ den Blick durch den schmucklosen Raum schweifen.

Rick schaute sich um, warf einen Blick unter den Tisch. »Sechs.«

»Sie kennen sich aus.«

»Das ist mein Job.«

Die Fragen versiegten und Joe bat darum, die private Unterredung mit seinem Mandanten fortsetzen zu können.

Als sie allein waren, fragte Rick: »Warum wollen die wissen, wo ich gestern war?«

Joe zog weitere Unterlagen aus der Aktentasche und legte sie auf den Tisch. »Nur ein paar Straßenecken von Judys Firma entfernt ist gestern eine junge Frau überfallen worden. Sie hatte nicht so viel Glück wie Judy.«

Die Härchen auf Ricks Armen richteten sich auf. »Warum haben Sie mir das nicht vorher gesagt?« *Eine weitere Frau ist überfallen worden? Und Judy ist da draußen.*

»Weil die Detectives im Hinblick auf das zweite Verbrechen rein gar nichts gegen Sie in der Hand haben. Ihre Reaktion auf die Frage wäre nicht dieselbe gewesen, wenn Sie darauf gefasst gewesen wären. Sie hatten ganz offensichtlich keine Ahnung, weshalb Ihnen die Frage gestellt wurde.«

»Ich scheiße auf diese Spielchen. Diese junge Frau, hat sie ausgesehen wie Judy? Arbeitet sie in einem Architektenbüro?«

»Das finde ich noch heraus.«

Rick rieb sich das Gesicht. Er kratzte die Stoppeln an seinem Kinn, das er sonst jeden Morgen glatt rasierte. »Ich muss hier raus. Dieser Kerl belauert sie. Wenn ich hier herumsitze, kann ich sie nicht schützen.«

»Bleiben Sie locker, Rick.«

»Locker bleiben? Ist schon mal jemand, der Ihnen nahesteht, überfallen worden, Joe?«

Rick stand auf und tigerte durch den Raum.

»Hören Sie zu. Bisher scheinen die außer ein paar Indizien nur Judys Aussage zu haben. Wenn sie der Polizei erzählt, dass sie weder Ahnung von dem Tracker in ihrem Wagen hatte noch wusste, dass Sie in Seattle Informationen über sie gesammelt haben, kommt es vielleicht tatsächlich zu einem Prozess. Sie so lange auf Kaution hier rauszukriegen, sollte zwar kein Problem sein. Allerdings wird der Richter Auflagen verhängen. Wie zum Beispiel, dass Sie sich von Judy fernhalten.«

»Das ist keine Option.«

Joe zuckte die Achseln. »Wenn das so ist, kommen Sie vermutlich auch nicht frei. Schon wegen des zweiten Überfalls.«

»Falls das ein verdammter Witz sein soll, kann ich nicht darüber lachen.« Wie zum Teufel war er in dieses Schlamassel geraten? Rick stemmte die Hände gegen die Wand und überlegte, ob er den Kopf dagegen donnern sollte. Vielleicht war alles nur ein böser Traum und der Aufprall würde ihn wecken.

»Es gibt eine Möglichkeit, dafür zu sorgen, dass keine ausreichenden Haftgründe vorliegen.«

Rick schaute über die Schulter.

Joe holte tief Luft und breitete die Unterlagen auf dem Tisch aus. »Gegen den eigenen Ehepartner muss man nicht aussagen, und im Augenblick stützt sich die Staatsanwaltschaft mit ihren Anschuldigungen vor allem auf Judy als Zeugin.«

Rick legte den Kopf schief. »Judy und ich sind seit einer Woche zusammen. Verheiratet sind wir nicht.«

»Das ist mir bewusst. Aber mit einer Unterschrift ließe sich das ändern.« Joe tippte auf das Formular vor ihm auf dem Tisch. Den Stift hatte er bereits in der Hand. »Wenn der Richter davon ausgehen muss, dass Ihre Frau nicht gegen Sie aussagen wird, steht einer Freilassung auf Kaution nichts im Weg. Und falls Ihre Frau nicht gerade ein Kontaktverbot beantragt, wird kein Richter sie voneinander fernhalten.«

Langsam sickerte die Information in Ricks Gehirn. »Und was ist mit dem Mord?«

»Die Polizei wird wissen wollen, wo Sie zu der fraglichen Zeit waren, und hoffen, dass Sie kein Alibi haben. Aber selbst ein fehlendes Alibi wäre kein Beweis für einen Mord und kein hinreichender Grund, Sie weiter festzuhalten. Ohne Judys Aussage wird es schwer, Ihnen etwas anzuhängen.«

»Ich habe weder einen Überfall noch einen Mord begangen.«

»Draußen können Sie Ihre Unschuld leichter beweisen als hier drin.«

Rick ging zum Tisch und warf einen Blick auf das Formular.

Eine Heiratsurkunde.

Joe drehte sie so, dass Rick sie lesen konnte.

Sein Name stand neben Judys. Beim Anblick ihrer Unterschrift verpuffte ein Teil seiner Wut wie von selbst.

»Das war Judys Idee.«

Rick blickte auf. »Wirklich?«

Joe strich sich über das bärtige Kinn und verzog einen Mundwinkel zu einem schiefen Lächeln. Das erste, das Rick an ihm zu sehen bekam. »Eigentlich brillant. Wenn sie nicht gerade ihren Collegeabschluss gemacht hätte, würde ich ihr empfehlen, Jura zu studieren.«

Rick setzte sich und betrachtete die Urkunde. Mit dem Finger fuhr er Judys Unterschrift nach.

»Kimberly, meine Kollegin, die Judy vertritt, hat mich gebeten, Ihnen etwas auszurichten.«

Seine Elfe war bereit, ihn zu heiraten, damit er nicht in den Knast musste. Er wusste nicht, ob schon jemals ein Mensch so viel Vertrauen in ihn gesetzt hatte. »Was denn?«

»Ich soll die Namen Karen und Mike erwähnen. Judy meinte, über das Kleingedruckte könnte man sich noch unterhalten. Sie wüssten, was gemeint sei.«

Er lächelte. Sein kluges, einfallsreiches Mädchen. »Und ich muss nur unterschreiben und wir sind verheiratet?«

»So lautet das Gesetz.«

»Sie muss nicht mal hier sein?«

»Traurig, aber wahr. Für uns Anwälte gehört so was seit Ewigkeiten zum Tagesgeschäft. Sie unterzeichnen hier, und schon sind Sie ganz legal verheiratet, mit allen Rechten und Pflichten.«

»Und Judy …«

»Halb verheiratet ist sie schon. Jetzt müssen Sie dem Deal nur noch zustimmen.«

Unfassbar. Vor ein paar Wochen hatte er sie noch wegen eines Dates genervt und jetzt würde seine Unterschrift auf einem Stück Papier sie zu seiner rechtmäßigen Ehefrau machen.

Er setzte seinen Namen an die vorgesehene Stelle. So einfach …

»Können Sie Neil etwas ausrichten?«

»Selbstverständlich.«

»Sagen Sie ihm, er soll gut auf meine Frau aufpassen.«

* * *

»Dad wird die Wände hochgehen.«

Judy grinste ihren Bruder an. »Und was gibt's sonst Neues? Selbst wenn er vor Wut platzt, das ändert nichts an den Tatsachen.«

»Aber gleich heiraten?«, fragte Karen.

Die beiden wollten sie von einer unüberlegten Handlung abhalten, doch dafür war es zu spät. Judy hielt eine Ausfertigung der Heiratsurkunde in den Händen. Sie trug Ricks Unterschrift.

»Das sagst ausgerechnet du, Karen?«

Karen schaute Zach an. »Wo sie recht hat ...«

»Genau.«

Zach war nicht so leicht zu überzeugen. »Es hätte sicher andere Möglichkeiten gegeben.«

»Ja, vielleicht. Aber das war die einfachste und schnellste. Rick wird morgen wieder draußen sein, und wir müssen uns keine Sorgen machen, dass sie ihn noch mal einsperren. Wir können uns voll darauf konzentrieren, den echten Schuldigen zu finden.«

»Seit wann bist du bei der Polizei?«, fragte Zach.

»Die Polizei sucht nicht mehr. Die glauben, sie hätten den Täter gefunden. Und den ganzen Tag einen Aufpasser an der Backe zu haben, steht mir verdammt noch mal bis hier.«

Es war Sonntag und Judy stand unter einer Art selbst auferlegtem Hausarrest. Seit Rick in einer Zelle saß, waren Russell, Dennis oder Neil immer in ihrer Nähe. »Das ist kein Leben.«

»Und wie willst du den Kerl finden?«

Judy schaute ihren Bruder durchdringend an. »Gar nicht.

239

Er findet mich.«

»Nur über meine Leiche!«

»Jetzt geh nicht gleich in die Luft. Ich werde nicht den Lockvogel spielen. So naiv bin ich nicht. Aber ich bin sicher, dass er wiederkommt. Gestern Abend ist mir eingefallen, was er gesagt hat, bevor er mich bewusstlos geschlagen hat. ›Nächstes Mal‹ … Das waren seine letzten Worte. ›Nächstes Mal.‹ Aber beim *nächsten Mal* werde ich weder allein noch unvorbereitet sein.«

Zach legte eine Hand über ihre. »Judy. Du bist ein Mädchen vom Land, das gern Architektin werden will. Du bist nicht Superwoman und kannst es nicht mit einem Verbrecher aufnehmen.«

Sie tätschelte Zachs Hand. »Ich bin mit einem Marine verheiratet, Zach. Und der nimmt es mit jedem auf.«

* * *

Seine Elfe trug Rot. Das eng anliegende, tief ausgeschnittene Kleid endete oberhalb ihrer Knie. Rick schaffte es, einen Blick auf ihre schwarzen Seidenstrümpfe mit der sexy Naht zu erhaschen. Um das Bild noch abzurunden, hatte sie sich einen zum Kleid passenden Hut aufgesetzt. Himmel, er hatte sie vermisst. Sie schauten einander in die Augen. Ihr Lächeln ließ den ganzen Raum erstrahlen.

Bei Judy saßen Neil, Gwen, Zach, Karen und Meg. Alle hatten sich mächtig in Schale geworfen. Nur Neil war nicht gekleidet wie ein Mann von Adel. Er beeindruckte wie üblich durch seine Masse, seine schiere Präsenz und seinen düsteren Blick. Vermutlich fühlte er sich ohne Waffen sowieso nackt. Genau wie Rick.

Weil dies eine Anhörung und kein Prozess war, musste Rick einen blauen Sträflingsoverall tragen.

In den hinteren Reihen hatten sich einige Medienvertreter niedergelassen. Sie verhielten sich ruhig und machten sich Notizen.

Als der Richter den Saal betrat, erhoben sich alle.

Rick musste stehen bleiben, Joe stand an seiner Seite.

»Wie plädieren Sie?«, fragte der Richter, als wäre das eine reine Formsache.

»Nicht schuldig.«

Der Staatsanwalt erhob sich und bat den Richter, eine Kaution abzulehnen und den Beschuldigten in Haft zu nehmen. Joe ließ ihn nicht zu Ende sprechen. »Können wir zum Richtertisch kommen, Euer Ehren?«

Rick zwinkerte Judy über die Schulter hinweg zu. Sie antwortete mit einem kleinen Winken.

Joe und der Staatsanwalt lieferten sich vor dem Richtertisch eine hitzige Diskussion.

»Verheiratet?«, sagte der Staatsanwalt so laut, dass alle es hörten.

Am Richtertisch wurde weiter lautstark geflüstert. Zu Judys unendlichem Bedauern war aus der Entfernung nur jedes zweite Wort zu verstehen.

Ein paar Reihen vor Judy und ihrer Entourage saßen die Detectives Raskin und Perozo. Ihre verwirrten Mienen waren unbezahlbar. *Dumpfbacken.*

Die Anwälte verließen den Richtertisch. Der Staatsanwalt warf seine Unterlagen auf seinen Tisch. Joe konnte ein Grinsen nicht unterdrücken.

»Mr Evans?« Der Richter fixierte Rick streng.

»Ja, Euer Ehren?«

»Angesichts der veränderten Situation setze ich Sie ohne Kaution auf freien Fuß.«

Im hinteren Teil des Saales seufzte jemand auf.

»Mr Perkinson?« Der Richter wandte sich an den Staatsanwalt. »Ich setze den ersten Verhandlungstag in zwei Monaten an. Verschwenden Sie nicht meine Zeit.«

Der Staatsanwalt warf einen düsteren Blick auf Rick und Joe. »Ja, Euer Ehren.«

Mit einem Schlag seines Richterhammers schloss der Richter die Anhörung und rief den nächsten Fall auf.

Rick drückte Joe die Hand und ließ sich von einem Polizisten hinausführen, damit er möglichst schnell sein Leben wieder aufnehmen konnte.

KAPITEL 21

Die Medienvertreter warteten im Foyer. Auch vor dem Gebäude hatten sich Fotografen in Stellung gebracht.

»Ist das denn zu glauben?« Meg zeigte auf das Gedränge draußen auf dem Gehsteig.

»Heute kann noch nichts wirklich Wichtiges passiert sein.«

»Ich weiß nicht. Vorher habe ich einen Reporter sagen gehört, Michael Wolfes Familiendramen seien unterhaltsamer als seine.«

»Wenn Mike nicht mein Bruder wäre, würde sich niemand für den Fall interessieren«, sagte Judy zu Meg.

Gwen stand neben Karen und hob ihr adeliges Kinn. »Darauf würde ich nicht wetten. Die Kameras lieben Judy, und die Medien produzieren ständig Promis, die nur fürs Berühmtsein berühmt sind. Landmädchen wird in der Großstadt überfallen. Die Polizei verhaftet ihren Bodyguard-Freund und Landmädchen heiratet ihn zu seinem Schutz? Vermutlich wird sich bald jemand die Filmrechte sichern wollen. Die Fotografen werden Judy jedenfalls noch eine ganze Weile verfolgen.«

Karen nickte. »Ich fürchte, Gwen hat recht.«

Judy neigte den Kopf, um ihr Gesicht abzuschirmen. »Vielleicht hat der Medienzirkus ja auch sein Gutes.«

»Wie meinst du das?«, fragte Meg.

»Sagt man nicht, Kriminelle würden sich gern unter die Schaulustigen mischen und sich an den Folgen ihrer Taten weiden?«

Stumm schauten sie gemeinsam durch die Glasfront hinaus.

Neil und Zach gesellten sich zu ihnen. »Rick ist gleich bei uns«, sagte Neil.

Als niemand antwortete, folgte er ihren Blicken. »Was ist denn?«

»Darling?«, sagte Gwen. »Wie hoch ist die Wahrscheinlichkeit, dass der Täter draußen in der Menge steht und alles beobachtet?«

Jetzt schauten sie zu sechst hinaus.

Nach ein paar Sekunden wandte Neil sich ab, neigte den Kopf zu dem kleinen Mikrofon an seinem Kragen und murmelte Anweisungen. Judy konnte nicht viel davon hören, nahm aber an, dass sie etwas mit den Schaulustigen draußen zu tun hatten.

Plötzlich kam Bewegung in die Fotografen, der Geräuschpegel im Foyer erhöhte sich.

Judy spürte Ricks Blick, drehte sich langsam um und erwiderte sein Lächeln.

Ein echtes Wiedersehen war noch schöner als alles, was Hollywood zu bieten hatte. Judys Herz stolperte vor Freude, weil Rick ohne Handschellen als freier Mann vor ihr stand. Sie drängte sich an ihren Freunden vorbei und rannte, so schnell sie konnte, ohne sich dabei den Knöchel zu brechen, in Ricks ausgebreitete Arme.

Er war so stark, so warm und perfekt. Er stürzte sich auf ihre Lippen und gab sie nicht mehr frei. »Wir sind verheiratet«, sagte sein Mund an ihrem.

Judy lachte und fühlte, wie er mit einstimmte. »Allerdings.«

Ihre Füße hoben vom Boden ab. Er wirbelte sie herum, als

wäre er ein kleiner Junge, der endlich ein heiß ersehntes neues Spielzeug in den Händen hielt.

Mit einer Hand klammerte Judy sich an ihn, mit der anderen hielt sie ihren Hut fest. Rick setzte sie ab, nur um sie gleich noch einmal zu küssen. Mit einem Aufseufzen und dem Versprechen von mehr streifte seine Zungenspitze für einen winzigen Moment die ihre. Dann beugte er sich zurück und schaute sie an. Während sein Blick über ihren Hut wanderte, gesellte sich ein zweites Paar Grübchen auf seine Wangen. »Dass du Eier hast, wusste ich, Utah-Girl. Aber heiliger Bimbam …«

»Mir war so rebellisch zumute.«

»Dieses Rot ist der Hammer.«

Rot wurde langsam ihre Lieblingsfarbe. Arm in Arm gingen sie zu ihren Freunden.

Nachdem Rick allen die Hände geschüttelt und sich bedankt hatte, dass sie gekommen waren, organisierte Neil den Abzug. Joe Rodden trat als Erster vors Gebäude, zog die Aufmerksamkeit der Medien auf sich, erklärte, im Augenblick gebe es keinen Kommentar, und stellte eine Pressekonferenz in Aussicht.

Polizisten in Uniform hielten die Schaulustigen auf Abstand, als Neil und Zach ins Freie traten. Gwen und Karen folgten. Rick blieb an Judys Seite, Meg hängte sich auf der anderen Seite bei ihr ein und straffte die Schultern.

Die Fotografen und Reporter legten sich ins Zeug. »Mr Evans? Rick? Stimmt es, dass …« Mikrofone wurden an den Polizisten vorbeigeschoben. Alle Reporter hofften auf ein paar Takte Originalton. Judy marschierte zwischen ihrem Ehemann und ihrer Freundin durch das Getümmel.

»Miss Gardner, hatten Sie wirklich den Feind in Ihrem Bett?« Judy wusste nicht, von wo die Frage kam. Aber Rick hatte sie ebenfalls gehört. Sein Griff wurde fester, sein Schritt schneller.

Die Limousine war bereits in Sicht, die Tür zu den Rücksitzen stand offen. Gwen und Karen verschwanden im Wagen. Jemand drückte Judys Kopf beim Einsteigen ein wenig nach unten. Neil stieg als Letzter ein. Sobald die Tür zu war, gab der Fahrer Gas.

»Was für ein Zoo.« Karen sprach aus, was alle dachten.

Rick flocht seine Finger in Judys.

Neil drückte sein Telefon ans Ohr. »So viele Fotos wie möglich.«

»Worum geht es?«, fragte Rick, als Neil aufgelegt hatte.

»Den Ladys ist etwas eingefallen, woran wir nicht gedacht haben.«

»Ach ja? Was denn?«

»Der Kerl ist vielleicht ganz in der Nähe und beobachtet alles. Mischt sich unter die Reporter, um einen Blick auf Judy zu erhaschen und auf den Zirkus, den er in Gang gesetzt hat.«

Judy spürte, wie sich eine Gänsehaut auf ihren Armen breitmachen wollte. Rick ließ ihre Hand los und zog sie fester an sich.

»Russell und Dennis machen Fotos und halten nach auffälligen Personen Ausschau.«

»Wir können uns später Nachrichtenbilder im Netz anschauen und nach verdächtigen Gestalten suchen«, schlug Meg vor.

»Oder an einem öffentlichen Ort eine Pressekonferenz abhalten und einfach sehen, wer auftaucht?« Das war Gwens Idee.

»Bitte nicht noch mehr Trubel heute«, flehte Judy.

»So lästig dir die Medien sein mögen«, sagte Karen, »je mehr Fotografen und Reporter um dich herumschwirren, desto sicherer bist du.«

Rick war derselben Meinung. »Sie sind wie zusätzliche Bodyguards. Die behalten uns im Auge und wir schauen, wer sie im Auge behält.«

»Irgendwann wird denen die Sache langweilig und sie suchen neues Futter für Schlagzeilen«, gab Karen zu bedenken.

»Wenn wir den Kerl bis dahin nicht gefunden haben, rufe ich Mike an.« Zach zwinkerte Judy zu. »Wenn irgendjemand die Medien auf den Plan ruft, dann er.«

* * *

Vor dem Anwesen in Beverly Hills standen fast so viele Reporter wie vorher vor dem Gericht.

In der Einfahrt parkte ein Lieferwagen einer Catering-Firma. Bedienstete eilten umher und trugen Essen ins Haus.

»Eine Party?«, fragte Rick beim Aussteigen.

»Das war Samanthas Idee«, sagte Judy. »Sie meint, im Augenblick sei unsere Außenwirkung wichtiger denn je. Ganz verstanden habe ich nicht, wie sie das meint. Aber zurzeit verstehe ich manches nicht mehr.«

Hand in Hand gingen sie und Rick ins Haus. In den vertrauten vier Wänden seufzte er erleichtert auf.

»Neil hat ein paar von deinen Sachen hergebracht«, sagte Judy. »Falls du dich frisch machen willst, sie sind in meinem Zimmer.« Sie nahm den Hut ab und schüttelte ihr dunkles Haar.

»Eine Dusche kann nicht schaden.« Ricks Blick glitt an ihr hinab. »Aber lass die Sachen an«, raunte er ihr ins Ohr.

Ein sinnliches Lächeln trat auf ihre Lippen. Er wandte sich um und ging in ihr Zimmer.

Ein Großteil seiner Kleider hing in Judys begehbarem Schrank, seine Schuhe standen in Reih und Glied auf dem Boden. Im Badezimmer lagen seine Sachen neben Judys, als wäre es immer so gewesen. Vielleicht hätte er in Panik ausbrechen und völlig außer sich sein müssen. Aber nein. Dank seiner Elfe und ihrem schlauen Köpfchen saß er nicht mehr

247

hinter Gittern. Und verheiratet war er auch. Okay, ihre Ehe stand nur auf einem Stück Papier, und es gab keine Garantie, dass mehr daraus werden würde. Aber im Moment konnte er mit der Bezeichnung Ehemann gut leben und den Augenblick genießen.

Nach dem Duschen entschied Rick sich für eine schwarze Hose und ein schwarzes Seidenhemd. Aus dem Wohnzimmer drangen Musik und vertraute Stimmen. Er blieb vor dem Herzstück des Hauses stehen und lehnte sich an den mächtigen Balken, der als Türrahmen diente.

Judy lachte über etwas, was ihr Bruder gesagt hatte. Sie hielt ein Glas Wein in der Hand.

Er hatte gerade drei Nächte zwischen kahlen Wänden und in wenig erfreulicher Gesellschaft hinter sich. Eigentlich hätte er nur daran denken sollen, wie er ein freier Mann bleiben konnte.

Doch seine Gedanken kreisten ununterbrochen um eine andere Beschränkung seiner Freiheit, der er aus freien Stücken zugestimmt hatte. Um seine Ehe.

Zwei Nächte lang hatte er als verheirateter Mann in einer Zelle gesessen. Ohne seine warme, aufregende Frau, aber doch mit ihr verbunden. Zu wissen, dass sie bei seiner Entlassung auf ihn warten würde, hatte ihm ein Gefühl gegeben, das man mit Geld nicht kaufen konnte. Dort draußen freute sich jemand auf ihn, wollte ihn. Er holte tief Luft, sah seine Frau an, ohne dass sie es merkte, und musste sich energisch daran erinnern, dass sie ihn geheiratet hatte, damit er nicht in den Knast musste. Nicht um für immer und ewig die Seine zu werden. Aber immerhin war es ihre Idee gewesen. So etwas hätte wohl kaum eine andere Frau getan. Vielleicht eine Mittvierzigerin, die schon eine oder mehrere Ehen hinter sich hatte, aber ganz sicher keine Vierundzwanzigjährige aus einem kleinen Nest in Utah, wo die Ehe für viele junge Frauen noch die Erfüllung all ihrer Träume war.

Sein Utah-Girl hatte ihn geheiratet, ihren Namen lange vor ihm auf die Urkunde gesetzt.

Er konnte genau sehen, ab welchem Moment sie seine Gegenwart spürte. Zach erzählte ihr etwas, Karen stand dabei und beendete gestenreich die Sätze ihres Ehemanns. Plötzlich neigte Judy leicht den Kopf und drehte sich langsam zu ihm um.

Zach redete unbeirrt weiter, bis Karen ihn anstieß und auf Rick zeigte.

Nach einem kurzen Blick zurück zu ihrem Bruder ging Judy quer durch die Menge im Raum auf Rick zu.

Wenn verheiratet zu sein sich so anfühlte, dann war es genau sein Ding. Daran konnte er sich gewöhnen.

»Fühlst du dich besser?«, fragte Judy, als sie vor ihm stand.

Er lachte. »Die Dusche im Knast …«

Sie legte den Kopf schief. »Du hast doch nicht etwa die Seife fallen lassen?«

Rick prustete so herzhaft los, dass alle sich zu ihm umdrehten. »Ich dachte, du bist eine Unschuld vom Land! Was weißt du denn über heruntergefallene Seifen im Knast?«

»Hey! Ich schaue manchmal fern!«

Er zog sie an sich und legte die Lippen auf ihre, als wäre das sein gutes Recht.

Der Kuss fiel deutlich länger aus, als unter den Umständen nötig. Meg trat zu den Turteltäubchen. »Hebt euch das für später auf, Kinder. Ihr seid nicht allein.«

Rick knurrte.

Judy legte den Arm um seine Taille.

Neil drückte Rick ein Bier in die Hand, jemand brachte ihm einen Teller und zog ihn von Judy weg.

»Was feiern wir eigentlich?«, fragte er Blake und Neil, nachdem sie es sich auf dem Sofa bequem gemacht hatten.

»Meine Frau meint, man dürfe die Außenwirkung nie

unterschätzen«, begann Blake. »Die Medien sollen den Eindruck bekommen, dass die Party geplant war, weil wir mit deiner Freilassung gerechnet haben. Außerdem ist die Feier Teil unserer Verschleierungstaktik.«

Rick schwirrte der Kopf. »Verschleierungstaktik?«

»Vermutlich wird sich herumsprechen, dass du hinter Gittern geheiratet hast. Wenn es aussieht, als hättest du das nur getan, um freizukommen, ist das nicht gut.«

Rick schüttelte den Kopf. »Was andere denken, ist nicht wichtig. Judy und ich sind vor dem Gesetz ein Ehepaar, nur das zählt.«

Blake wedelte mit seinem Drink. »Aber wenn die Medien und die Öffentlichkeit von deiner Unschuld überzeugt sind, wird es für ein Gericht deutlich schwerer, dich zu verurteilen. Eine fröhliche Feier der Jungvermählten kommt bei den gewogenen Zuschauern der Abendnachrichten und den treuen Lesern von Klatschmagazinen sicher gut an. Die Idee ist schlichtweg brillant.«

Rick kannte Blake schon ein paar Jahre, doch so britisch wie heute hatte Blakes Ausdrucksweise noch selten geklungen.

»Aber wenn wir ehrlich sind, komme ich aus der ganzen Sache doch nur mit einer reinen Weste raus, wenn wir den Kerl finden, der Judy überfallen hat.« Rick schaute Neil an. »Sind wir damit schon ein Stück weiter?«

Neil schüttelte den Kopf. »Ich habe vorhin mit Dean telefoniert.« Dean war ein Freund bei der Polizei. »Alle Augen waren auf Judy gerichtet. Nur wenn du bei ihr warst, hatten sie dich mit im Blick.«

»Wenn Raskin und Perozo mich tatsächlich für den Täter halten, warum haben sie mich dann nicht beschattet? Warum wissen sie nicht, dass ich nicht in der Nähe des zweiten Opfers war?«

»Eliza«, sagte Blake.

»Wie bitte?« Rick hatte Eliza und Carter, die First Lady und den Gouverneur von Kalifornien, schon häufig getroffen, konnte sich aber nicht vorstellen, was sie mit den Ermittlungen zu tun hatten.

»Eliza hat darum gebeten, dass alle verfügbaren Kräfte zu Judys Schutz eingesetzt werden. Ihr Herz schlägt für die Opfer von Straftaten. Sie ist der Überzeugung, dass sie mehr Aufmerksamkeit verdienen als die Täter, ob sie nun überführt sind oder nicht.«

Neil lieferte weitere Erklärungen. »Der Polizei fehlen die Leute und die Mittel für längere Observationen. Die Bitte, sich vor allem auf Judys Schutz zu konzentrieren und weniger auf dich, wurde gerne erfüllt.«

»Sicher auch, weil sie von der Frau des Gouverneurs kam«, sagte Rick.

»Wir müssen ein Bewegungsprofil von dir erstellen. Für den Tag, an dem die Frau ermordet worden ist.«

Jeden seiner Schritte erklären zu müssen, wurde langsam wirklich lästig. »Ich habe im Café bei Judys Firma einen Kaffee geholt, bin nach Hause gefahren und habe ein paar Stunden geschlafen.«

Neil stieß Ricks Knie mit seinem an. »Das muss nicht jetzt sein. Wir wissen, dass du mit dem Mord nichts zu tun hast.«

Rick lehnte sich zurück und schloss die Augen. »Meinen Namen reinwaschen, meine Unschuld beweisen … Wann ist das alles zu meinem Lebensinhalt geworden?«

Blakes Blick verriet Rick, dass jemand hinter ihm stand.

Rick legte den Kopf in den Nacken. Judy strahlte nicht mehr wie vorher. Er ahnte, dass sie seine Klage gehört hatte und sie persönlich nahm. »Hey.«

Sie reichte ihm das Bier, das sie ihm geholt hatte, und lächelte tapfer. »Ich dachte, du möchtest vielleicht noch eins.« Ohne ihn anzusehen, drückte sie ihm das Glas in die Hand und ging weg.

»Entschuldigt mich«, sagte Rick zu Blake und Neil.

Er stellte das Bier ab und eilte Judy hinterher. Sie war auf dem Weg zur Hintertür. »Hey, warte.«

Sie marschierte einfach weiter. Rick hörte sie leise schniefen. Sie war tatsächlich verletzt.

Er drängte sich an ihr vorbei und verstellte ihr den Weg. »Judy«, sagte er leise.

Die Tränen auf ihren Wangen bohrten sich wie Dornen in seine Brust. »Es tut mir leid. Es tut mir leid, dass du so viel durchmachen musst.«

»Hey! Nicht.« Mit einem Finger hob er ihr Kinn an und zwang sie, ihm in die Augen zu sehen. »Das ist nicht deine Schuld.«

»Wegen mir hast du drei Nächte in einer Zelle verbracht.«

Rick schüttelte den Kopf, aber sie redete einfach weiter.

»Die haben dich rausgelassen, weil du verheiratet bist. Deine Unschuld steht für die Polizei damit noch längst nicht fest.« Sie drehte sich weg und wischte sich mit den Fingerspitzen die Tränen ab.

Er strich an ihren Armen nach unten und hielt ihre Hände fest. »Ich habe drei Nächte in einer Zelle verbracht, weil die Polizei nicht verstehen will, wie wichtig du mir bist. Zu heiraten, um freizukommen, um hier bei dir sein zu können, war eine großartige Idee.« Er drückte ihre Hände und ging ein wenig in die Knie, um in ihre Augen schauen zu können. Als es ihm endlich gelang, lächelte er. Verzweifelt versuchte er, auch ihr ein Lächeln abzuringen. »Ich bin stinksauer und genervt. Aber nicht wegen dir. Du bist der einzige Lichtblick für mich.«

Sie blinzelte und schüttelte den Kopf.

»Komm.« Er nahm sie an der Hand und ging mit ihr zu der Hollywoodschaukel in einer Ecke des Gartens. Ohne ihre Hand loszulassen, setzte er sich mit ihr auf das Polster und gab der Schaukel einen kleinen Schubs. »Weißt du noch, wie wir uns kennengelernt haben?«

Sie verzog einen Mundwinkel zu einem schiefen Lächeln.

»Mir kommt es vor, als wäre es gestern gewesen. Du hast dich so bemüht, mir nicht zu zeigen, dass ein Funke übergesprungen war. Du warst so unglaublich süß.«

Ihr Lächeln wirkte jetzt echter, er redete weiter. »Als ich wieder in L. A. war, hat Karen mir gesagt, du würdest in Idaho studieren.«

»Warum hat sie das gemacht?«

»Ich weiß nicht. Vielleicht wollte sie mir einen Streich spielen. Frag sie doch einfach irgendwann mal. Jedenfalls hatte ich einen Trip nach Idaho geplant und gehofft, dass wir uns dort *zufällig* über den Weg laufen. Als ich Mike erzählt habe, ich sei bald in deiner Gegend, hat er mir gesagt, wo du wirklich studierst. Also habe ich mich ein bisschen umgehört und deine Adresse in Washington rausgefunden.«

Ihre Tränen waren versiegt, gebannt hörte sie ihm zu.

»Warum hast du mich nie angerufen?«

»Gute Frage. Vielleicht wollte ich dich in Ruhe deine Prüfungen machen lassen. Vielleicht hatte ich Angst, mir selbst die Tour zu vermasseln, wenn ich dich ablenke. Dann hat Mike gesagt, du würdest dich hier um ein Praktikum bewerben, und ich habe beschlossen abzuwarten. Bei unserem Wiedersehen kurz vor deinem Abschluss hattest du gerade ein paar Typen beim Pool abgezockt, und der Funke ist sofort wieder aufgeflackert.«

»Ich zocke niemanden ab«, widersprach sie grinsend.

Er ließ ihre Hand los, legte ihr den Arm um die Schultern und zog sie an sich.

»Okay, um hohe Einsätze spielst du nicht. Aber deine Gegner müssen sich warm anziehen.«

Als Judy den Kopf an seine Schulter schmiegte, seufzte er erleichtert auf. »Du wolltest ein paar Dates, vielleicht sogar etwas Festes. Davon, dass du für mich in den Knast gehst und mich heiratest, war nie die Rede«, meinte sie.

Er küsste sie aufs Haar. »Eine Rangliste für die verrücktesten Beziehungsstarts aller Zeiten würden wir vermutlich anführen. Trotzdem würde ich alles noch mal so machen. Wenn ich also genervt bin oder du genervt bist, müssen wir darüber reden, anstatt anzunehmen, es läge an uns. Es sind viele schlimme Dinge passiert. Umso wichtiger ist es, dass wir beide offen und ehrlich zueinander sind. Findest du nicht auch?«

»Ja, doch. Natürlich.«

Das war gut.

»Im Moment bin ich zum Beispiel furchtbar frustriert«, sagte er.

»Ach?«

»Ja. Das Haus ist voller Leute, die uns feiern. Dabei will ich dir einfach nur das rote Kleid ausziehen und sehen, welche Farbe deine Pantys haben.«

KAPITEL 22

Alle waren gegangen, auch Meg war in ihrem Zimmer verschwunden. Judy streifte die Schuhe und die schwarzen Seidenstrümpfe ab, das Kleid behielt sie an. Rick schloss inzwischen das Haus ab. Sie hatten im Garten eine Vereinbarung getroffen. Sie würde versuchen, sich nicht die Schuld für all die Verrücktheiten zu geben, die derzeit ihr Leben bestimmten, und sie würden offen und ehrlich miteinander sein.

Während Rick einen Kontrollgang durch das Haus machte, setzte sie sich aufs Bett und griff zu ihrem Tablet.

Früher war sie von ihrem Online-Spiel geradezu besessen gewesen. Jetzt interessierte es sie kaum noch. Eher aus Gewohnheit klickte sie auf das Icon. In den Chats fragten andere Spieler nach, wo sie steckte. Ein paar Leute, die sie besser kannte und mit denen sie sich gelegentlich auch außerhalb des Spiels unterhielt, baten sie um eine Privatnachricht. Das konnte warten. Mechanisch sammelte sie die Miete für ihre virtuellen Gebäude ein und reparierte diejenigen, die von Gegenspielern bombardiert worden waren. Eigentlich ziemlich albern und nicht gerade anspruchsvoll. Aber in gewisser Weise war sie froh, wieder ein bisschen Lust auf diesen Zeitvertreib zu haben.

Während sie das eingesammelte Geld in ihr virtuelles

Schließfach legte, kam Rick ins Zimmer. Sie blickte vom Bildschirm auf und sah ihn lächeln.

»Du bist schön.« Er legte sich neben sie auf das große Bett und linste auf ihr Tablet. »Ein Kriegsspiel?«

Sie legte das Tablet weg. »Albern, ich weiß.«

Sein Grinsen wurde noch breiter, seine Hand fand zu ihrem Knie und arbeitete sich langsam an ihrem Schenkel nach oben.

Als Katze hätte sie jetzt geschnurrt.

»Ich finde das süß.« Seine Lippen näherten sich dem tiefsten Punkt ihres V-Ausschnitts. Judy schloss die Augen und rutschte ein bisschen tiefer.

»Süß? In dem Spiel bin ich ein Drei-Sterne-General. Meine Feinde zittern vor mir ...«

Ricks Finger tanzten näher zu ihrer Mitte und schickten kleine Stromstöße durch ihren Körper. Sie wölbte sich ihm entgegen.

»Hart und unerbittlich im Netz, weich und anschmiegsam im echten Leben.« Er schob ihren Ausschnitt zur Seite und legte eine ihrer Brüste frei.

Mit der Zunge strich er über die Spitze. Sie stöhnte auf. Sofort war ihr überall ganz warm.

Rick wollte sich der anderen Seite zuwenden, hielt aber plötzlich inne. Sein Griff an ihrem Oberschenkel wurde fester.

Weil er sich nicht weiter bewegte, öffnete sie die Augen und sah, dass er auf das Tablet starrte.

»Nein, ich will nicht lieber Computerspiele machen«, frotzelte sie grinsend.

Seine Hände schienen sie vergessen zu haben. Sein Blick war hart. »Chattest du mit den anderen Spielern?«

»Was?« Ihr Kopf war mit ganz anderen Dingen beschäftigt.

Er ließ sie los und zog das Tablet zu sich. »Das Spiel. Hast du Kontakt mit deinen Mitspielern?«

»Ja.« Sie richtete sich auf und rückte ihr Kleid zurecht,

damit sie nicht halb im Freien saß. »Es gibt Chatrooms, in denen Schlachten geplant werden und wo man sich Verbündete sucht, um seinen Feinden eins auf die Mütze zu geben. Aber das ist alles nur Spaß.«

Er berührte den Bildschirm und betrachtete das Spiel. »Wirklich?«

»Für mich, ja. Hin und wieder gibt es fanatische Gamer, die glauben, alles müsste sich nur noch um das Spiel drehen. Manche erwarten, dass man für die Schlachten richtig viel Geld ausgibt. Aber wenn sie zu sehr nerven, fliegen sie aus dem Team.«

Rick schaute ihr lange in die Augen. Ein Schauer überlief sie. Leider nicht von der Sorte, die sie sich wünschte, wenn sie mit Rick im Bett lag.

Jetzt bist du nicht mehr so taff.

Eine wirklich gute Kämpferin bist du nicht.

»Oh Gott. Du glaubst doch nicht etwa …«

»Verwendest du deinen richtigen Namen?«

»Nein, aber …« Die Klarnamen einiger Mitspieler kannte sie. Sie spielten seit über einem Jahr miteinander, und sie hatte sich keine große Mühe gegeben, ihren Namen geheim zu halten.

Rick legte den Kopf schief. »Das könnte eine Spur sein, Judy. Unsere einzige.«

Eigentlich hatte Judy sich von Rick aus den Kleidern helfen lassen wollen. Jetzt zog sie sich ganz ohne seine Hilfe um. In Pyjamahose und Shirt folgte sie ihm in die Küche. Ihr Tablet und ihr Laptop lagen bereit. Judys Knie zitterten ein wenig.

»Wonach suchen wir?« Sie setzte sich neben ihn.

»Nach einer Verbindung zwischen dir als Person und diesem Spiel.« Er schob ihr den Laptop hin. »Log dich in deinen Facebook-Account ein, bei Twitter … überall, wo du aktiv bist.«

Während sie den Laptop hochfuhr, holte Rick ihr einen Kaffee.

257

»Hey.« Meg tappte in einem langen, pinkfarbenen Morgenrock in die Küche. »Ich dachte, ihr … Ich hätte nicht gedacht, dass ihr in der Küche hockt. Was macht ihr denn da?«

Judy und Rick tauschten einen Blick aus.

»Rick meint, jemand aus meinem Online-Spiel könnte hinter dem Überfall stecken.«

»Aus dem Kriegsspiel?«

Judy nickte.

»Das ist doch bloß Spaß«, sagte Meg ungläubig.

»Ein Spaß, für den die Top-Spieler ziemlich viel Geld ausgeben und sauer sind, wenn ihr Team die Sache nicht ganz so ernst nimmt wie sie.« Je mehr Judy darüber nachdachte, desto flauer wurde ihr zumute.

»Aber es ist doch nur ein Spiel.«

»Ich weiß, Meg. Eigentlich dachte ich das auch immer.«

»Die Welt da draußen ist ziemlich krank«, gab Rick zu bedenken.

Meg setzte sich an den Tisch. »Dass Pädophile online nach Opfern suchen, hört man ja öfter. Aber dass Erwachsene auch gefährdet sind …?«

»Betrug und Erpressung sind nicht die einzigen Verbrechen, vor denen Erwachsene im Netz auf der Hut sein müssen.« Rick schob sich neben Judy und beugte sich über das Tablet. »Okay. Erklär mir das Spiel.«

Während Judy Rick die Regeln erklärte, holte auch Meg ihren Computer und suchte online nach Informationen über das Spiel und seine Chatrooms, nach Bewertungen und Klagen.

Das Spiel war nicht schwierig, und weil derzeit keine Schlacht im Gang war, tummelten sich viele Spieler in den Chats. Judy zeigte Rick die Chatrooms und wie man einen Privatchat führen konnte. »Frauen sind bei dem Spiel in der Minderheit. Deshalb halten wir auch über andere Netzwerke Kontakt.«

»Und wo zum Beispiel?«

Judy zeigte Rick auf ihrem Facebook-Account zwei Facebook-Freundinnen, die ihren echten Namen kannten. »Meine Privatsphäre-Einstellungen erlauben nur Freunden, meine Posts zu sehen.«

In ihrer Chronik gab es Fotos aus der Collegezeit und auch eins von Meg, Mike und Judy bei der Abschlussfeier.

Rick machte sich eine Liste all ihrer Facebook-Freunde und eine Liste ihrer Team-Mitglieder aus dem Kriegsspiel. »Das kann eine Weile dauern.« Judy nickte. Meg antwortete nicht. Sie war mit dem Computer auf den Knien eingeschlafen.

»Meg ist ein Schatz. Nach deiner Festnahme hat sie bis zwei Uhr morgens mit mir Gesetzestexte zum Thema Heiraten und Aussageverweigerung recherchiert. Es war, als wären wir wieder Studentinnen und müssten eine Hausarbeit schreiben.«

»Du solltest schlafen gehen.« Rick tätschelte Judys Hand.

Sie tätschelte seine. »Aber nicht allein, Babe. Ich habe die letzten drei Nächte in einem kalten Bett verbracht. Wenn ich mich irgendwann aufs Ohr haue, bist du mit dabei.«

Judy weckte Meg und überredete sie, ins Bett zu gehen. Dann nahm sie Megs Platz auf der Couch ein, ging alte Nachrichten auf Facebook durch und suchte nach Auffälligkeiten. Sie und Rick arbeiteten Hand in Hand. Jeden Namen, den sie nannte, trug er in die passenden Listen ein. Es gab eine für Mitstudenten, eine für Freunde aus Utah, eine für Freunde von Freunden und eine für Leute, die sie kaum oder gar nicht persönlich kannte. Anschließend recherchierte Rick die Namen im Internet. Weil Judy nicht wusste, wonach sie suchen sollte, beschäftigte sie sich noch eine Weile mit ihrem Santa-Barbara-Projekt. Irgendwann verlor sie den Kampf gegen ihre bleischweren Lider und schlief ein.

* * *

Rick sah sich noch einmal die Profile der vier Frauen aus Judys Spiel an. Zwei waren Hausfrauen mittleren Alters, zwei waren College-Studentinnen. Weil er auf Judys Computer und von ihrem Account aus arbeitete, konnte er ziemlich viel von dem sehen, was die Ladys gepostet hatten. Die zwei jüngeren Frauen hatten Fotos von der Titelseite mit Judy und Mike in ihrer Chronik. Vermutlich interessierten sie sich weniger für Judy als für ihren berühmten Bruder. Unter den Titelseitenfotos standen zahllose Kommentare und es gab jede Menge Likes. Rick notierte sich Namen, klickte sich durch Profile und staunte, wie locker viele Nutzer die Sache nahmen. Sie posteten so gut wie alles, was in ihrem Leben passierte. Auf ihren Seiten gab es Telefonnummern und Adressen. Man konnte sehen, wo sie freitagnachts feierten, und erfuhr sogar, mit wem sie schliefen, wann und wo.

Rick konnte es kaum fassen.

Im Vergleich dazu war Judy auf ihren Seiten recht zurückhaltend. Abgesehen vom Namen ihrer Uni und ihren Studienfächern gab es nur wenige Informationen über ihren Alltag. Noch nicht einmal ihren Wohnort hatte sie auf ihrem Profil verändert. Dort stand immer noch Seattle, nicht L. A. Vermutlich hatte sie es nur vergessen, denn ein paar Paparazzi-Fotos aus L. A. hatte sie gepostet. Hier gab es irgendwo eine Spur, das fühlte er.

Als er schon fast im Sitzen einschlief, blickte er auf und sah Judy auf dem Sofa friedlich schlummern. Ihre weichen, rosigen Lippen waren leicht geöffnet. Ihre Brust hob und senkte sich mit ihren regelmäßigen Atemzügen.

Wie stark und zäh sie war. Einen Sekundenbruchteil lang sah er ihr übel zugerichtetes Gesicht in der Notaufnahme vor sich. Das Bild schnitt ihm tief ins Herz. Wenn er den Angreifer in die Finger bekam, würde die Polizei tatsächlich einen Grund haben, ihn zu verhaften.

Er schaltete den Computer aus und nahm Judy das Tablet

vom Schoß. Sie rollte sich zusammen und drehte sich auf die Seite. Anstatt sie aufzuwecken, hob er sie hoch.

»Gehen wir schlafen?«, murmelte sie.

»Pssst.«

Sie nuschelte etwas Unverständliches und er trug sie in ihr Zimmer.

Eine Weile dauerte es noch, bis sein Kopf zur Ruhe kam. Aber es tat gut, neben Judy zu liegen und sie in den Armen zu halten.

Als er, Neil und der klägliche Rest ihrer Einheit nach ihrem letzten Einsatz in die Staaten zurückgekehrt waren, hatte er nicht damit gerechnet, irgendwann im Leben wieder eine ganze Nacht durchschlafen zu können. Schnell hatte er festgestellt, dass eine Frau in seinem Bett ihm zu mehr Schlaf verhalf. Aber ganz und gar abschalten konnte er nur mit Judy. Während des vergangenen Jahres hatten allein die Gedanken an sie sein Gehirn über Nacht manchmal in eine Art Ruhezustand versetzt. Jetzt, wo ihm die Augen zufielen und sein Bündel Frühlingsduft sich noch enger an ihn schmiegte, wusste er, was Judy von allen anderen unterschied.

Sie war kein kurzes Abenteuer, kein Trostpflaster für einsame Nächte. Sie war die Richtige. Die Frau, die man seinen Eltern vorstellte, die Frau, mit der man Kinder haben wollte.

Irgendwo zwischen Utah, Washington und Kalifornien hatte er sich verliebt.

Er drückte sie an sich, küsste sie aufs Haar und schlief endlich ein.

* * *

»Ich habe in der Firma gesagt, dass ich heute ab Mittag komme und ab morgen wieder ganztags.« Judy schlang sich ein Handtuch ums nasse Haar und ging vom Badezimmer zu ihrem Kleiderschrank. »Die zeigen zwar sehr viel Verständnis, aber ich kann nicht dauernd fehlen. Keiner zwingt sie, mich zu behalten.«

Ricks düstere Miene sagte ihr deutlich, wie wenig es ihn freute, dass sie zur Arbeit wollte. »Wenn du möchtest, nehmen wir den Ferrari.« Sie wusste, wie gern er den Wagen fuhr, und da er offenbar ständig ein Alibi brauchte, war es am besten, wenn sie das auffälligste Fahrzeug aus Mikes Garage benutzten.

»Mir gefällt das nicht«, murrte Rick.

»Du setzt mich nach der Mittagspause dort ab und holst mich um fünf wieder ab. Ich werde nicht mal das Gebäude verlassen.«

Das Murren wurde zum Knurren.

»Ich will mich nicht verstecken.« Sie ging zurück ins Bad und sprach durch die Tür. »Ich bin heute nicht mehr in Gefahr als letzte Woche, als du mich jeden Morgen zur Arbeit gebracht und abends wieder abgeholt hast.« Sie wusste, dass sie bald wieder ein großes Mädchen sein und die Fahrt zur Firma allein in Angriff nehmen musste. »Die Arbeit wird mir zu einem klaren Kopf verhelfen. Vielleicht komme ich dann auch darauf, wer hinter mir her sein könnte.«

»Du hast gesagt, du hättest das Gefühl, dass er dir noch mal auflauern wird.« Rick hatte seinen Platz auf der Bettkante verlassen und stand jetzt in der Tür des Badezimmers.

»Das stimmt. Als du weg warst, habe ich mich über viele Dinge schlaugemacht. Unter anderem über die Denkweise von Psychopathen. Die meisten lassen nicht einfach vom Objekt ihrer Begierde ab. Aber er wird mich nicht im Firmenparkhaus oder auf einer düsteren Treppe erwischen.« Sie knetete etwas Mousse in ihre Locken. »Vielleicht haben wir Glück, und du findest heute Nachmittag einen Verdächtigen, wenn du mit

Neil die Fotos durchgehst.«

»Vielleicht.«

»Falls er immer noch hinter mir her ist, wird er womöglich ungeduldig und macht einen Fehler.«

Rick lächelte schief. »Du hast schon wieder Krimis geguckt.«

Sie tuschte sich die Wimpern und zeigte im Spiegel mit der kleinen Bürste auf ihn. »Erstens basieren viele Krimis auf echten Fällen, und zweitens haben Meg und ich das gesamte Internet durchforstet. Nach vier Jahren Studium ist man ein Recherchespezialist. Im Netz findet man auf fast jede Frage eine Antwort, wenn man nur weiß, wo man suchen muss.«

Rick stellte sich hinter sie, legte die Hände auf ihre Taille und drückte die Nase in ihr feuchtes Haar. »Ich will trotzdem nicht, dass du gehst.«

»Komm schon. Du hast doch selbst gesagt, es würde jeden Tag ein bisschen leichter.«

»Das war vor dem Mord.«

Der Gedanke daran machte auch ihr zu schaffen. »Ich gehe nicht allein in irgendwelche dunklen Keller, Rick. Ich gehe zur Arbeit. Dort gibt es jede Menge Sesselpupser, die gegen Geld Striche auf Blätter malen. Die sind harmlos.«

»Wir sind verheiratet.« Federleicht strich er mit dem Daumen über ihren Ringfinger. »Und du hast noch nicht mal einen Ring.«

Sie drehte sich zu ihm und lächelte kokett. »Dann hast du wohl heute einiges zu tun. Vielleicht findest du ja etwas Passendes.« Dass sie die Ehe noch nicht vollzogen hatten, fügte sie vorsichtshalber nicht hinzu. Sonst würde sie heute gar nicht mehr zur Arbeit kommen.

»Willst du mich loswerden?«

Sie schob ihn aus der Badezimmertür. »Wurde Zeit, dass du das merkst.«

Ohne weitere Unterbrechungen beendete sie ihr Badezimmerritual. Dann fuhr Rick sie im Ferrari zur Firma und schaute dabei unzählige Male in den Rückspiegel.

Einige Mitarbeiter von Benson & Miller waren bereits aus der Mittagspause zurück.

»Siehst du? Ich werde bestens bewacht.«

Rick nickte seufzend und gab ihr einen Kuss. »Wenn irgendwas ist ...«

»Dann rufe ich an. Und jetzt verschwinde.«

Als er ein paar Schritte gegangen war, rief sie hinter ihm her. »Zirkonia sieht genauso gut aus wie ein echter Diamant. Du musst nichts übertreiben.«

KAPITEL 23

Judy verstaute ihre Handtasche im Schreibtisch, stellte die Papprolle mit den Santa-Barbara-Plänen in die Ecke und holte sich eine Tasse Kaffee. Obwohl sie am Morgen etwas länger liegen geblieben war, machte sich der Schlafmangel bemerkbar.

Auch die restlichen Angestellten kamen nach und nach aus der Mittagspause zurück.

»Unsere Lady in Red«, sagte José lachend.

»Die letzten Tage waren ziemlich ereignisreich.«

»Was Sie nicht sagen. Seit Sie bei uns sind, war es in der Firma noch keine Minute langweilig. Meine Frau fragt mich jeden Tag, was es Neues gibt.«

Sie wusste, dass José damit nicht auf den Überfall anspielte, sondern auf ihren berühmten Bruder, das Medieninteresse … die Ereignisse, über die sie lachen konnte.

Nancys Stimme schallte durch den Korridor. »Sie dürfen hier nicht rein.«

Schon im nächsten Augenblick eilte ein kleiner Trupp Reporter direkt auf Judy zu.

»Nicht zu fassen«, schimpfte sie.

»Wie sind die denn hier reingekommen?«

Judy verdrehte die Augen. »Die haben Mittel und Wege.«

»Mrs Evans?«

»Judy?«

Noch einmal hörte sie jemanden *Mrs Evans* sagen. Mit etwas Verzögerung wurde ihr klar, dass damit sie gemeint war.

Sie stemmte die Hände in die Hüfte und funkelte die Reporter an. »Großartige Idee. Glauben Sie wirklich, dass ich irgendwas sage, wenn Sie mich hier bei der Arbeit belästigen?«

Die Blitzlichter flackerten auf. Vor Judys Augen tanzten helle Punkte und neugierige Gesichter.

»Ist es richtig, dass Sie den Hauptverdächtigen geheiratet haben? Den Mann, gegen den wegen des Angriffs auf Sie ermittelt wird?«

»Kein Kommentar.« Sie schaute José an. »Gibt es hier denn keine Sicherheitsleute?«

»Stimmt es, dass Ihr Bruder die Hauptrolle in einem Film über den Fall spielen wird?«

Nun hatte sie die Nase endgültig voll.

Zusammen mit weiteren Angestellten, die aus der Mittagspause zurückkamen, tauchten jetzt endlich auch die Sicherheitsleute auf und schoben jeden mit einer Kamera oder einem unbekannten Gesicht aus dem Büro.

Mr Archer trat neben Nancy und beobachtete das Treiben.

Judy hielt einen Moment lang den Atem an. Sie überlegte, ob der Medienauflauf das vorzeitige Aus für ihr Praktikum bedeutete. Die ständige Aufregung, die ihre Anwesenheit mit sich brachte, war dem Small Talk an der Kaffeemaschine sicher zuträglich. Ihren Boss freute das vermutlich nicht.

»Hängen Sie bitte am Eingang einen Hinweis auf, Nancy«, sagte Mr Archer so laut, dass alle ihn hörten. »Ungeladene Medienvertreter werden umgehend aus den Geschäftsräumen entfernt und wegen Hausfriedensbruch belangt.« Er warf Judy ein Lächeln zu, machte auf dem Absatz kehrt und rief über die Schulter: »Herzlich willkommen, Judy.«

Sie atmete durch und ließ die angespannten Schultern sinken.

José klopfte ihr auf den Rücken. »Kommen Sie in fünf Minuten in mein Büro. Ich brauche Hilfe bei dem Fullerton-Projekt.«

Trotz des Trubels zu Beginn ihres Arbeitstags ging Judy lächelnd zu ihrem Schreibtisch. Sie stellte ihre Tasse ab und warf einen Blick auf die Zeitungen, die die Kollegen ihr auf den Tisch gelegt hatten. Das rote Kleid stand ihr tatsächlich recht gut.

Sie öffnete die oberste Schreibtischschublade, um die Zeitungen hineinzulegen, und erstarrte.

Ganz oben lag ihr Führerschein. Er war in der Handtasche gewesen, mit der sich der Angreifer davongemacht hatte.

Sie riss die Hände weg, als hätte sie sich verbrannt, und schloss die Schublade mit dem Knie. Dann zwang sie ein Lächeln auf ihre Lippen, stand ein wenig unsicher auf und verließ die Wabe.

Ihr erster Gedanke war, die Polizei zu verständigen und ihrem Chef von ihrem Fund zu erzählen. Beides ließ sie bleiben.

Die Blicke einiger Mitarbeiter folgten ihr durch den Raum. Judy sah nun alle mit anderen Augen. Hatte jemand aus der Firma sie überfallen? Und wenn ja, warum? Oder war der Täter heimlich übers Wochenende in die Räume von Benson & Miller eingedrungen? Vielleicht war er mit den Reportern gekommen?

Dem Fullerton-Projekt konnte sie nur einen Bruchteil ihrer Aufmerksamkeit widmen. José schien es nicht zu merken. Und falls doch, dann zeigte er es nicht. Nach einer Stunde in seinem Büro verließ Judy unter einem Vorwand den Schreibtisch. In der kleinen Küche fand sie eine Packung wiederverschließbarer Plastiktüten, nahm sich eine und ging damit in ihre Bürowabe. Mithilfe eines Papiertaschentuchs öffnete sie die Schreibtischschublade, fischte den Führerschein heraus und ließ ihn in die Plastiktüte fallen. *Hoffentlich wissen die in den Fernsehkrimis tatsächlich, wie man Beweise sichert.*

Bevor sie die Tüte in die Handtasche steckte, machte sie mit dem Handy ein Foto von ihrem Führerschein.

Mit einer Nachricht schickte sie es an Rick.

Vorhin in meinem Schreibtisch gefunden. War beim Angriff in meiner Handtasche. Keine Panik. Ruf nicht an.

Sie drückte auf *senden.*

Nach wenigen Sekunden summte ihr Telefon.

Ich hole dich.

Nein. Jetzt nicht. Will nicht weglaufen. Komm kurz vor fünf und bring eine Minikamera oder so was mit. Müssen den Kerl endlich finden.

Sie schaute sich um. Niemand war in der Nähe ihres schmucklosen kleinen Arbeitsplatzes, an dem es kaum eine Möglichkeit gab, etwas zu verstecken. Hektisch tippte sie weiter. *Schick mir Blumen, einen Teddybär. Irgendwas. Damit wir für die Kamera ein Versteck haben.*

Als er nicht sofort antwortete, fürchtete sie, er wäre bereits unterwegs und würde in ein paar Minuten das Büro stürmen. Dann summte ihr Telefon. *Bleib in der Firma, egal, was passiert.*

Okay.

Und schreib mir stündlich.

Sie atmete durch. *Okay.*

Ihr war ganz flau, doch sie klebte sich ein Lächeln ins Gesicht und tat, als wäre nichts geschehen.

Nancy ließ den Blumenlieferanten zu ihr durch. Viele Blicke folgten ihm in Josés Büro. Er brachte gelbe Rosen und weiße Lilien.

Judy gab sich überrascht. »Oh, wow.«

Sie bat den Jungen zu warten, weil sie ihm ein Trinkgeld holen wollte. »Ist schon erledigt, Mrs Evans.«

An den Namen musste sie sich erst gewöhnen. Auf der Karte zwischen den Blumen stand nur *Danke, dass.* Judy stellte die Blumen auf ihren Schreibtisch. Dann schrieb sie an Rick. *Danke, dass?*

Er antwortete mit einem zwinkernden Smiley.

Eine knappe Dreiviertelstunde später kam derselbe Bote mit einem Strauß Sonnenblumen. Auf der Karte stand *du.*

Die Sonnenblumen stellte sie auf ein Tischchen in der Ecke ihrer Wabe.

Als Nächstes brachte der Bote ein Dutzend weißer Rosen, und José meinte, es würde sich nicht lohnen, dass sie noch mal in sein Büro käme. Während Nancy den Boten hinausbegleitete, stellte Judy die Karte zu den beiden ersten. *Danke, dass du mich …* Rick war eindeutig noch nicht fertig.

An einem Schreibtisch, der aussah, als wäre in der Nähe ein Blumenladen explodiert, konzentriert zu arbeiten, war nicht leicht. Die Situation erinnerte Judy an Karens und Mikes Streit in Utah. Mike hatte über ein Dutzend Blumenlieferungen zu Karen in sein Elternhaus in Hilton geschickt. Nur dass Mike sich damals mit den Blumen entschuldigt hatte, während Rick lediglich ihren Vorschlag befolgte. Trotzdem konnte Judy nicht aufhören zu lächeln.

Um vier klingelte ihr Telefon. »Judy Gardner«, sagte sie.

»Eigentlich wollte ich Judy Evans sprechen.« Nancy lachte.

»Ach herrje. Ist der Blumenbote wieder da?«

»Ja, und ich platze fast vor Neid.«

Judy lachte. »Er soll nach hinten kommen.«

Diesmal brachte der Junge zwei Teddybären in Hochzeitskleidung, die sich an den Händen hielten. *geheiratet* stand auf der Karte. Die Bären waren umwerfend kitschig, aber auch sehr niedlich. Judy schickte ein Foto von ihnen an Rick.

Zehn vor fünf schob sich eine Hand mit einer einzelnen roten Rose und einem Umschlag durch den Eingang ihrer Wabe.

»Noch eine Lieferung?«

Ricks muskulöser Arm war unverwechselbar.

Sie stand auf und spähte um die Ecke. Er grinste sie an, wie nur er es konnte. Junge, Mann und jede Menge Unfug in Kombination.

»Das war doch nicht nötig.«

Er wedelte wortlos mit der Blume und reichte sie ihr.

Die Rose duftete himmlisch. In dem kleinen Umschlag steckte nicht nur die Karte, aber die schaute Judy sich als Erstes an. *hast.*

»Das ist unglaublich süß, Rick.« Die Blumenlieferungen mochten nur Show sein, trotzdem war sie hingerissen.

Sie machte einen Schritt auf ihn zu. Er zeigte auf den Umschlag. »Da ist noch was drin.«

Judy kippte einen Ehering in ihre Hand. Der runde Stein reflektierte das Licht. Ihr Lächeln kam wie von selbst und das Mädchen in ihr fing an zu kichern. »Oh Babe.«

Rick steckte ihr den Ring an. Er war wunderschön und passte perfekt. Unübersehbar war er auch. Sie hoffte, dass Rick sich tatsächlich für die Zirkonia-Variante entschieden hatte. Für eine strategische Ehe war ein Diamant einfach zu teuer.

Sie streckte die Hand aus und bewunderte den Ring. »Zum Verlieben.«

»Komm her.« Er machte eine lockende Geste mit dem Finger.

Seine Lippen fanden ihre. Es wurde kein schneller, hastiger Kuss.

»Die Leute werden reden«, sagte sie hinterher.

Er zuckte die Achseln. »Das tun sie sowieso schon.«

José kam vorbei und drückte Rick die Hand. »Ich bin verdammt froh, dass meine Frau in den nächsten Tagen nicht hier vorbeikommt. Sie lassen uns andere Männer ziemlich blass aussehen.«

Die beiden unterhielten sich kurz, dann kam Mr Archer

aus seinem Büro. Er wollte gerade Feierabend machen. Das Händeschütteln ging weiter, Gratulationen und Glückwünsche wurden ausgetauscht.

Judy hatte gut sichtbar eine Zeichnung auf ihrem Schreibtisch ausgebreitet. Nancy war unter den Letzten, die ihre Sachen zusammenpackten. »Und Sie haben wirklich keinen Bruder?«

»Leider nein, Verehrteste.« Rick schmunzelte.

»Was für ein Jammer«, murmelte Nancy beim Weggehen.

»Ich mache das hier noch kurz fertig«, sagte Judy so laut, dass die wenigen verbliebenen Kollegen sie hören konnten.

Judy tat, als müsste sie noch zum Kopierer, und drehte dabei eine Runde durchs Büro. Selbst Debra Miller hatte heute pünktlich Feierabend gemacht. Sie und Rick waren allein. Judy kehrte zu ihrer Wabe zurück.

»Jetzt oder nie«, sagte sie zu Rick.

Er zog ein paar kleine Gegenstände aus der Jackentasche. Einer sah aus wie ein breiter, schwarzer Ring. Rick nahm an seinem Handy ein paar Einstellungen vor. »Hier. Halte mal.«

Auf dem Handydisplay sah Judy ihr eigenes Gesicht. »Der Ring ist eine Kamera?«

»Ja.« Er befestigte das kleine Gerät an der Schleife um den Sonnenblumenstrauß und richtete die Linse auf den Schreibtisch. Zufrieden, aber ohne die Spur eines Lächelns griff er zu einem ähnlichen Gegenstand. Neben der zweiten Kamera gab es diesmal noch ein Stück Draht. Er wickelte es um den Stil einer Rose und drehte alles zum Eingang von Judys Bürowabe. »Die hier macht auch Tonaufnahmen.«

»Wozu brauchen wir denn zwei?«, fragte Judy.

»Falls die Putzkolonne eine verrückt, haben wir immer noch die andere.«

Daran hatte sie nicht gedacht.

»Und jetzt zeig mal, was du gefunden hast.«

Judy nahm ihre Handtasche aus dem Schreibtisch und zog

die obere Schublade auf, damit Rick sehen konnte, wo ihr Führerschein gelegen hatte. »Er lag ganz oben. Unübersehbar.«

Rick nahm ihr die Plastiktüte mit dem Führerschein aus der Hand. »Hast du ihn da reingesteckt?«

»Ja.«

Er hob eine Augenbraue. »Ziemlich clever, Utah-Girl.«

»Man kann aus den Fernsehkrimis eben doch was lernen.«

Er schaute angestrengt in die Schublade. »Hast du sonst noch was gefunden?«

Sie rückte ihren Stuhl vom Schreibtisch weg. »Ich habe noch nicht nachgesehen.«

Rick nahm einen Stift von der Tischplatte und bewegte die Sachen in der Schublade hin und her. Aber sie sah nichts, was dort nicht hingehörte. »Kurz, nachdem du mich hier abgesetzt hast, ist eine ganze Busladung Reporter aufgetaucht. Einige waren in der Nähe meiner Wabe.«

»Wie viele von denen wussten, dass das dein Arbeitsplatz ist?«

»Vermutlich keiner.« Sie fröstelte.

Er legte seine Hand auf ihre Schulter. »Lass uns verschwinden. Ich bringe Neil den Führerschein. Vielleicht finden wir einen Fingerabdruck, dann kann Dean ihn für uns überprüfen.«

* * *

Er drückte den roten *Raid*-Button. Wieder ein Sieg über sie. Langsam zog er die Spitze des Messers über ihr Foto. Das rote Kleid zeugte von purer Aufmüpfigkeit. Mit der Farbe wollte sie ihn verhöhnen. Er wollte ihr Blut auf dem Kleid sehen.

Das Blut auf dem Bildschirm reichte ihm nicht. Nicht mehr, seit seine Faust sie getroffen hatte. Das war viel befriedigender als ein Kampf auf einem flachen Monitor mit all seinen künstlichen Geräuschen. Damit vergeudete er nur sein Talent. Die Polizei hatte den Falschen aus dem Verkehr gezogen, schnüffelte an den falschen Plätzen herum. So dumm.

Nur mit dem Wall an Sicherheitsvorkehrungen, der Judy inzwischen umgab, hatte er nicht gerechnet. Mit ihr zu spielen, bevor er wieder zuschlug, war viel schwieriger als erwartet.

Der *Raid*-Button blinkte zusammen mit einem Banner. *Bring den Schmerz* stand darauf. Die Messerklinge grub sich in seinen Finger, ließ Blut an die Hautoberfläche perlen. Fasziniert schaute er zu, wie der Blutstropfen auf das Bild in der Zeitschrift fiel. Er dachte an die andere Frau. Heftig gewehrt hatte sie sich nicht. Eigentlich hatte er sie nicht töten wollen. Ihr Schädelknochen war wohl zu dünn gewesen. Er hatte Judy nur daran erinnern wollen, dass er da war und auf sie wartete. Sie sollte nicht von irgendwelchen Fotos lächeln. Sie sollte gar nicht vor einer Kamera stehen. Selbst heute hatte sie über die Reporter gelacht und sie verscheucht wie lästige Insekten.

Sein Finger drückte sich in das Foto.

Sie hätte nicht mitten in der dunkelsten Zeit ihres Lebens heiraten dürfen. Wie bescheuert musste man sein zu heiraten, während ein Killer hinter einem her war? Wer machte so was?

Eine unverfrorene Schlampe.

Ein Drei-Sterne-General. Dass ich nicht lache.

Das Gesicht unter seinem Finger war jetzt nicht mehr zu erkennen. Aber er wusste ja, wie es aussah.

Nach dem Geschenk, das er heute für sie hinterlassen hatte, würde sie nicht mehr zur Arbeit kommen. Feige, wie sie war, würde sie sich hinter dem Spiel verstecken. Und hinter den Mauern der Villa ihres Bruders.

Jetzt musste er nur warten. Die Festung war nicht so sicher, wie alle glaubten.

* * *

Noch bevor Rick den Motor abgestellt hatte, kam Meg aus dem Haus gerannt.

Rick legte die Hand auf Judys Knie, damit sie mit dem Aussteigen noch wartete. Meg steuerte auf sie zu.

»Es tut mir leid, das wollte ich dir nur sagen.«

Es gab einen Gesichtsausdruck, den Meg perfektioniert hatte und den Judy bei ihr nur allzu gut kannte. Hinter den zusammengekniffenen Augen und dem schiefen Lächeln verbarg sich eine Mischung aus Unschuld und schlechtem Gewissen. Vielleicht eine Folgeerscheinung der verschiedenen Religionen, mit denen Meg aufgewachsen war. Ihre jüdische Großmutter und ihre katholische Mutter schienen sich in ihr zu streiten. *Du hast zwar was ausgefressen, aber du glaubst nicht an die Hölle. Also, was soll's?*

Judy schüttelte Ricks Hand ab und stieg aus. »Was tut dir leid?«

Meg presste die Lippen zusammen. Sie warf einen Blick über die Schulter zum Haus.

Wie in Zeitlupe erschien Judys Vater in der Tür.

Sawyer Gardner war alles andere als schmächtig, und obwohl Judy nie Angst vor ihm gehabt hatte, hatte sie doch ihr Leben lang immer versucht, ihm alles recht zu machen.

»Sag mir, dass meine Mutter auch hier ist.«

Meg schwieg.

»Tut mir leid«, sagte sie noch einmal. »Ich konnte ihn schlecht wieder wegschicken.«

Rick stieg aus dem Ferrari und legte Judy den Arm um die Taille. »Wie schlimm kann es werden?«

Das hätte Judy selbst gern gewusst. Ernste Gespräche ohne den Beistand ihrer Mutter hatte sie mit ihrem Vater noch nicht oft geführt. Aber jetzt stand er da, Hunderte Meilen von dem Provinznest mitten im Nirgendwo in Utah entfernt und ohne das kleinste Lächeln auf den Lippen.

»Ich bin raus!«, sagte Meg zu Rick. »Das Haus in Tarzana

ruft nach mir. Jede Menge freie Zimmer, freie Betten und Kameras. Du bist die Beste, Judy. Aber das ist eine Familienangelegenheit und ich habe mein Soll an Dramen für diese Woche bereits erfüllt.« Meg umarmte Judy fest. »Ruf mich an, wenn du mich brauchst«, flüsterte sie.

Judy winkte sie weg. »Zisch ab. Schreib uns eine Nachricht, wenn du dort bist. Der Kerl schleicht immer noch da draußen rum, und ich würde mir nie verzeihen, wenn dir meinetwegen etwas zustößt.«

»Ich passe auf mich auf.«

»In der Mehldose liegt eine Glock. Sie ist geladen.«

Meg umarmte Rick. »Im Moment solltest du mehr Angst um dich haben als um mich«, raunte sie.

Judy und Rick gingen Judys Vater entgegen. Sein Missfallen und sein Zorn waren ihm ins Gesicht geschrieben.

Kein Gruß, kein Lächeln. Er stand einfach nur in der Tür und fixierte Rick. »Sie haben mir versprochen, auf sie aufzupassen. Von Heiraten war nicht die Rede.«

Ricks Finger drückten Judys Hand, als wollte er ihr sagen, mit ihrem Dad käme er schon klar.

»Auf sie aufpassen, heißt, an ihrer Seite zu sein, Mr Gardner.«

»Heißt das auch, ihr die Freiheit zu nehmen, um selbst nicht eingesperrt zu werden?«

Rick hob das Kinn.

»Dad!«

»Das geht nur ihn und mich etwas an.«

»Irrtum.«

Der düstere Blick ihres Vaters flog zu ihr.

Judy zwang sich, tief durchzuatmen. »Lasst uns reingehen. Ich will nicht morgen alles in der Zeitung lesen.« Damit löste sie sich von Ricks Arm und stapfte an ihrem Vater vorbei ins Haus.

Mit zitternden Knien ging sie in die Küche. Sie stellte die Rose ins Wasser und öffnete die Kühlschranktür. Meg hatte eine der vielen Weinflaschen in Mikes Haus geöffnet. Sie war noch halb voll. Judy schnappte sich das nächstbeste Glas und schenkte sich ein. Dass sie sich nicht die Mühe machte, nach einem Weinglas zu suchen, zeigte, wie angespannt sie war.

Sie hörte die Männer hereinkommen. Mit dem Rücken zu ihnen schaute sie aus dem Fenster und nippte an ihrem Glas. »Wo ist Mom?«, fragte sie.

»Zu Hause.«

»Sie hat sich geweigert mitzukommen?«

Die lange Pause bestätigte ihre Vermutung. »Dass eins meiner Kinder eine Zweckehe geschlossen hat, ist mir schon mal passiert. So ein Quatsch. Ich konnte nicht untätig herumsitzen und abwarten.«

Judy drehte sich zu ihrem Vater. Rick trat an ihre Seite. »Ich bin nicht Mike.«

»Nein. Du bist meine Tochter.« Er klang nicht mehr ganz so streng und unerbittlich. »Welcher Vater lässt seine Tochter einfach ins Unglück rennen?«

Judy stellte das Glas weg und griff nach Ricks Hand. Sie wusste nicht, wie Rick über ihre strategische Ehe dachte. Aber sie hoffte, dass er das Reden ihr überlassen würde. »Du kannst nicht mehr bestimmen, was ich tun und lassen soll, Dad. Falls wir einen Fehler gemacht haben, ist es unser Fehler. Ändern können wir sowieso nichts mehr. Dafür ist es zu spät.«

Der düstere Blick ihres Vaters erinnerte Judy an Zach, wenn ihm etwas gegen den Strich ging. Oder aber Zach erinnerte sie an ihren Vater. »Vor dem vermaledeiten College warst du nie so schwierig.«

»Du meinst, bevor ich erwachsen geworden bin.«

Sawyer Gardner knirschte mit den Zähnen.

Sie seufzte. »Ich bin erwachsen. Das mag dir nicht gefallen, aber es ist so.«

»Du redest wie deine Mutter.«

»Mom ist eine kluge Frau. Du solltest auf sie hören.«

Selbst Rick sah sie an, als bewegte sie sich gerade auf sehr dünnem Eis.

Die Sekunden vergingen. Dann räusperte sich Rick. »Wie wär's mit einem Bier?«

»Meinetwegen.« Judys Vater machte auf dem Absatz kehrt und marschierte zum Sofa im Wohnzimmer.

Judy klammerte sich zittrig an der Arbeitsplatte fest.

Rick nahm zwei Bierflaschen aus dem Kühlschrank. »Er macht sich eben Sorgen«, flüsterte er.

»Ich weiß. Aber im Moment brauchen wir nicht noch mehr Drama.«

»Entschärfen, ablenken oder zerstören. Das habe ich bei den Marines gelernt. Ich glaube, im Augenblick sind vor allem entschärfen und ablenken angesagt.«

Judy musste trotz aller Anspannung auflachen. Dankbar lehnte sie sich an Rick.

Kapitel 24

Rick schlug Judy vor, duschen zu gehen, damit sie kurz durchatmen konnte. Sawyers Groll hing im Raum wie eine Gewitterwolke.

Als Judy verschwunden war und ein Geräusch in den Rohrleitungen verriet, dass irgendwo in der Villa eine Dusche lief, lehnte Rick den Kopf zurück. »Ihre Tochter ist mir sehr wichtig, Mr Gardner«, sagte er.

Sawyer schnaubte.

Rick hätte dem Mann gern die Tiefe seiner Gefühle für Judy offenbart. Aber ihr Vater sollte nicht vor ihr davon erfahren. Nach allem, was derzeit auf Judy und ihn einstürmte, wollte Rick das Leben nicht noch komplizierter machen. Ob Judy dasselbe empfand wie er, wusste er nicht. Sicher war nur, dass er eine Zurückweisung im Moment schlecht verkraften würde. Wenn er ihr seine Liebe gestand, sie aber antwortete: *Lass uns Freunde bleiben, wenn dieser Albtraum vorbei ist*, würde ihn das fertigmachen.

Ihre Beziehung war in vielerlei Hinsicht noch instabil.

»Sie ist Ihnen wichtig?« Judys Vater klang nicht überzeugt.

»Ja.« Rick schaute den Mann nicht an. Er fürchtete, Sawyer könnte ihm ansehen, was er empfand.

»Eine Ehe ist kein befristetes Verhältnis. Ich hätte nie geglaubt, dass ich das meinen Kindern erst erklären muss. Ich dachte, das wäre klar. Jedenfalls haben Janice und ich nie an Trennung gedacht.«

Obwohl weder Judy noch Rick bisher von einer Ehe auf Zeit gesprochen hatten, hatte Sawyer offenbar seine eigenen Schlüsse gezogen.

»Sie war mir schon vor den Ereignissen in den vergangenen Wochen sehr wichtig. Dass unsere Verbindung befristet ist, steht alles andere als fest.«

»Was wollen Sie mir sagen, Rick?«

Rick drehte sich zu seinem Schwiegervater. Diesmal suchte er seinen Blick. »Ich bitte Sie, kein vorschnelles Urteil zu fällen. Judy hat eine Menge durchgemacht. Im Moment hat sie andere Sorgen, als ihren Vater glücklich zu machen.«

Sawyer blinzelte ein paarmal, dann nahm er einen langen Schluck aus der Flasche.

Ricks Telefon summte. Es gab Videobilder von Judys Bürowabe. Der Bewegungsmelder im Blumenstrauß hatte ihm ein Signal aufs Handy geschickt.

»Eine wichtige Nachricht?« Sawyers Stimme klang abfällig, und Rick ahnte, wie schwer es werden würde, den Mann für sich einzunehmen.

Die Putzkolonne arbeitete sich durchs Büro, Judys Schreibtisch wurde abgewischt, ihr Papierkorb geleert. Rick beugte sich vor und ließ Sawyer aufs Display schauen. »Ich habe Ihnen versprochen, auf sie aufzupassen. Das ist ihr Arbeitsplatz.«

»Sie spionieren ihr hinterher?«

Rick schüttelte den Kopf. »Wir glauben, dass der Angreifer sich dort Zutritt verschafft hat. Wir halten Ausschau nach ihm.«

Als Sawyer nichts sagte, stand Rick auf. »Kommen Sie mit, Mr Gardner? Ich möchte Ihnen gern etwas zeigen.«

Russell und Dennis hatten in Mikes Haus einen provisori-

schen Überwachungsraum mit Monitoren und Aufzeichnungs-
geräten eingerichtet. Mit ein paar Knopfdrücken erweckte Rick
die Bildschirme zum Leben. Einige zeigten Überwachungsbilder vom Tor, vom Garten und von der Haustür. Auf einem
anderen Bildschirm war zu sehen, wie eine Putzkraft den Boden
von Judys Bürowabe saugte und danach im Flur verschwand.

Sawyers Blick schweifte durch den Raum. »Was ist das alles
hier?«

»Neil haben Sie ja kennengelernt.« Rick zeigte auf die Bilder auf einem großen geteilten Monitor. »Das ist sein Haus.«
Er deutete auf einen weiteren Bildschirm. »Das ist das Anwesen
in Malibu, wo Blake und Samantha wohnen. Und hier haben
wir Zachs und Karens Haus.« Beim Sprechen drückte er weitere
Knöpfe. »Das Haus in Tarzana. Da wohne ich.«

Sawyer zeigte auf einen Monitor mit nur einem Kamera-
bild. »Und wo ist das?«

»In Sacramento. Die Kamera hängt in der Gouverneursresi-
denz. Die müssen wir zwar nicht überwachen, aber Carter und
Eliza möchten gern, dass wir uns, wenn nötig, jederzeit in ihr
System einklinken können.«

Sawyer machte eine ausholende Handbewegung. »Wovor
haben Sie alle bloß solche Angst?«

Rick lachte. »Vor nichts. Aber bei den Marines lernt man,
dass man stets auf alles vorbereitet sein und die Möglichkeit
haben sollte, die Menschen zu schützen, die einem wichtig sind.
Blake Harrison ist einer der reichsten Männer auf diesem Kon-
tinent. Neil ist mit Blakes Schwester verheiratet, und dass Mike
gewissen Gefahren ausgesetzt ist, wissen Sie ja.«

Meg spazierte durch eine der Aufnahmen aus Tarzana. Eine
Leuchtanzeige bestätigte, dass die Alarmanlage eingeschaltet
war.

»Und weshalb wird Ihr Haus überwacht? Sie sehen aus wie
einer, der sehr wohl auf sich aufpassen kann.«

War das ein Kompliment?

»Weil all das hier normalerweise dort ist. Der Überwachungsraum wurde nur vorübergehend hierher verlegt, solange ich im Knast war.« Das sagen zu müssen, brachte ihn fast um. »Sobald wir den Kerl haben, der Judy überfallen hat, ist Mike dieses Zeug wieder los.«

»Und dass Sie ihn kriegen, steht fest?«

Rick lehnte sich an seinen Schreibtisch. »Ja. Ich nehme meine Verantwortung sehr ernst. Und für die Sicherheit meiner Frau zu sorgen, ist meine oberste Priorität.«

* * *

Hannah hob beim zweiten Klingeln ab.

»Hey Schwesterherz.«

»Oh mein Gott, Judy! Ist dir klar, dass ich von jetzt an einen Keuschheitsgürtel tragen muss und den Rest meines Lebens in einem hohen Turm verbringen werde? Und das alles wegen dir?«

Hannah hatte den für Achtzehnjährige typischen Hang zum Drama. Aber Judy musste zugeben, dass ihre Entscheidungen Hannahs Leben nicht leichter machten.

»Ich weiß. Tut mir leid.«

Hannah ließ das so stehen. »Und du hast ihn tatsächlich geheiratet?«

»Ja.«

»Ich wollte unbedingt bei deiner Hochzeit dabei sein. An Renas erinnere ich mich kaum. Da war ich noch zu jung.«

»Ich habe bloß ein Formular unterschrieben, Hannah. Eine richtige Trauung hat es nicht gegeben.« Judy betrachtete bewundernd den funkelnden Ring an ihrem Finger.

»Dann hat Dad also recht? Deine Ehe ist auch nur ein Fake? So wie die von Mike es war?«

Nein. Mike und Karen waren immer nur Freunde gewesen.

Nach allem, was Judy von Karen wusste, hatten sie und Mike nie miteinander geschlafen. Das war wohl auch besser so, denn Karen hatte gleich bei der ersten Begegnung ihr Herz an Zach verloren. Rick war für sie viel mehr als nur ein Freund. »Es ging alles sehr schnell. Ich weiß nicht, was noch passieren wird und wie das alles endet.«

»Falls du verheiratet bleibst, musst du irgendwann richtig Hochzeit feiern.«

»Sieh dich vor. Ich könnte dich bitten, ein grauenhaftes Kleid zu tragen, das überall kneift und zwickt.«

Hannah lachte.

»Ich muss mit Mom reden. Ist sie da?«

Hannah verabschiedete sich und gab das Telefon weiter. »Mach, dass er nach Hause fährt, Mom. Bitte!«

Janice lachte. »Ich wünschte, ich hätte so viel Macht über deinen Vater. Aber ihn zu irgendwas zu überreden, ist immer ein Balanceakt. Ich habe versucht, ihn von der Reise zu dir abzubringen. Ich dachte, wenn ich nicht mit in den Flieger steige, bleibt er auch zu Hause.«

»Rick und ich haben so viel um die Ohren. Ich weiß, das klingt nicht nett. Aber Dad ist mir im Moment einfach zu viel.«

»Das kann ich mir vorstellen, Liebes. Aber dein Vater hat seinen eigenen Kopf. Er hält es für seine Pflicht, dich vor jemandem zu bewahren, den du nur geheiratet hast, damit er nicht hinter Gitter kommt. Du musst das auch mal aus seiner Warte sehen.«

Judy saß auf der Bettkante und massierte sich die Nasenwurzel. »Rick war nur wegen mir im Knast. Er ist kein Bankräuber und ich bin keine Träumerin, die mit einem Verbrecher durchbrennt.«

Ihre Mom lachte. »Das behauptet auch niemand. Nicht mal dein Vater glaubt, dass Rick etwas ausgefressen hat.«

»Warum ist er dann hier? Traut er mir denn gar nichts zu?

Als Karen und Mike geheiratet haben, ist er nicht bei ihnen aufgetaucht.«

»Mike ist ein Sohn.«

»Und?«

»Bei Töchtern ist das was anderes.«

Judy bekam langsam Kopfschmerzen.

»Wenn du eines Tages selbst Kinder hast, wirst du das verstehen. Im Moment musst du es mir einfach glauben. Dein Dad und ich lieben dich, Süße. Wir wollten dich vor einem Traualtar stehen sehen, wenn einmal der Richtige in dein Leben tritt.«

Die nächsten Worte kamen wie von selbst. »Wer sagt, dass Rick nicht der Richtige ist?«

Die Antwort war ein langes Schweigen.

»Nun … dann …«

»Ja.« Judy seufzte. »Bitte vertrau darauf, dass ich weiß, was ich tue, Mom.«

»Ich habe nie an dir gezweifelt, Liebes. Nie.«

Judy beendete das Gespräch mit ihrer Mutter und schleppte sich zu den Männern.

* * *

»Ich liebe ihn«, sagte Judy, als sie und Rick ein paar Stunden später allein in ihrem Zimmer waren. »Aber ich könnte ihn erwürgen.« Sie ließ sich aufs Bett fallen und starrte an die Decke.

»Ich glaube nicht, dass ihn das gnädiger stimmen würde.«

Judy stöhnte.

»Aber sieh es mal so: Es hätte noch schlimmer kommen können«, sagte Rick. »Wenn meine Eltern aufgetaucht wären.«

Judy richtete sich halb auf. »Sie haben sich nicht gemeldet, oder?«

»Doch, mein Dad hat angerufen.«

Sie drehte sich auf die Seite und stützte sich auf den Ellbogen. »Was hat er gesagt?«

»Er wollte wissen, ob ich der Täter bin.«

»Oh nein.«

Rick wirkte nicht überrascht. »Meine Eltern halten mich für komplett verrückt, und ich kann es ihnen nicht verdenken. Ich bin von einem Tag auf den anderen zu den Marines abgehauen und genauso überraschend war ich wieder draußen. Dann sitze ich plötzlich im Knast und mache Schlagzeilen.«

»Wenn dein Dad glaubt, du wärst in der Lage, jemanden zu töten ...«

Rick warf ihr einen langen Blick zu. Dann zog er sein Jackett aus. Das Halfter mit einer seiner Waffen wurde sichtbar. »Ich war im Kampfeinsatz, Judy. Ich bin in der Lage zu töten.«

Sie fröstelte. »So habe ich das noch gar nicht gesehen.«

Er schnallte die Waffe ab und legte sie auf die Kommode. Dann streckte er sich neben Judy aus und lehnte die Stirn an ihre. »Jemanden, der sich an dir vergreift, würde ich, ohne mit der Wimper zu zucken, ins Jenseits befördern.«

»Das macht mir Angst.«

»Dir könnte ich niemals etwas antun.« Seine grünen Augen sahen sie durchdringend an.

»Das weiß ich.«

Er zog sie an sich und küsste sie auf die Nasenspitze.

Sie legte ihre Hand an seine Wange. »Ist dir bewusst, dass wir die Ehe noch gar nicht vollzogen haben?«

Die Grübchen wurden tiefer, seine Lippen fanden ihre. Mit zarten Küssen brachte er sie dazu, sich auf den Rücken zu legen. Ihr Leben war so chaotisch, es gab so viel zu bedenken, dass sie nie genug Zeit mit schönen Dingen verbrachten.

Rick erinnerte sie umgehend daran, wie talentiert seine Zunge war. Allein mit seinen Küssen nagelte er sie ans Bett. Bei ihm fühlte sie sich sicher und geborgen. Seine Gegenwart war die Stütze, die sie aufrecht hielt, das war ihr klar. Aber Rick war den Kater wert, den er ihr vielleicht irgendwann bescherte. Seine Fingerspitzen tasteten sich unter den Bund ihrer Hose. Sie stöhnte auf.

Mit einem leidenschaftlichen Kuss brachte er sie zum Schweigen. Als hinter ihren geschlossenen Lidern Sterne aufblitzten, drehte sie den Kopf weg. »Oh Rick.«

»Psst.« Er küsste ihren Hals. Erneut stöhnte sie. »So prickelnd ich es finde, wenn du stöhnst, Babe … Dein zorniger Vater schläft nur ein paar Türen weiter, und ich möchte ungern riskieren, dass er ins Zimmer stürmt.«

Sie erstarrte und kniff die Augen zu. »Das hast du jetzt nicht gesagt.«

Leise lachend knöpfte er ihre Bluse auf und küsste ihre Brust. »Du liebst das Abenteuer.«

Sie legte die Hände auf seine Schultern, wollte ihn wegdrücken. »Aber mein Dad …«

Offenbar stellte ihr Vater für ihn keine Bedrohung da. Sein Mund schloss sich um die Spitze ihrer Brust, sein Knie schob sich zwischen ihre Schenkel. »Oh!«

Rick lachte leise auf. Mit wenigen Handgriffen befreite er sie von ihrer Bluse und ihrem BH. Seine frischen Stoppeln rieben an ihrer Haut, während er seine Aufmerksamkeit gerecht zwischen beiden Seiten ihres Körpers teilte.

Der Wunsch, Rick überall zu spüren, verscheuchte alle Gedanken an ihren Vater. Rick streifte sein Hemd ab und ließ es zu Boden fallen. Sein Duft wurde stärker, sie spürte seine Haut an ihrer. Würde sie sich je an seinen Muskeln, seinem herrlichen Körper sattsehen können?

»So weich.« Er hatte ihr die Hose ausgezogen und streichelte mit den Lippen ihre Hüfte. Sein heißer Atem sandte Lustwellen durch ihren Körper. Die Entschlossenheit, alles an ihr zu schmecken, blitzte aus seinen Augen.

Judy schüttelte den Kopf. »Ich werde schreien«, flüsterte sie.

Geräuschlos kommen, wenn er sie mit der Zunge verwöhnte? Undenkbar.

Er streifte ihr die Pantys ab und küsste sich über ihren nackten Körper. »Nein, du wirst nur still genießen.«

Seine Worte fachten die Hitze in ihr weiter an.

»Unmöglich.«

»Psst.« Er beugte sich über sie und leckte die Innenseite ihres Oberschenkels.

Sie wollte aufstöhnen, hielt sich aber zurück.

»Geht doch.«

Rick legte sich eines ihrer Beine über die Schulter und tastete sich mit kleinen Küssen zu ihr vor. Jeder Kuss lag ein wenig näher an ihrer Mitte als der vorige. Sie konnte nicht stillhalten. Am liebsten hätte sie seinen Kopf direkt zu ihrer empfindlichsten Stelle gezogen. Doch Rick kannte den Weg, und als er ankam, musste Judy die Faust auf ihren Mund drücken, um nicht aufzuschreien. Gnadenlos streichelte, leckte und forschte seine Zunge. Kurz vor dem Orgasmus drängte sie sich mit einer Heftigkeit an ihn, die sie so noch nicht kannte. Es gab sie erst seit Kurzem. Seit Rick. Stumm wand sie sich beim Höhepunkt auf ihrem Bett.

Leise lachend schob Rick sich an ihr nach oben und streifte dabei den Rest seiner Kleider ab.

»Das zahle ich dir heim«, hauchte sie atemlos.

»Immer diese Versprechungen.«

Doch bevor sie sich revanchieren konnte, schob Rick sich zwischen ihre zittrigen Beine und drang in sie ein. So warm, so perfekt. Sie schlang die Beine um ihn und nahm sich alles, was er ihr geben konnte.

Sie schmeckte sich selbst auf seinen Lippen. Sein Mund liebkoste ihren im Rhythmus seines Beckens.

Plötzlich zögerte er. »Kondom«, murmelte er. »Ich habe kein …«

Als er sich aus ihr zurückziehen wollte, hielt sie ihn fest.

»Ich nehme die Pille. Bei der letzten Untersuchung war alles in Ordnung.«

»Bei mir ist auch alles klar. Aber bist du sicher?«

Wortlos drängte sie sich an ihn. Sex ohne Kondome kam für sie sonst nicht infrage. Aber mit Rick war einfach alles perfekt. »Zu viele Worte«, flüsterte sie. »Zu wenig Action.«

Lachend drehte er sich mit ihr zusammen, bis sie auf ihm saß. Als das Bett quietschte, hielten sie beide die Luft an und starrten gebannt zur Tür.

Judy kicherte und Rick drehte sie wieder auf den Rücken. Er versiegelte ihre Lippen mit seinen und liebte sie so langsam, so still und so ganz und gar, dass sie die Engel singen hörte.

* * *

Schläfrig warf Judy einen Blick auf die Uhr. Es war erst fünf. Sie tastete nach Rick, doch er war nicht in ihrem Bett. Lächelnd warf sie sich ihren Morgenmantel über. Rick saß über ihr Tablet gebeugt mit einer Tasse Kaffee am Küchentisch. »Hey.«

Sie legte ihm den Arm um die Schultern und freute sich, wie gut ihre Körper zueinanderpassten. Sein Guten-Morgen-Kuss trieb ihr die Röte in die Wangen. »Guten Morgen.« Mit dem Kopf zeigte er auf die dampfende Kanne. »Ich habe Kaffee gemacht.«

»In der Küche so perfekt wie im Schlafzimmer. Womit habe ich so viel Glück verdient?«

»Lass dich bloß nie von mir bekochen.«

»Zerstör bitte nicht meine Illusionen.« Sie nahm sich Kaffee, präparierte ihn nach ihrem Geschmack und trank den ersten Schluck mit einem wohligen Aufstöhnen.

Sie spürte seinen Blick. »Was ist?«

Mit hungriger Miene leckte er sich die Lippen.

Die Frau in ihr wollte schnurren. Dass sein Verlangen nicht

dem Kaffee galt, war klar. »Du bist ein ganz Schlimmer.«

»Ich mag es, wenn du stöhnst. Das hat mir heute Nacht gefehlt.«

Aber er hatte recht gehabt. Ihr stummes Zusammensein war unglaublich intensiv gewesen. »Sicher haben wir bald wieder Gelegenheit, laut zu sein.«

Er rutschte auf seinem Stuhl herum, dann wandte er sich wieder dem Tablet zu. Er hatte ihr Online-Spiel auf dem Bildschirm. »Was machst du?«

»Ich suche nach Hinweisen, nach irgendwelchen Mustern.«

Sie schob sich auf seinen Schoß, tippte auf den Monitor und kassierte die Miete für ein paar Online-Gebäude. »Schon was entdeckt?«

»Ich weiß nicht. Ein Typ hat dich in den letzten Tagen fünf Mal überfallen. Aber eine Frau hat das auch getan.«

»Das gehört zum Spiel. Wenn man einen schwachen Gegner findet, lässt man keine Gelegenheit zu einem Angriff aus. Das bringt Punkte und ist nicht persönlich gemeint.«

»Es sei denn, der Kerl, der dich im richtigen Leben überfallen hat, spielt mit. Du hast mal gesagt, es gebe ein paar ziemlich fanatische Gesellen bei dem Spiel.«

Sie trank einen Schluck Kaffee und nahm mit ein paar Klicks Rache an den Spielern, die sie über Nacht angegriffen hatten. »Sehen wir doch mal, ob wir eine Reaktion provozieren können.« Sie bombardierte ein paar Verteidigungsstellungen, schwächte damit die Besitzer, drang in etliche Gebäude ein und stahl dort virtuelles Geld.

»Warum machst du das?«

Judy erklärte Rick ihre Strategie und wandte sie gleich noch bei zwei weiteren Gegnern an. »Die verbissenen Spieler werden Gegenangriffe starten, die meisten anderen tun erst mal gar nichts.«

»Und der Kerl, um den es uns geht, würde versuchen, dich komplett zu vernichten?«

Sie erschauerte. »Es ist ein Spiel. Eine komplette Vernichtung ist nicht vorgesehen. Aber ja, hin und wieder gibt es schon Besessene, die immer wieder auf dieselben losgehen. Irgendwann wird es ihnen jedoch langweilig und sie lassen es bleiben.«

»Oder sie lauern dem Gegner im richtigen Leben auf, und dann ist alles kein Spiel mehr.« Er drückte sie an sich. »Dort draußen laufen jede Menge Verrückte rum.«

Das war ihr inzwischen klar. Seit dem Überfall machte ihr das Spiel keinen Spaß mehr. Wäre es nicht ihre vielleicht einzige Verbindung zum Täter gewesen, sie hätte es sofort gelöscht. »Irgendwelche Aktivitäten auf meiner Facebook-Seite?«

»Nichts. Bloß ein paar Kommentare von Freunden. Das rote Kleid gefällt ihnen.«

Sie lächelte.

»Mir gefällt es auch.« Er vergrub die Nase an ihrem Nacken.

Dann kam Judys Vater in die Küche und räusperte sich.

* * *

»Ich kann mir den Morgen freinehmen und dich zum Flugplatz bringen«, sagte Judy zu ihrem Vater, als sie geduscht und fertig angezogen wieder in der Küche stand.

Rick war in ihr Zimmer gegangen, damit Judy und ihr Dad ungestört reden konnten.

»Ich habe einen Mietwagen.« Sawyer schaute an ihr vorbei.

»Trotzdem.«

Er stieß geräuschvoll die Luft aus und drehte sich zu ihr. Er sah unglücklich aus.

»Tut mir leid, dass ich dich so enttäusche.«

Er schüttelte den Kopf. »Mir gefällt nicht alles, was du tust. Aber enttäuscht bin ich nicht.«

»Du siehst aber so aus.«

Sein Versuch zu lächeln, scheiterte kläglich.

»Ich mag Rick«, sagte er. »Aber noch lieber wäre es mir, wenn er mir seine Absichten erklären würde.«

»Sollte er nicht vor allem mit mir über seine Absichten sprechen?«

Ihr Vater dachte kurz nach. »Ja, schon.«

Judy machte einen Schritt auf ihn zu. »Ich weiß, du machst dir Sorgen um mich. Aber das musst du nicht. Wirklich.«

Er nickte und breitete die Arme aus.

Sie drückte ihn und hörte ihn seufzen. »Wenn du mich brauchst, egal zu welcher Tages- oder Nachtzeit …«

Judys Kehle wurde eng. »Danke.«

Sawyer küsste sie aufs Haar, dann ließ er sie los. »Fahrt ruhig. Ich schließe ab, wenn ich gehe.«

»Ich liebe dich, Dad.«

»Ich liebe dich auch, Baby.«

Kapitel 25

Rick, Neil und Dean rauchten die Köpfe. Angestrengt suchten sie nach einer Verbindung zwischen dem Kerl, der Judy überfallen hatte, und ihrem Kriegsspiel.

In der Firma war alles ruhig geblieben. Nichts deutete darauf hin, dass jemand an ihrem Platz herumschnüffelte oder versuchte, seltsame Geschenke zu hinterlassen. Weitere Übergriffe waren nicht bekannt geworden, und es sah auch nicht so aus, als würde die Polizei Rick beobachten.

Alles ruhig. Viel zu ruhig.

»Irgendetwas stimmt da nicht«, murmelte Dean. Er hatte Judys Facebook-Account vor sich und verbrachte quälend lange Minuten damit, sich ihre Freunde anzusehen und deren Profile zu durchforsten. Neil hatte sich als Spieler in das Online-Spiel eingeloggt und versuchte, die echten Namen einiger Mitspieler herauszufinden.

»Das denke ich auch«, sagte Rick.

»Vielleicht ist der Kerl aus dem Spiel ausgestiegen und hat sein Profil gelöscht.« Neil tippte mit zwei Fingern abwechselnd auf verschiedenen Computertastaturen herum.

»Das passt nicht zu dieser Tätergruppe«, widersprach Dean. »Diese Typen wollen die Folgen ihrer Handlungen sehen.«

Rick studierte Russells und Dennis' Fotos von der Menschenmenge vor dem Gericht und verglich sie mit den Aufnahmen von den Schaulustigen, die sich nach dem Überfall auf Judy vor dem Parkhaus eingefunden hatten. Dazu musste er sich einige Nachrichtenclips Bild für Bild ansehen. Als Marine war das Leben unkomplizierter gewesen. Das Ziel identifizieren, zielen, abdrücken. Der Nächste, bitte! »Ich wäre kein guter Detektiv«, stöhnte er.

»Ach du Kacke!« Neils Stimme klang ungewöhnlich aufgeregt. Normalerweise brachte ihn nichts aus der Ruhe.

»Was gibt's?« Rick rollte seinen Bürosessel näher an Neil heran, um sehen zu können, was es mit *Ach du Kacke* auf sich hatte.

»Was ist das?« Neil zeigte auf das Profil eines Online-Spielers aus Judys Team.

»Ein Witz?« Das Profil trug den Namen *Major Harry Dog*. Viele Spieler hatten ihre Kampfnamen an bekannte Figuren oder historische Persönlichkeiten angelehnt, von Hannibal bis zum Roten Baron. Andere hatten sich Wortspiele ausgedacht. Es gab den Herrn der Augenringe, eine Spielerin namens Mominator und Kami Kaze. Die Liste war endlos. Judy spielte in einer Gruppe von etwa sechzig Personen. Gegner, die sie irgendwann einmal angegriffen hatten, waren ebenfalls aufgelistet. Ihre Zahl ging in die Hunderte.

»Schaut euch das Profil an und sagt mir, was ihr denkt.« Neil lehnte sich zurück, Rick und Dean beugten sich vor.

Rick betrachtete das Profilbild. Die Cartoon-Figur trug einen Wüstentarnanzug und einen Helm. Daneben wehte eine kleine britische Flagge. Die hohe Zahl von Major Harry Dogs gewonnenen Schlachten deutete darauf hin, dass er schon länger aktiv war. »Irgendwo in Europa verbringt ein Mann ohne nennenswertes Sozialleben viele Stunden mit dem Spiel.«

Neil schnaubte und öffnete einen Chat. »Erstens ist Major

Harry kein Mann und zweitens lebt sie in den Staaten. Ich schätze mal, an der Ostküste.«

Die Chronik von Major Harrys Aktivitäten passte zur Ostküsten-Zeitzone. Hin und wieder schrieb sie, sie würde jetzt unterbrechen, um sich die Abendnachrichten anzusehen. Neil scrollte sich auf der Seite nach unten und zeigte auf einen Post. *Sorry, Team. Hab die Schlacht verpasst. Hatte mein Telefon in der Handtasche und vergessen, es aufzuladen.*

Rick kratzte sich am Kinn und sortierte seine Gedanken. »Sie gibt sich also als ein Er aus.«

»Und wenn eine Sie als Er spielt ...«

»Kann ein Er auch eine Sie sein.« Neil griff sich an den Kopf.

Dean stöhnte auf. »Verdammt!«

Sie standen wieder ganz am Anfang.

»Daran hätten wir denken müssen«, sagte Rick. Wenigstens war klar, dass er auf den Fotos nach einem Mann suchen musste.

* * *

Sie ging immer noch zur Arbeit, ließ sich von ihrem Macker hinbringen und abholen und folgte unbekümmert ihrer Alltagsroutine. Sie spielte sogar wieder, bombte, plünderte und chattete, als wäre nichts geschehen.

Als auf seinem Profil die Nachricht aufblinkte, dass sie ihn angegriffen hatte, platzte er fast vor Wut. Wie konnte sie es wagen?

Er pinnte das Foto, das er am Mittag von ihr gemacht hatte, an die Wand. Sie war mit ihren Kolleginnen beim Essen gewesen. Genüsslich zog er das Messer über ihren Arm auf dem Foto. Sie versteckte die Narben unter langen Ärmeln oder unter einer Jacke, aber sie wussten beide, dass sie da waren.

Das Messer grub sich in die billige Tapete hinter dem Foto und schnitt sie in Fetzen.

Den Blick starr auf ihr Gesicht gerichtet, machte er trotzdem immer weiter. Im Parkhaus war alles viel zu schnell gegangen. Jammerschade. Er wollte sie zittern sehen und sich an ihrer Angst weiden.

Nächstes Mal würde sie nicht so leicht davonkommen.

Er würde sie ganz für sich haben.

* * *

»Mike!« Judy warf die Arme um ihren Bruder und ließ sich von ihm herumwirbeln.

»Ich wollte dich überraschen.«

Diesmal erregte der Besuch ihres Bruders in der Firma nicht ganz so viel Aufsehen wie beim ersten Mal. Er hielt einen Blumenstrauß in der Hand und hatte sein perfektes Hollywoodlächeln auf den Lippen.

Judy zeigte auf die Rosen. »Wofür sind die denn?«

»Ich habe die Hochzeit verpasst.«

Grinsend nahm sie ihm den Strauß ab.

Er beugte sich zu ihr und flüsterte ihr ins Ohr: »Rick sagt, du brauchst frische Blumen als Versteck für die Kameras.«

Offenbar hatte ihr Ehemann auf Zeit ihren Bruder auf den neuesten Stand gebracht. Ricks Blumenlieferungen lagen bereits über eine Woche zurück und die Kameras hatten nichts Auffälliges aufgenommen. Die Putzkolonne machte ihre Arbeit, hin und wieder legte ihr ein Kollege eine To-do-Liste auf den Tisch. Das war auch schon alles.

Judy schaute sich um. Im Moment waren sie allein. Mit einer Geste forderte sie Mike auf, sich an die Tür zu stellen.

Dann löste sie beide Kameras von den welken Blumen und versteckte sie in den frischen. Sekunden später summte das Handy auf ihrem Schreibtisch.

Ricks Nachricht war kurz und klar. *Kamera 2 mehr Richtung Tür.*

Judy drehte sie ein wenig und wartete.

Die nächste Nachricht war ein grinsender Smiley.

Mike zwinkerte ihr zu. »Wohin lade ich dich denn diesmal zum Essen ein?«

Ein paar Minuten später saßen sie in dem Café, in dem sie auch bei seinem letzten Besuch zusammen gegessen hatten.

»Wie ich höre, ist Dad aufgetaucht. Ohne Mom.« Mike steckte ein Stück Brot in den Mund, kaute und redete gleichzeitig. Das konnte man nur in Gesellschaft von Geschwistern tun.

Judy verdrehte die Augen. »Bei dir hat er sich fast ein Jahr Zeit gelassen. Und dann hat er Zach vorgeschickt. Ich hingegen bin gerade mal ein paar Tage verheiratet, und – tata! – schon steht Dad vor der Tür.«

»Ich bin ein Mann.« Mike spülte das Stück Brot mit einem Schluck Wasser hinunter und steckte ein neues in den Mund.

»Als würde das heutzutage noch einen Unterschied machen. Aber irgendwas, was Rick gesagt hat, muss gut angekommen sein. Jedenfalls ist er am nächsten Morgen wieder abgereist.«

»Vielleicht hat Mom ihn angerufen und ihn zur Vernunft gebracht.«

Judy nahm einen Schluck von ihrem Eistee. »Ja, kann sein.«

Das Essen kam. Sie machte sich über ihren Salat her und stibitzte Pommes von Mikes Teller.

Mike aß ein paar Gabeln voll. »Und wie geht es dir jetzt?«, fragte er dann.

Mit Mike sprach Judy wie mit einer älteren Schwester. Er war zugänglicher als Zach, jünger als Rena und weiser als Hannah. Judy liebte ihre Geschwister und hätte bedenkenlos allen ihr Herz ausgeschüttet. Aber Mike war der einfühlsamste Zuhörer von allen. Bei ihm fiel ihr das Reden leicht.

»Ich schaue ziemlich oft über die Schulter.«

Mike hörte auf zu kauen.

»Natürlich gehe ich zur Arbeit und tue alles, was so anliegt. Aber ich merke, dass ich niemandem traue.«

»Das ist vermutlich normal.«

»Ja, vielleicht.« Sie ließ die Gabel sinken. »Rick ist großartig. Ich dachte, er würde bald keine Lust mehr haben, mich durch die Gegend zu kutschieren und sich fast stündlich zu überzeugen, dass bei mir alles in Ordnung ist.«

Mike hob eine Braue und warf sich eine Fritte in den Mund. »Karen hat mir erzählt, dass du ihm schon bei eurer ersten Begegnung in Utah gefallen hast.«

»Karen ist eine weise Frau.«

Mike nickte lachend. »Über eure Ehe haben sie und ich uns auch unterhalten.« Er schaute sich um und versicherte sich, dass die anderen Gäste ihn nicht hören konnten. »Glaubst du, ihr bleibt zusammen, wenn die Zeiten wieder ruhiger werden?«

Judy dachte an die vergangene Nacht. Rick hatte sie geliebt, als wäre sie die einzige Frau auf der ganzen Welt. »Das kann ich dir nicht sagen, Mike. Wir haben das alles nicht geplant. Die Umstände haben uns aneinandergekettet wie ein Liebespaar aus einem deiner Kinofilme.«

Mike schob seinen leeren Teller beiseite, lehnte sich zurück und schaute ihr forschend ins Gesicht. »Du weißt, dass er dich liebt, oder?«

Judy schnappte nach Luft. »Ich weiß, dass ich ihm wichtig bin.«

Mike setzte lächelnd seine dunkle Sonnenbrille auf und warf ein paar Scheine auf den Tisch. »Na dann, Schwesterherz, zurück an die Arbeit.«

Er brachte sie zur Firma und küsste sie zum Abschied auf die Wange.

In den nächsten Stunden gingen ihr Mikes Worte immer wieder durch den Kopf. Seine Einschätzung der Situation.

Sah ihr Bruder Rick etwas an, was der ihr noch nicht verraten hatte? Konnte sie in all dem Chaos den Mann fürs Leben gefunden haben? Das Lächeln kam wie von selbst, genau wie die Wärme, die sie bei diesem Gedanken durchrieselte.

Sie schüttelte den Kopf, um die rosaroten Schleier loszuwerden, die ihr Gehirn lahmlegten, und breitete die Pläne für das Santa-Barbara-Projekt aus. Es war Freitag, José war schon mittags gegangen und ihre To-do-Liste so gut wie abgearbeitet.

»Miss Gardner?«

Judy war so in die Pläne vertieft, dass sie zusammenzuckte. Mitch, ein Kurier, der häufig in die Firma kam, stand Kaugummi kauend am Eingang ihrer Wabe. »Hey Mitch.«

»Ich habe eine Lieferung für Mr Archer.«

Judy stand auf und streckte die Hand nach der Schachtel aus. »Er ist schon weg, aber ich kann das für ihn annehmen.«

Als Mitch ihr die Sendung reichte, bemerkte sie den Verband an seiner linken Hand. »Was ist denn passiert?«

Er starrte auf seine Hand, als gehörte sie nicht zu ihm, dann versteckte er sie hinter dem Rücken. »Kleiner Unfall.«

Mitch war ein, zwei Jahre jünger als sie und ziemlich schüchtern. Er war größer als sie und schleppte etliche Kilos zu viel mit sich herum.

Lächelnd ging sie an ihm vorbei. »Muss ich irgendwas unterschreiben?«

»Ich liefere das hier noch kurz aus.« Er wedelte mit einem Päckchen. »Und komme auf dem Rückweg noch mal vorbei.«

Judy sah ihn weggehen und brachte die Schachtel in Steves Büro. Dort legte sie sie auf den Schreibtisch.

Als sie gerade wieder gehen wollte, gab es einen lauten Knall. Eine Erschütterung lief wie eine Welle durch das Gebäude. Judy hielt sich an der Schreibtischkante fest.

Die Tür des Büros schlug zu, der Feueralarm begann zu kreischen, die Raumbeleuchtung flackerte.

Ein Erdbeben?

Aber das Gebäude zitterte jetzt nicht mehr. Nur die Sirenen heulten, Lichter blitzten und draußen vor der Tür rannten Menschen durch den Flur.

Das ohrenbetäubende Geheul machte es schwer, einen klaren Gedanken zu fassen.

Judy hastete zur Tür und packte die Klinke. Die Tür ließ sich nicht öffnen.

Sie trommelte mit der Faust dagegen. Jemand musste sie doch hören. »Hey!«

Draußen im Flur schrie jemand das Wort *Feuer.* Panisch rüttelte sie an der Klinke.

* * *

Rick fand Mike sehr sympathisch. Längst sah er in ihm nicht mehr nur den Filmstar, für dessen Schutz er zuständig war. Judys Erzählungen ließen ihn als ganz normalen Menschen erscheinen, der zufällig auch ein Leinwandheld war.

»Danke, dass du ihr die Blumen gebracht hast«, sagte er, als Mike in die Küche kam. Rick ging gerade die kurze Liste von Spielern durch, die sie noch nicht überprüft hatten. Dean war zurück ins Büro gefahren und versuchte, seine Vorgesetzten davon zu überzeugen, dass sich hinter der Grafik eines Online-Spiels womöglich ein Mörder verschanzte.

Dass es Dean gelingen würde, die Ermittlungen in diese Richtung zu lenken, wagte Rick kaum zu hoffen. Aber immerhin war er ein enger Freund des Gouverneurs und seiner Frau. Wenn jemand die Detectives Raskin und Perozo dazu bringen konnte, anstelle von Rick auch einen anderen Täter in Betracht zu ziehen, dann Dean und seine einflussreichen Freunde.

»Gern geschehen«, sagte Mike. »Sie macht einen guten Eindruck.«

Rick wusste, dass Mike nicht von Judys Aussehen sprach. Die meisten Brüder hatten sowieso keinen Blick für solche Dinge. »Sie lässt sich nicht so leicht unterkriegen.«

Mike lehnte sich an die Arbeitsplatte. »Sie ist stark. Aber du bist ihr Fels in der Brandung.«

Rick nickte. »Ich habe Russell gebeten, deinen Schutz zu übernehmen, während du hier in der Stadt bist.« Rick konnte unmöglich als Mikes Bodyguard fungieren und gleichzeitig Judy beschützen.

Mike zuckte die Achseln. »Ich habe nichts Größeres vor.«

Rick wusste, dass Zach seinen Bruder gebeten hatte, für eine Weile nach Hause zu kommen. Je mehr Leute in Judys Nähe waren, desto sicherer würde sie sein. Außerdem stand der Superstar dauernd im Rampenlicht und verschaffte so ganz nebenbei allen in seiner Umgebung ein wasserdichtes Alibi.

»Kommt die Arbeit an deinem Film dadurch nicht ins Stocken?«

»Die Familie geht vor.«

Offenbar hatte er sich bei seinen Produzenten vorläufig abgemeldet.

Rick hatte das Gefühl, dass sie bald mehr wissen würden. Sie konzentrierten ihre Suche inzwischen ganz auf die Personen aus Judys Spiel, und ein Durchbruch schien zum Greifen nahe.

Das Handy in Ricks Tasche summte. Gleichzeitig klingelte das Festnetztelefon. Mike ging zum Apparat, während Rick sich auf dem Handydisplay die Videobilder von Judys Büro ansah. Vor ein paar Minuten hatte sie noch an ihrem Schreibtisch gesessen und gearbeitet. Jetzt war ihre Bürowabe leer. Aber warum registrierten die Sensoren Bewegungen?

Rick war schon auf dem Weg zum provisorischen Überwachungsraum mit all seinen Monitoren, als er Mike aufgeregt sagen hörte: »Der ist hier.«

Mike brachte ihm das schnurlose Telefon. »Es ist Neil. Irgendwas stimmt nicht in Judys Firma.«

Rick drängte die aufsteigende Panik zurück und schnappte sich das Telefon. »Ja?«

»Hast du auf die Monitore geschaut?«

Rick war mit zwei Schritten an der Konsole und schaltete alle Bildschirme ein. Judys Bürowabe lag vor ihm. Sie war leer, aber an der Tür rannten Menschen vorbei. »Was ist los?« Rick drehte die Lautstärke hoch und bemerkte die Lichtblitze im Hintergrund.

»Was gibt's denn?«, fragte Mike.

»Keine Ahnung.«

»Der Feueralarm ist losgegangen«, sagte Neil. Tatsächlich war außer Sirengeheul und den schnellen Schritten der flüchtenden Angestellten nichts zu hören.

»Fehlalarme gibt es doch andauernd. Weshalb dieses Chaos?«, fragte Rick.

»Augenblick.«

Während Rick auf Neils Antwort wartete, drückte er auf seinem Handy die Kurzwahltaste für Judys Nummer. Über einen der Monitore hörte er ihr Telefon klingeln. Hatte Judy es bei der Flucht aus dem Gebäude zurückgelassen?

Seine Eingeweide zogen sich zusammen.

»Es hat eine Explosion gegeben.« Neil war wieder in der Leitung. »Die Feuerwehr rückt gerade an.«

Ein Ablenkungsmanöver. Chaos. Dabei konnten sie Judy leicht komplett aus den Augen verlieren. »Das gefällt mir nicht«, sagte Rick.

»Mir auch nicht.«

Ein Blickwechsel mit Mike und sie waren auf dem Weg zur Tür.

KAPITEL 26

»Hilfe!« Judy versuchte, die Sirenen zu übertönen. Sie trommelte mit den Fäusten gegen die Tür.

Abgesehen von dem durchdringenden Geheul war es draußen unheimlich still. So als hätte man das Gebäude evakuiert und sie zurückgelassen. »Hallo!« Sie trommelte weiter.

Dann rannte sie zum Schreibtisch und wollte nach dem Telefon greifen, als die Tür von außen aufgerissen wurde. »Miss Gardner?«

»Mitch?« Gott sei Dank. Jemand hatte sie gehört.

»Es brennt. Kommen Sie.« Er zerrte sie buchstäblich aus dem Büro und rannte mit ihr weg von den Fahrstühlen zum hinteren Teil der Etage, wo der Rauch nicht ganz so dicht zu sein schien.

»Was ist passiert?«

»Keine Ahnung. Klang wie eine Explosion. Ich musste umkehren und habe Sie schreien gehört.«

Judy fing an zu husten. Der Rauch breitete sich aus. »Wir müssen hier raus.«

Eine Heldenrolle hätte Judy Mitch nicht zugetraut, und doch führte er sie jetzt über eine Hintertreppe, von deren Existenz sie bisher nichts gewusst hatte. Auf Höhe des zweiten Stocks füllte dichter Rauch das Treppenhaus, aber Mitch drängte weiter.

»Ich weiß nicht, ob das gut ist.«

»Kommen Sie.« Er zerrte sie durch die Flure im ersten Stock. Auch dort hing bereits der Rauch. Mitch drückte ihr ein Stück Stoff in die Hand und zeigte ihr, wie sie es vor Mund und Nase halten sollte, um die rauchige Luft nicht direkt einatmen zu müssen.

Judy hatte das Gefühl, im Kreis zu laufen. Ihr Atem ging flach und sie musste immer wieder husten. Der Stoff war kein guter Filter, das Luftholen fiel ihr immer schwerer.

»Wir brauchen eine Treppe.« Ihr war schwindelig.

»Hier entlang.«

Judy war ziemlich sicher, dass es in dieser Richtung keine Treppe gab.

Aber Mitch hielt ihren Arm umklammert wie ein Schraubstock. Langsam wurde ihr der sonst so schüchterne Kurier unheimlich.

Sie nahm den Stoff vom Mund. »Wir müssen zurück.«

Mitch zerrte sie weiter hinter sich her.

»Mitch!« Dort, wo er hinwollte, hatte sie noch nie einen Ausgang gesehen.

»Ich kenne den Weg, Judy!« Sein unwirscher Ton erschreckte sie und weckte gleichzeitig eine Erinnerung.

Sie zögerte. Der Rauch war nun nicht mehr ganz so dicht. Sie atmete durch das Stück Stoff. Erst jetzt bemerkte sie, was sie da in der Hand hielt.

Ein Kissenbezug?

Erschrocken blieb sie stehen und wand sich aus Mitchs Griff.

Er drehte sich zu ihr, schaute sie an, und plötzlich wusste sie Bescheid.

Sie tat, als wollte sie losrennen, dann rammte sie ihm den

Ellbogen in die Brust und rannte wirklich.

Eine Wand aus Rauch nahm ihr die Sicht. Plötzlich wurde sie wie von einer Lokomotive erfasst zu Boden gerissen.

»Blöde Schlampe.«

* * *

Rick und Mike kamen gleichzeitig mit den Reportern an.

Angestellte aus allen Stockwerken fanden sich an den Sammelpunkten im Freien ein. Feuerwehrleute liefen in voller Montur in das Bürohaus und zogen Schläuche hinter sich her. Auf der Westseite des Gebäudes quoll Rauch aus dem zweiten Stock. Judys Büro lag ein paar Stockwerke weiter oben auf der Ostseite.

Mike drehte sich um die eigene Achse. »Siehst du sie?«

Rick ließ den Blick über die Menge schweifen. »Nein.«

»Ich schaue da drüben nach.« Mike zeigte auf eine größer werdende Menschentraube auf der anderen Straßenseite.

»Okay.«

Mike lief davon und Rick suchte in seiner Umgebung nach einem bekannten Gesicht.

Die Polizei kam und lenkte die Menschen vom Gebäude weg. Von Judy fehlte noch immer jede Spur.

Endlich sah Rick jemanden, den er kannte. »Nancy?« Er nahm die Frau am Arm und drehte sie zu sich.

»Unfassbar.« Sie starrte an der Fassade des Gebäudes hinauf.

»Haben Sie Judy gesehen?«

Nancy schüttelte den Kopf. »Nein. Wir haben die Explosion gehört und sind rausgerannt. Es ging drunter und drüber da drin.«

»Wo war die Explosion?«

Sie zeigte auf den Rauch. »Im zweiten oder dritten Stock. Nicht bei uns.«

Immerhin. »Wenn Sie Judy sehen, sagen Sie ihr, dass ich hier bin.«

Nancy hörte ihm schon nicht mehr zu. Eine Sekunde später erschütterte eine zweite Explosion, diesmal deutlich weiter oben, das Gebäude. Leute schrien und rannten von dem Haus weg.

Neil pflügte sich durch die panische Menge auf Rick zu. Er sah aus wie ein Footballspieler beim Angriff.

Rick ließ ihm keine Zeit zu fragen. »Sie ist nicht hier.«

Mike tauchte hinter Neil auf. »Debra Miller hat sie nicht gehen sehen.«

Ein paar Polizisten machten sich auf den Weg zu ihnen, vermutlich, um sie wegzuschicken. Rick stieß Neil mit dem Ellbogen an. »Lenk du sie ab. Ich gehe rein.«

* * *

Schlaff, aber leicht wie eine Feder hing sie über seiner Schulter, während er seinen Rückzug mit Rauchbomben und gut getimten Explosionen tarnte. Und die beim Militär hatten ihn für untauglich erklärt. Unglaublich. Idioten.

Der Verbindungsgang zwischen den beiden Gebäuden führte durchs Parkhaus und wurde kaum noch genutzt. Den Obdachlosen des Viertels war er offenbar nicht bekannt, sonst wäre er komplett vermüllt gewesen und hätte nach Pisse gestunken. Aber Mitch wusste von seiner Existenz.

Er ließ den reglosen Körper von seinem Rücken gleiten und öffnete die Tür zum leeren Korridor des benachbarten Gebäudes. Dann warf er sich die Last wieder über die Schulter und trug sie eine Treppe hinunter und durch ihm bestens vertraute Gänge in einen düsteren, vergessenen Teil des Komplexes.

In dem früheren Heizraum war vermutlich seit einem Jahrzehnt niemand mehr gewesen. Für sein Vorhaben war er perfekt. Die Geräusche aus einem nahe gelegenen Lüftungsschacht würden alle anderen Geräusche übertönen. Nicht dass er sich deswegen Sorgen machen musste. Das Bürohaus, in dem Judy arbeitete, war sicher komplett evakuiert worden, und übers Wochenende würde sich keiner hierher verirren.

Er ließ sie auf den Boden gleiten und war vorsichtig mit ihrem Kopf, denn er wollte sich den Spaß nicht verderben, indem er sie zu früh ins Jenseits beförderte. Seit Wochen freute er sich darauf, mit ihr allein zu sein.

Den mit Chloroform präparierten Kissenbezug hatte sie sich brav selbst an Mund und Nase gedrückt. Langsam ließ die Wirkung nach, aber sie sollte noch nicht wissen, wo sie sich befand und wie viel Spaß sie miteinander haben würden. Mitch war auf alles vorbereitet. Er mixte einen kleinen Cocktail für seinen Gast.

Die Lösung zog er auf eine Spritze, plumpste schwer neben Judy und rieb ihren Handrücken, bis eine Vene hervortrat. Als die Nadel ihre Haut durchstach, zuckte sie heftig, doch er hielt sie fest.

Judy riss die Augen auf. Die Panik in ihrem Blick würde er nicht so schnell vergessen.

Bevor sie sich wehren konnte, drückte er den Spritzenkolben nieder, zog die Nadel aus ihrer Hand und wedelte ihr mit der Spritze vor dem Gesicht herum.

»Was ... was ...?« Ihre Worte verwischten, ihr Blick wurde trüb.

Mitch ließ ihren Arm los. Er landete schwer auf seinem Schenkel.

»Pssst.« Er drückte seinen Finger an ihre Lippen.

Sie drehte den Kopf hin und her, doch dann fielen ihre Augen zu und ihr Körper wurde schlaff.

Mitch stand auf und rieb sich lächelnd die Hände.

* * *

Zusammen mit Lucas und Dan kämpfte Meg sich durch die Menge. Die beiden hatten von der Explosion gehört und waren sofort zu ihr gefahren.

Das Auto hatten sie ein ganzes Stück entfernt abstellen müssen und sich dann zu Fuß zwischen den Streifenwagen und Löschzügen durchgeschlängelt. Jetzt suchten sie nach Judy. Absperrungen hinderten sie daran, die Straße vor Judys Gebäude zu überqueren. Mehrere Löschmannschaften kämpften dort mit Wasserschläuchen gegen die Flammen, die aus den Fenstern der oberen Stockwerke schlugen. Einige Nachrichtensender bauten Kameras auf, die Sprecherinnen zogen sich die Lippen nach, bevor sie auf Sendung gingen.

Sie ist sicher noch rausgekommen.

Dan griff nach Megs Hand. Er zeigte auf eine dichte Menschentraube und ein paar Kameras. »Steht dort Michael?«

Megs Erleichterung währte nur kurz, denn als sie bei Mike ankamen, war Judy nirgendwo zu sehen. Ein Blick in seine Augen und sie drehte sich fassungslos zum Gebäude. »Sag, dass das nicht wahr ist.«

Mike legte den Arm um ihre Schulter, die Kameras klickten. Er beugte sich zu ihrem Ohr. »Rick ist drin und sucht sie. Neil sieht sich die Nachbargebäude an.«

»Sitzen noch Leute drinnen fest?«

Mike schüttelte den Kopf. »Viel ist noch nicht bekannt. Aber angeblich hatten die Angestellten aus Judys Etage genügend Zeit, ins Freie zu flüchten.«

»Aber wo ist sie dann?«

Mike drückte ihre Schulter. »Die erste Explosion war in einem der unteren Stockwerke, die zweite sehr weit oben, nahe am Dach.«

»Und was ist explodiert?«

»Das weiß keiner.«

Ein Reporter hielt ihnen sein Mikrofon unter die Nase. »Michael, haben Sie schon etwas von Ihrer Schwester gehört, seit das Feuer ausgebrochen ist?«

»Verschwinden Sie«, raunzte er.

Dan und Lucas stellten sich vor ihn und Meg.

»War Ihre Schwester heute hier bei der Arbeit?«, fragte ein anderer Reporter.

»Kein Kommentar.« Dan schob sich zwischen Mike und den Mann.

»Deine Freunde?«, fragte Mike Meg.

Sie nickte und beobachtete die Bemühungen der Feuerwehr. Anscheinend war das Feuer in den unteren Stockwerken unter Kontrolle. Die Löscharbeiten konzentrierten sich jetzt auf die oberen Etagen.

Die Reporter fragten weiter, aber Mike beachtete sie nicht. Sein Blick wanderte unruhig umher. Die Minuten des bangen Wartens fühlten sich an wie Stunden und zogen sich immer mehr in die Länge.

Neil stieß wieder zu ihnen und zog sie von den Schaulustigen weg. Unter dem Eingang eines Nachbargebäudes rückten sie dicht zusammen. Lucas und Dan hielten die Reporter auf Abstand.

»Die Gerüchteküche brodelt. Die Polizei geht von absichtlich herbeigeführten Explosionen aus.«

»Wie bitte? Warum?«

»Keine Ahnung. Aber in einem Luftschacht und auf einem Parkplatz wurden zwei Rauchbomben gefunden.«

Meg spürte, wie ihre Bronchien sich zusammenzogen, als die Angst um ihre Freundin sich in Panik verwandelte. »Jemand hat das mit Absicht gemacht?«

»Sieht ganz danach aus.« Meg erschrak über die tiefe Besorgnis in Neils Blick. Sie kannte ihn noch nicht lange, aber normalerweise verbarg er seine Gefühle hinter einer stoischen Fassade.

»Oh nein. Du glaubst doch nicht, dass Judy ...«

»Keine voreiligen Schlüsse.«

Meg schüttelte den Kopf. »Ach hör schon auf, ich sehe dir doch an, was du denkst. Wir müssen sie finden.« Das Atmen machte ihr Mühe. Es war, als wäre nicht genügend Sauerstoff in der Luft.

Mike nahm sie an den Schultern und half ihr, sich auf eine kleine Mauer zu setzen, während sie in ihrer Tasche nach ihrem Asthmaspray wühlte. Zwei Hübe von ihrem Spray später drehten sich vor ihren Augen keine Schleier mehr. »Alles gut«, behauptete sie.

»Ich sehe mal, was ich noch rausfinden kann«, sagte Neil. »Mike, rufst du Zach und Karen an?«

Neue Angst packte Meg, als Rick mit rußgeschwärztem Gesicht zu ihnen stieß und sich neben sie setzte. »Bis in den ersten Stock bin ich gekommen.« Er hustete. »Dann ging es nicht weiter. Zu viel Rauch.«

Gebannt starrten sie alle auf das Gebäude, beteten, dass Judy herausspazieren oder plötzlich neben ihnen stehen und sie fragen würde, warum sie so düstere Gesichter machten.

Aber sie kam nicht.

KAPITEL 27

Auf jeden Rausch folgte unweigerlich ein Kater. Bislang war Judy das nur nach feuchtfröhlichen Studentenfeten passiert, bei denen fast jeder im Lauf seiner Collegezeit hin und wieder ein paar Drinks zu viel in sich hineinkippte.

Als sie beim Aufwachen das Gefühl hatte, ihr Schädel müsste platzen, ihr Magen wolle sich umdrehen und sie hätte Watte im Mund, glaubte sie im ersten Moment, sie hätte zu wild gefeiert. Sie stöhnte auf, wollte sich zusammenrollen und nach Erinnerungen an die Nacht zuvor suchen. Doch sie konnte die Arme nicht an den Körper ziehen. Ihre Hände waren links und rechts von ihr irgendwo festgebunden.

Sie blinzelte ein paarmal gegen die Nebel vor ihren Augen an, sah einen Steinboden und rostige alte Maschinen, die sie nicht sofort zuordnen konnte. Nur das Rauschen eines Gebläses in der Nähe durchbrach die Stille. Keine Fenster ... Auch Türen konnte sie aus ihrer Position nicht erkennen. Nur ein paar nackte Glühbirnen, die aussahen, als würden sie jeden Moment erlöschen.

Benommen blinzelte sie und versuchte, die Glühbirne direkt über ihr zu fixieren.

Er hatte mit einer Nadel vor ihr herumgewedelt und gelacht. Einen Moment lang hatte sie an einen Albtraum geglaubt. Dann war alles dunkel geworden.

»Oh Gott.« Jede Kopfbewegung machte ihr Mühe. Ihre verkrampften Nackenmuskeln schmerzten. Sie zerrte an ihren Fesseln, spürte, wie schwach sie war. Sie hatte ihre Kleider an, aber die Kälte des Fußbodens sickerte in ihre Knochen und ließ sie zittern.

Oder zitterte sie vor Angst?

Nach und nach wurde ihr Blick klarer, aber Mitch entdeckte sie erst einmal nicht. Vielleicht hatte er sie allein hier liegen lassen.

Doch diese Hoffnung verpuffte, als er in voller Militärmontur samt Kampfstiefeln und Tarnbemalung aus einer dunklen Ecke trat.

Die Augen in dem grauschwarz geschminkten Gesicht glitzerten, der Mund verzog sich zu einem hämischen Grinsen.

Sie versuchte, vor ihm zurückzuweichen. Ihre Füße waren nicht gefesselt, einen Rest Bewegungsfreiheit hatte er ihr gelassen.

Mit schweren Schritten kam er auf sie zu. Außer Reichweite ihrer Beine kniete er nieder. »Nett, dass du noch mal aufwachst, General.«

»Machen Sie mich los.«

Er lachte. »Nach all der Mühe? Wohl kaum.«

Er hatte nur noch wenig mit dem unbeholfenen Kerl Anfang zwanzig gemein, der Eilsendungen in die Firma brachte. Seine Unsicherheit war verflogen.

»Warum? Warum machen Sie das?«

Er blinzelte, als wäre diese Frage völlig unverständlich. »Feinde gefangen zu nehmen, ist besser, als sie gleich auszulöschen.« Damit stand er auf, zog sich in seine Ecke zurück und fixierte sie von dort aus.

Was immer er vorhatte, eilig hatte er es nicht. Er tat, als hätte er alle Zeit der Welt.

Judy schaute sich um. Hier war sie noch nie gewesen. Auch im Eisenwarenladen ihres Vaters gab es jede Menge Rohre und Ventile. Aber die hier wirkten uralt. Vielleicht gehörten sie zu einer Heizungsanlage. Das hieß, sie befanden sich in irgendeinem Keller. Aus der Größe des Raumes und aus seiner Höhe schloss sie, dass sich über ihnen ein größerer Gebäudekomplex befinden musste.

Erschauernd fragte sie sich, ob irgendwer in den oberen Stockwerken ahnte, dass ein Psychopath hier unten saß.

Ihre trockenen Lippen klebten aneinander. Mit einem Irren hatte sie es noch nie zu tun gehabt. Sie wusste nicht, ob und wie sie mit so einem Menschen vernünftig reden konnte.

Seine forschenden dunklen Augen machten sie nervös. Vielleicht war das Teil seines Plans.

»Mitch?« Sie versuchte es mit seinem Namen. »So heißen Sie doch, oder?«

Er gab keine Antwort.

Zitternd holte sie Luft. Der Raum war eisig und hin und wieder wehte ein kalter Luftzug zu ihr.

»Ich bin nicht Ihr Feind.«

Schweigen.

Aus einer Ecke drangen ein leises Fiepen und dann das Geräusch kleiner, flinker Füße. *Ratten.*

Normalerweise war sie nicht zimperlich. Sie gehörte nicht zu den Mädchen, die vor kleinen Tieren hysterisch kreischend Reißaus nahmen. Aber sie lag gefesselt auf einem kalten Boden und war diesen Wesen hilflos ausgeliefert.

Mitch fing an zu lachen, und Judy ahnte, dass ihre entspannte Einstellung zu Ratten sich bald ändern würde.

* * *

Es war nach zehn. Judy galt jetzt offiziell als vermisst.

Rick marschierte vor dem Gebäude auf und ab wie ein gereizter Tiger, während die Ermittler drinnen Spuren sicherten. Die einzigen Verletzten hatte es auf dem Stockwerk gegeben, auf dem die erste Bombe explodiert war. Dass die Explosion absichtlich herbeigeführt worden war, stand inzwischen zweifelsfrei fest. An einigen Stellen im Gebäude waren außerdem Rauchbomben hochgegangen.

Das alles war ein reines Ablenkungsmanöver gewesen, um Judy wegschaffen zu können. Er hatte es geahnt.

Neben dem Übertragungswagen eines Nachrichtensenders, in dem die Aufnahmen für die Spätnachrichten bearbeitet wurden, saßen Russell und Dennis in einem Van und schauten sich die Überwachungsvideos aus Judys Büro noch einmal an.

Als Detective Raskin und Detective Perozo auftauchten, musste Neil Rick festhalten.

»Ich könnte kotzen. Sie schnüffeln wochenlang hinter dem Falschen her und jetzt ist sie weg.«

Raskin hob die Hand. »Wir suchen mit allen verfügbaren Kräften nach ihr.«

Na großartig. Ein echter Trost!

Dean schob sich zwischen die Männer und zog die Detectives weg.

Russell rief Rick zum Van. »Was hast du?«

»Das sind die letzten Minuten vor der Explosion.«

Judy stand mit dem Rücken zur Kamera über ihren Schreibtisch gebeugt.

Ein junger Kerl, Anfang, Mitte zwanzig, stand am Eingang ihrer Bürowabe. »Miss Gardner?« Der Ton war gedämpft.

Russell stellte ihn lauter.

»Ich habe eine Lieferung für Mr Archer.« Der Mann hatte

eine flache Schachtel in der Hand, schaute weg und dann wieder zu Judy hin.

»Er ist schon weg. Aber ich kann das für ihn annehmen.« Alles nicht ungewöhnlich.

»Was ist denn passiert?« Judys süße Stimme gab Rick einen Stich ins Herz.

Der Kerl zuckte zurück und versteckte die Hand hinter dem Rücken. Nervös. *Er ist angespannt.*

Rick schaute genauer hin. Judy verließ mit der Schachtel in der Hand die Wabe, der junge Mann sagte, er käme später noch mal wieder, um sich den Empfang quittieren zu lassen.

»Ich sehe nichts Auffälliges, Russell.«

»Warte.«

Ein paar Sekunden lang passierte gar nichts. Dann ein lauter Knall. Schreie ertönten, Menschen rannten hektisch an der Wabe vorbei. Die Lichter flackerten, der Feueralarm heulte.

Der Kurier kam wieder ins Bild, ruhig ging er an den Leuten vorbei, die zur Treppe strebten. Judy schien nicht unter ihnen zu sein. Und der junge Mann schien nicht zur Treppe zu wollen.

Rick ballte die Fäuste. »Geh ein Stück zurück, bis wir ein gutes Bild von dem Kerl haben.«

»Hier, bitte.«

Rick stieß einen Pfiff aus, Mike drehte den Kopf zu ihm. Rick wartete, bis Mike bei ihm war, dann zeigte er auf den Bildschirm. »Hast du den Kerl schon mal gesehen? Vielleicht in Judys Nähe?«

Mike schüttelte den Kopf. »Kommt mir nicht bekannt vor.« Er winkte die Leute zu sich, die bei ihm gestanden hatten.

Rick erkannte Judys Chefin. Jemand hatte Debra Miller einen viel zu großen Mantel um die Schultern gelegt. Mike zeigte auf das Standbild. »Kennen Sie diesen Mann?«, fragte er Debra.

313

Sie schaute genauer hin. »Ich glaube, das ist ein Kurier. Er kommt öfter ins Haus, ist aber nicht bei uns angestellt.«

»Wissen Sie, wie er heißt?«

Sie zuckte die Achseln. »Um die Post kümmert sich meine Sekretärin.«

Rick wusste, dass er jetzt Raskin und Perozo brauchte. Er wandte sich ungern an sie, aber die beiden hatten im Gegensatz zu ihm und Neil den ganzen Polizeiapparat zur Verfügung. »Dean?« Rick rief seinen Freund zu sich. »Ich muss wissen, wer der Kerl ist.«

Dean schaute sich zusammen mit Raskin und Perozo den Filmschnipsel an. »Sieht nicht aus, als würde er das Gebäude verlassen«, stellte Dean fest.

»Genauso wenig wie Judy.«

* * *

Wenn ich Angst zeige, tue ich ihm einen Gefallen.

Er hatte ein Erdnussbutter-Sandwich neben ihr zerkrümelt und ihr mit sichtbarem Vergnügen etwas von dem klebrigen Zeug oberhalb des Knies aufs Bein geschmiert. Weshalb hatte sie gerade heute einen Rock und Stiefel angezogen?

Sie hatte keine Ahnung, wie spät es war, aber ihr Magen knurrte und sie konnte die Augen kaum offen halten. Ohne die Angst und ohne den scheußlichen Druck auf der Blase wäre sie vermutlich eingeschlafen.

Bald interessierte sich eine Ratte für die Erdnussbutter. Judy war schlagartig hellwach. Sie presste den Rücken an die alte Blechkiste, an der sie halb liegend, halb sitzend lehnte. In der Ecke mampfte Mitch ein Sandwich wie Popcorn in einem Kinosessel.

Sie stieß die Ratte mit dem Fuß weg, aber eine zweite wagte sich bereits heran. Mit einem Schrei vertrieb sie die Tiere. Sie kamen schnell zurück. Bei ihrem zweiten Schrei blickten sie kaum noch auf.

Wie erstarrt beobachtete Judy, wie vier riesige Nager sich um die Brotkrümel stritten. Plötzlich huschte etwas über ihre Hand. Mit einem Sprung landete es in ihrem Schoß. Judy schrie.

Die Ratte quietschte, ihre kleinen Krallen kratzten an Judys nacktem Oberschenkel. Ihre Schreie hielten das grässliche Vieh nicht davon ab, weiter nach Fressbarem zu schnüffeln und aufgeregt im Kreis zu laufen. Ein Lichtblitz blendete Judy.

Der Dreckskerl machte Fotos von ihr.

Das zuckende Licht erschreckte die Ratten. Sie flüchteten in ihre Ecken.

»Fantastisch«, presste Mitch hervor.

Judy schrie weiter. Irgendwer musste doch in der Nähe sein. Irgendwer musste sie hören.

Mitch stimmte mit ein und schrie das Wort *Hilfe*, so laut er konnte.

»Hältst du mich für so bescheuert, General? Du solltest mich nicht unterschätzen.«

Er kam näher, packte einen ihrer Knöchel mit der Hand und drückte ihr anderes Bein mit seinem Knie an den Boden. Mit der freien Hand schmierte er noch mehr Erdnussbutter auf ihren Schenkel.

Ein paar ungebetene Tränen liefen ihr über die Wangen, doch als er in ihre nackte Haut kniff, schrie sie nicht auf.

»Es ist nur ein Spiel«, sagte sie.

Seine Hand glitt höher, sein Atem ging schneller.

Judy zwang sich, ihm in die Augen zu sehen. Sie biss die Zähne zusammen und verkniff sich jede Reaktion.

»Ist das auch ein Spiel, General?« Seine Hand kroch weiter.

Er weidete sich an ihrer Anspannung.

Judy holte tief Luft und zwang sich, ihre Muskeln zu

lockern. Ihre Tränen waren getrocknet, und sie schaffte es sogar, ein Lächeln aufzusetzen.

Forschend schaute er ihr ins Gesicht, dann griff er ihr mit beiden Händen zwischen die Beine.

Sie zog in den Stiefeln die Zehen an, starrte ihm aber tapfer weiter in die dunklen Augen und ließ ihn ihre Angst nicht sehen.

Er riss die Hände weg, nur um ihr eine Sekunde später seine Faust gegen den Kiefer zu knallen. Wie Rick es ihr geraten hatte, stemmte sie sich nicht gegen die Wucht des Schlags. Sie schmeckte Blut.

Um keinen weiteren Fausthieb zu provozieren, hielt sie den Blick zur Seite gerichtet.

Mitch stand auf und zog sich in seine Ecke zurück.

* * *

Dean und seine Kollegen rissen die Mitarbeiter des Kurierdiensts aus dem Schlaf, um an Informationen über Mitch zu kommen.

Fast zur gleichen Zeit fanden Neil und Rick den entscheidenden Hinweis in Judys Online-Spiel.

Dainty Destroyer war der Kampfname einer gewissen Michelle. Aber als Neil und Rick sich das Facebook-Profil ansahen, über das Judy bis zu dem Überfall mit Michelle kommuniziert hatte, fanden sie keine Anhaltspunkte, dass sich dahinter tatsächlich eine Frau verbarg. Michelle hatte keine Fotos von sich eingestellt, nur nichtssagende Blumen- und Katzenbilder. Unter Judys Fotos von der Abschlussfeier hatte Michelle einen Kommentar geschrieben. *Ich wusste gar nicht, dass Michael Wolfe dein Bruder ist.*

Judy hatte geantwortet *Psst. Verrate nichts davon beim Spiel.*

»Wie schnell kommen wir an die Daten dieser Person?«, fragte Rick.

Neil dachte kurz nach. »Über die richtigen Kanäle? Bis Montag.«

Rick knirschte mit den Zähnen. »Und über die falschen?«

Dennis hörte über seinen Ohrstöpsel mit. Der firmeneigene Hacker machte sich ans Werk. »Ich arbeite dran.«

Dean kam zum Van. »Die lassen uns jetzt rein.«

»Such weiter«, sagte Rick zu Dennis.

Dean und Rick marschierten an den Polizisten vorbei, bückten sich unter dem Absperrband hindurch und joggten ins Gebäude. Sie schauten sich die erste Explosionsstelle an. Offenbar war der Sprengsatz in einem Raum voller Computer-Equipment hochgegangen. Es gab jede Menge ausgebrannte Monitore und geschmolzene Drähte.

»Was war das hier?«

Rick schaute sich um, sah nirgends Kameras, warf einen Blick nach draußen und entdeckte ein paar beschädigte. »Ein Überwachungsraum.«

»Dann hat er den als Erstes außer Gefecht gesetzt.«

»Nur von unseren Kameras hat er nichts geahnt.«

»Stimmt.« Sie stapften die Haupttreppe hinauf. Im siebten Stock hielt Dean sich schwer atmend am Geländer fest und wedelte mit der Hand. »Geh schon vor«, sagte er zu Rick. »Ich bin gleich bei dir.«

Rick rannte den Rest des Weges. Mit brennender Lunge öffnete er die Tür zu Judys Etage. Die Notbeleuchtung warf ein schwaches Licht auf die Büros, die er bislang nur voller Menschen gesehen hatte.

In Judys Wabe stellte er sich genau dahin, wo sie bei der Ankunft des Kuriers gestanden hatte. Im Kopf spulte er noch einmal das kurze Gespräch zwischen beiden ab, dann ging er die wenigen Schritte zu Mr Archers Büro.

Die Tür stand offen. Rick zog eine Taschenlampe aus seiner Jacke und leuchtete den Türrahmen ab. Auf dem Boden fand er ein Stück Metall. Woher es stammte, ließ sich nicht feststellen. Um das Schloss herum gab es Kratzer, genau wie auf der Schwelle. Wahrscheinlich war die Tür mit dem Metallstück von außen verkeilt worden, damit sie sich nicht öffnen ließ. Rick schaute sich im Büro um und entdeckte die flache Schachtel, die der Kurier Judy gegeben hatte.

Er hörte Dean schnaufend näher kommen. »Vorsicht«, warnte er. »Sieht aus, als wäre die Tür von außen blockiert worden.« Rick richtete die Taschenlampe auf die Schwelle.

Während Dean die Tür untersuchte, schaute Rick sich die Schachtel genauer an. Sie war an Mr Archer adressiert. Einen Absender gab es nicht. Mit einem Brieföffner schlitzte er das Klebeband auf.

Dean schaute ihm über die Schulter und hielt den Atem an.

Die Schachtel war voller Fotos. Rick ließ die Bilder auf den Schreibtisch rutschen. Das erste zeigte Judy in ihrem roten Kleid und mit Hut beim Einsteigen in die Limousine.

»Verdammt.«

Dean breitete die Fotos mit einem von Mr Archers Stiften auf der Tischplatte aus. Alle zeigten Judy, einige waren zerschnitten.

Das Telefon an Ricks Ohr summte.

Er nahm das Gespräch an. »Ja?«

»Wir haben eine Adresse.«

Rick stürzte los.

KAPITEL 28

Rick und Neil hielten vor dem Wohnhaus an. Das Grundstück war mit einem Maschendrahtzaun unterteilt. Im Vorderhaus brannten Lichter, im Garten lagen Kinderspielsachen. Ricks Interesse galt dem Hinterhaus. Dort schien niemand zu sein. Wenige Sekunden später kamen auch Raskin und Perozo an.

Die Detectives ließen die blauen Signallichter auf dem Wagendach weiterblitzen, Rick und Neil waren bereits auf dem Weg zum Hinterhaus. Es lag im Dunkeln, in der Einfahrt stand kein Wagen. Mit gezückter Waffe nickte Rick zur Rückseite des Gebäudes.

Neil verschwand um die Ecke.

»Sie haben hier nichts zu suchen«, blaffte Raskin. Die Waffe des Detectives zeigte zu Boden.

In Ricks Ohr sagte Neil: »Alles dunkel hier hinten. Ich glaube nicht, dass er zu Hause ist.«

»Roger.« Ohne den Detective zu beachten, klopfte Rick an die Tür.

Drinnen tat sich nichts.

»Keine Aktivitäten«, meldete Neil. »Wie hoch ist die Wahrscheinlichkeit, dass er Sprengfallen installiert hat?«

»Wie hoch ist die Wahrscheinlichkeit, dass wir Judy hier finden?«, gab Rick zurück.

Raskin hatte Rick gehört. Er zeigte auf das Vorderhaus. Dort schauten eine Frau und ein Kind aus dem Küchenfenster. »Ich bringe sie erst raus.«

Rick nickte. »Schnell.«

Kaum eine Minute später hatte die Familie aus dem Vorderhaus das Grundstück verlassen. Perozo kam zurück. »Sie haben ihn seit heute Morgen nicht mehr gesehen.«

Sie ist nicht hier.

»Bleib weg vom Haus«, sagte Rick durch sein Mikrofon zu Neil. »Vorsichtshalber.«

»Wir brauchen einen Durchsuchungsbefehl«, sagte Raskin.

»Sie brauchen einen Durchsuchungsbefehl.« Rick versuchte, die Haustür zu öffnen. Sie war abgeschlossen. »Ich nicht.« Das Schloss war seinem Tritt nicht gewachsen. Die Tür sprang auf und schlug gegen die Wand.

Als keine Explosion den Tag ruinierte, der kaum noch schlimmer werden konnte, ging Rick mit vorgehaltener Waffe ins Haus. Er schaltete das Licht an und erstarrte.

Judy war überall.

Fotos von ihr waren an die Wände gepinnt, auf alle Flächen geklebt, an Leinen quer durch den Raum gezogen.

»Du heilige Scheiße«, sagte Raskin hinter ihm.

* * *

Mitch Larson lebte erst seit ein paar Monaten in der umgebauten Garage. Das sagten zumindest die Mieter aus dem Vorderhaus. Er feierte keine Partys, kam oft zu ungewöhnlichen Zeiten nach Hause und hatte nie Besuch. Seine Nachbarn beachteten ihn kaum.

Judys Bilder an jeder Wand und auf jeder verfügbaren Fläche sagten Rick, wie krank der Kerl sein musste, der sie in seiner Gewalt hatte. Aber die Fotos gaben ihm auch Hoffnung, dass

Judy noch am Leben war. Sie halfen ihm, die Verzweiflung, die sich anschleichen wollte, im Keim zu ersticken. Trotzdem hing sie wie eine dunkle Wolke über ihm. Rein statistisch gesehen war Judy bereits tot.

Er wehrte sich gegen diesen Gedanken.

Halte durch, Babe. Ich komme.

Sie kamen voran. Zwar saß Judy nicht hier in Larsons Bude, aber sie wussten jetzt mehr über den Mann.

Einige Fotos stachen Rick besonders in Auge. Diejenigen, auf denen in ungelenker Schrift *General* quer über Judy gekrakelt war, die Fotos von Mikes Haus und von dem Gebäude, in dem sie arbeitete. Sogar vor Zachs und Karens Haus hatte der Kerl sie am Benefizabend fotografiert. Es handelte sich um Privataufnahmen, sie stammten nicht aus irgendwelchen Zeitungen oder Klatschmagazinen. Mitch hatte Judy also die ganze Zeit beobachtet.

Die Bilder von vor ihrem Umzug nach L. A. hatte er offenbar aus Internet-Nachrichten-Portalen. Auf fast jedem war auch Mike zu sehen.

Ricks Blick fiel auf einige Aufnahmen von Judys Bürogebäude. Hier fehlte Judy. Die Fotos zeigten nur die Räumlichkeiten. Sogar die Stelle, an der er sie vor ein paar Wochen im Parkhaus überfallen hatte, hatte der Drecksskerl fotografiert. Blieb die Frage, ob die Aufnahmen vor oder nach der Tat entstanden waren.

Dennis und Russell saßen vor dem Haus mit Neil im Van und suchten unter Hochdruck nach Informationen über Mitch Larson.

Rick entdeckte ein Foto von Judy und Mike vor dem Café in der Nähe der Firma. Judy trug nicht die Sachen, in denen sie heute das Haus verlassen hatte. Das Foto musste also zu einem früheren Zeitpunkt gemacht worden sein. Rick hörte Neils Stimme am Ohr.

»Er wäre gern Soldat.«

Rick war nicht überrascht. »Wie gern?«, fragte er in sein Mikrofon. Rings um ihn war die Sicherung der Spuren bereits in vollem Gang.

»Er hat sich zur Army verpflichtet und wurde nach einem halben Jahr an die Luft gesetzt. Hatte wohl während einer Übung einen psychotischen Schub.« Neil ratterte die Fakten emotionslos herunter.

Rick schaute von den Fotos auf. »Wie sah der aus?«

»Ist auf eine Frau losgegangen. Eine Vorgesetzte. Musste dann ein paar Tests machen und wurde entlassen.«

»Unehrenhaft.«

»Das nehme ich an. Abgesehen von einer Verwundung gibt es nach gerade mal sechs Monaten kaum eine andere Möglichkeit.«

»Was wissen wir sonst noch?« Ricks Blick schweifte zurück zu den Fotos. Hier gab es einen Hinweis. Er musste ihn nur finden. Aber es waren so verdammt viele, vom Boden bis hinauf zur Zimmerdecke. Manche waren zerschnitten, an anderen klebte getrocknetes Blut.

»Er ist verrückt, nicht dumm. Hat in den Intelligenztests gut abgeschnitten. Der erste Hinweis darauf, dass er nicht richtig tickt, war sein Drang, immer ganz nah an den Feind ranzukommen. Schusswaffen sind nicht sein Ding.«

Rick dachte an die Narben an Judys Arm. »Messer sind ihm lieber.«

Neil ließ eine Sekunde verstreichen. »Ja.«

Rick tat vom vielen Zähneknirschen der Kiefer weh. »Geh ran an den Feind, fühl seinen Schmerz und spür seine Angst.«

Neil antwortete nicht sofort. »Wir finden sie, Smiley«, sagte er schließlich.

An die Wände seines Schlafzimmers hatte Larson weitere Fotos von Judys Bürogebäude gepinnt.

Der kranke Drecksack schlief hier drin und träumte davon, was er mit Judy anstellen würde.

Sie herzubringen, hatte er offenbar nicht geplant.

Einige der Fotos hier waren auch in Beverly Hills aufgenommen worden, wo jetzt Judys Bruder und ihre Freunde auf gute Nachrichten warteten.

Es war drei Uhr morgens. Außer den Polizisten und den Feuerwehrleuten, die bis in die frühen Morgenstunden Wache halten würden, war niemand in dem Bürogebäude. Nach Tagesanbruch würden die Ermittler dort weiter Spuren sichern und sich frisch ausgeruht einen Überblick verschaffen. Es ging um Brandstiftung und Explosionen. Nach seiner Frau würde keiner von ihnen suchen.

Das tat nur Rick. Er suchte nach ihr.

Nach der Frau, die er geheiratet und die zu schützen er versprochen hatte.

Die Vorstellung, ihrem Vater sagen zu müssen, er hätte sie nicht rechtzeitig gefunden, brachte ihn fast um den Verstand. Die Vorstellung, sie leblos vor sich liegen zu sehen … misshandelt und missbraucht …

Rick schloss die Augen und atmete aus.

Nein.

Er öffnete die Augen wieder, blendete alle Geräusche aus und konzentrierte sich auf die Fotos an Larsons Schlafzimmerwand. Er versuchte, nicht die Frau zu sehen, die er liebte, sondern die Szenerie, die sie umgab.

Viele Aufnahmen zeigten das Bürogebäude.

Das Parkhaus. Leer. Trist.

Das Büro.

Kahle Betonflächen. Graue Wände. Verlassene, öde Plätze auf etwa jedem zehnten Bild. Hier und da schwebte Judy sitzend oder stehend vor einem dieser grauen Hintergründe. Larson hatte sie aus anderen Fotos ausgeschnitten und in dieser düsteren Welt platziert.

Zerschnitten und zerstochen.

Blutig.

Rick berührte das kleine Gerät in seinem Ohr. »Hat das Gebäude, in dem Judy arbeitet, einen Keller?«

»Augenblick«, sagte Neil.

Ein paar Sekunden später kam die Antwort. »Relativ neu. Kein Keller.«

Raskin tippte Rick auf die Schulter. Rick zuckte zusammen. »Ich muss mich bei Ihnen entschuldigen.«

Rick starrte ihm ins Gesicht. »Sie schulden mir mehr als ein paar warme Worte.«

Raskin nickte und wandte sich wieder den Fotos an den Wänden zu. Auch er wollte Judy finden, das wurde Rick in diesem Augenblick klar.

Dean stand benommen vor Müdigkeit in einer Ecke.

Sie konnten nur schlechten Kaffee trinken und suchen. Nach irgendetwas, irgendwo.

»Rick?« Neils Stimme klang nicht mehr ganz so düster.

»Was gibt's?« Alle drehten sich zu Rick um.

»Das Nebengebäude hat einen Keller. Zwei Stockwerke tief.«

Rick wartete.

»Verlassen, fast unbenutzt und vom Parkhaus aus leicht zu erreichen.«

Rick schöpfte neue Hoffnung. Er schaute sich noch einmal im Zimmer um und fühlte, wie einer seiner Mundwinkel sich zu einem schiefen Lächeln verzog.

Hastig machte er sich auf den Weg zur Tür, doch Raskin verstellte ihm den Weg. Der Mann starrte ihm ins Gesicht. »Sie wissen was.«

Ricks Lächeln gefror. »Und Sie schulden mir was.«

Die Kiefer des Detectives mahlten. »Verdammt.«

Ein paar Sekunden lang glaubte Rick, Raskin würde ihn

nicht einfach gehen lassen. »Sehen Sie sich um. Die Antwort ist hier.«

»Sagen Sie mir, was Sie wissen«, beharrte Raskin.

»Ich brauche fünfzehn Minuten.«

Raskin fixierte ihn schweigend.

»Sind Sie verheiratet?«, fragte Rick.

Raskin nickte Richtung Tür. »Verschwinden Sie, Evans. Wir rufen Sie an, wenn wir was Neues haben.«

Rick nickte nur kurz und hetzte aus dem Haus zu dem Van, der mit laufendem Motor auf ihn wartete.

Neil schloss die Tür und drückte Rick ein Gewehr in die Hand. »Sie haben das Gebäude nie wirklich verlassen.«

Dennis drückte das Gaspedal durch. Trotzdem waren die zehn Meilen zurück nach Westwood die längsten in Ricks Leben.

* * *

»Ich muss pinkeln.« Der übermächtige Druck auf ihrer Blase ließ Schweigen nicht länger zu. Das Blitzlicht hatte die Ratten verjagt, selbst die Erdnussbutter lockte sie nicht mehr aus ihren Ecken.

Anscheinend hatte sie Mitch geweckt. »Seit wann informieren Kriegsgefangene ihre Bewacher über ihre körperlichen Bedürfnisse?«

Judy gab sich Mühe, gelassen zu wirken. »Wir sind nicht im Krieg, Mitch. Das hier ist Ihre Vorstellung von Spaß. Aber ich muss pinkeln. Die gute Nachricht ist, dass das ohne Essen und Trinken so schnell nicht noch mal passiert.«

Mitch setzte grinsend eine Wasserflasche an seine Lippen.

Judys Mund fühlte sich an wie Sandpapier. Der Rauch im Bürogebäude und die Betäubungsmittel, deren Reste noch immer durch ihre Blutbahn kreisten, trockneten ihre Schleimhäute aus.

Ihre Worte hatten keine offensichtliche Wirkung. Sie schloss die Augen und versuchte, den Druck zu ignorieren.

»Was machst du?«, fragte er.

»Ich versuche, mir nicht in die Hose zu machen. Ich glaube, das ist mir mit drei zum letzten Mal passiert.«

Er stieß sich von der Wand ab und kam zu ihr.

Als er die Fessel um ihr linkes Handgelenk löste, schaute sie demonstrativ beiseite.

Erste Priorität – die Fesseln loswerden. Zweite Priorität – pinkeln.

So dringend hatte sie noch nie gemusst.

Mitch umklammerte ihr rechtes Handgelenk und band auch diese Seite los. Das Blut floss in Judys Adern zurück. Ihre Arme prickelten schmerzhaft.

»Wenn du Dummheiten machst«, drohte Mitch, »schlitze ich dich auf.«

Sie spürte die Klinge an der Kehle. Das würde er sowieso tun. Irgendwann.

»Ich muss nur einfach mal, Mitch.«

Unsanft zerrte er sie hoch. Sie taumelte gegen ihn, die Messerspitze bohrte sich in ihren Arm. Mit einem Aufschrei wich sie zurück.

Mitch schnappte ihre rechte Hand und band sie ein paar Schritte von der Stelle, an der sie bisher gelegen hatte, an einem Rohr fest.

Er ging ein Stück von ihr weg, ließ sie aber nicht aus den Augen.

»Mach schon.«

Sie musste so dringend, aber er starrte sie an.

»Sie gucken mir zu.«

Er feixte. »Gewöhn dich dran. Mein Gesicht wird das Letzte sein, das du siehst.«

Wenn es nach ihm ging, sicher.

Judy kauerte sich, so gut es ging, hinter einen rostigen Heizkessel. Sie dachte an die Ferien in der Berghütte, daran, dass Pinkeln draußen im Wald einfach dazugehörte.

Nach der Hütte sehnte sie sich jetzt. Rick würde es dort oben gefallen, in den Bergen um ihren Heimatort.

Bestimmt suchte er nach ihr und war außer sich vor Sorge.

Auch ihre Familie hatte sicher Angst um sie. Vielleicht machten ihre Angehörigen sich Vorwürfe.

Sie schaffte es, ihre Blase zu leeren, und kauerte danach noch eine Weile in der Ecke.

Wenn sie Rick und ihre Familie wiedersehen wollte, musste sie schlauer sein als ihr Bewacher.

Mitch hatte ein Messer.

»Vor Messern kann man besser weglaufen als vor Kugeln«, hatte Rick gesagt.

Aber Mitch war verrückt. Vernünftig konnte sie mit ihm nicht reden. Sie konnte nur beobachten, was er tat, und versuchen, seine Absichten zu erraten.

»Du bist fertig.« Er kam zu ihr.

Wenn sie irgendetwas tun wollte, um sich zu retten, musste es geschehen, solange ihre Arme nicht gefesselt waren. Solange sie nicht unter Drogen stand. Solange sie noch nicht zu schwach war, um überhaupt etwas tun zu können.

Es musste jetzt sofort passieren.

Sie tat, als würde sie sich widerstandslos losbinden und an die Stelle zurückbringen lassen, wo sie viele Stunden lang auf dem kalten Boden gelegen hatte.

Gerade als sie dachte, ihre Chance sei gekommen, überraschte Mitch sie mit seinem Kommando. »Halt dich an der Rohrleitung fest.«

Die Leitung befand sich über ihrem Kopf, war gerade noch erreichbar.

»Warum?«

»Tu's einfach!«, brüllte er. Seine Stimme dröhnte durch den Raum und wurde von den Betonwänden zurückgeworfen.

Sie zuckte zusammen, wusste nicht, ob sie gehorchen oder auf ihn losgehen sollte.

Er rückte näher an sie heran und Judy griff nach ihrer gefesselten Hand. Sie spürte ihre kalten Finger und das dünne Seil, die Hand aus der Schlinge zu ziehen, war unmöglich. Mitch packte sie. Ihre Tritte trafen entweder ins Leere oder seine derben Kampfstiefel. Damit richtete sie nichts aus.

Als sein Messer an ihrem Hals kratzte, hörte sie auf. Jedes Mal, wenn sie Luft holte, spürte sie die Klinge noch deutlicher.

»Die Hand an die verfluchte Stange, General.«

Der instinktive Wunsch, sich zu schützen, indem sie sich zusammenkrümmte, machte es fast unmöglich zu gehorchen.

Er drehte das Messer so, dass nur die Spitze an ihrem Hals lag. Er drückte sie in ihre Haut wie eine Nadel. Sein Körper presste ihren gegen den Heizkessel, ein Ventil bohrte sich in ihre Seite.

»Du strapazierst meine Geduld.« Die Messerspitze grub sich tiefer.

Judy schloss die Augen, hob ihre freie Hand und umfasste die Leitung über ihrem Kopf.

Mit dem Stück Seil an ihrem Handgelenk band er sie daran fest. Das Blut, das gerade erst in ihren Fingerspitzen angekommen war, versackte. Er fesselte ihre zweite Hand neben der ersten. Hilflos hing sie an dem Rohr. Nur ihre Zehenspitzen berührten den Boden. Sie wusste nicht, wie lange ihre Handgelenke und Schultern das aushalten würden.

Nichts, was sie von Rick über Selbstschutz gelernt hatte, ließ sich in dieser Position anwenden.

»Schon besser.« Mitchs Stimme war eine Oktave höher geworden. Jetzt fiel ihr auf, dass er so immer sprach, wenn er Pakete auslieferte. Seine Befehlsstimme klang viel tiefer. Trotzdem würde sie sich für den Rest ihres vielleicht viel zu kurzen Lebens verwünschen, weil sie sie nicht erkannt hatte. Weil sie nicht gemerkt hatte, dass er der Mann war, der sie im Parkhaus überfallen hatte.

Judy schaute auf ihre Hände an der Leitung. Eine rutschte ab. Ihre Muskeln dehnten sich schmerzhaft.

»Das gefällt dir nicht?« Mitch legte den Kopf schief. »Und ich dachte, du würdest gern mal eine Weile stehen. Der Boden ist doch so kalt.«

Sie versuchte, ihre Angst nicht zu zeigen, ahnte aber, dass ihr das gründlich misslang.

Er trat zurück und betrachtete sie wie ein Gemälde in einem Museum. Dann zog er sein Telefon aus der Tasche und richtete es auf sie. »Bitte lächeln.«

»Fick dich.«

Er zwinkerte. »Noch nicht. Aber bald.«

Sie wand sich.

»Und jetzt lächeln.«

Sie rutschte von der Leitung ab und versuchte, sich wieder festzuhalten. Mit den Zehen stieß sie sich vom Boden ab und schlang die Hände um das Rohr.

Mitch kam näher. »Mal sehen, ob ich dich nicht doch zum Lächeln bringen kann.«

Sie starrte auf das Messer, das sich unter ihre Bluse schob und einen Knopf nach dem anderen abschnitt.

Es gelang ihr nicht, ein Wimmern zu unterdrücken. Er schnitt ungerührt weiter, bis alle Knöpfe auf dem Boden lagen und ihr Oberkörper seinen Augen schutzlos preisgegeben war. Und seinem Messer.

»Und? Lächelst du jetzt für mich, General?«

Er trat einen Schritt zurück und hob erneut sein Telefon.

Tränen liefen ihr über die Wangen, während sie mit zusammengebissenen Zähnen die Mundwinkel hochzog.

Das Blitzlicht blendete sie.

Er schaute sich das Foto an. »Viel besser.« Er hielt ihr das Display unter die Nase. Fast hätte sie sich nicht erkannt. Die Wimperntusche war ihr in dunklen Streifen über die blassen Wangen gelaufen, ihr geschwollenes Kinn schillerte in Blautönen, Blut klebte an ihrem Hals, das Haar hing ihr strähnig um den Kopf. Sie sah aus wie eine lebende Tote mit einem aufgemalten Grinsen.

Mitch setzte sich hin, schaute sich auf seinem Telefon Fotos an und richtete dann gedankenverloren den Blick auf sie.

Jede Sekunde fühlte sich an wie Stunden.

Sie zog ein Knie an und tastete mit dem Fuß nach etwas, woran sie sich abstützen konnte, um ihre Arme zu entlasten.

Das Ächzen der Rohrleitung, an der sie hing, riss Mitch aus seiner Trance. »Du kommst hier nicht weg.«

»Ich spüre meine Arme nicht mehr.«

Er schob die Unterlippe vor wie ein schmollender Zweijähriger. »Das müssen wir sofort ändern.«

Das Messer zerteilte ihre Ärmel und legte ihre Arme frei. Er betrachtete die Narben, die sie ihm verdankte, und zeichnete sie mit der Messerspitze nach. Hilflos wand sie sich, während er dafür sorgte, dass sie ihre Arme wieder spürte.

Er lachte und sie schrie bei jedem Schnitt.

KAPITEL 29

Noch bevor der Van richtig stand, sprangen Neil und Rick heraus. Nachtsichtbrillen, Wärmedetektoren ... Sie hatten alles, was sie für die Suche brauchten. Gut, dass es stockdunkel war, sonst hätte man sie für genauso verrückt gehalten wie den Irren, der Judy gekidnappt hatte.

Im Parkhaus fanden sie den Eingang zum Nebengebäude. Das Türschloss ließ sich mühelos aufhebeln. Wortlos eilten sie hintereinander durch einen kurzen Flur. An seinem Ende führte eine Treppe abwärts. Auf dem Schild an der Tür zum Treppenhaus stand *Betreten verboten*. Doch es war deutlich zu erkennen, dass die Tür kürzlich benutzt worden war. Jemand hatte sogar die Beschläge geölt, damit sie nicht quietschten.

Rick schaltete die Nachtsichtbrille an. In grünlichem Licht lag ein leerer Kellerflur vor ihm. Das Brummen einer Lüftung begleitete ihre Schritte. An der ersten Verzweigung trennten sie sich. Nach einem kurzen Nicken nahm Neil den rechten Gang, Rick ging geradeaus weiter, direkt auf die geräuschvolle Lüftung zu.

An einer Tür zu seiner Linken blieb er stehen. Das rostige Schloss und die ungeölten Beschläge machten sie uninteressant. Ein kurzer Gang zweigte ab. An seinem Ende fand Rick einen

Lagerraum voller alter Stühle, Schreibtische und anderer Büromöbel. Der Raum war staubig, wurde wohl nicht mehr genutzt. Nur Ratten huschten durch die Ecken.

Rick kehrte in den Hauptkorridor zurück und folgte dem Geräusch der Lüftung.

In seinem Ohr sagte Neil: »Bewege mich in nordöstlicher Richtung.«

»Verstanden.«

Mit jedem Schritt durch das Kellergeschoss nahm Ricks Anspannung zu. Was, wenn Judy gar nicht hier war?

Er kämpfte gegen die Verzweiflung an. *Bitte, Judy*.

Das Ende des Korridors war fast erreicht. Ein Pfeil zeigte zum Heizraum.

Judys durchdringender Schrei erfüllte ihn mit Entsetzen und gleichzeitig mit Erleichterung.

Er rannte los und entsicherte dabei sein Gewehr.

* * *

Ob das Adrenalin ihr die Kraft gab oder die nackte Angst, konnte Judy nicht sagen. Aber als Mitch erneut das Messer hob, um noch mehr Schaden anzurichten, packte sie die Rohrleitung über ihrem Kopf und winkelte die Arme an wie bei einem Klimmzug.

Dann rammte sie dem Kerl ihre Knie in die Brust.

Als er rückwärtsstolperte, trat sie ihm mit einem Aufschrei mit beiden Füßen ins Gesicht.

Mitch fiel zu Boden. Blut quoll aus einer Stelle über seinem Wangenknochen.

Die Rohrleitung bog sich unter Judys Gewicht. Sie versuchte, das rostige Ding mit Schaukeln und Federn zum Brechen zu bringen.

Mitch rappelte sich in dem Moment auf, als das Rohr nachgab und brach. Judy schaffte es, auf den Füßen zu landen.

Wie mit tausend Nadelstichen jagte das Blut durch die Adern ihrer Arme.

Mitchs schwerer Köper prallte auf sie und riss sie um. »Das wird dir noch leidtun.« Mitch hielt sie so fest, dass ihr die Luft wegblieb.

»Lass sie los!«

Judy hätte Ricks Stimme fast nicht erkannt.

Mitch zerrte sie mit sich hoch und hielt sie vor sich. Er drückte ihr das Messer an die Kehle. Ihre Hände krallten sich in seine, um ihn am Zustechen zu hindern.

Die Mündung von Ricks Waffe zeigte direkt auf sie beide. Sein tödlicher Blick durchbohrte den Mann, der sie festhielt.

»Ich stech sie ab.«

Ricks schöne grüne Augen suchten nach ihren. Ihr Vertrauen in ihn war ungebrochen. »Bitte schieß«, flehte sie.

Mitch presste sie noch fester an sich und versteckte den Kopf hinter ihrem.

»Willst du deine eigene Frau umbringen?« Mitch wich ein Stück zurück. Judy hatte keine Ahnung, ob er sich mit ihr auf einen Ausgang zuschob.

Ricks Waffe verfolgte ihre Bewegungen. Sein Blick heftete sich an Mitch.

»Schieß.«

Mitchs Muskeln waren zum Zerreißen gespannt. Judy wusste, dass sie einen Stich nicht überleben würde. Unter der Klinge quollen Blutstropfen hervor.

Ein Geräusch hinter Rick lenkte Mitch einen Sekundenbruchteil lang ab. Judy riss an seinem Arm, betete, dass der Ruck stark genug war, und drehte den Kopf so, dass sie seinen nicht blockierte.

Der Lärm war ohrenbetäubend. Der Mann hinter ihr brach zusammen und riss sie beinahe mit.

Judy wankte aus dem Grauen direkt in Ricks Arme.

* * *

Rick drückte Judys Kopf an seine Schulter und hielt sie fest. Neil und Detective Raskin kamen näher. Mitchs Leiche sah aus, als hätte er mehr als eine Kugel abbekommen.

Rick tastete vorsichtig Judys Arme ab, dann ihren Körper. »Bist du getroffen worden?«

Sie schaute an sich hinab. Ihre Kleider waren zerschnitten, verdreckt und blutig. Sie schüttelte den Kopf. »Nein.«

Gott sei Dank. Er zog sie wieder an sich. Ihre Arme legten sich vorsichtig um seine Taille.

»Wir brauchen einen Krankenwagen«, hörte er Raskin in sein Telefon sagen. »Und jemanden von der Gerichtsmedizin.«

Neil legte Rick eine Hand auf die Schulter. »Ich rufe Judys Familie an.«

»Sag ihnen, es geht mir gut«, wisperte Judy. »Bloß ein paar Schnittwunden.«

Rick sah mehr als nur ein paar. »Komm, raus hier.«

Sie gingen Richtung Korridor. Detective Raskin streifte seine Jacke ab und gab sie Rick, damit er sie über Judys Schultern legen konnte. Wortlos brachte Rick Judy aus dem Keller. Sein starker Arm half ihr, sich dabei auf den Beinen zu halten.

* * *

»Alle Anschuldigungen sind offiziell zurückgezogen worden.« Dean verkündete die Neuigkeiten am Montagnachmittag.

Judy drückte Ricks Hand noch fester. Ihre gesamte Familie hatte sich auf Mikes Anwesen in Beverly Hills eingefunden, aber im Augenblick waren sie und Rick mit Dean allein.

Vor ihren Eltern wollte Judy weder über die Entführung

noch über den Mann reden, der dafür verantwortlich war. Die ganze Sache war traumatisch genug gewesen. Für sie, aber auch für die anderen.

»Weiß man, warum er sich ausgerechnet mich ausgesucht hat?«

Sie und Rick hatten Vermutungen angestellt, aber bestätigt war bislang nichts. Dean schaute erst Rick an, dann sie. »Wie viel davon wollt ihr hören?«

»Alles«, sagte Judy. »Er kann mir jetzt nichts mehr anhaben.«

Nein, Mitch Larson konnte niemandem mehr etwas zuleide tun.

»Ich nehme an, Rick hat dir von den Fotos erzählt.« Inzwischen duzten sich auch Dean und Judy.

Das hatte er, aber ganze Wände, die mit Fotos von ihr tapeziert waren, konnte Judy sich noch immer nicht vorstellen.

»Ja.«

Ricks Lächeln gab ihr Kraft.

»Außer den Fotos haben wir seitenweise wirre Notizen gefunden, in denen er dich für seine unehrenhafte Entlassung aus der Army verantwortlich macht.«

»Aber …«

Dean wedelte mit der Hand. »Natürlich hast du nichts damit zu tun. In seinen Briefen bringt er deinen Namen und den Namen der Vorgesetzten, auf die er losgegangen ist, ständig durcheinander. Auch über das Online-Spiel hat er Protokolle angefertigt. Er hatte drei Accounts, darunter einen als Frau. Und als diese Frau ist er auch deine Facebook-Freundin geworden.«

Judy ging im Kopf die Profile mit den Namen durch, die Dean ihr nannte. Alles passte zusammen.

»Und als ich ihn im Spiel ein paarmal geschlagen habe, hat er mich zu seinem Feind erklärt.«

»Sieht ganz so aus.«

Judy schloss die Augen. »Wie dumm ich war. Wie naiv.«

Rick zog ihre Hand an seine Lippen. »Ihn trifft die Schuld, nicht dich.«

»Ich weiß. Aber ich habe es ihm leicht gemacht.« Sie wandte sich an Dean. »Wann kann ich meine Profile im Internet löschen?«

»Die Ermittler aus der IT-Abteilung müssen noch weitere Daten sichern. Ein paar Tage wird das noch dauern.«

»Ich will alles aus dem Netz nehmen, was irgendwie geht. Keine Online-Spiele mehr. Monopoly mag öde sein, aber es ist sicherer.«

Dean stand auf und schüttelte Rick die Hand. »Wenn ihr etwas braucht … ihr wisst ja, wo ihr mich findet.«

Judy umarmte den Detective. »Danke für alles.«

»Pass gut auf dich auf«, sagte er zum Abschied.

* * *

Bis ihre Familie ihren Alltag wieder aufnahm, dauerte es einen ganzen Monat. Und wenn Judy nicht versprochen hätte, zu Thanksgiving und an Weihnachten nach Utah zu kommen, wären ihre Eltern gar nicht mehr nach Hause gefahren.

Als das Haus wieder leer war, kam Debra Miller zu Besuch.

Judy trank mit ihr an Mikes Küchentisch Kaffee. »Ich würde mich freuen, wenn Sie wiederkommen«, sagte Debra.

Judy lächelte in ihre Tasse. »Ich weiß ehrlich nicht, ob ich das schaffe.« Sie war stärker, als sie geglaubt hatte. Aber wieder ins Büro zu gehen …

Debra tippte mit ihrem perfekt manikürten Nagel an die Tasse. »Ich möchte nicht behaupten, ich wüsste, wie Sie sich fühlen. Sie können sich mit der Antwort gern bis nach den Feiertagen Zeit lassen.«

»Ich bin bloß eine Praktikantin«, sagte Judy. »Sie müssen

sich nicht verantwortlich fühlen. Sie trifft keine Schuld an dem, was passiert ist.«

Debra lachte. »Das ist mir klar. Und ich bin auch nicht hier, weil ich aus irgendeinem Grund ein schlechtes Gewissen hätte, Judy. Mir gefallen Ihre Entwürfe und mir imponiert Ihre Begeisterung. Außerdem ist José befördert worden, wir brauchen Ersatz für ihn. Und ich hätte gerne Ihre Unterstützung beim Santa-Barbara-Projekt.«

»Sie bieten mir einen Job an?«

»Ich mache Ihnen die Tür einen Spaltbreit auf.« Debra nahm einen Schluck Kaffee. »Zudem ist mir aufgefallen, dass Sie sich mit sehr gut aussehenden Männern umgeben.« Sie zwinkerte Judy über ihre Tasse hinweg an.

Debra Miller war eine sehr attraktive Frau. Judy nahm an, dass sie keine Schwierigkeiten hatte, einen männlichen Begleiter zu finden.

Als sie ihre Chefin hinausbrachte, bog Rick in die Einfahrt ein. Er nahm seinen Helm ab und hängte ihn an den Lenker der Ducati. Dann schüttelte er Debra die Hand.

Sie drehte sich halb zu Judy und hob die Brauen. »Sehen Sie, was ich meine?«

Judy lachte, Rick warf ihr einen fragenden Blick zu.

»Rufen Sie mich im neuen Jahr an«, sagte Debra.

»Sehr gern.«

Als Debra gegangen war, gingen Judy und Rick ins Haus. »Was wollte sie denn?«

Judy spülte die Tassen aus und stellte sie in die Spülmaschine. »Sie hat mir einen Job angeboten.«

»Wirklich?«

Judy schaute hinaus in den Garten. »Ja.«

»Und? Sagst du zu?«

Sie zuckte die Achseln. »Ich weiß nicht. Ich muss erst im

Januar Bescheid sagen.«

Rick zog sie in seine Arme und küsste sie aufs Haar. »Mit dir würde sie einen guten Fang machen.« Solche Sachen sagte Rick andauernd.

Ihr Alltag verlief inzwischen recht entspannt. Meg hatte das Alliance-Büro nach Tarzana zurückverlegt, Rick wohnte mit in Mikes Villa. Aber nach den Dreharbeiten an seinem neuesten Film würde Mike für ein paar Monate nach Hause kommen. Meg und sie mussten sich langsam Gedanken über eine eigene Bleibe machen.

Wie es mit Rick weitergehen sollte, musste sie sich ebenfalls überlegen. Sie liebte diesen Mann, traute sich aber nicht, ihm das zu sagen. Sie waren noch nicht dazu gekommen, über ein gemeinsames Leben nachzudenken. Oder über ein Leben ohneeinander.

Noch fehlte ihr die Kraft, sich eine Zukunft ohne ihn auszumalen. Dass er im Augenblick einfach alles weiterlaufen ließ und nicht auf eine schnelle Entscheidung drängte, rechnete sie ihm hoch an.

Rick hielt sie ein Stück von sich weg und küsste sie. »In einer halben Stunde müssen wir los.«

»Los?«

»Ja. Wir haben ein Date. Nichts allzu Glamouröses.«

Sie kniff die Augen zusammen. »In Ordnung. Aber umziehen muss ich mich trotzdem.«

Dreißig Minuten später fuhren sie in Mikes Ferrari vom Grundstück. »Du weißt schon, dass mein Bruder seinen Wagen bald wieder selbst fahren möchte?«

Rick lachte. »Deshalb fahre ich ihn ja jetzt, sooft ich kann.«

Sie sprachen über den Verkehr, das Job-Angebot und wie es bei Zach und Karen mit dem neuen Teenager lief, der inzwischen bei ihnen eingezogen war. Als Rick auf den Parkplatz der Tram zum Getty einbog, klatschte Judy in die Hände wie ein glückliches Kind. »Du hast es nicht vergessen!«

Er stieg aus und hielt ihr die Tür des niedrigen Wagens auf.

»In der Rock and Roll Hall of Fame könnte ich mit meinem Wissen angeben. Aber erwarte nicht, dass ich irgendeinen Künstler im Gettys kenne.«

Auf der kurzen Tram-Fahrt den Hügel hinauf schmiegte sie sich an ihn. »Im Gettys hängen viele tolle Sachen«, sagte sie. »Aber ich liebe vor allem das Gebäude.«

Das stellte sie umgehend unter Beweis. Sie erklärte ihm, wie die gewölbten Decken und geschwungenen Linien die Kunstwerke zur Geltung brachten. Sie schleppte ihn von einem Ende ans andere und zeigte ihm viele bauliche Details, die ihm sonst nie aufgefallen wären.

Kurz vor Sonnenuntergang führte er sie zu einem einzelnen Tisch mit zwei Stühlen und einem herrlichen Ausblick auf die Stadt.

»Was ist das?«, fragte sie.

Er rückte einen der Stühle für sie zurecht, nahm ihr die Handtasche ab und legte sie beiseite. »Ich habe keine Ahnung von Kunst, aber durchaus ein bisschen Klasse.«

»Das ist für uns?« Sie hatte den Kellner bemerkt, der in der Nähe wartete. Die Sonne stand tief, war aber noch nicht untergegangen.

»Wir haben einflussreiche Freunde, Babe. Und ich finde nichts dabei, sie hin und wieder um ein wenig Hilfe zu bitten.«

Der Kellner goss Champagner in ihre Gläser.

Rick hob sein Glas. »Auf uns.«

Lächelnd stieß sie mit ihm an, trank aber nicht. »Rick?«

Er hob seinen Zeigefinger, damit sie nicht weitersprach. »Auf diesen Augenblick habe ich den ganzen Tag gewartet. Bitte hör mir jetzt einfach zu.«

Er rutschte auf seinem Stuhl herum und stellte das Glas ab.

Sie stellte ihres ebenfalls beiseite, verschlang die Hände ineinander und legte sie in ihren Schoß. Ein nervöser Rick war ein seltener Anblick. Normalerweise strahlte er ein ungeheures Selbstbewusstsein aus. Aber jetzt wirkte er wie ein kleiner Junge, der seiner Lieblingslehrerin einen Apfel schenken wollte.

Seine grünen Augen suchten ihre. »Ich liebe dich.«

Das amüsierte Lächeln rutschte von ihren Lippen. Tränen stiegen ihr in die Augen.

»Die Vorstellung, mein Leben ohne dich verbringen zu müssen, macht mich krank. Zweimal hätte ich dich fast verloren, und … dich noch mal zu verlieren, halte ich nicht aus.«

Sie wischte sich eine Träne ab und hörte ihm gebannt zu.

»Ich möchte, dass du meinen Ring trägst. Ich will dein Ehemann fürs Leben sein. In guten und in schlechten Zeiten. Wobei es schön wäre, wenn in der näheren Zukunft die guten Zeiten endlich mal überwiegen würden. Ich will eine Hypothek und eine Familienkutsche. Aber nur zusammen mit dir.«

Jetzt musste sie sich die Tränen mit beiden Händen abwischen. »Oh Rick.« Sie ging zu ihm und setzte sich auf seinen Schoß. Ihre Lippen verschmolzen mit seinen. Sie schmeckte ihre Tränen in dem Kuss. »Ich liebe dich auch. Nach allem, was hinter uns liegt, fürchte ich mich vor fast nichts mehr. Aber wenn ich an ein Leben ohne dich denke, fühle ich mich leer. Ich will dir das Kuhnest zeigen, in dem ich aufgewachsen bin, und dich meiner verrückten Verwandtschaft vorstellen.«

»Verrückt?« Jetzt konnte er wieder grinsen.

»Na ja, manche meiner Angehörigen sind ein bisschen besonders.« Sie dachte an ihre Tante Belle. »Und manche ein bisschen verrückt.«

Ricks Grinsen wurde breiter. »Deine Eltern kenne ich schon. Ich habe keine Angst.«

»Ich auch nicht. Nicht mit dir … nicht um uns.«

Er legte die Arme um sie. »Ist das ein Ja?«

»Hattest du mir eine Frage gestellt?«, frotzelte sie.

340

»Heirate mich.«

»Das war immer noch keine Frage.«

Er kitzelte ihre Seiten, bis sie sich kichernd wand.

»Willst du mich heiraten?«

Sie legte die Hände an seine Wangen und schaute ihrer Zukunft in die Augen. »Ja, ich will.«

Er stieß ein befreites Lachen aus, hob sie hoch und schwang sie im Kreis. Dann küsste er sie.

EPILOG

Der strahlende Sonnenschein machte die schneebedeckten Berggipfel am Samstagmorgen nach Thanksgiving zu einer perfekten Kulisse.

Hannah sauste herein. Das bodenlange roséfarbene Kleid umschloss ihren modeltauglichen Körper wie eine zweite Haut. Die Jungs am College konnten sich auf was gefasst machen. »Alle sind fertig. Dad kommt gleich rauf.«

Judy zupfte die halblangen Ärmel ihres Hochzeitskleides zurecht und strich die ellenbogenlangen Handschuhe glatt. Meg breitete die Schleppe aus, Rena reichte ihr die Blumen.

Ihre Mutter küsste sie auf die Wange. »Du bist wunderschön.«

»Danke, Mom.«

»Bis gleich. Ich gehe schon mal runter.«

Dem überquellenden Parkplatz nach zu urteilen, saßen sämtliche Bewohner von Hilton, Utah, in den Kirchenbänken. Judy liebte ihre Heimatstadt und hätte sich nicht vorstellen können, woanders zu heiraten. Aber leben wollte sie hier nicht. Sie war froh, dass auch Rick noch eine Zeit lang in L. A. bleiben und sehen wollte, was sich für sie beide ergab. Vermutlich hoffte er, dass sie den Job bei Benson & Miller Designs annehmen würde. Aber darüber konnte sie im neuen Jahr entscheiden. Im Augenblick wollte sie nur dem Mann, den sie liebte, feierlich das Ja-Wort geben, und zwar vor allen Menschen, die ihr wichtig waren.

»Bist du nervös?«, fragte Hannah.

Judy legte eine Hand auf ihren Bauch. »Nur ein bisschen kribbelig vor Freude.«

»Bei meiner Hochzeit wäre ich vor Aufregung fast umgekippt«, sagte Rena.

»Lass das bloß nicht Tante Belle hören. Sonst erzählt sie wieder allen, dass du schwanger vor den Altar getreten bist.«

Es klopfte an der Tür. Judys Magen begann zu flattern. Vielleicht war sie ja doch ein bisschen nervös.

Ihr Vater kam herein. Er trug einen eleganten schwarzen Smoking, hatte sich das Haar nach hinten frisiert und schwellte stolz die Brust. Ein Blick auf sie, und seine Züge wurden weicher. Tränen glitzerten in seinen Augen und Judy musste ihre weit aufreißen, um nicht loszuheulen.

Meg gab ihr schnell ein Taschentuch. »Lass das. Jetzt nicht, verdammt.«

Judy fächelte sich Luft zu und blinzelte die Nässe weg.

Sawyer nahm ihr das Taschentuch aus der Hand und tupfte sich damit die Augenwinkel trocken. »Sieht aus, als wäre mein kleines Mädchen erwachsen geworden.«

Judy lächelte ihn an. »Jap.«

Sawyer warf das Taschentuch weg und hielt ihr seinen Arm hin. »Mist.«

Lachend lehnte sie sich an ihn. »Ich liebe dich, Daddy.«

»Ich liebe dich auch.« Der Hochzeitsmarsch erklang, die Brautführerinnen stellten sich vor ihnen auf.

Die braven Bürger von Hilton liebten Feste, und am allerliebsten war ihnen eine Hochzeit.

Rick wartete in einem dunklen Smoking am Altar. Seine

Eltern, die Judy an Thanksgiving kennengelernt hatte, saßen in der ersten Reihe. Noch waren sie ihr gegenüber sehr zurückhaltend. Aber sie war entschlossen, die beiden für sich zu gewinnen.

Auf dem Weg zum Altar schaute sie Rick in die Augen. Sie küsste ihren Vater auf die Wange, dann nahm sie Ricks Hand.

»Wow«, raunte Rick. »Du bist wunderschön.«

»Du siehst auch nicht übel aus, Babe.«

Rick grinste. »Jetzt kann ich mein Leben lang Babe zu dir sagen. Ein Traum.«

»Ich liebe dich.« Sie konnte nicht aufhören zu lächeln.

»Ich liebe dich auch.«

Sie knuffte ihn in die Seite und Neil hob eine Braue. »Meint ihr, wir können demnächst anfangen?«, fragte er.

Rick und Judy glucksten. Dann drehten sie sich zum Pastor.

DANKSAGUNG

Wieder ist es Zeit, allen zu danken, die dazu beigetragen haben, dass mein Roman es bis hierher geschafft hat.

Meinen Online-Spiel-Freunden, die sich in wilde Schlachten stürzen können, ohne sich dabei zu ernst zu nehmen. Ihr wisst, wer gemeint ist.

Allen, die sich mit mir im Training schinden und mich motivieren, mich mehr zu bewegen, als ich es allein je tun würde. Ihr seid toll.

Meinen treuen Unterstützern für ihren unermüdlichen Einsatz für alles, was ich schreibe – allen voran Ashlea, die Rick schon als ihren Buch-Freund bezeichnet.

Meiner Kritikpartnerin Sandra. Jaja, ich weiß. Auch Mike muss noch das große Glück finden. Wart's ab, *Babe*!

Meiner Lektorin Kelli, die über alle meine Witze lacht. Und dem ganzen Montlake-Team. Ihr seid großartig.

Wie immer natürlich auch Jane Dystel und allen bei Dystel & Goderich Literary Management. Eine bessere Art der Unterstützung könnte ich mir nicht wünschen. Tausend Küsse.

Und last, but not least Tante Joan, der Frau, der dieses Buch gewidmet ist. Ich weiß nicht, ob dir klar ist, was für ein besonderer Mensch du für mich bist. In meiner Anfangszeit in Kalifornien bist du völlig unerwartet in mein Leben getreten und hast mir beigestanden. Nie habe ich deine Hilfe mehr gebraucht und geschätzt als in dieser schwierigen Phase. Du liebst bedingungslos und von ganzem Herzen. Ich kann mich glücklich schätzen, dich in meinem Leben zu haben.

Ich liebe dich.

Catherine

Zeitfracht Medien GmbH
Ferdinand-Jühlke-Straße 7
99095 Erfurt, Deutschland
produktsicherheit@kolibri360.de

Druck:
CPI Druckdienstleistungen GmbH
im Auftrag der
Zeitfracht Medien GmbH
Ein Unternehmen der Zeitfracht - Gruppe
Ferdinand-Jühlke-Str. 7
99095 Erfurt